인사비리 이야기

소설 같은 어느 단체장의 인사 비리 이야기
정종철 지음

초판 인쇄 | 2009년 02월 20일
초판 발행 | 2009년 02월 25일

지은이 | 정종철
펴낸이 | 신현운
펴는곳 | 연인M&B
디자인 | 이희정
기 획 | 여인화
등 록 | 2000년 3월 7일 제2-3037호
주 소 | 143-874 서울특별시 광진구 자양동 680-25호(2층)
전 화 | (02)455-3987 팩스 | (02)3437-5975
홈주소 | www.yeoninmb.co.kr
이메일 | yeonin7@hanmail.net

값 17,000원

저자와의 협의에 의하여 인지는 생략합니다.
© 정종철 2009 Printed in Korea

ISBN 978-89-6253-022-3 03810

정종철 지음

소설 같은
어느 단체장의
인사비리 이야기

| 책머리에 |

　본인은 작가도 더군다나 글을 쓸 줄 아는 문필가도 아니다. 다만 이 글을 쓰면서 본인이 겪은 자신의 입장에서 아무런 잘못도 없이 억울하게 당한 사건을 독자들에게 특히나 공무원 그중에서도 지방공무원들에게 공무원 생활을 하면서 이러한 억울한 일도 당할 수 있겠구나 하는 경험담을 들려주고, 또한 이러한 일은 누구에게도 있을 수 있는 일이라는 느낌을 상기시켜주면서 만약 이러한 일을 당하게 될 때에 필자의 경험을 토대로 필자가 제기한 소청심사청구서를 참고로 하여 조금이라도 도움이 되었으면 하는 마음으로 이 글을 쓰는 것이다.

　글을 쓰면서 남이 볼 때엔 2003년 9월부터 2004년 3월까지 7개월 동안의 짧은 기간이라고 할 수 있지만 내 자신은 정말로 엄청난 이루 말할 수 없는 참담함과 지루하고 고통스러운 아주 긴 세월이 아닐 수 없었으며 본인이 겪었던 이 괴로움의 나날을 본인 외에 그 누가 알 수 있을까 하는 심정(心情)으로 상상해 보기 바라는 마음이다.

　또한 이 글은 본인이 타의에 의해서 강남구를 떠나 서울시 산하 한강시민공원사업소로 전보 명령을 받은 후 다시 강남구로 복귀해 보직을 받기까지의 과정에서 구청 수뇌부에 있는 사람들이 자신들의 잘못은 조금치도

뉘우치거나 반성을 하지 않고 갖가지 공작(工作)과 감언이설(甘言利說)로 본인을 기어코 다시 타 구(他 區)로 보내고자 온갖 수단과 갖은 방법을 다 동원하고 심지어 당연히 지급해야 할 봉급과 설날 명절 보너스(bonus)까지도 지급을 중단하는 등 일반적인 상식으로는 도저히 상상할 수도 없는 수많은 고통을 당하고 겪은 과정을 있는 그대로 상기시켜 회고하면서 본 책자에 언급하고 기술한 내용의 글이 추호도 거짓이 없이 그날그날의 있었던 상황을 메모(memo)하고 정리해 가면서 언젠가는 진실을 밝혀야겠다는 그러한 신념(信念)으로 사실에 입각(立脚)해 하루하루 쓴 글임을 밝히는 바이다.

또한 이 글로 인해 당시 상급자들과 담당하고 있는 업무 때문에 본의 아니게 연루된 몇몇 공무원 그리고 구청 최고위 수뇌부와의 어쩔 수 없이 겪어야 되는 고통, 인간적인 갈등 등 그리고 피할 수 없이 연속적으로 game(대결)을 벌여야 하는 고뇌(苦惱)에 찬 중압감 등 참으로 일 개인이 기관을 상대로 해 옳고 그름의 다툼을 벌인다는 자체가 얼마나 어렵고 외롭고 긴 싸움으로써 때로는 어리석은 짓이 아닌가 하는 회한(悔恨)을 가져 본 적이 한두 번이 아니었음을 절실하게 느꼈으며 이 과정에서 필자는 과거 민주화 투쟁을 하던 사람들의 심정이 어떠했을까 하는 생각을 가져 보면서 내 자신의 당연한 권리를 찾기 위해 대명천지(大明天地) 이 밝은 세상에서 정당한 투쟁을 하는데도 이렇게 어려운 고통의 과정이 연속되는데 하물며 암울(暗鬱)한 시대에 개인(個人)이 거대한 정부를 상대로 한 그들의 투쟁을 생각하면서 그들의 심정을 조금이나마 이해를 할 수가 있을 것 같았다.

그러한 상황에서 내 자신이 절대적인 약자임에 표면에 나서서 도와주려고 하는 사람이나 격려해 주는 사람도 없으려니와 그러한 처지에서 감히 조직 내 최고 권력자와 대결을 해야 할 아무런 이유가 없음에도 불구하고 끝없이 대결을 할 수밖에 없는 자신만의 외로움과 괴로움, 고통 등이 엄청나게 많았음을 짐작하고도 남으리라 믿으며 소청심사위원회 최후의 진술에서 마지막으로 한 말은 "본인이 대한민국 5급 공무원인 지방행정사무관으로서 어디에 가서 어떠한 일이나 무슨 일을 한들 동일한 보수(월급)와 비슷한 수당을 받는 바 어디에서 어디로 간다고 무슨 관계가 있으며 무슨 일인들 못하겠습니까 마는 요즘 지방자치단체장들이 선거로 인해 당선이 되었다는 즉 정무직(政務職)임을 기화(奇貨)로 당선이 되자마자 자기 코드(code)에 맞지 않는다고 아무런 잘못도 없는 직업공무원들을 이유도 없이 마구 흔들어대고 무소불위(無所不爲)의 횡포를 부리고 하루아침에 연고가 없는 타 지역으로 쫓아내고 당하는 공무원들은 변명(辨明) 한마디 못하고 눈물을 흘리면서 마치 무슨 큰 잘못이나 저지른 대역 죄인처럼 쫓기듯이 보따리를 싸들고 참담한 심정으로 연고지를 떠나야 하는 그러한 일은 이제 본인이 마지막이 되어야 한다는 생각으로 다시는 이러한 일이 일어나지 않게 하기 위해 감히 소청을 제기하게 되었으니 이를 참고해 주시기 바랍니다." 라고 피력(披瀝)한 바 있다.

어찌하든 본인의 소청 건은 사필귀정(事必歸正)으로 결론이 났지만 이로 인한 그동안의 정신적인 피해와 스트레스(stress), 심적 고통 등 이루 다 말할 수 없는 고민과 인간적인 번뇌(煩惱) 등을 감내(堪耐)해야 하는 고뇌 속의 내면적인 심정을 어디에 어떻게 표현할 수도 없었고 보상을 받을 수도 없는 바이려니와 외부에서 볼 때 표면적으로 또 결과적으로 정의가 이겼다면서 많은 사람들이 위로와 격려를 하고 박수를 치고 웃으면서 좋아들 했지만 소청심사위원회 심사에서 본인의 주장이 받아들여져 다시 강남구로 복귀가 되었음에도 불구하고 소청인을 기어코 다시 타 구로 내보내기 위해 별별 제안을 다 했으나 이를 단호히 거절하자 본인의 생계에 대한 고사작전(枯死作戰)의 일환으로 복귀한 첫 달(2004년 1월)부터 그것도 설날 명절을 20일 이상 넘기면서까지 당연히 지급해야 할 보너스(bonus)는 커녕 각종 수당과 심지어 봉급조차도 지급을 하지 않고 3개월여 동안 보직을 주지 않는 등 갖은 수단과 방법을 총동원해 소청인을 다시 쫓아내고자 갖가지 방법과 사술(詐術)을 구사했으나 그것이 구청의 뜻대로 되지 않자 별별 수단과 공작을 하고 심리적(心理的) 압박(壓迫)을 가하는 등 보직을 받기까지의 고통스러움이란 소청을 제기해 인용결정(승소 판결)이 되기까지의 과정보다 훨씬 더 몇 십 배 어려운 고통과 번민(煩悶) 등 숱한 괴로움을 겪었다는 사실을 본인이 아니고서야 어느 누구도 알 수 없을 것이다.

후에 이러한 사실을 가까이서 어렴풋이나마 직접 보고 듣고 짐작을 하고 있던 많은 선·후배 공무원들과 지인들이 사례를 책자로 직접 발간할 것을 계속 권유한 바 이제 본인도 40여 년의 공무원생활을 마감하고 감히 글을 쓴 것을 이해해 주시리라 믿으며 그동안 답답했던 마음을 이 책을 발간하면서 조금이나마 위안(慰安)을 받고자 함이다.

끝으로 이 글을 쓰면서 본의 아니게 불가피하게 거론이 되는 몇몇 관련 공무원과 해당되는 모든 사람들에 대해서는 먼저 사과를 드리면서 조금치라도 그들의 명예(名譽)를 실추(失墜)시킬 그러한 의도는 추호도 없고 다만 사실을 있는 그대로 기술하고 밝히고자 하는 것이니 이해하고 참고해 주기 바라는 마음이며, 그리고 이러한 일을 겪으면서 누구보다도 우리 가족 모두의 고통이 너무나 많았으나 묵묵히 남편만을 믿고 끝까지 잘 참아주면서 이 일로 인해 그 어떤 다른 사람에게 절대로 피해가 있어서는 안된다면서 당신이 양보를 하고 당신만 강남을 떠나면 모든 일이 쉽게 풀릴 텐데 하면서 예수님은 '너희 원수를 사랑하라 너희를 박해하는 자를 위해 기도하라(마태복음 5:44)'고 말씀하셨지 않았느냐, 그리고 '지나치게 의

인이 되지도 말며 지나치게 지혜자도 되지 말라 어찌하여 스스로 패망케 하겠느냐(전도서 7:16)', 또 '만일 서로 물고 먹으면 피차 멸망할까 조심하라(갈라디아서 5:15)' 는 성경구절을 인용하면서 당신이 구청과 맞선다면 당신도 똑같은 사람이라고 강남구를 떠날 것을 계속 권유하고 양측이 다 좋은 방향으로 속히 결론이 나도록 하나님께 매일 기도를 하면서 위로를 해 준 아내와 굳건한 신념으로 아빠를 끝까지 신뢰해 준 아들과 딸, 며느리 등 우리 가족 모두에게 감사를 표하며 서울시와 각 구에서 소청인에게 많은 지지와 격려를 보내준 동료 지인(知人) 그리고 처음부터 끝까지 음으로 양으로 많은 도움과 조언을 해 준 후배 공무원 H모 팀장, 서울시 B모 과장, G구 B모 국장, S구 S모 동장, 구의회 Y모 K모 의원, 연합통신 B모 기자, 강남신문 Y모 사장, 시민일보 L모 정치부장에게도 특별히 감사를 표하는 바입니다.

2009년 1월
저자(소청인) 정종철 씀

| 차례 |

제2부
강남구로 출근이 시작되다

제3부

타 구로 갈 수밖에 없는 비관적인 처지에 놓이다

제4부

있는 그날까지 열심히 일하겠다는 마음 다짐을 하다

소청심사청구를 제기하기로 마음을 가다듬다

서울시로 전출이 통보되다

오전 10시 30분경 K모 구청 총무과장과 K모 인사팀장이 구의회 전문위원실로 나를 찾아온 것이다. 총무과장이 정 과장 조용히 할 이야기가 있으니 나가서 이야기를 좀 하자고 한다.

내 짐작(斟酌)으로 내가 여기서 3년여 동안 근무를 했고 나보다 승진이 늦은 많은 후배 공무원들이 과장과 동장으로 보직을 받고 근무를 하고 있는 바 나를 청 내 다른 곳으로 전보를 하려고 의사를 타진하러 온 줄 알고 내심으로 기대를 하고 있었으나 그것은 참으로 너무나 큰 착각(錯覺)임을 금방 알 수가 있었다.

세 사람이 의회 사무국장실로 들어갔다. 그때 마침 사무국장은 부재중이었다. 차를 한잔씩 마시고 나서 총무과장 하는 말이 정 과장 좋은 곳으로 추천을 해 줄 테니 다른 곳으로 갈 의향이 없느냐? 하고 묻는다.

나는 그게 무슨 소리냐고 물으니, 총무과장은 지금보다 훨씬 더 여건이 좋은 곳으로 즉 시청 좋은 과로 갈 수 있도록 추천을 해 줄 테니 그리로 가라, 그렇게 했으면 좋겠다면서 내 말을 들으라고 한다.

나는 내가 나이도 있고 이제 정년도 몇 년밖에 남지 않았는데 그리고 강남에 모든 기반을 두고 여기서 20년 이상을 살았고 근무를 하고 있는데 이제 가면 어디를 가겠느냐면서 내가 5~6년만 더 젊었어도 옛날에 근무를 했으니까 시청 같은 곳으로 갈 수도 있겠으나 이제는 그렇게 할 수가 없지 않느냐 하는 말을 했다.

총무과장은 나를 빤히 쳐다보면서 그렇지만 이미 결정이 다 된 사항이다. 이제 당신이 가기 싫어도 갈 수밖에 없게 되어 있다. 그러니 당신은 강남을 떠나야 한다면서 일방적으로 나에게 강남을 떠날 수밖에 없음을 통고한 것이다.

나도 그때는 언짢은 표정을 지으면서 조금 언성을 높여서 아니 누가 어떻게 그런 결정을 했느냐, 누구 맘대로 가는 것을 그렇게 결정을 하고 가야 하는 것이며, 또 가야 하는 이유가 무엇이며, 어떤 근거로 그렇게 할 수가 있느냐 하고 기분 나쁘다면서 언쟁이 오갔다.

총무과장이 나에게 지난번에 징계를 받지 않았느냐 하고 말을 한다. 나는 내가 무슨 징계를 받았느냐, 그게 훈계지 징계냐, 그리고 내가 훈계를 받을 사항을 가지고 받았느냐 그것은 모략이지, 또 설령 훈계를 받았다고 하자 훈계는 훈계로 끝나야 하는 것이지 전출까지 시킬 이유가 무엇이란 말이냐면서 그렇다면 지금까지 강남구에서 징계받은 사람에 대해 타 구로 전출시킨 사례가 있느냐 하고 나는 지금까지 강남구에서 중징계를 받고도 전출시킨 사례를 보지 못했다. 만약 전출시킨 사람이 있으면 이름을 한번 대 봐라. 하고 마음대로 하라면서 기분 나쁘다고 문을 박차고 나와버렸다.

물론 그 뒤 두 사람이 어떻게 사무실을 빠져나갔는지는 알지를 못한다. 그리고 곧장 내 사무실로 돌아왔다. 오전 11시가 조금 넘은 시간이다.

나는 사무실로 오자마자 즉시 시청 인사과로 전화를 걸어 인사과장을 바꿔 달라고 하자 인사과장이 부재중이라고 한다. 이어서 그러면 인사기획팀장을 바꿔 달라고 하자 그도 역시 부재중이라고 한다. 할 수 없이 인사주임을 바꿔 달라고 하자 S모라고 하는 주임이 전화를 받았다.

나 강남구 의회에 근무하는 정 아무개인데 혹시 나와 관련되는 무슨 전보 계획이라도 있느냐 하고 문의를 한 바, 그는 곧 아! 그렇잖아도 과장님께 막 전화를 드리려고 하던 참이었는데 마침 전화를 잘 하셨습니다 하면서 강남구청 측에서 과장님께서 서울시로 가겠다고 본인이 구두로 직접 의사를 표명했고 동의를 했다면서 구청에서 서울시로 문서를 발송하고 우리 시에서도 이를 동의해 지금 발령을 내려고 준비 중에 있습니다 라는 말을 한 것이다.

나는 그 자리에서 그것은 전부가 다 허위고 거짓말이다. 나는 그러한 말을 한 적도 없고 오늘에야 비로소 처음 들었으며 나는 추호도 강남구를 떠날 생각도 의사도 전혀 없으니 그렇게 알기 바란다면서, 그리고 이러한 발령을 내서는 절대로 안 되고 그러한 발령은 하지도 말라고 신신 당부를 하면서 이러한 의사를 분명히 전달했음에도 불구하고 발령을 낸다면 절대로 승복을 하지 않을 테니 그렇게 알아 달라고 했으나 그는 이미 결정이 다 되어 일이 끝난 상황이라면서 지금 현재로써는 어떻게 할 도리가 없다고 했다.

그의 말을 들으니 양쪽에서 이미 다 시나리오(scenario)를 짜놓고 각본 그대로 연출을 하고 나에게는 최종 통보를 하려고 온 것이다. 나는 이대로 있어서는 안 되겠다 싶어 즉시 컴퓨터(computer)를 열고 워드(word)를 치기 시작했다.

    수신 : 서울특별시장
    참조 : 인사과장
    제목 : 인사교류에 대한 본인 의견 제출

'인사교류에 대한 본인 의견 제출' 이라는 제하에 이를 작성해 우선 인사과 팩스(fax)로 11:45분과 48분에 연거푸 2회 송신을 하고 점심식사 후 본 팩스 송신 문건내용을 가지고 시청으로 출발했다.

＊소청심사청구서 갑 제8호 중에 첨부된 '인사교류에 대한 본인 의견 제출' 자료 사본 참고요.

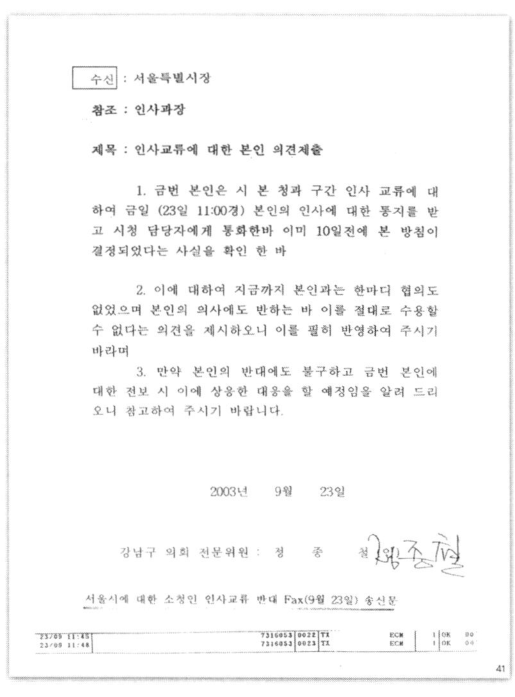

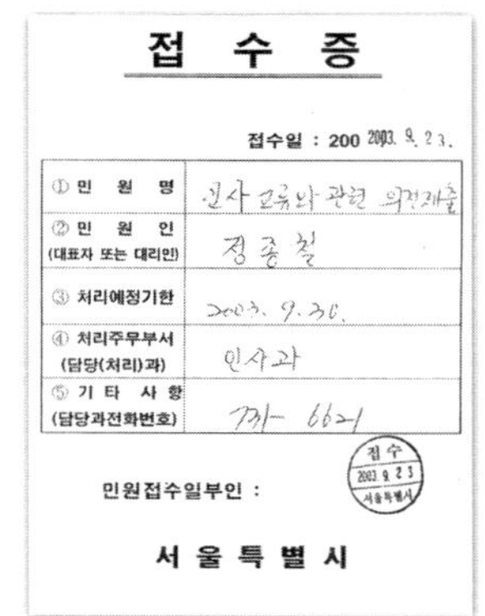

우선 시청 민원실에 도착해 창구 직원에게 민원서류로 접수하고 접수증을 교부해 줄 것을 요청하자 접수증을 교부해 주지 않으려고 이 핑계 저 핑계를 대는 것을 접수증이 꼭 필요하다고 설명을 하고 접수증을 받아들고 인사과로 들어갔다.

마침 점심시간이 막 지난 후라서 J모 인사과장, K모 인사기획팀장, S모 주임 등 3인 모두가 자리에 있었다. 과장 및 팀장과 주임 등 셋이서 동시에 대면을 하고 나의 발령문제를 가지고 따지고 들었다.

그러자 그들은 자기들은 아무런 잘못이 없고 구청에서 요구하는 대로 본인이 구두로 서울시로 가겠다고 희망하고 동의를 했다고 하기에 자기들은 이를 믿고 수리한 것밖에 없다는 인사주임과 통화한 내용 그대로 앵무새처럼 똑같은 변명만을 늘어놓고 있는 것이다.

나는 모든 것이 다 허위다. 구청의 말만 믿고 본인에게는 의사타진 한번 없이 이러한 발령을 낸다는 것이 말이 되느냐. 이것은 시청에 더 책임이 크지 않느냐 하고 발령 계획을 취소하라고 요구했으나 그들은 강남구에서 본인의 구두 동의를 받고 서울시로 전출 내신되었기에 서울시에서도 전입을 동의해 모든 절차가 이미 다 끝난 상황으로 법적으로 따져도 아무런 문제가 없다면서 지금으로선 어떻게 할 수가 없다는 말만을 계속 되풀이한다.

나는 물론 강력히 반발하면서 계속 취소를 요구했으나 뾰족한 방법이 없었다. 이에 대해 계속 갑론을박(甲論乙駁)을 하자 K모 인사기획팀장 하는 말이 방법은 딱 하나 있는데 그것은 지금이라도 강남구에 가서 서울시로 전출 내신한 문서를 취소한다는 내용으로 문서만 받아온다면 서울시에서는 전입 발령을 취소해 주겠다면서 그러한 문서를 받아오라고 하는 것이다.

나는 강남구에서 일부러 나를 쫓아내려고 계획적으로 이렇게 공작을 하고 있는 터에 어떻게 그러한 문서를 받아올 수 있다고 보느냐면서 생각을 좀 해 보라고 말도 되지 않는 그러한 소리는 아예 하지도 말라면서 계속 언쟁을 하다가 시청을 나왔다.

시청을 나오면서 생각하니 참으로 마음이 착잡하고 공허하고 허탈했다. 모든 것이 일순간에 무너지는 것 같은 그러한 쓸쓸한 마음과 참담(慘憺)한 심정(心情) 그뿐이었다.

나는 비록 강남구 관내에서 태어나진 않았지만 지금까지 서울생활 36년 중 강남구 관내 개포동에서만 21년을 계속 살아왔고 36년 서울시 공무원 재직기간 중 강남구청에서만 16년간 계속해서 근무를 하고 있는 중에 있으며 우리 아이들 2명이 다 유치원에서부터 대학을 졸업하고 현재까지 강남에서 생활을 하고 있으며 내가 알고 있는 거개(擧皆)의 사람들이 다 강남에 거주하고 있고 나를 아는 직원들 역시 거의 다 강남에서 근무하고 있는바 강남이 제2의 고향이며 강남이 연고지가 될 수밖에 없는 것이다.

그럼에도 불구하고 본인의 의사와는 하등의 관계도 없이 본인과는 일언반구 한마디 상의도 없이 이렇게 강남구에서 쫓겨날 처지에 있으면서도 어디에다 하소연 한마디 할 수 없는 그러한 참담한 신세가 되어버린 것이다.

나는 다시 강남구청으로 향했다.

구청에 도착을 하니 오후 4시가 다 되었다. 구청장을 만나기 위함이다. 6시 퇴근시간까지 구청장을 기다리기로 마음을 정하고 계속 주시(注視)를 하고 있었으나 구청장은 외부 행사관계로 아마도 들어오시지 못할 것이라고 비서실 측에서 전한다.

나를 일부러 피하기 위함인지 외부 행사로 정말 바쁜 일정 때문인지 알 수는 없지만 구청장의 평소 행적을 볼 때 피하려고 귀청을 하지 않은 것 같지는 않았다.

퇴근시간이 되기 30분 전 5시 30분경에 부구청장실로 들어갔다. 나는 K모 부구청장에게 왜 굳이 나를 강남구에서 쫓아내려고 하는 이유가 무엇이냐 이유는 알아야 할 것이 아니냐 하고 따지듯이 질문을 하자 그는 막 퇴근을 하려고 옷을 주섬주섬 챙겨 입으면서 내가 지금 외부에서 누구와 약속이 되어 있으니 행정관리국장에게 가서 얘기를 하라고 한다.

나는 행정관리국장실로 들어가 N모 국장에게 부구청장에게 하는 동일한 질문을 했다. N모 행정관리국장은 아무 대답도 하지 못하고 입을 굳게 다물고 눈만 끔벅끔벅하고 있다.

그사이에 K모 총무과장이 들어왔다. 총무과장이 내 손을 잡아끌고 총무과로 들어갔다. 정 과장 어떻게 하자는 거냐 하고 묻는다.

나는 어떻게 하기는 무얼 어떻게 해. 내가 강남을 떠나도 이유는 알고 떠나야 할 것 아니야. 나는 절대로 이대로는 강남을 떠날 수가 없다고 말하자 총무과장은 이미 일이 이렇게 된 이상 깨끗하게 승복을 하고 떠나 달라고 했다.

그러나 나는 그렇게 할 수가 없다고 대답을 하면서 오늘 시청의 K모 인사기획팀장이 지금이라도 강남구에서 나의 전출 내신에 대한 취소문서만 받아오면 서울시 전입을 취소할 수 있다고 이야기를 했으니 취소문서를 해 주면 1개월 이내에 내 자신이 스스로 강남구를 떠나겠다는 이야기를 했으나 K모 총무과장은 그렇게는 할 수가 없다고 거절을 했다.

이런저런 이야기로 그와 1시간여 동안 서로가 서로를 응시하며 옥신각신 입씨름을 계속했으나 결론은 나의 요구는 전부가 다 묵살당할 수밖에 없었다. 옆에 있던 여러 직원들 모두가 다 누구 하나 아무 말도 못하고 쳐다보면서 그대로만 있었다.

23일에 이어 24일에도 구청에 갔으나 모두 의식적으로 피하면서 바쁘다느니 뭐하느니 하고 누구 하나 대면해 주려고 하지도 않고 책임 있는 그 어떤 사람도 만나지 못하고 명쾌한 답변이나 속 시원한 해명성 답변 하나 듣지도 못하고 이틀이 지나갔다.

하긴 강남구에서 나를 계획적으로 쫓아내려고 하고 있는 처지에 나를 대면해 주거나 나에게 무슨 말을 하려고 하겠는가. 그것은 오히려 내 자신이 잘못 생각한 사치스러운 바램일 뿐인 것이다.

여하튼 이렇게 하여 이틀이 지나고 이제 명령이니 발령장을 받을 수밖에 별 도리가 없는 그러한 처지에 놓이게 된 신세가 되어버린 것이다.

강남구 전출, 서울시 전입 임용장이 교부되다

오전 10시경 총무과에서 전화가 걸려왔다. 구청에 와서 발령장을 받아가라는 연락이다.

내 자신 현직에 있는 관계로 공무원생활을 하고 있는 이상 이는 명령이니 발령장을 받지 않고 이를 거부할 수 있는 권한이 없으므로 알겠다고 답변을 할 수밖에 없었다.

11시경에 구청에 들렀다. 발령장을 준다기에 나는 그래도 이제 마지막으로 강남을 떠나가는 것이니 최소한 부구청장이나 행정관리국장 정도의 선에서 줄 것으로 믿었으나 그것은 정말로 큰 착각임을 금방 곧 알 수가 있었다.

임 용 장

구의회사무국 지방행정사무관   정 종 철
서울특별시 전출을 명함
2003년 9월 25일   강 남 구 청 장

* 소청심사청구서 갑 제9호 중 첨부사본 자료 참고요.

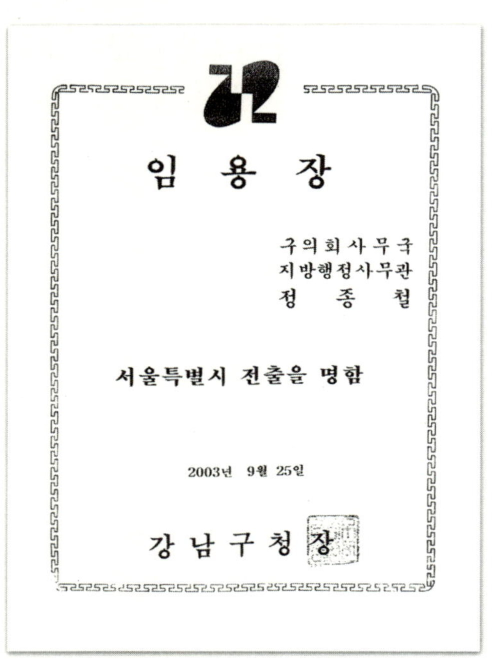

본 임용장을 구청장은 그렇다 치고 부구청장도 아니고 국장도 아니고 과장도 아닌 인사팀장이 과장님, 발령장 여기 있어요 하면서 사전에 넣어둔 누런색 행정 대봉투를 던져주듯 불쑥 내밀어 준다.

정말로 화가 치밀었다. 아래 있는 직원들이야 시키는 그대로 할 수밖에 없을 것이니 그럴 수밖에 없다고 치고 소위 구청의 간부라고 하는 사람들이 이렇게 매너(manner)도 없이 막돼먹었다는 말인가 하고 생각을 하면서도 허긴 쫓아내는 막판에 그들에게 무슨 매너 따위가 있을 수 있겠는가 하는 생각을 하면서도 정말로 이제는 기약도 없이 강남구를 마지막 떠나가는 마당에 이런 식으로 대접을 할 수가 있다는 말인가 하고 정말로 울화가 치밀었고 기분은 말이 아니었고 비참했다.

그러나 어느 누구에게도 하소연할 곳은 없었다. 어디 한번 두고 보자 내가 이렇게 허무하게 물러날 수만은 없지 않은가 하는 그러한 적개심(敵愾心)을 가지면서 참담한 심정(心情)으로 발령장을 받아들고 정든 강남구를 떠날 수밖에 없었다.

참으로 말할 수 없는 참담(慘憺)한 기분이었다. 그것은 내가 83년 1월부터 강남구에서 거주하기 시작했고 거주지인 강남구로 근무처를 옮기기 위해 나름대로 노력을 했고 88년 5월에 성동(지금의 광진)구를 거쳐 강남구로 어렵게 전입을 한 그러한 기억이 주마등(走馬燈)처럼 머리에 떠오르기 시작했다.

그런데도 이렇게 한번 버텨 보지도 못하고 속된 말로 찍소리 한번 해 보지도 못하고 아무런 정말로 아무런 잘못도 없이 어떠한 이유에 의해서 떠나는지도 모르고 타의에 의해 쫓겨가게 되었으니 내 자신 그 참담함이나 서글픈 마음이란 이루 말할 수가 없었다.

오후 1시경 시청 인사과를 들러 약 1시간 동안을 기다린 후 행정관리국장실로 자리를 옮겨 임용장을 받았다.

이럴 땐 어느 누구라도 발령장을 받기 직전까지 어디로 발령이 날 것인가 하고 조바심이나 궁금증이 나는 게 공통적인 심정이고 나도 여기에 예외일 수가 없어 궁금할 법도 했으나 쫓겨온 마당에 어디에 발령이 나서 어디로 가게 되는지 아무런 느낌도 궁금증도 없이 그저 담담하기만 했다.

나는 서울시에서 한강시민공원사업소로 발령이 났으나 사무실 위치가 어디에 있는지 알지도 못하고 또 굳이 알고 싶지도 않았다. 그러나 발령이 현실임을 어떻게 할 수는 없는 상황이었다.

전보 내용은 내가 강남구에서 서울시로, 서울시의 K모 여자 사무관은 강북구로, 강북구의 S모 사무관은 강남구로 발령이 난 것이다.

내가 서울시로, K모 사무관은 서울시에서 강북구로 발령이 났기 때문에 두 사람만이 시장의 전출·입 임용장을 받았으며 강남구로 전입하는 S모 사무관은 강남구와 강북구 양 구청장의 전출·입 동의에 의해 서울시를 경유할 필요 없이 다이렉트(direct)로 발령이 난 관계로 서울시의 임용장이 필요 없이 양 구청장의 합의하에 강남으로 직접 전보 발령이 나게 된 사실을 나중에야 알게 되었다.

나는 시청 L모 행정관리국장으로부터 임용장을 받고 나서 인사를 한 후 나에 대한 입장을 분명하게 피력(披瀝)했다.

나는 L모 행정관리국장에게 내가 서울시로 발령을 원하는 한마디 말도 한 사실 자체가 없었음에도 불구하고 강남구에서 마치 내가 서울시로 가기를 원하는 것처럼 허위로 구두 통보 또는 제보를 하고 문서를 제출했으며 서울시에서는 이러한 사실을 번연히 알고 있었으면서도 발령을 냈다고 하자, 그는 그렇잖아도 나에 대해 잘 알고 있다면서 기왕이면 고기도 큰물에 노는 것이 좋지 않으냐 하는 식의 말로 나를 위로하는 척했다.

나는 큰물이고 작은물이고를 떠나 공무원은 명예를 먹고 사는 집단인데 강남구에서 마치 내가 큰 잘못을 저질러 가지고 중징계를 받아야 할 사람을 구제시키기 위해 방출하는 양 네거티브(negative) 선전을 하고 공작을 하면서 나를 쫓아냈는데 또 서울시에서는 이러한 사실이 허위임을 알고 있었으면서도 강남구와 짝짜꿍이 되어 가지고 이러한 발령을 냈다면서 이러한 사실을 알면서도 발령을 낸 것은 강남구보다 서울시의 책임이 더 크지 않으냐 하고 따지듯이 말하자 그는 아무런 답변을 하지 못하고 묵묵히 바라보고만 있었다.

나는 여기서 분명히 밝혀두지만 절대로 이대로 물러서지는 않을 테니 두고 보라며 나의 분명한 의지를 전하면서 국장실을 나왔다.

오후 3시경 한강시민공원사업소에서 먼저 전화가 걸려왔다. 발령장을 주려고 하니 빨리 오라고 휴대폰을 통해 연락이 온 것이다.

알겠노라고 대답을 하면서 위치와 가는 교통편을 물어서 한남동에 위치한 한강시민공원사업소에 도착한 것은 약 1시간 뒤였다. 공원이용과장으로 이미 보직 발령을 내놓고 소장님을 비롯한 여러 간부들이 나를 기다리고 있었다.

　발령장을 받은 후 간부들과 상견례를 한 후 근무할 부서로 가서 직원들과 개별적으로 인사를 나눈 후 각 부서를 돌면서 타 부서 직원들과도 인사를 하는 순서로 새로운 직장에서의 근무 준비를 모두 마쳤다.

　그래도 서울시에 36여 년 이상을 근무하다 보니 과거에 같이 근무했던 직원도 있었고 이미 오래전부터 알고 있는 직원도 몇 명이 있어 반가웠다.

　다시 전에 근무하던 강남구 의회 사무실로 돌아와 사물(私物)을 대충 정리하고 내부 통신망을 이용해 우선적으로 강남구 전 직원들에게 의례적인 작별 인사문을 띄웠다.

　이제 본인의 의사에 반해 영영 강남을 떠나려고 하니 참으로 발길이 떨어지지를 않고 무척 무거웠다. 현재의 내 심정 같아선 참으로 내가 공무원을 하지 않고 직업을 바꿀 수만 있다면 또 전직(轉職)을 할 수 있고 경제적으로 자유롭고 여유만 있다면 당장 사직서를 제출하고 싶은 그러한 마음뿐이었다. 그러나 현실은 어찌할 수 없는 노릇이었다.

　이제 강남을 떠나는 마당에 그래도 개인적으로 친한 몇 사람의 과 팀장과 인사를 하고 저녁이 되어 민원여권과 Y모 과장과 몇몇 팀장과 저녁을 하면서 또 위로를 받으면서 싫다고 하는데도 Y모 과장은 기어코 ○○만원의 전별금까지 주면서 근무 잘하고 몸 건강하게 지내라는 말을 했다. 참으로 고마운 마음 뭐라고 표현할 길이 없었다.

새로운 부임지에서 업무가 시작되다

오늘부터 새로운 부임지(赴任地)로 첫 출근을 하기 시작했다. 지금까지 꼬박 16년 동안 강남구 관내에서만 출퇴근을 하다가 한강을 건너서 사무실이 있는 한남동까지의 출근은 교통편도 여의치가 않음은 물론 많은 시간의 소요로 여간 고역이 아닐 수 없었다.

나는 또 공교롭게도 며칠 전 20년 이상을 살고 있던 강남의 집을 처분하고 분당(盆唐)으로 이사를 한 관계로 출퇴근 시간도 그만큼 더 길어지고 지체가 되어 어려웠으며 또 원치 않은 발령으로 그만큼 몸도 마음도 무거운 게 사실이었다.

그러나 나는 무엇보다도 본연의 임무에 충실해야겠다는 각오와 다짐을 단단히 하고 업무에 임하면서 앞으로 나의 진로에 대해 고민하지 않을 수 없게 되었다. 그것은 내가 이제 모든 것을 잊고 강남을 뇌리(腦裡)에서 아주 잊어버리고 여기에 순응하고 서울시 공무원으로 정착을 하고 몇 년밖에 남지 않은 공무원생활을 여기서 마감을 해야 하느냐 아니면 법적으로 보장이 되어 있는 소청심사를 청구해 위법한 인사 명령에 대해 법의 심판을 받아서 새로운 돌파구를 마련해야 하느냐 하는 양자택일의 기로에서 갈등과 고민을 하지 않을 수 없는 그러한 시점에 서 있는 것이다. 그것은 소청을 제기할 수 있는 기간이 30일 이내이기 때문이다.

또 만약에 소청심사를 청구해 기각(棄却)당할 시 이후에는 행정소송(行政訴訟)까지 각오를 해야 하는 그러한 어려운 문제점이 있는 바 이에 따른 시간과 노력 그리고 금전이 소요될 수밖에 없는 등의 여러 가지 제약은 물론이고 보다 더 큰 문제는 소청 또는 소송 제기 시 인용(認容)결정이나 승소 판결이 난다는 보장이 없기 때문에 갈등은 더욱 클 수밖에 없었다.

그러면서도 새로운 업무를 파악하고 익히느라고 바쁜 나날이 계속되었다. 우선 처리하는 업무량이 많고 직급도 다양하고 관리하는 직원의 숫자도 많았다. 같은 사무실 내에 근무하는 직원만도 약 30여 명 이상이나 되었으며 한강변 양안(兩岸) 상류 미사리(美沙里)에서 하류 방화동(榜花洞)까지의 구간이 42.5㎞나 되는 방대(尨大)한 거리이며 여의도 지구사무소를 비롯한 곳곳에 소재한 12개 지구사무소의 직원만도 몇 백 명 이상으로 많은 직원과 일반 행정직, 선박직, 기능직, 청원경찰, 시설관리요원, 공익요원 등 특수하고 다양한 직급으로 구성되어 있었고 업무도 민원도 많고 관리하는 여러 가지 시설물도 다양하고 복잡하며 관리하는 직원도 많고 또 대외적으로 처리하기 곤란한 여러 가지 업무 등 근무 여건이 열악(劣惡)한 매우 어려운 부서인 것 같은 느낌이 들었다.

하기야 근무 여건이 좋은 선호부서(選好部署)라면 왜 이 자리가 3개월이 멀다 하고 자리 바뀜이 있을 이유가 없으며 가만히 있는 나에게 더구나 쫓겨온 나에게 보직을 줄 이유가 없었을 것이라고 자위(自慰)를 해 보기도 했다.

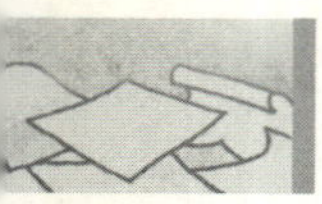

국가인권위원회를 방문하다

오늘은 시청 부근 무교동(武橋洞)에 있는 국가인권위원회를 방문했다. 그것은 본인의 동의 없는 공무원 전출인사는 인권침해라는 지지난주(9월 18일)의 신문 보도내용을 좀 더 상세히 알아보기 위한 것이다.

내용은 지난 5월 대구 중구청에 근무하고 있는 B모씨가 본인의 동의 없이 대구광역시장이 타 구청으로 전보 발령한 인사 명령에 대해 당사자가 이는 위법한 행정행위이고 직권남용 및 인권침해행위라고 주장하면서 인사 발령을 취소해 달라고 국가인권위원회에 진정서를 제출한 바 인권위원회의 의결내용은 인사 발령의 취소를 구하는 부분은 위원회의 소관사항이 아니기 때문에 기각을 하고 나머지 사항에 대해서는 이를 일부 인정 의결해 행정자치부에 이러한 행위의 재발 방지를 위한 조치를 취하도록 권고한 사항에 대해 이를 상세히 알아보고 지난 25일 본인의 반대를 무릅쓰고 서울시로 강제 전보 명령 조치한 사건과 유사해 이를 비교 검토하기 위한 것이다.

인권위원회의 담당사무관을 만나 잠시 동안 이야기를 나눈 바 자기들로서는 이를 제재(制裁)할 법적 권한이 없기 때문에 권고를 하는 방법 이외는 어떠한 조치도 할 수 없다는 이야기를 듣고 이의 위법 여부 다툼은 결국 소청심사를 제기할 수밖에 없다는 결론을 내리고 이를 참고하기로 했다.

* 본 건 '본인 동의 없는 지방공무원 전출인사는 인권침해' 라는 국가인권위원회 B모씨에
대한 보도자료(2003년 9월 18일), 본 소청심사청구서 갑 제3호 중 첨부 자료 사본 참고요.

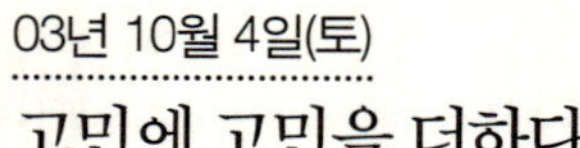

고민에 고민을 더하다

새로운 곳으로 발령을 받은 지 1주일이 지나 그럭저럭 9월을 넘기고 10월에 접어들어 새로운 업무에 임하면서 무척이나 바쁜 가운데도 나는 소청을 제기해야 하느냐 마느냐를 가지고 계속 고민에 고민을 더하지 않을 수 없는 그러한 상황이다.

나는 그동안 나를 알고 있는 여러 사람과 직접 만나거나 통화를 하면서 이번 인사에 대해 너무나 억울하다는 이야기를 한 후 금번 나의 발령에 대해 솔직히 소청을 제기해야 되는지 아니면 현실을 그대로 받아들이고 그대로 주저앉아야 되는지를 고민하고 있음을 몇몇 사람에게 소회(所懷)하지 않을 수 없었다.

그리고 특히 본 인사와 직접 관련이 있는 기안책임의 라인(line)에 있고 주도자인 서울시 인사과 K모 인사기획팀장에게도 어렴풋이나마 속내를 보여주고 그의 의사를 넌지시 살펴보기도 했다. 그러나 그는 소청을 제기해서도 안 되고 소청을 제기한다 해도 절대로 이길 수가 없으니 소청을 제기하지 말라는 말을 계속 강조했다. 또 그로서는 당연히 그렇게 말을 할 수밖에 없을 것으로 생각이 들었다.

나는 내가 알고 있는 더 많은 사람들에게 소청 제기에 대해 의견을 듣기로 마음을 굳히고 여러 사람들과 계속 대화를 하기 시작했다.

나는 공무원생활을 하면서 알게 된 여러 사람들에게 내 의사와 전혀 관계없이 타의에 의해서 강남을 떠나게 되었다는 그간의 상황을 설명하고 소청을 제기해야 할 것인지 아닌지를 가지고 의견을 듣는 그러한 입장에 있었다.

그리고 특히 최근 2~3년 사이에 강남을 떠나 서울시나 타 구로 전보되었거나 정년을 맞이한 사무관급을 중심으로 더 많은 의견을 들었으며 그들의 말에 더 경청을 하기로 했다. 그것은 그들이 최근까지 강남구에 근무를 했던 관계로 강남구 내부 사정이나 정서(情緖)에 대해 누구보다도 잘 알고 있는 실정에 있기 때문인 것이다.

그리고 그에 대해 여러 사람과 이야기를 주고받은 결과 의견을 들은 대부분의 많은 사람들이 소청을 제기하지 말라면서 이구동성(異口同聲)으로 그대로 강남을 깨끗이 잊고 떠나는 게 좋을 것 같다는 이야기들을 했다.

또 전에 시청에서 같이 근무를 했고 금번 내가 새로 발령받은 한강시민공원사업소의 소장을 역임하다 3~4년 전에 퇴직한 부구청장급인 L모씨는 매주 교회에서 만나고 있는 바 집사람이 그분의 조언을 꼭 들어 보아야 한다는 의견에 따라 그분의 집까지 찾아가 조언을 들은 바 그분은 소청을 제기해 이길 수도 없을 뿐더러 설사 이긴다고 해도 앞으로도 공무원생활을 계속해야 하는데 지금보다 훨씬 더 큰 아주 어려운 여러 가지 복잡한 문제가 발생할 수 있다면서 소청제기를 만류하였다.

여러 사람들의 의견을 요약하면 대충 다음과 같은 결론이 내려졌다.

즉 소청을 제기해 봐야 절대로 이길 수가 없다는 결론이었고, 또 소청을 제기하는 것은 계란으로 바위를 치는 것과 다를 바 없는 것이며 소청 제기 시 시청이나 구청 모두가 명령 한마디 한마디에 일사분란하게 움직이는 조직체계로 되어 있고 고문 변호사가 즐비하게 대기하고 있으며, 특히 강남구에는 고문 변호사 외 청 내에 2명의 상주 변호사까지 주재하고 있는 상황에서 그들을 상대로 하여 절대로 이길 수가 없을 뿐더러 혼자 일을 벌여놓고 어떻게 감당(勘當)을 할 수가 있으며 이길 것 같으냐고 하는 것이 대부분의 의견이며 또 한편으로는 이겨 본들 무슨 실익(實益)이 있느냐, 또 이겨가지고 다시 강남으로 복귀해 근무한다고 가정(假定)을 하자 구청장 이하 부구청장 국장들 또 측근 간부들 모두가 사시(斜視)의 눈초리로 바라볼 텐데 그 와중(渦中)에서 어떻게 근무를 하려고 하느냐, 또 한편으로는 만약 소청(訴請)에 이겨 강남으로 복귀해 근무를 하게 된다면 조그마한 잘못이라도 꼬집어 잡아내려고 계속 미행(尾行)을 하는 등 갖은 수단을 다 동원해 무슨 트집이라도 잡아내서 엮어 넣으려고 할 텐데 어떻게 그러한 곤욕을 치르면서 남은 기간 동안 공무원생활을 견뎌내려고 하느냐 그러한 모든 조건을 감안(勘案)하고 버텨낼 자신이 있겠느냐면서 이번 기회에 차라리 모든 것을 깨끗이 잊고 미련(未練)을 버리고 강남을 떠나라고 조언을 하는 사람들이 대부분이었다.

많은 사람들의 이러한 의견에도 불구하고 몇몇 사람은 나에게 이번 기회에 강남구나 서울시와 정정당당히 맞서서 정면 돌파를 시도하라는 주문을 했다.

특별히 이를 주문한 사람은 각각 다른 G구의 B모 국장과 B모 과장이며 그들은 이러한 기회에 그들과 정정당당하게 맞서 싸우라고 했으며 그리고 그러할 용기와 의지가 있는 사람은 아마도 정 과장 외에는 아무도 없을 테니 정면으로 한번 부딪쳐 보는 것도 방법의 하나라고 했으며 과거에 강남에서 근무하다 시청으로 간 K모 팀장은 정 과장님께서 법적 논리를 확보해 싸운다면 충분히 승산이 있다고 볼 수도 있겠으나 문제는 상대방 모두가 즉 강남구나 서울시 양측이 고문 변호사를 많이 두고 있고 특히 강남구에는 상주 변호사까지 주재하고 있어 변호사를 앞세워 나설 텐데 여기에 끝까지 맞서 싸울 자신과 의지가 있느냐! 하고 묻는 것이다.

그리고 그러한 의지와 자신감이 없이 싸우다가 지쳐서 정 과장님이 먼저 스트레스(stress)를 받고 쓰러질까 봐 걱정인데 끝까지 쓰러지지 않고 싸울

자신이 있다면 소청을 제기하고 끝까지 가지 못할 바에는 즉 그러할 자신
이 없다면 아예 소청을 포기하라고 했다.

특히나 강남에서 근무하다 타 구로 간 G구의 B모 국장은 지금까지 구청
장이 임자를 잘못 만나 그러한 횡포를 공공연히 자행하고 있는데 구청장
과 이번 기회에 맞서 뭔가 한번 보여주기 위해서라도 싸워서 이겨 가지고
선례(先例)를 남겨서 어디에서도 다시는 이러한 비리(非理)나 악습(惡習)
을 되풀이하지 않게끔 소청을 제기할 것을 강력히 권유했다.

나는 이러한 몇몇 사람의 이야기를 듣고 내가 더 이상 무엇을 바라겠느
냐면서 소청을 제기하겠다고 자신 있게 답변을 한 것이다.

소청심사청구를 제기하기로 마음을 가다듬다

어느덧 10월도 상순이 다 지나가고 2~3일 후면 중순에 접어들고 있다. 나는 지금까지 소청을 제기하느냐 마느냐를 가지고 고심에 고심을 더하면서 또 여러 사람의 의견을 듣느라 약 2주 이상을 넘기고 만 것이다.

이제 소청을 제기하기로 결심을 한 이상 남은 기간 내에 소청을 제기하기 위한 자료를 준비하기로 했다. 그런 와중(渦中)에서도 업무는 폭주해 근무시간 중에는 업무에 전념할 수밖에 없는 관계로 소청자료는 주로 야간에 자료 준비를 하기 시작했다.

소청 제기 기간은 발령이 있은 날로부터 30일 이내에 제기해야 하는 관계로 9월 25일 전출 임용장을 받았으니 소청 제기 기간이 10월 24일까지이며 오늘이 10월 9일이니 남은 기간은 불과 15일밖에 남지 않았으며 토, 일요일을 제외한다면 소청을 제기할 수 있는 자료 준비 기간은 불과 10여 일 정도밖에 남지 않은 짧은 기간으로 기일이 촉박할 수밖에 없는 절박한 상황의 순간이었다.

나는 당장 소청 제기를 위한 관련법 등을 찾아 나서면서 또 과거에 있었거나 최근에 나의 경우와 유사한 일을 당한 공무원들이 없나 하고 자료 등을 수집하고 챙기고 메모(memo)를 해 가면서 소청 제기를 위한 문안의 골격을 잡고 문안 작성을 위한 워드(word) 작업을 하기 시작했다.

또 지난 9월 18일 신문에 보도된 본인 동의 없는 공무원 전출은 인권침해라고 하는 진정서를 제출한 대구의 B모씨와 연락을 한 바 그가 겪었던 일을 친절하고도 소상(昭詳)하게 설명을 해 주고 용기를 잃지 말라면서 가지고 있는 자료까지 보내주겠다는 말을 잊지 않았다.

그러나 막상 소청심사를 청구하겠다고 결심을 하고 시작을 해 보니 마음먹은 대로 그렇게 쉽게 머리에 떠오르지도 않고 문안을 작성하는데 있어서 제목 구상도 제대로 생각나지를 않고 마음만 급하고 답답할 뿐이었다.

이제 소청을 제기하기로 결심을 하고 이를 시작한 이상 근무시간 중에는 업무 처리를 하면서 시간만 있으면 잠시라도 컴퓨터(computer) 앞을 떠나지 않고 워드 작업에 전념을 해야만 했다.

나는 계속 워드 작업을 하면서 인터넷(internet)을 통한 판결문이나 참고가 될 만한 과거의 문서나 책자 등 관련 자료를 수집해야 하고 혹 신문이나 방송 등 관련 기사가 없나 하고 눈과 귀를 사방으로 기울이지 않을 수 없었다. 그러면서 C모 젊은 직원에게 부탁 관련 자료의 제목을 메모해 주면서 인터넷상에서 자료를 뽑아 달라고 부탁을 하고 도와 달라고 협조를 구하면서 필요한 문안을 구상하면서 작업을 계속 진행해 갔다.

다행히 부탁한 직원이 나의 처지를 잘 이해하고 적극 도와주며 협조를 아끼지 않았다. 나는 우선 피소청인을 K모 강남구청장과 L모 서울특별시장을 상대로 목표를 정해 놓고 작업을 시작했다.

소청 규정에 의하면 원래 소청은 처분을 한 직 상급 청을 상대로 하는 것으로 피소청인은 서울특별시장이 되는 것이 적격(適格)이나 나의 경우 강남구청장이 전출 임용 처분을 서울시장이 전입 임용 처분을 한 관계로 시간 관계상 법 규정상의 적격(適格)을 따지기 전에 소청심사청구서를 빨리 작성해 해당기관에 접수하는 것이 급선무로 먼저 피소청인의 적격을 따지지 않고 강남구청장이 주된 책임자로 또 서울시장이 종된 책임자인 관계로 양자를 동시에 피소청인으로 정하고 일단 소청심사청구서부터 접수하고 난 후 보완 요청이 있을 경우 이에 응하기 위한 시간벌기 작전의 한 방편(方便)인 것이었다.

또 만약 강남구청장이 피소청인 적격이 아니라 할지라도 적격이 서울시장인 관계로 서울시로 이첩할 것이 빤하기 때문에 그렇게 해도 절차상 크게 하자(瑕疵)가 없을 것으로 판단을 하고 그러한 방향으로 정한 것이다.

나는 또 위에서 언급한 바와 같이 내 자신의 의사와 전혀 관계없이 전보 명령 처분을 한 관계로 강남구청장과 서울시장 양측을 상대로 한 소청심사 제기는 내용이나 첨부물의 틀에 있어서 대체로 큰 차이가 있을 수 없게 작성을 할 예정이지만 그러나 세부적인 내용은 조금씩 다른 면으로 작성을 할 수밖에 없을 것으로 판단을 하고 그러한 방향으로 작성하기로 마음을 굳혔다.

그것은 내가 지금까지 강남구 소속 공무원으로 근무를 한 관계로 또 나를 방출하기 위한 모든 계획을 강남구가 주체가 되어 강남구청장의 책임 하에 실행이 되었으며 다만 서울시에서는 이에 적극 동조를 하고 협조와 합의를 해 주고 전입 명령 처분을 한 종(從)된 책임이 있기 때문이었다.

글을 쓰기 위한 구상에 몰두하다

이제 소청을 제기하기로 마음을 굳힌 이상 글을 쓰기 위한 구상을 하고 이를 위한 자료수집에 몰두하면서 문안 작성에 심혈을 기울이기로 마음을 정했다. 이에 따라 피소청인 적격을 강남구청장과 서울시장으로 정한 관계로 우선 강남구청장을 상대로 한 소청심사청구서를 먼저 작성하기 시작했다.

강남구청장을 적격으로 한 소청심사청구서의 작성이 완료된다면 서울시장을 적격으로 한 심사청구서의 작성은 원인 자체가 직접적으로 상호 밀접한 관련성이 있는 관계로 이를 작성하는데 있어서 큰 어려움이 없을 것으로 생각이 되었기 때문이다.

나는 우선 소청을 제기하게 된 경위를 본 임용행위는 위법으로 이는 원천적으로 무효이니 이를 취소하라고 주장하는데 주안점을 두기로 했다. 그것은 금번 인사가 특정한 사람을 겨냥해 즉 ○○최고위층의 친형인 S모 사무관을 강남으로 영입하기 위한 특정한 목적을 가지고 이루어졌기 때문에 즉 이것은 그들이 주장한 순수한 교류가 아닌 음모를 가지고 본 인사가 이루어졌으며 소청인 본인에게는 사전에 한마디 협의는 고사하고 언질 또는 언급조차 하지 않았음에도 불구하고 마치 본인이 서울시로 가기를 희망한 것처럼 허위사실을 가지고 구두(口頭) 협의를 거친 후 강남구와 서울시가 상호협의 및 합의를 하고 허위문서를 작성했다고 판단이 되었기 때문이다.

　또 서울시에서는 이러한 사실을 빤히 알고 있었으면서도 본 인사가 이루어졌으며 설사 서울시에서 이러한 사실에 대해 몰랐다 하더라도 발령이 있기 2일 전 분명하게 본인이 구두로 이러한 사실을 전달하고 불복(不服)할 뜻을 사전 통보했고 팩스(fax)로 2회에 걸쳐 즉시 송신한 후 곧바로 시청을 직접 방문, 문서로 접수하고 담당과장 및 팀장과 직원에게 이에 대한 위법성을 제기하면서 불복할 뜻을 분명히 했음에도 불구하고 교류라는 허울 좋은 명목으로 인사를 단행한 본 임용행위는 위법한 행정행위로 무효인 바 이를 취소해 달라는 취지로써 이는 지방공무원법 제29조의 3에 대한 위반이며 헌법 제7조 및 제15조에서 보장하는 직업선택의 자유의 의미와 효력에 비춰 반드시 당해 공무원의 동의를 전제로 함을 헌법재판소의 결정 및 대법원 판례가 있었음에도 불구하고 자치단체장끼리 합의했다는 이유 하나만으로 소속을 달리하는 기관 간의 전보 인사를 단행(斷行)하면서도 본인과는 단 한마디 아무런 협의도 없이 본인의 의사는 완전히 무시되고 배제된 이러한 전출·입을 단행하는 임용행위는 위 관련법은 물론 헌법재판소의 결정 및 대법원 판례에 위배될 뿐만 아니라 모든 국가기관과 지방자치단체에 대한 기속력(羈束力)이 있음에도 불구하고 이를 부정하고 있으며 또 지방공무원에 대한 교류원칙과 관련법 조항은 공무원의 신분과 정치적 중립성에 대한 보장과 공무원 자신의 의사에 반해 불리한 신분상의 처분을 받지 않는다는 점과 지방공무원의 인사교류란 지방자치단체 상호 간의 균형 있는 발전과 연고지 배치를 위해 필요할 경우에 교류함이 원칙이라는 점과 또 지금까지 인사교류를 시행할 때마다 서울시나 강남구 등 산하 전 기관 및 각 구청에서 이를 사전에 공지하고 희망하는 직원들을 대상으로 제1희망지에서 제5희망지까지 본인이 직접 신청서를 작성 서명케 한 후 제출토록 하는 문서를 접수한 후 시행하는 관례가 정착화되어 있음에도 불구하고 유독 금번 본인의 전보에 대해서는 위 관례가 전혀 지켜지지 않았고 본인이 극구 반대의사를 분명히 했음에도 불구하고 특정한 사람 즉 우리나라 최고 권력층과 연이 닿아 있는 사람을 스스로 영입하기 위한 특정한 목적을 가지고 마치 무슨 군사작전을 도모(圖謀)하듯이 전격적으로 이루어졌음은 이는 교류가 아닌 특정한 목적을 가지고 특정한 인사를 강남으로 전입시키기 위한 음모(陰謀)에 의해서 행해졌음이 분명하여 이를 받아들일 수가 없으며 본인이 반발을 하니까 훈계받은 것을 가지고 징계를 받았다고 주장하면서 훈계를 징계라고 징계를 이유로 들고 있으나 본인은 공무원으로서 결코 훈계나 징계를 받을만한 행위를 행한 사실 자체가 없었을 뿐만 아니라 설사 훈계를 받았다 해도 이는 징계에 해당되지도 않을 뿐더러 훈계는 내부행위로 어디까지나 훈계는 훈계로 끝나야 한다는 것이 본인의 주장이며 지금까지 강남구에서 경징계를 받은 직원은 물론이고 중징계를 받은 직원에 대해서도 전출시킨 사례가 없거니와 징계는 징계로 끝나야 하는 것이지 훈계를 가지고 훈계를 빌미로 전출시킨다는 행위는 2중 처벌 금지의 원칙에도 위배될 뿐만 아니고 이는 변명에 불과한 것이며 또 강남에서 과거 징계를 받은 직원들을 전출시킨 사례가 지금까지 단 한 명도 없었는 바 이러한 사례가 있으면 자료제시를 요구할 예정이며 또 최근 국가인권위원회 제2소위원회에서 본인의 동의 없는 공무원 전출은 행복추구권과 직업선택의 자유를 침해하는 위법행위라고 의결 행정자치부에 이러한 행위의 재발을 방지하기 위한 필요한 조치를 취할 것을 권고한 바 있으며 무엇보다도 공무원의 임용행위는 동의를 전제로 하는 쌍방적 행정행위(雙方的 行政行爲)로써 본인의 동의가 없는 기관 간의 전출·입에 대한 임용행위는 당연 무효이며 위법한 처분을 한 행정행위라고 볼 수밖에 없어 금번 본 인사에 대해 무효 확인 및 취소를 청구하는 방향으로 논리를 전개하여 심사청구서를 작성하기로 마음을 굳혔다.

증거자료 수집과 문안 작성에 매진을 기하다

나는 나를 알고 있는 몇몇 사람들에게 소청심사를 제기하겠다는 최종 결심의 뜻을 표명하자 그들은 나에게 강남구나 서울시는 많은 고문 변호사들이 있고 더구나 강남구에는 2명의 상주 변호사까지 있으니 기왕 일을 시작하려거든 반드시 이기기 위해서 얼마간의 비용이 필요할지는 모르겠지만 유능한 변호사를 선정 도움을 받아야 되지 않겠느냐고 권유를 하면서 몇몇 사람은 조금이나마 도움을 주겠다고 나오는 사람까지 있었다.

그러나 나는 이를 완곡하게 그리고 분명한 어조(語調)로 거절하는 뜻을 밝혔다. 그것은 금번 나의 위법한 인사문제에 대해 내 자신을 숙고(熟考)해 볼 때 내 자신이 아무런 조그마한 하자(瑕疵)도 없었을 뿐만 아니라 36년여 공무원생활을 하면서 속된 말로 이권(利權) 부서(部署) 옆에도 가 보지 않았고 내 자신 스스로 돌아볼 때 조금치도 부끄러운 일이나 양심에 거리끼고 가책(呵責)을 받을만한 그러한 일을 절대로 하지 않았기 때문에 내 자신 스스로 혼자의 힘으로 소청심사청구서를 소신 있게 직접 작성하여 제출하겠노라고 밝혔으며, 또 만약 변호사를 선정 도움을 받으려 한다면 변호사에게 지불할 경비도 문제려니와 그보다 더 문제가 되는 것은 모든 자료를 준비하여 사전에 제공하고 준비된 자료를 가지고 도움을 받을 변호사에게 설명하러 왔다 갔다 해야 하는 시간도 없으려니와 그러한 번거

42

로움도 피하고 그러할 시간에 차라리 내가 직접 자료를 작성하고 제출하는 방법이 훨씬 더 빠르고 효율적이라고 판단을 했기 때문이다.

그러나 막상 글을 쓰겠다고 마음을 먹고 자료 수집을 시작해 보니 여러 가지 준비할 사항도 많거니와 소청 제기 기간도 얼마 남지 않은 짧은 기간 내 자료를 수집할 시간적 여유도 없거니와 핵심적으로 필요한 자료가 무엇인가를 구상하는데도 어려움이 많았으나 마음을 가다듬기 시작했다.

우선 첫째 핵심적으로 필요한 증거자료의 목록을 먼저 구상(構想) 나열(羅列)하고, 둘째 나열된 자료가 소청 제기에 있어 꼭 필요한 자료인지 아닌지를 확인한 후 반드시 필수적으로 필요한 자료만을 선별 수집하고 최단 기간 내 소청심사청구서를 작성하기로 마음을 굳혔다.

작업의 우선적인 일환으로 먼저 백지에다 필요한 자료가 무엇인지 생각해 가면서 순서 없이 목록을 나열 작성해 가면서 수없이 쓰다가 지우다가 쓰다가 지우다가를 아마도 최소한 십수 회 이상 계속한 것 같은데 정확히 몇 번을 반복했는지는 기억조차 할 수가 없다.

나는 이렇게 하기를 꼬박 2~3일 정도 계속하여 겨우 골격과 틀을 잡고 써 나가기 시작했다. 그러나 진도는 느릴 수밖에 없었다. 그것은 업무시간에는 본연의 업무에 만전을 기하고 근무시간이 끝나고 저녁식사를 마치면 오후 7시 반이나 8시가 되기 때문에 실제 일할 시간이 많지를 않았고 또 자료를 구하는데 있어서 어려움은 물론이고 문안을 작성하는데 있어서도 글이 쉽게 떠오르지를 않았다.

나는 소청심사청구서를 작성하는데 있어서 큰 틀만 짜여진다면 문안 작성에는 어려움이 없이 잘 풀려 나갈 것으로 믿고 문안 작성을 위한 차례를 구상하기 시작했다.

문안 작성 구상의 내용은 '소청심사청구서' 와 '소청취지' , '소청이유' 를 차례로 작성하고 다음은 거기에 필요한 자료를 번호를 붙여 나열해 가면서 작성하기로 했다. 먼저 첨부해야 할 자료의 목록을 연습지에 순서 없이 낙서하듯 나열해가면서 제목부터 정리해 나가기 시작했다.

심사청구서는 일정한 서식이기 때문에 간단했지만 소청취지와 소청이유의 작성은 여러 가지로 많은 신경을 써야 했다.

소청취지는 그래도 간단했지만 소청이유는 취지에 맞는 적법하고도 적절한 문구로 작성을 하고 주장을 해야 하는 관계로 글자 그대로 많은 노력과 심혈(心血)을 기울여 가면서 작성을 하기 시작했다.

소청이유를 쓰고 지우고 쓰고 지우고를 수없이 반복하고 수정하기를 몇 번이고 몇 번이고를 계속하는데 문안을 작성하면서도 정말로 이 문안이 잘되었는지 나 자신이 판단하기가 어려운 지경이었다.

그렇다고 문안을 작성하는데 있어서 누구에게 도움을 받을 수도 없었고 도움을 받을 처지도 아니었으며 또 굳이 누구에게 도움을 받고 싶지도 않았을 뿐더러 이는 오로지 나 자신과의 혼자만의 고독한 싸움이었다.

소청이유 문안 작성에 2일이 지나가다

이렇게 소청이유에 대한 문안 작성을 시작하고 틀을 잡는데 2일이 퍼뜩 지나갔다. 이제 남은 기간은 겨우 10여 일 정도밖에 없다. 그러나 시작이 반이라고 어려운 가운데 고심을 하면서도 어렵게 문안을 작성하고 나니 조금은 마음의 여유가 있었다.

그것은 소청이유를 작성하는 시간이 너무나 길고 지루하게 느껴졌고 답답했으며 내 자신이 스스로 생각해 볼 때 작성 문안이 미흡(未洽)하긴 했으나 그래도 문안 작성의 기초가 대충 완료되었으니 남은 과제는 소청심사청구서의 소청이유에 대해 이를 좀 더 좋은 말이나 문구로 가다듬고 심사청구서에 첨부해야 할 필요한 증빙(證憑)자료를 수집하고 정리하는 일이다.

그리고 첨부해야 할 필요한 증빙자료는 젊은 C모 남자직원에게 목록을 주면서 인터넷(internet)상에서 출력시키는 방법으로 계속 도움을 받아가면서 지난번 국가인권위원회에 진정서를 제출한 대구의 B모 씨와도 통화를 하여 그에게 필요한 조언을 들으면서 자료도 도움을 받고 내 자신 스스로 준비를 해야 할 필요한 나머지 자료는 문서나 지침(指針), 책자, 신문 보도 등을 활용하는 방법을 취하고 복사를 했으며 또 내가 겪은 경험담을 서술하는 방식으로 작성을 했기 때문에 첨부할 자료수집에 있어서 아주 어려운 문제는 아니었다.

　나는 이렇게 수집한 자료를 가지고 A4 복사용지 규격에 맞춰 번호를 매기고 번호 순서대로 철하고 엮어서 자료를 책자형태로 묶어서 제본을 할 수 있는 인쇄소에 맡기면 준비는 완료되는 것이다.

　나는 소청심사청구서를 다음과 같은 순서에 의해 차례로 작성했다. 먼저 소청인은 당연히 본인이 되고 피소청인은 K모 강남구청장과 L모 서울특별시장으로 지정했다.

소청심사청구서

사건 : 서울특별시 전출 명령 또는 전입 명령 인사에 대한 무효 확인 및 취소

피소청인 : 강남구청장 K○○

피소청인 : 서울특별시장 L○○

　나는 강남구청장 K○○ 서울특별시장 L○○을 상대로 소청심사청구서를 작성하기 시작했다.

　여기서 소청인이 주장한 내용은 금번 전보 명령 인사는 기관 내(구청 내)의 인사가 아닌 기관 간(강남구에서 서울시로 전출시킨 즉 소속기관을 달리한 전보 명령)의 인사이기 때문에 이의 위법을 이유로 무효 확인 및 취소를 구하는 소청심사청구인 것이다.

　즉 강남구청장을 적격으로 하는 소청심사청구는 전출 명령 인사에 대한 무효 확인 및 취소 청구이며 서울특별시장을 적격으로 한 소청심사청구는 전입 명령 인사에 대한 무효 확인 및 취소를 청구하는 것이다.

　강남구청장을 적격으로 하는 소청이유는 20개항으로 그리고 서울시장을 적격으로 한 소청이유는 22개항으로 작성을 했다.

　＊내용은 후면에 첨부된 소청심사청구서 전반 자료(사건, 소청취지, 소청이유) 참고요망.

그것은 전출기관인 강남구청장과 전입기관인 서울시장의 언급되는 용어가 서로 다른 관계로 소청취지에 있어서도 언급하는 용어가 약간씩 차이가 있을 수 있으나 강남구청장을 적격으로 하는 서울특별시 전출 명령 인사에 대한 무효 확인 및 취소나 서울특별시장을 적격으로 하는 전입 명령 무효 확인 및 취소의 청구는 내용이나 증빙자료에 있어서 상호 불가분의 관계에 있는 관계로 내용 또는 자료가 거의 일치할 수밖에 없었고 또 그렇게 주장할 수밖에 없는 것이다.

나는 작성 준비된 소청심사청구서를 다음과 같은 순서대로 편철하기로 하고 이를 실행해 나갔다.

편철하는 순서는 자료가 많은 관계로 책자형태로 편철하기로 하고 먼저 소청심사청구서 표지와 소청심사청구서 및 소청취지와 소청이유 그리고 소청이유에 첨부해야 할 목록들을 순서에 의해 제목을 매 1페이지(Page)씩 작성 정리하고 제목에 갑 제○○호 증이라고 간지를 부치는 등 소송서류와 동일한 형태의 방법으로 표시하고 증거서류 뒷면에 수집한 자료 사본의 필요한 부분을 각 1부씩 첨부했다.

소청이유에 대한 증거서류는 다음과 같은 순서로 정리해 나가기 시작했다. 소청심사청구서(표지)와 다음 페이지부터 소청심사청구서 소청취지 소청이유(강남구청장 1~20개항, 서울특별시장 1~22개항)의 순으로 작성을 하고 강남구청장과 서울특별시장을 별도의 책자로 증거서류를 첨부하는 순서로 작성이 되었고 증빙서류는 복사 또는 출력하는 방법으로 첨부해 소청심사청구서 작성 준비가 완료된 것이다.

자료목록

1. 갑 제1호증 : 헌법재판소 전원 재판부 결정문(98헌바 101, 99헌바 8 병합) 지방공무원법 제29조의3 위헌소원 사본

2. 갑 제2호증 : 대법원 판결문(2001. 12. 11 선고 99두 1823인사 발령

취소 등) 사본

3. 갑 제3호증 : 본인 동의 없는 지방공무원 전출의 국가인권위원회 보도
　 자료 및 권고 결정 통지문 사본

4. 갑 제4호증 : 서울특별시 지방공무원 인사교류규칙 사본

5. 갑 제5호증 : 지방공무원법 및 지방공무원 임용령 사본

6. 갑 제6호증 : 훈계장을 받게 된 소청인의 경위서 사본

7. 갑 제7호증 : 구청장 수명사항 통보 및 훈계장 사본

8. 갑 제8호증 : 인사교류에 대한 소청인 의견서의 서울시 팩스(fax)(2
　 회) 송부 및 문서 접수증 사본

9. 갑 제9호증 : 강남구청장의 서울시 전출 임용장 사본

10. 갑 제10호증 : 서울특별시장의 전입 임용장 사본

11. 갑 제11호증 : 서울특별시의 시 · 자치구 간 공무원 인사교류(2003
　 년 8월 시행) 및 전보 계획 사본

12. 갑 제12호증 : 강남구의 공무원 전보(안) 예정 인터넷 사전 공개내용
　 일부 사본(3부) 및 타 구 교류 공개내용 사본

13. 갑 제13호증 : 서울시 구청교류 및 자체 전보 희망지 e인사 마당
　 (2001~2003년까지) 게재내용 일부 사본 19부

14. 갑 제14호증 : 소청인의 정부모범공무원(국무총리) 표창 및 서울시
　 모범공무원 표창장 외 시장 장관 등 표창장 사본 6부 등

　 * 위 자료의 목록 중 갑 제12, 13의 첨부자료는 서울시와 강남구청의 자료 분량이 몇 년 동
안 계속 시행한 관계로 너무나 많고 방대해 극히 일부분의 자료 사본만 샘플(sample)로 첨
부했음을 첨언함.

　 위 건 자료를 총 정리해 엮어 보니 강남구청장을 적격으로 하는 소청심
사청구서는 A4용지 90페이지이고 서울시장을 적격으로 하는 청구서는 88
페이지로 이제 모든 준비는 완료된 것이다. 다만 피소청인 적격이 강남구

청장과 서울특별시장인 관계로 양 피소청인에 대한 소청의 근본 취지나 모든 내용이 거의 동일하지만 소청이유에 있어서는 기관 명칭이 각각 다르기 때문에 문안에 있어서 주장하는 용어가 약간씩 다르고 첨부 서류에 있어서는 동일한 자료인 것이다.

나는 준비한 자료가 A4용지로 90여 페이지나 되는 많은 분량인 관계로 이를 책자형태로 제작하기로 하고 강남구청장과 서울시장을 상대로 하는 책자를 각 1부씩 전체를 완전하게 정리하여 인쇄소에 넘기고 책자형태로 제작해 줄 것과 필요한 양을 주문하면 되는 것이다.

시청 법무담당관실에 전화를 걸어 필요한 부수를 확인한 후 인쇄소에 넘겨준 원고를 A4용지 단면으로 4부씩 복사하여 책자형태로 잘 편철 최단시간 내 제작해 달라고 주문을 했다.

주문을 받은 인쇄소에서는 2일 이내 작업을 완료하여 17일(금) 오후까지 주문 요청한 그대로 납품을 하겠다는 다짐을 받았다.

주문한 소청심사청구서를 인계받다

오늘은 출근을 한 즉시 2일 전에 인쇄소에 의뢰한 소청심사청구서의 자료를 주문한대로 완료가 되어서 오후까지 납품이 가능한지 전화로 다시 한번 확인을 한 바 의뢰한 그대로 작업이 순조롭게 잘 진행되고 있으니 염려를 하지 말라고 하는 인쇄소 사장의 대답이다.

오전에 급한 업무를 빨리 마무리하고 오후에는 소청심사청구서를 넘겨받을 준비를 하고 있는 바 약속대로 2시경에 주문한 그대로 아주 잘 만들었으며 그리고 표지는 인쇄소에서 나름대로 구상 강남구청장을 상대로 청구한 표지는 백색으로 서울시장을 상대로 청구한 표지는 군청색으로 하여 서로 다른 색상으로 아주 마음에 들고 흡족하게 잘 만들어 주문한 부수대로 각 4권씩 가지고 온 것이다.

이제 모든 준비가 완료되었으니 우편으로 발송만 하면 준비는 끝나는 것이다.

소청심사청구서를 최종 검토하고 이를 발송하다

출근을 하자마자 곧바로 3일 전 인쇄소로부터 전달받은 소청심사청구서를 피소청인(강남구청장과 서울특별시장) 적격을 각각 달리하여 각 1권씩의 자료 책자(약 88~90페이지(page))를 간추려 발송할 준비를 다 마친 것이다.

이제부터 강남구와 서울시라는 거대한 조직과 본격적인 대결이 시작된다는 생각을 하자 과연 내가 취하는 방법이 나 자신을 위해 잘한 일인가 잘못한 일인가를 판단하기가 어려웠다.

그것은 지금까지 여러 사람의 의견을 듣고 판단하여 소청을 제기하겠다고 최종 결심을 하고 준비를 했으나 그들은 어디까지나 굿만 보는 객이요 주연은 내 자신으로서 지금부터 모든 상황의 책임을 내 자신이 부담을 안고 수행을 해야 하기 때문이며 향후 일이 잘되었을 때나 혹 일이 잘못되었을 때나 어느 때이고 그들은 하기 좋은 말로 내 말을 잘 듣고 내가 도움 또는 조언을 잘해 준 결과 일이 잘되었다고 할 수도 있을 것이고 혹 일이 잘못되었을 때는 내 말을 듣지 않아서 일이 잘못되었다고 할 수도 있는 바 이구동성으로 자기들의 도움에 의해 잘되고 잘못됐다는 등의 말을 할 것이 분명하고도 빤한 이치이기 때문에 향후 이러한 점에 대해서도 신경을 써야 할 것 같은 그러한 느낌이 든다.

나는 소청심사청구를 제기하기로 마음을 굳히고 심사청구서 자료를 완전 준비함으로써 더 이상 미룰 이유가 없었다. 인근 한남동 우체국으로 달려가 강남구 및 서울특별시 소청심사위원장 앞으로 소청심사청구서 각 1부 (책자형태 1권)씩 빠른 등기 배달증명 우편으로 접수 발송한 것이다.

소청심사청구서의 발송을 완료하자 여러 가지로 마음이 착잡했다. 소청인이 강남구청장의 전출 명령 및 서울시장의 전입 명령과 한강시민공원사업소 공원이용과장으로 보직을 받은 날짜가 9월 25일이고 소청심사청구서를 발송한 오늘이 10월 20일이니 25일 만에 소청심사청구를 제기했고 소청 제기 기간 만료일 5일 전에 소청심사청구서 발송을 다 마쳤으니 이제 모든 준비는 다 완료됐고 향후 심사위원회에서 필요한 보완 자료의 요구가 있을 때 자료를 제출하고 출석요구가 있을시 답변할 준비를 하고 있으면 되는 것으로 이제 나는 서울시 소청심사위원회로부터 어떠한 조치가 내려지며 연락이 오는가를 초조한 심정(心情)으로 기다리고 있을 수밖에 없는 것이다.

*서울시 및 강남구 소청심사위원장에게 발송할 소청심사청구서 발송문건 및 첨부된 청구서 자료(후면) 사본 참고요.

소청심사청구서 자료를 보완 제출하다

소청인이 지난 10월 20일 소청심사청구서를 작성 제출한 책자 내용 중 소청이유 10항 6번째 줄에 강북구 S모 사무관을 서울시로 전입시킨 후에 즉시 강남구로 전출시켰다는 주장은 잘못되었기에 이를 수정한다는 내용이다.

즉 지난번 소청심사청구서(책자형태)에는 지난 9월 25일자 발령사항 중 본인을 강남구에서 서울시로 서울시의 K모 사무관을 강북구로 그리고 강북구의 S모 사무관을 서울시로 전입시킨 후 즉시 강남구로 전출시키는 편법을 취했다고 표현을 하면서 3자 교류라고 표현한 바 실제 내용에 있어서는 3자 교류이기는 하나 문서 형식은 3자 교류가 아닌 서울시를 거치지 않고 강남구로 곧바로 발령이 난 것이다.

그것은 소청인을 서울시로 전출을 시켰기 때문에 강남구청장과 강북구청장의 합의에 의해 S모 사무관은 서울시를 거치지 않고 강남구청장이 전입 발령을 명한 것을 소청인이 서울시로 발령을 한 후 강남구로 전출시킨 것으로 잘못 알았던 사항을 정정한다는 내용이다.

그러나 어찌됐든 금번 인사는 특정한 사람을 강남구로 전입시킬 목적으로 시행했음에도 불구하고 강남구에서는 순수한 인사교류라고 주장을 하고 있는 바 이는 어디까지나 허구(虛構)에 불과하다는 것이 소청인의 주장

이며 이에 대한 근거로 인사교류의 진정한 의의(意義)와 관련법에 대해 설
명을 하고 그에 대한 근거로 2000년 6월 중앙인사위원회에서 발간해 각 기
관에 배포한 인사실무 책자 사본 내용을 추가로 첨부해 서울시 소청심사
위원장에게 제출한 것으로 소청인을 서울시로 강제로 전출시킨 금번 인사
명령의 위법성에 대한 근거서류 사본을 제출한 것이다.

* 소청심사청구자료 보완제출 및 공무원인사실무(2000년) 중앙인사위원회 발간책자 자
료 사본 참고요.

수신 : 서울특별시 소청심사위원회 위원장

제목 : 소청심사청구자료 보완 제출

　　1. 지난 10월 20일 소청심사를 청구하고 이에 대한
자료를 송부한 청구인 『정 종 철』 입니다.

　　2. 위 일자에 청구한 소청이유 10항 6번째 줄 강북
구 '宋 모' 사무관을 서울시로 전입시킨 후 즉시 강남구
로 전출시키는 이라는 내용은 본 소청인이 후에 확인한바
서울시로 전입이 되지 않고 강남구로 전입이 되었기 이를
정정합니다.

　　3. 그러나 서울시로 전입이 되지 않고 강남구로 전
입이 되었다 할지라도 이는 잘못된 인사행정의 처분임을
지적하고자 하며 그에 대한 소명이유는 다음과 같습니다

　　　가. 지금까지 강남구는 他區와의 인사교류를
하지 않겠다고 구청장이 공언을 하였습니다 그에 대한 단
적인 예가 2002년 8월에 서울시와 각 구간 상호 교류당시
강남구에서 강동구로 강동구에서 송파구로 송파구에서 강
남구로 상호간 전출 입 발령이 있었으나 강남구에서는 구
간교류를 하지 않겠다고 이를 거절하여 당시 송파구에서
강남구로 전보된 ' 모' 사무관이 송파구에 그대로 남어
현재 동장으로 근무하고 있는 사실이 이를 입증하는 것이
며 이는 지금까지 강남구청장이 공언한 언행을 스스로 번

복하는 이율배반적인 행동이며 증거입니다

　　3. 다음은 공무원의 인사지침서인 2000년 6월 중앙인
사위원회에서 발간 중앙부처 및 각 지방자치단체에 배포
한 공무원인사 실무 책자(P 207) 10항 人事交流(법 제32
조의 2, 임용령 제48조. 제49조)의 지침에 의하면

　　　가. 인사교류 의 意義란
　　　　o 인력의 균형배치 및 활용, 국가정책수립과 집
행의 연계성확보 행정기관 상호간의 협조체제 증진, 종합
적인 능력발전기회 부여와

　　　나. 交流의 種類는 희망교류와 계획교류가 있으며
　　　　o 희망교류란 본인의 희망을 기초로 하여 행하는
交流이며
　　　　o 계획교류란 분야별로 기관간에 교류군을 형성
하여 계획적으로 행하는 交流이고

　　　다. 交流節次는 인사교류 희망자 자신이 교류신청서
를 제출하고 이를 접수한 교류대상자 인사교류심의위원회
의 심의 결정이 있은 후 에 교류가 이루어짐이 정당함에
도 위와 같은 어떠한 사전심의 절차나 본 소청인에 대한
의사타진이 전혀 없이 특정인의 전입만을 위하여 교류라
는 미명하에 전. 출입 인사를 단행한 위법한 교류를 행하
였으며

4. 더구나 본 소청인은 교류계획이 있기 2일전에 본 교류에 대한 위법성과 반대의견을 분명히 하여 소청인이 서면으로 3회(Fax 2회. 문서 1회)에 걸쳐 제출하였음에도 불구하고 소청인에 대한 전보를 단행한 것은 위법한 행정행위 또는 행정처분임을 다시 한번 강조하면서 이에 대한 자료를 추가로 제출하오니 참고하여 주시기 바랍니다.

첨부 : 중앙인사위원회 발행 실무지침서 책자 해당자료
　　　 사본 1부 끝

2003년　11월　20일

위 소청인 : 정　　종　　철 (인)

연락처 : 011 - 1711 - 5665

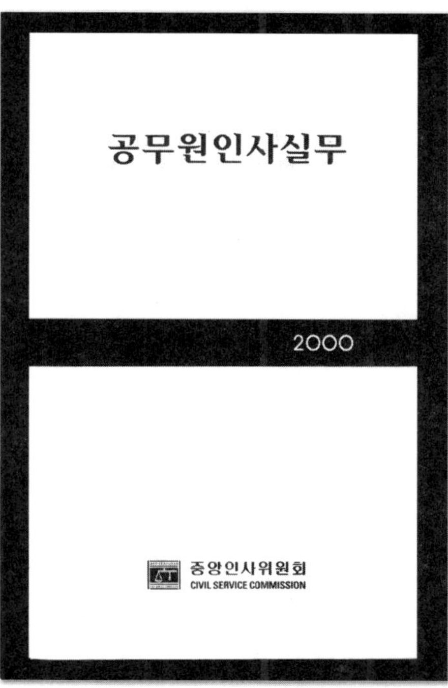

- 특전
  - 2년이상 성실근무한 자는 전공분야·경력·전문성·적성 등을 고려하여 본인의 희망 보직 부여
  - 경력평정시 1년초과한 당해직급 경력에 대하여 2점 범위내에서 월 0.04점씩 가산 (총 평정점 범위내)

< 필수실무요원의 보직(행정자치부훈령 제23호, '99. 4. 17) >
축적된 경험과 능력을 최대한 발휘할 수 있도록 관련분야의 책임있는 직위에 보직하고 인사관리상 불가피한 경우외에는 다른 부서로의 전보 지양

< 복수직급 직위의 보직 >
행정직렬 또는 기술직렬로 보직할 수 있는 복수직 정원의 직위중 기술분야의 전문적 성격이 현저한 직위는 기술직공무원을 우선 보직

< 도서·벽지공무원의 보직(임용령 제47조) >
5급이하 및 기능직(등대직렬 제외) 공무원이 도서·벽지에서 2년이상 근무시 본인의 희망기관으로 전보

< 신체장애자의 보직 >
신체적 조건·특기·적성 등을 고려하여 직무수행에 적합토록 보직

10. 人事交流(법 제32조의2, 임용령 제48조·제49조)

가. 意 義

○ 인력의 균형 배치·활용, 국가정책수립과 집행의 연계성 확보, 행정기관 상호간의 협조체제 증진, 종합적인 능력발전기회 부여

나. 交流의 種類

○ 희망교류 : 본인의 희망을 기초로 하여 행하는 교류

○ 계획교류 : 분야별로 기관간에 교류군을 형성하여 계획적으로 행하는 교류

다. 交流節次

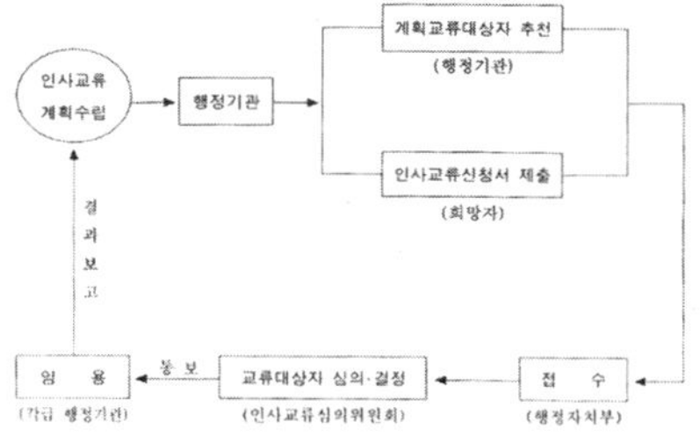

11. 缺員補充(법 제43조, 임용령 제42조)

가. 意 義

○ 휴직·파견 등으로 인한 업무공백 방지

○ 기관별 정원관리원칙(조직관계법령상)의 예외인정

소청심사위원회로부터 서울시와 강남구의 변명자료를 송달받다

소청심사청구서를 발송한 약 1개월여 만에 서울시 소청심사위원회로부터 소청인의 소청심사청구에 대한 서울시와 강남구의 변명자료를 송달받았다. 소청인이 심사청구서를 10월 25일 발송했으니까 29일 정도가 지난 것 같다.

소청인이 서울시에 주장한 소청이유 즉 요지는, 소청인은 서울시로 전출할 의사가 전혀 없었음에도 불구하고 강남구에서 마치 소청인이 서울시로 전출을 희망하고 동의하는 것처럼 허위 보고하고 전출 명령 처분한 사항을 정당한 인사교류라고 주장을 하면서 서울시로 전출 명령 처분한 강남구청장의 행정행위가 위법함을 서울시에서는 사전에 이를 알았고 또 알고 있었으면서도 수용하여 서울시로 전입 조치한 사항은 정당한 행정행위로 볼 수 없으며 서울시의 이러한 전입 명령은 지방공무원 임용령 제27조 5의 규정 및 서울시 인사교류 규칙 어디에도 해당되지 않는 위법한 행정처분으로 이는 인사교류가 아닌 특정한 사람을 강남구로 전입시키기 위한 술수로밖에 볼 수 없는 바 소청인의 서울시 전입 명령은 위법한 행정행위로써 무효 확인 및 취소를 구하는 소청을 제기하는 요지이다.

이에 대한 서울시의 답변 즉 변명내용은, 지난 8월 구청장협의회의 인사교류 요청을 수용하여 시와 자치구·자치구 상호 간 인사교류희망자 64명의 내신 자를 접수하여 시행했다고 하며 교류 당시 강남구는 교류를 희망하지 않아 인사교류 대상에서 제외했다고 스스로 인정 명시하고 있으면서도 본 소청인을 서울시로 전입 명령한 행정처분에 대해 변명하는 내용이 없는 것이다.

이에 대한 서울시의 변명에 본 소청인의 의견은, 서울시의 변명내용에서 스스로 밝힌 바와 같이 지난 8월 구청장협의회의 요청에 의한 인사교류 당시 강남구는 인사교류 자체를 희망하지 않아 강남구를 제외하고 서울시와 자치구·자치구와 자치구 간 인사교류를 시행한 이후 즉 인사교류가 다 끝난 상황에서 1개월이 지난 9월에 갑자기 특정한 사람을 강남구로 보내기 위한 인사교류를 행한 저의가 무엇인가 하는 점이다.

서울시의 변명자료에서도 나타난 바와 같이 서울시는 이미 8월까지 인사교류를 끝마친 상태에서 소청인 자신은 교류를 희망하지 않았고 특히 강남구 전출을 강력하게 거부한 소청인에 대해 교류라는 명분으로 서울시로 전보 발령을 한 사유가 무엇이었는지에 대해서는 아무런 구체적인 답변이나 언급조차 없이 막연하게 강남구에서 행정 5급 1명이 시 전입을 희망한다는 이야기가 있어 정기교류와 별도로 3자 인사교류차원에서 가능하다고 판단했다고 하는 바 그렇다면 8월에 이미 시행한 64명의 정기 인사교류 시에는 교류를 희망하는 직원들의 의사를 최대한 존중 전출동의서를 받아 교류에 참고하여 전보 발령을 하고 난 후에 더구나 정기교류가 다 끝난 상태에서 더더욱 소청인이 강력한 반대 입장을 분명히 밝혔음에도 불구하고 3명을 대상으로 추가교류를 실시한 결과에 대한 명쾌한 답변의 내용이나 변명이 없는 것이다.

또 소청인에게 단 한번도 의사를 타진하지 않고 이를 강행한 이유에 대해서도 답변이 없으며 강남구에서 특정한 인사를 전입시키기 위해 소청인과는 전혀 관련이 없는 즉 강북구의 S모 사무관이 강남구로 전입을 희망하고 있어 이를 시행하게 되었다는 소청이유와는 하등의 관계도 없는 제3자에 대해서만 장황(張皇)한 문구로 나열(羅列)하는 등 정당한 변명이 아닌 궤변(詭辯)만을 늘어놓고 있는 것이다.

　이를 좀 더 부연(敷衍) 설명한다면 소청인은 지금까지 단 한번도 서울시로 전출하겠다는 생각조차도 해 본 일이 없었고 누구에게도 일언반구(一言半句) 언급한 사실 자체가 없었으며 희망하지도 않았고 또 발령이 있기 2일 전에 이러한 사실을 알았고 전화로 즉시 거부의사를 표명했으며 인사과에 팩스(fax)로 2회 송부하고 시청을 직접 방문 서면으로 재차 거부의사를 문서로 접수한 후 인사과를 직접 방문 담당자 및 팀장과 과장을 면담 거부의사를 분명히 밝혔고 이러한 인사는 정당성이 결여된 위법한 행정행위라고 지적하고 이를 행할 시 불복(不服)할 뜻을 분명히 밝혔음에도 이러한 사실에 대해서는 한마디 변명도 없이 동문서답(東問西答)만 하고 있는 것이다.

　그리고 한 가지 더 분명히 짚고 넘어가야 할 사항은 S모 사무관은 당초부터 아예 강남을 희망하지를 않았고 강동, 광진, 서초 등 3개구를 희망하는 교류동의서를 제출했음에도 불구하고 소청심사위원회에 이러한 해명은 하지도 않고 동문서답의 변명과 자료를 제출한 것이며 서울시 자신이 이를 엄연히 알고 있는 사실임에도 불구하고 강남구의 말만 듣고 강남구와 짝짜꿍이 되어서 소청인을 서울시로 전보 발령을 했다는 사실이다.

　이러한 사실은 소청인의 소청심사청구에 의한 서울시의 변명자료에 그대로 나타나 있으며 S모 사무관이 강동, 광진, 서초를 희망하는 교류동의서를 제출한 사실이 서울시 변명자료에 그대로 나타나 있고 S모 사무관 자신도 자기는 강남을 희망하는 그러한 교류동의서를 제출한 사실이 없었다고 소청인에게 직접 확인을 해 주었으며 그의 말에 의하면 자기는 감히 강남으로 갈 생각을 하지도 않았는데 어느 날 갑자기 강남구에서 자기에게 강남에 한 자리가 비어 있으니 올 생각이 있느냐 여기로 와라 하는 식의 의사를 타진한 바 당연히 가겠다고 할 수밖에 없었다는 말을 실토(實吐)한 바 있으며 강남 전입 이후 본 사실이 언론에 계속 보도되니까 소청인이 혹시 언론 플레이(play)를 하지 않았나 의심을 하고 이야기를 직접 들어 보기 위해 찾아왔노라면서 자기는 동생을 1년에 한두 번 정도 만날까 말까 하는 처지에 있는데 동생에게 미안하고 누(累)가 될까 봐 걱정이 된다고 하는 바 본인은 내가 소청을 제기해 주장한 권리를 찾아 원대복귀를 했으면 되는 것이지 그렇게까지 하여 내 자신에게 돌아올 실익(實益)이 뭐가 있느냐면서 이 문제에 대해 소청인은 S모 과장에게 나는 당신에게 아무런 유감이나 감정이 있을 게 없다. 내가 제1의 피해자라면 당신은 제2의 피해자가 아니냐 하고 서로 이해를 하고 넘어간 사실까지 있다.

* 이상 본 소청심사청구에 대한 서울시 변명자료 내용 사본 참고요.

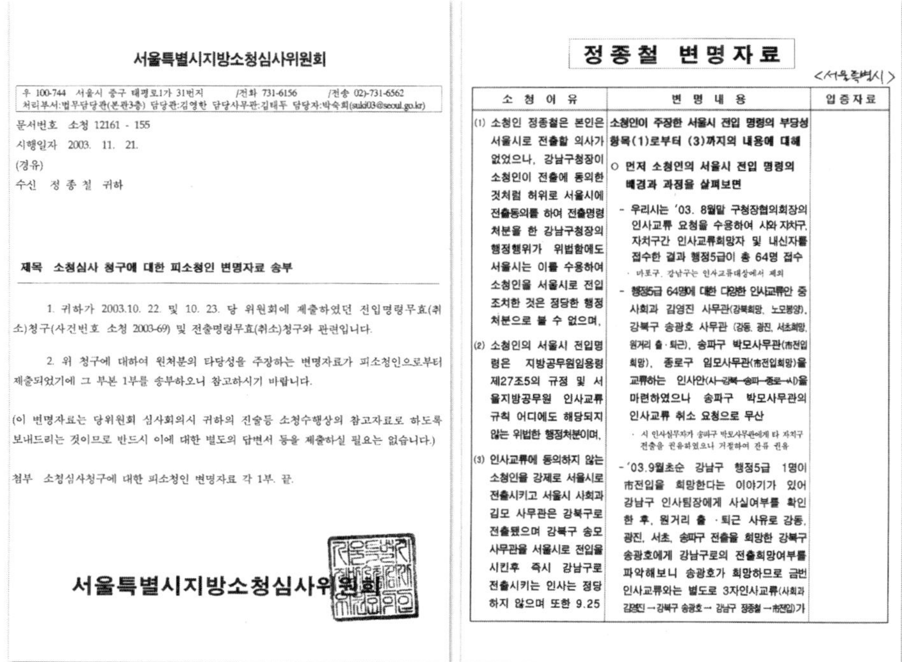

서울특별시지방소청심사위원회

우 100-744 서울시 중구 태평로1가 31번지 　/전화 731-6156 　/전송 02)-731-6562
처리부서:법무담당관(본관3층) 담당관:김영한 담당사무관:김태두 담당자:박숙회(suki03@seoul.go.kr)

문서번호 소청 12161 - 155
시행일자 2003. 11. 21.

(경유)

수신 정종철 귀하

제목 소청심사 청구에 대한 피소청인 변명자료 송부

1. 귀하가 2003.10. 22. 및 10. 23. 당 위원회에 제출하였던 전입명령무효(취소)청구(사건번호 소청 2003-69) 및 전출명령무효(취소)청구와 관련입니다.

2. 위 청구에 대하여 원처분의 타당성을 주장하는 변명자료가 피소청인으로부터 제출되었기에 그 부본 1부를 송부하오니 참고하시기 바랍니다.

(이 변명자료는 당위원회 심사회의시 귀하의 진술등 소청수행상의 참고자료로 하도록 보내드리는 것이므로 반드시 이에 대한 별도의 답변서 등을 제출하실 필요는 없습니다.)

첨부 소청심사청구에 대한 피소청인 변명자료 각 1부. 끝.

서울특별시지방소청심사위원회

정종철 변명자료

<서울특별시>

소 청 이 유	변 명 내 용	입증자료
(1) 소청인 정종철은 본인은 서울시로 전출할 의사가 없었으나, 강남구청장이 소청인이 전출에 동의한 것처럼 허위로 서울시에 전출동의를 하여 전출명령 처분을 한 강남구청장의 행정행위가 위법함에도 서울시는 이를 수용하여 소청인을 서울시로 전입 조처한 것은 정당한 행정 처분으로 볼 수 없으며,	소청인이 주장한 서울시 전입 명령의 부당성 항목(1)로부터 (3)까지의 내용에 대해 ○ 먼저 소청인의 서울시 전입 명령의 배경과 과정을 살펴보면 － 우리시는 '03. 8월말 구청장협의회장의 인사교류 요청을 수용하여 시와 자치구, 자치구간 인사교류희망자 및 내신자를 접수한 결과 행정5급이 총 64명 접수 · 마포구, 강남구는 인사교류대상에서 제외	
(2) 소청인의 서울시 전입명령은 지방공무원임용령 제27조5의 규정 및 서울지방공무원 인사교류 규칙 어디에도 해당되지 않는 위법한 행정처분이며,	－ 행정5급 64명에 대한 다양한 인사교류안 중 사회과 김영진 사무관(강북희망, 노모봉양), 강북구 송광호 사무관 (강동, 광진, 서초희망, 원거리 출·퇴근), 송파구 박모사무관(市전입희망), 종로구 임모사무관(市전입희망)을 교류하는 인사안(사←강북←송파←종로←시)을 마련하였으나 송파구 박모사무관의 인사교류 취소 요청으로 무산 · 시 인사실무자가 송파구 박모사무관에게 타 자치구 전출을 권유하였으나 거절하여 잔류 권유	
(3) 인사교류에 동의하지 않는 소청인을 강제로 서울시로 전출시키고 서울시 사회과 김모 사무관은 강북구로 전출됐으며 강북구 송모 사무관을 서울시로 전입시킨후 즉시 강남구로 전출시키는 인사는 정당하지 않으며 또한 9.25	－ '03.9월초순 강남구 행정5급 1명이 市전입을 희망한다는 이야기가 있어 강남구 인사팀장에게 사실여부를 확인한 후, 원거리 출·퇴근 사유로 강동, 광진, 서초, 송파구 전출을 희망한 강북구 송광호에게 강남구로의 전출희망여부를 파악해보니 송광호가 희망하므로 금번 인사교류와는 별도로 3자인사교류(사회과 김영진←강북구 송광호←강남구 정종철→市전입)가	

소 청 이 유	변 명 내 용	입증자료
일자 서울시 인사발령과 e-인사마당에 소청인과 강북구로 전출된 사회과 김모 사무관만이 게재가 되었고 강남구로 전입케된 송모 사무관은 게재가 되지 않은 것은 정당한 인사로 볼수 없음. 따라서 피소청인의 전입명령은 무효인 행정행위로 취소되어야 하므로 소청을 제기함	가능하다고 판단. ※ 강동, 광진, 서초구는 행정5급 인사교류대상자가 없음 - '03. 9.16 강북구 및 강남구에 3자 인사교류 동의요청서를 보낸 후 동의회신에 따라 '03. 9.25자로 인사교류실시 ※ '03.9.23 강남구 정종철이 시청 인사과를 방문하여 본인은 인사교류희망을 한적이 없다고 주장하여 강남구청장이 취소요청을 하면 취소가 가능하다는 것을 설명하였으나, 취소요청이 없어 인사교류 실시 ○ 소청인이 주장하는 (1)에 대하여 - 지방공무원법 제6조제1항에 의하면 지방공무원의 임용권은 지방자치단체의 장에게 부여되어 있고, 동법 제29조의3에 의하면 지방자치단체의 장은 다른 지방자치단체의 장의 동의를 얻어 그 소속 공무원을 전입할 수 있다고 규정되어 있으며, 반드시 공무원 본인의 동의를 받아야 한다는 규정은 없음 ○ (2),(3)에 대하여 - '03. 9.25字로 실시한 3자 인사교류(市→강북구→강남구→市)는 소청인이 주장하는 지방공무원임용령 제27조의5의 규정과 서울시인사교류규칙에 의하여 한 것이 아니라 지방공무원법 제29조의3의 규정에 의하여 인사교류를 실시하였으며,	증1) 행정5급 공무원 전·출입동의요구 및 동의회신 사본

소 청 이 유	변 명 내 용	입증자료
	- 또한 강북구 송광호의 강남구 전입발령은 강북구와 강남구와의 인사교류이기 때문에 우리시가 운영하는 e-인사마당에 게재할 사항이 아니므로 게재하지 않았음. ○ 위의 여러 가지 정황을 종합적으로 검토한 결과 소청인이 주장하는 논지는 이유가 없다고 판단되므로 이에 변명서를 제출함.	증2) 행정5급 공무원 인사교류 및 전보 사본

서울특별시

정보통신과

100-744 서울시 중구 태평로1가 31   전화: 731-6621   전송: 731-6053
인사과   과장: 장형우   팀장: 김석호   담당자: 서일준   iljun@seoul.go.kr

문서번호 인사12110-3137
시행일자 2003. 09. 16 (5년)
(경유)

보존기간	5년	시장
공개여부	비공개	
국장	전결	
과장		인사기획팀장
기안자	서일준	협조
심사자		심사일

받 음 받는곳 참조

참 조

제목 행정5급 공무원 전·출입 동의요구

지방공무원인사기록및인사사무처리규칙 제14조의 규정에 의하여 아래와 같이 공무원 전·출입을 요구하오니 동의여부를 통보하여 주시기 바랍니다.

가. 교류자 인적사항

시	소 속	사 회 과	직 급	행정5급	재직기간	'73.11.12~
↓	성 명	김 영 진 (金 榮 珍)			생년월일	50.10. 6
강북	주 소	노원구 상계6동				
강북	소 속	강북구	직 급	행정5급	재직기간	'74.10.25~
↓	성 명	송 광 호 (宋 光 浩)			생년월일	47. 8.20
강남	주 소	성남시 분당구				
강남	소 속	강남구	직 급	행정5급	재직기간	'68.11.11~
↓	성 명	정 종 철 (鄭 宗 澈)			생년월일	47. 8.11
시	주 소	강남구 개포3동				

나. 교류조건 : 시 → 강북 → 강남 → 시, 3자 교류

다. 교류일자 : 추후 협의. 끝.

서울특별시장

받는 곳 서울특별시 강북구, 강남구.

강 북 구

총무문화국

우)142-70 서울 강북 수유 3동192-53(www.kangbuk.seoul.kr) /전화 901-2024 /전송 901-6104
처리부서: 총무과   과장: 윤유동   담당주사: 김상화   담당: 김안식   chshe@kangbuk.seoul.kr

문서번호 총무12110-3765
시행일자 2003. 09. 17
(경유)

수신 서울특별시장

참조 인사과장

		일자	시간	2003. 9. 17	결재기한	
선람	인사과장	접수	번호	14706		
		처리과			공람	
		담당자				
		심사자			심사일	

제 목 행정5급 공무원 전·출입 동의통보

1. 서울시 인사12110-3137(2003.9.16)호와 관련입니다.
2. 지방공무원인사기록및인사사무처리규칙 제14조의 규정에 의하여 아래와 같이 공무원 전·출입 요구에 대한 동의여부를 통보합니다.

가. 교류자 인적사항

시	소 속	사 회 과	직 급	행정5급	재직기간	'73.11.12~
↓	성 명	김 영 진 (金 榮 珍)			생년월일	50.10. 6
강북	주 소	노원구 상계6동				
강북	소 속	강북구	직 급	행정5급	재직기간	'74.10.25~
↓	성 명	송 광 호 (宋 光 浩)			생년월일	47. 8.20
강남	주 소	성남시 분당구				
강남	소 속	강남구	직 급	행정5급	재직기간	'68.11.11~
↓	성 명	정 종 철 (鄭 宗 澈)			생년월일	47. 8.11
시	주 소	강남구 개포3동				
	동의여부	동의(○) 부동의( )				

나. 교류조건 : 시 → 강북 → 강남 → 시, 3자교류. 끝.(담당 총무과 김안식)

강 북 구 청

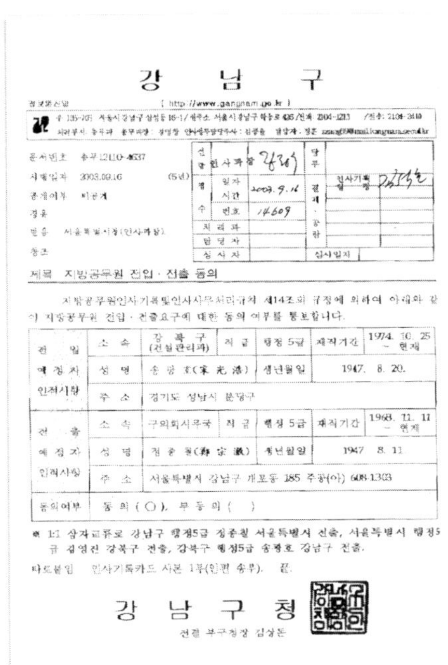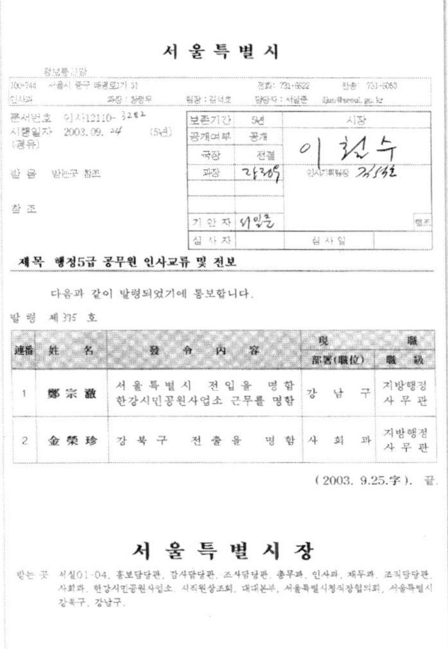

강남구의 변명자료는 더욱더 가관(可觀)으로 실소(失笑)를 금할 수 없었다. 다음은 강남구의 변명자료와 소청인의 입장을 표명한다면 위에서 언급한 소청인의 서울시에 대한 소청심사청구이유와 대동소이(大同小異)하다고 할 수 있겠으나 변명자료 첫 번째 언급 주장 및 내용은 이렇다.

1. 소청인에 대해 훈계(訓戒)를 받은 사유로 전출시켰다고 하는 바 강남구의 변명대로 소청인은 결코 공무원으로서 훈계를 받을만한 위법은 물론 부당한 어떠한 행위도 한 사실 자체가 없었을 뿐만 아니라

2. 소청인은 당시 구의회 전문위원으로 재직 중에 있었는 바 전문위원의 직제란 제도적으로 구정(區政)의 어떠한 정책결정이나 집행에 참여할 수 있는 라인(line)에 또 아무런 권한도 행사할 수 있는 그러한 위치에 있지도 않을 뿐만 아니라

3. 설사 훈계를 받았다 해도 훈계는 징계(懲戒)가 아닌 내부적 주의사항
   으로 이를 이유로 전출시킨 행위는 재량의 한계를 일탈(逸脫)한 위법
   한 행정처분이며

4. 이는 또 이중 처벌금지의 원칙에도 위배된다는 것이 소청인의 주장이
   고 논리인 것이다.

그렇다면 구청장의 훈계에 대해 소청인이 왜 그 당시 이의(異議)를 제기
하지 않고 가만히 있어가지고 그러한 일을 자초하게 되었지 않았느냐 하고
의아해할 수도 있는 바 훈계를 받게 된 경위부터 먼저 기술하기로 한다.

* 본 건 : 소청심사청구서 첨부 증거자료 갑 제6호 증 및 제7호 증 참고요.

2003년 6월경 제1차 추경에 삼성동 아셈(ASEM)길 무역협회 인근 현대백
화점 공항터미널 도로 주변 양측에 CC-TV 감시카메라(camera) 설치에 대
한 약 4억 7천만 원의 추경예산이 편성 요청된 바 본 소청인은 해당 상임위
원회 전문위원으로서 긍정적(肯定的) 의견으로 검토보고서를 제출한 바
있으나 상임 위원회 심의에서 일단 삭감(削減)이 된 바 있으며 해당 상임위
원회에서 삭감이 되었기 때문에 본 소청인은 완전 삭감된 것으로 알고 있
었으나 그 이후 예산결산위원회 최종심의 과정에서 구청 측에서 예산결산
위원회 소속의원들을 설득하여 CC-TV 감시카메라 설치 예산을 다시 부활
반영된 사실이 있었으나 본 소청인은 추경예산의 검토보고 후에는 예산결
산위원회에 참여하지 않는 관계로 삭감된 예산이 후에 추가로 부활 편성
된 사실 자체를 모르고 있었으며 해당 상임위원회의 K모 의원과 무역협회
주변의 아셈길 CC-TV 감시카메라 설치 예산을 가지고 우연찮게 이야기하
는 도중 그 부분에 있어서는 예산이 삭감되어도 무역협회 자체 예산이 많
은 관계로 큰 문제가 없을 것이고 감시카메라 설치가 꼭 필요하다면 협회
자체 예산만으로도 자신들이 설치할 수 있다는 의견을 주고받으면서 만약

에 무역협회에서 본 CC-TV 감시카메라를 자체 예산으로 설치하게 된다면 구 예산이 그만큼 절감이 되어 타 예산으로 활용할 수 있고 구민에게 봉사할 수 있는 기회도 될 테니 권유(勸誘)를 한번 해 보는 게 어떻겠는가 하고 말하는 도중에 마침 K모 의원은 자기가 무역협회 고위층을 잘 알고 있으니 먼저 실무적인 차원에서 의사타진을 한번 해 보면 어떻겠느냐고 하는 의견을 나눈 바 있다.

이러한 일로 인해 소청인은 먼저 무역협회 담당부서 L모 팀장을 만나 의사를 타진해 본 바 그는 긍정적인 반응을 보이면서 많은 예산이 아닌 약 6~7천만 원 정도는 가능할지 모르겠다는 언질을 하는 바 소청인은 그에게 이것은 어디까지나 의견을 개진(開陳)하는 정도니까 그렇게 알고 일이 성사되면 좋고 일이 성사되지 않는다 해도 아무런 문제가 없으니 절대 부담을 갖지 말라 하고 귀청한 사실이 있었는데 그 후 몇 시간 뒤 협회 L모 팀장으로부터 불가능할 것 같다는 전화연락을 받은 바 소청인은 괜찮다 사전에 그렇게 이야기하지 않았느냐면서 아무런 부담을 갖지 말라 하고 일이 종결된 사항이다.

그렇게 하여 이 일을 완전히 다 잊고 있었는데 아마 8월 초순경에 J모 감사담당관으로부터 전화가 걸려왔다.

J모 감사담당관은 정 전문위원 혹 CC-TV 감시카메라 설치관계로 무역협회를 방문한 사실이 있느냐고 묻는 바 소청인은 그래 방문한 사실이 있는데 그게 뭐 잘못된 일이라도 있느냐고 반문하니까, J모 감사담당관은 다시 구청장이 정 전문위원이 무역협회 방문한 사실을 가지고 좋지 않게 보면서 문제가 있으니 조사를 하라는 지시를 받았다는 이야기를 한다. 소청인은 그래 무역협회에 가서 CC-TV 감시카메라 설치관계로 이야기한 일이 있는데 그것이 뭐가 잘못됐다는 거냐 조사할 게 있으면 해 보라고 했다. 그러자 J모 감사담당관은 여하튼 구청장이 당신을 아주 이상하게 좋지 않게 생각을 하고 있다면서 지시된 사항이니 조사를 할 수밖에 없지 않느냐고 한

다. 이에 소청인은 구청장 참 이상한 사람이네 라고 말하면서 그래 좋다 조사를 해 볼 테면 해 봐라. 하고 전화를 끊었다.

그러한 말을 주고받고 한 일이 있은 후 그 다음날인가 감사담당관 소속 L모 직원이 소청인의 사무실을 방문한 후 서로 대화가 오갔다.

직원은 과장님 CC-TV 감시카메라 설치관계로 무역협회를 방문한 사실이 있느냐고 물었고, 소청인은 그래 방문한 사실이 있는데 그게 뭐 잘못된 게 있느냐고 반문했다. 그러자 직원이 잘못된 게 있다는 게 아니고 사실 조사 지시를 받고 나왔다고 했다. 그에 소청인은 좋다, 그래 조사를 해 봐라 조사를! 그러나 조사를 하기 전에 내가 이 자리에서 무역협회를 방문하여 대화를 한 그때 그 직원과 내용을 그대로 통화를 할 테니 옆에서 먼저 들어 봐라. 그리고 이야기를 들은 다음에 조사를 해 보라고 했다.

즉시 무역협회에 전화를 걸어 당시 협회를 방문 감시카메라 설치문제로 대화를 했던 L모 팀장과 통화를 하기 시작했다.

○○팀장, 나 구의회 전문위원 정 아무개요. 지난번 당신 사무실을 방문하여 이야기를 나누었던 CC-TV 감시카메라 설치에 대해 이야기한 사항을 가지고 구청장이 아마 나에 대해 오해를 하고 있는 모양인데 이 건으로 감사담당관실에서 문제가 있다고 나를 조사를 하겠다고 나왔다. 구청에서 나를 조사한 다음 아마도 필요시에 무역협회를 방문할 것 같으니 그 당시 나하고 나누었던 이야기에 대해 조금치도 더 가감을 하지 말고 그때 있었던 사실 그대로 오고 간 내용의 이야기를 진술하기 바란다며 내가 부탁하고 싶은 말은 그 말밖에 없다며 전화를 끊었다.

소청인 : (직원에게) 들었지. 들은 그대로니까 무엇을 조사하려고 하는지는 모르겠으나 조사를 해 봐라.

직원 : (난감한 표정을 지으며 한참 묵묵히 있다가) 왜 거기를 가셨어요?

소청인 : 어디 다녀오는 길에 무역협회 앞을 지나면서 CC-TV 감시카메라 설치예산이 삭감된 줄 잘못 알고 이를 비예산사업으로 시행할 수 있는지

의견을 나누고 온 일이 있다. 뭐 그게 잘못됐다고 보느냐. 나는 비예산업은 많이 하면 할수록 좋다고 생각하는데 하면서 뭐 그 점에 대해 잘못된 사항이 있느냐 하고 방금 통화 내용을 다 들었겠지만 그 이상도 그 이하도 아니다. 무역협회를 방문하여 직접조사를 해 봐라. 그리고 방금 전 내가 하는 이야기와 조금치라도 다른 내용이나 차이가 있다면 어떠한 처벌도 책임도 감수할 용의가 있으니 그렇게 알아라.

이렇게 해서 별다른 말없이 조사를 위해 소청인을 방문한 직원은 돌아갔다. 다음날 J모 감사담당관으로부터 또 전화가 걸려왔다.

J모 감사담당관 : 정 전문위원 내가 직원으로부터 보고를 받아 보았는데 난 도대체 뭐가 뭔지 알지를 못 하겠어.

소청인 : 그래 알지를 못하겠지. 내 자신도 아무런 문제가 없고 그리고 그게 뭐가 잘못되었다는 건지 나도 잘 모르니까.

J모 감사담당관 : 그래도 조사를 안 할 수도 없고 하니까 좀 더 자세하게 이야기를 해 주어.

소청인 : 나는 더 이상 할 말이 없으니 직접 조사를 해 봐.

J모 감사담당관 : 사실대로 이야기를 좀 해 달라니까?

소청인 : 난 더 이상 할 이야기도 없어. 내가 또 무엇을 잘못한 일이 있는지 나 자신도 몰라.

J모 감사담당관 : 그러면 좋다. 내가 직원에게 보고를 받아 보아도 또 정 전문위원에게 이야기를 들어 보아도 도대체 무슨 말인지 알 수가 없다. 그러니 정 전문위원이 이 건에 대해서 경위서를 하나 써주는 게 어떨까. 나도 이것을 빨리 마무리하고 싶은데…….

소청인 : (그들과 더 이상 입씨름할 이유도 없고 해 봤자 득될 것도 없다고 생각하면서 빨리 마무리를 짓기 위해서) 그럼 좋다. 언제까지 써주면 되겠느냐.

J모 감사담당관 : 지금이라도 당장 써주면 좋다. 빠르면 빠를수록 좋다.

소청인 : 좋다, 내일이라도 당장 써서 보내주겠다.

하고서 경위서를 작성하기 시작하여 그 다음날 감사담당관에게 경위서를 제출했다.

　* 경위서 내용 : 소청심사청구서 자료 갑 제6호 중에 첨부된 훈계장을 받게 된 소청인의 경위서 사본 참고요.

그리고 경위서 말미에 소청인 자신이 본의 아니게 협회를 방문 물의를 일으킨 점에 대해 사과를 한다는 의례적인 내용으로 경위서를 작성 제출한 바 이 글을 쓰면서 생각하니 잘못이 없는 소청인이 왜 사과를 한다는 그러한 문구의 내용을 언급했는지! 지금 생각하면 그 점에 대해서는 후회가 되는 것이다.

다음 그렇다면 왜 전문위원이 CC-TV 감시카메라 설치 예산이 편성된 사실을 알지 못했으며 또 추후에 반영된 예산을 모를 수가 있었느냐고 하는 의문점이 제기될 수 있는 바 이 부분은 2명의 전문위원 중 추경예산 심의 및 예산결산위원회 심의에는 1명의 전문위원만이 참석을 하는 관계로 소청인은 본 추경예산에 대해 사전에 검토 의견서를 작성 사무국에 제출한 후 해당 상임위원회에 참석 구청 측의 제안 설명 후 의원들에게 검토 보고를 하는 의견만을 제출하는 관계로 추경예산 심의 및 예산결산위원회에는 참석을 하지 않기 때문에 이를 정말로 몰랐으며 상식적으로 볼 때 본예산이 편성된 사실을 알았다면 왜 굳이 무역협회를 방문하여 비예산사업으로 CC-TV 감시카메라 설치를 권유할 하등의 이유가 없었을 것이다.

이러한 점에 비추어 볼 때 CC-TV 감시카메라 설치 예산이 삭감되었다가 후에 예산결산위원회 심의과정에서 부활 다시 편성된 사실을 몰랐다는 것은 본 소청인의 불찰(不察)로 변명의 여지가 없다고 할 수도 있겠으나 분명한 사실은 즉 무역협회에 대해 협회 주변에 CC-TV 감시카메라 설치를 비예산사업으로 추진하려고 시도한 점은 순수한 의도로 의견을 개진(開陳)

한 정도였으며 구청에서 지적한 내용과 같이 불순(不純)한 의도가 있지 않았음은 물론 불순한 의도가 있을 수도 있을 이유도 없다는 것을 독자들은 이해해 줄 것으로 믿는다.

이와 같이 소청인의 입장에선 또 누가 보아도 아무런 문제가 없는 사항을 의혹을 가지고 구청장은 감사부서에 무슨 불순한 의도가 있을 것이니 이를 철저히 조사하라는 명령을 내렸을 것으로 예상이 되며 수명(受命)을 받은 감사부서 입장에서는 구청장의 지시도 지시려니와 혹 어떠한 불순한 의도가 있지 않았나 하고 심도(深度) 있는 조사를 했으나 아무런 혐의점을 찾지 못하자 소청인이 무역협회를 방문 CC-TV 감시카메라 설치를 의논 또는 협의를 하여 오해를 사게 함은 성실의무와 청렴성을 의심케 했다는 등 얼토당토않은 보고서를 작성케 하고 또 공교롭게도 그 당시 아무 관련도 없는 재무건설위원회 소속 의원들의 해외연수 및 여행 가는 문제를 가지고 이를 연관(聯關)시키고 아무런 관련(關聯)도 없는 구세(區稅) 감면(減免) 조례(條例) 및 교통유발(交通誘發) 부담금(負擔金) 부과취소(賦課取消) 청구(請求) 소송(訴訟)과 연관을 지으려고 혐의(嫌疑)를 가지고 조사를 하고 끝까지 의혹(疑惑)이 있는 양 기술하면서 그러나 입증할만한 증거불충분으로 사실규명이 불가하다고 하는 등 아무런 혐의가 없는 사실을 확인했으면서도 엄중 문책을 해야 하나 본인이 반성을 하고 있으니 금회에 한하여 훈계 조치를 한다고 훈계장을 내려준 것이다.

* 훈계장 내용 : 소청심사청구서 갑 제7호 증 첨부 자료 참고요.

이는 마치 군주시대(君主時代) 대역죄인(大逆罪人)에게 또는 오늘날 대통령이 큰 범법자에게 특별사면(特別赦免)이나 베푸는 양 방침을 받아 8월 25일을 전후하여 소청인에게는 훈계장을 내려주고 감사담당관을 위시하여 팀장 및 담당자에게는 조사를 잘 했다고 특별격려(特別激勵)를 주는 등

웃지 못할 난센스(nonsense)를 연출한 것이다.

그리고 얼마 후 공교롭게도 ○○○○의 친형인 S모 사무관을 강남구로 전입시켜야 할 사유가 발생하자 누구 한 사람을 전출시켜야 하겠는데 전출시킬 사람이 여의치 않자 본 소청인을 방출하기로 지목한 것이며 속된 말로 본 소청인이 여기에 잘못 걸려든 것으로 알고 있다.

그리고 S모 사무관을 전입시킨 것은 ○○최고위층에 있는 사람의 친형이기 때문에 필요시 강남구청에서 이용가치가 있다고 판단하여 스스로 긴 것(영입, 즉 모시어 온 것)으로 생각이 들며 강남으로 온 S모 사무관은 아무런 생각도 없이 강남으로 전입을 하고 계속 신문지상에 보도가 되자 심적(心的)으로 부담이 되었는지 모르지만 그 후 1년 만에 스스로 타 구로 전출을 가게 되었으며 강남구에서는 본 소청인과 아무런 협의도 하지 않았으면서도 소청인이 마치 서울시로 전출을 희망하는 것처럼 파렴치(破廉恥)하게도 허위(虛僞) 보고를 하고 방침을 결재 받아 방출을 시키고 구의원들에게는 뭐라고 얘기를 했는지 자세히는 모르지만 입소문에 의하면 소청인이 중대(重大)한 비리(非理)가 있어 중(重)징계(懲戒)로 다스려 책임을 물어야 하나 공무원생활도 오래했고 본인의 명예도 있고 하니 배려를 해서 전출시키는 방향으로 종결을 하게 됐다고 마치 무슨 크게 은전(恩典)이나 베푸는 양 선전하면서 방출을 실행에 옮겨 9월 25일자로 전보가 되었는 바 본 소청인은 이러한 사실에 대해 본인의 명예를 걸고 서울시 전출 인사 명령의 위법성을 제기하고 소청심사를 청구하게 된 원인이 된 것이다.

이에 대해 그렇다면 왜 당시 잘못된 훈계 처분에 대해 이의를 제기하지 않아 본 훈계처분으로 빌미를 제공하여 강남구에서 방출되지 않았느냐 할 수 있는 의문이 제기될 수 있는 바 여기에 대해서는 본 소청인이 받은 훈계처분에 대해 앞에서 언급한 바와 같이 이의를 제기하고 이의 취소를 위한 다툼을 벌일 수도 있겠으나 훈계는 징계가 아닌 내부행위로써 이를 가지고 이의를 제기하는 문제로 간다면 지시를 받은 감사담당관이나 소청인

피차 간 불필요한 소모전을 벌이는 곤란할 입장에 처하게 될 것 같고 훈계
는 징계도 아니니 달게 받겠다면서 빨리 끝내고 잊어버리는 방향으로 하
겠다고 언급한 사실이 있으나 이 문제에 대해 현 시점에서 다시 한번 생각
을 해 보면 당시 옳고 그름의 문제에 대해 끝까지 다툼을 벌여 결판을 내지
않은 일에 대해서는 후회스러운 마음이 있는 것이다.

* 소청심사청구에 대한 강남구의 소청답변서(변명자료) 내용 참고요.

訴 請 答 辯 書

[行政5級 鄭宗澈]

江 南 區

소청 답변서

[행정5급 정종철]

소 청 이 유	답 변 내 용	입증자료
1. 소청인 정종철은 서울시로 전출할 의사가 없었으나 강남구청장이 소청인이 전출에 동의한 것처럼 허위로 서울시에 동의하여 인사교류가 실시된 행위는 인사권의 남용이고 전횡이며 위법하므로 당연 무효로 마땅히 취소되어야 하며	소청인이 주장한 서울시 전출명령의 부당성 항목 1로부터 4까지의 내용에 대해 ○ 먼저 소청인은 강남구 재직기간 중 업무에 전념하는 자세를 보이지 않고, 조직 내 융화와 질서에 반하여 근무한다는 주변의 평가를 받아 온 자로서 ○ 이번 소청인의 서울시 전출명령의 직접적인 배경과 과정을 보면	
2. 소청인의 서울시 전출명령은 지방공무원임용령 제27조의5의 규정 및 서울시지방공무원 인사교류규칙 어디에도 해당되지 않는 위법한 행정 처분이며	- 금번 전출명령은 소청인이 자신의 업무와 무관한 아셈길, 현대백화점 주변의 CC-TV 설치사업과 관련하여 사업비 예산이 2003년 추가경정 예산에 편성(2003년 7월 11일)되었음에도 동년 8월 5일 14시경 한국무역협회를 방문, 관리지원본부 재무회계팀장을 만나 CC-TV 설치비용을 부담하도록 권유하는 언동을 하여 무역협회 관계자들로부터 이를 구청에 항의케 하고 구정의 불신을 유발하는 등 물의를 야기한 사실이 있어 그 전말을 감사 부서에서 조사한 결과 상당한 책임이	
3. 훈계를 받은 사유로 전출시켰다는 주장은 훈계가 징계가 아닌 내부적 주의사항으로 이를 이유로 소청인을 전출시킨 것은 재량의 한계를 벗어난 위법한 행정행위며 이중 처벌금지의 원칙에도 위배		

소 청 이 유	답 변 내 용	입증자료
되는 사항임 4. 또한, 인사교류를 동의하자 않는 소청인을 강제로 서울시로 전출시키고 서울시 사회과 김모 사무관은 강북구로 전출, 강북구 송모 사무관은 서울시로 전입을 시킨 후 즉시 강남구로 전출시키는 인사는 정당하지 않으며, 9월 25일자 강남구로 전입된 송모 사무관은 강남구 홈페이지에 게재가 되지 않았고 발령장도 받지 않았는지 답변을 요구함 위와 같은 사실에 비추어 볼 때 피소청인의 전출명령은 무효인 행정행위로 취소되어야 하므로 소청을 제기함	있다고 판명되어 1차 훈계 조치함과 아울러 향후 전보인사 조치키로 내부 결정되었던 대상자임 - 소청인의 위 행위는 구정의 신뢰를 실추시키고 한국무역협회와 같은 불필요한 오해를 불러 강남구의 청렴성을 의심케 한 행위로, 서울시 전출은 이에 대한 문책성 인사이며 소청인의 사전동의 여부와 전혀 관계없는 사안임 - 조사 결과를 보면 소청인은 강남구의회 재무건설위원회 전문위원으로 재직하면서 "CC-TV 설치 사업비가 2003년 추가경정예산에 통과된 것을 모르고 있었다"고 주장하나 이는 행위시점이 추경안 통과 이후로 상임위인 재무건설위원회의 예산심의 과정 및 그 결과를 모르고 있었다는 것은 도저히 납득하기 어렵고, 동 업무 추진 부서장이 아닌 구의회 전문위원이 한국무역협회를 방문하여 설치 사업비를 투자토록 권유한 행위는 소청인을 포함하여 당시 의회 재무건설위원들이 유럽여행을 앞두고 있는 시점에서 불순한 목적하에 한 행위로 추정되는 바, 이는 지방공무원법 제48조(성실의 의무) 및 제53조(청렴의 의무), 제55조(품위유지의 의무)를 위	증1) 훈계관련 사본

소 청 이 유	답 변 내 용	입증자료
	반한 것으로 강남구 전 공무원의 명예를 실추시킨 행위임 - 현재 한국무역협회는 강남구와 '2002년도분 교통유발부담금 부과처분 취소' 행정소송이 진행중이고, 동 협회 소유 부동산과 관련하여 구세감면 조례개정(안)이 구의회에 계류 중에 있으며 조례개정이 이루어지면 동 협회는 종합토지세 등 74억원 상당이 감면될 것으로 예상되는 바, 특히 구세 감면은 의회(재무건설위원회 소관)의 조례승인이 있어야 하는 상황에서 구의회 재무건설위원회 공무국외여행이 2003년 8월 20일부터 8월 27일까지 7박 8일의 일정으로 스위스와 이탈리아를 방문토록 예정된 시점에서 구의회 전문위원(재무건설위원회 담당)으로서 강남구의회 재무건설위원회 소속 김모 의원으로부터 "CC-TV 설치에 따른 추경예산이 일부 삭감되고 어렵게 통과되었다. 그러나 아쉽길 CC-TV 설치예산은 통과되지 않았으니 무역협회 측에서 자체 사업 예산을 투입, 설치할 수 있는지 의견을 들어 보라"는 이야기를 듣고 중견 관리자에 해당하는 사무관인 소청인이 한국무역협회를 직접 방문하여 동 협회 재무회계팀장을 만나 CC-TV 설치 사업비 부담 문제를 논의한 것은 그 저의가 의	증2) 행정소송 진행 사본 증3) 조례개정 관련 사본 증4) 재무건설위원회 공무국외여행계획서 사본

소 청 이 유	답 변 내 용	입증자료
	심되는 행위라 할 것임 - 또한, 강남구는 부조리 없는 "Clean 강남"을 만들기 위해 구정의 기본정책 결정에 있어 주민설문 결과를 반영하고 있으며, 지방세 인터넷 납부 등 13개 주요 민원업무의 전산화로 행정처리를 공개하는가 하면, 각종 인·허가 처리시에도 금품 등을 받지 않겠다는 청렴준수서약제 시행, 그 외 57개 주요 업무의 민간위탁(아웃소싱)과, 260여건의 각종 제도개선 등 부조리 예방 및 척결을 위해 전 행정력을 집중, 추진 중에 있는데도 소청인이 이해관계에 있는 단체를 직접 방문, CC-TV 설치사업비를 부담하라는 취지의 언행을 한 사실은 도저히 용납될 수 없는 행위임 - 위와 같이 물의를 야기 시킨 간부직 공무원에 대해 타 기관 인사교류가 불가피하여 정기 인사교류와는 별개로 9월 초순경에 전출요청을 하게된 것으로 2003년 9월 17일 서울시의 인사교류에 대한 동의 요구를 하여 9월 25일 인사교류를 실시한 사실이 있음 ㅇ 소청인이 주장하는 1, 2에 대하여 - 지방공무원법 제6조제1항에 의하면	증5) 인사교류 동의관련 문서사본

소 청 이 유	답 변 내 용	입증자료
	지방공무원의 임용권은 지방자치단체의 장에게 부여되어 있고, 같은 법 제29조의3에 의하면 지방자치단체의 장은 다른 지방자치단체의 장의 동의를 얻어 임용권을 행사할 수 있도록 규정함 - 또한, "지방공무원의 타 지방자치단체로의 전출, 전입에 공무원 본인의 동의를 받을 것을 규정하고 있지 않음으로써 그 동의 없이도 타 지방자치단체로의 전입, 전출이 가능하도록 규정하고 있으나 이는 이미 지방공무원으로서 임용 받은 자에 대한 인사교류의 한 차원에서 이루어지는 것이며, 특히 그와 같은 인사교류에 의하여 공무원 본인의 이익이 과도하거나 부당하게 침해될 때는 그 인사명령 자체가 인사권을 남용한 것이거나 재량의 한계를 일탈한 것으로 사법적 통제를 받을 수 있으므로, 단지 공무원 본인의 동의를 필요로 하지 않는다는 점만으로는 헌법 제10조, 제15조는 물론 공무원의 신분보장을 규정하고 있는 헌법 제7조제2항 및 기본권의 제한에 관한 헌법 제37조제2항 등에 위배된다고 보이지 아니한다"라고 함['전출발령 처분취소' 소송 판결 : 서울고등법원 제6특별부 97구 49987(1998.11.24.)]	증6) 서울고등법원 제6특별부 판결 사본

소 청 이 유	답 변 내 용	입증자료
	○ 소청인이 주장하는 3에 대하여 - 금번 훈계 처분은 강남구 전 공무원의 명예실추는 물론 이해관계에 있는 단체를 방문, 사업비 부담 운운 등으로 청렴 및 성실의 의무를 위반하여 마땅히 징계처분 하여야 하나 임용권자가 본인의 향후 공직생활을 참작하여 훈계처분 하였으며, 앞으로 공무원으로서 계속 재직할 경우나 타 기관 전출 시에도 당사자에게 회복할 수 없는 징계처분으로 인사기록카드 상에 그 기록이 남아, 신분상의 불이익 등을 종합적으로 고려하여 징계처분을 하지 아니한 것으로 훈계 처분과 타 기관 전출내신은 그 내용이나 성질이 달라 이중 처벌에 해당하지 아니함 ○ 소청인이 주장하는 4에 대하여 - 소청인의 2003년 9월 25일자 강남구 전입인사 내용이 강남구 홈페이지에 게재되지 않았고 발령장도 받지 않았다고 하는 데 그것은 사실과 전혀 다르며 - 강남구 전출·입 인사 내용은 강남구 홈페이지 "결재문서공개" 란에 9월 26일자로 게재되어 있으며, 전입 직원에 대하여는 9월 25일 발령장을 전수한 사실이 있음	증7) 인사교류 공개 사본 증8) 발령장사본

소 청 이 유	답 변 내 용	입증자료
	○ 기타 소청인이 주장하는 이유에 대하여 - 소속직원에 대한 전보는 원칙적으로 임용권자의 고유 권한에 속하므로 법령에 위반되거나 권리남용에 해당되는 특별한 사정이 없는 한 유효하고, 전보를 통한 불이익이 통상 감수하여야 할 정도를 현저히 벗어난 것이 아니라면 정당한 임용권 행사의 범위 내에 속하는 것으로 봄 ○ 위의 여러 가지 정황을 종합적으로 검토한 결과 소청인이 주장하는 논지는 이유가 없다고 판단되므로 이를 기각함이 타당하다고 사료됨	

소청심사위원회에 제출한 강남구의 변명자료를
구체적으로 반박하는 내용증명 우편물을 발송하다

그러면 다시 되돌아가 강남구의 답변 즉 변명내용에 대해 기술하기로 한다. 강남구에서 소청심사위원회에 제출 답변한 변명자료 내용인 즉

1. 소청인(본인)이 강남구 재직기간 중 평소 업무에 전념하는 자세를 보이지 않고 조직 내 융화(融和)와 질서에 반하여 근무한다는 주변의 평가를 받아온 자 라고 지칭(指稱)한 바 본 소청인은 소청인에 대해 그렇게 지칭한 사실에 대해 즉각 답변을 요구하는 내용증명 우편물을 발송했다.

발송내용의 요지는 다음과 같다.

먼저 소청인이 강남구 재직 기간 중 평소 업무에 전념하는 자세를 보이지 않고 조직 내 융화와 질서에 반하여 근무한다는 주변의 평가를 받아온 자 라고 지칭한 바 이는 소청인에 대한 명예훼손(名譽毁損)은 물론 인격모독행위(人格冒瀆行爲)를 한 답변으로써 이에 대한 답변(변명자료)을 제출한 근거가 무엇인지를 12월 6일까지 객관적인 근거에 의해 구체적으로 답변을 해 줄 것과 만약 이를 답변치 못할 시는 명예훼손으로 간주(看做) 법적인 대응까지 검토하겠다는 내용증명 우편물을 발송함 .

*소청답변서 답변내용에 대한 답변요구, 발송 내용 사본 자료 참고요.

수신 : 강남구청장

참조 : 총무과장

제목 : 소청답변서 답변내용에 대한 답변요구

　　　1. 지난 9월 25일 귀 구청에서 서울시로 전입 후 이의 위법함을 이유로 서울시 소청심사위원회에 소청심사청구서를 제출한바

　　　2. 본인의 소청이유 1항에 대한 소청이유의 핵심내용은 소청인은 서울시로 전출할 의사가 전혀 없었으나 강남구청장은 소청인이 전출을 동의한 것처럼 서울시에 허위로 동의하여 인사교류가 실시된 행위는 인사권의 남용이고 전횡이며 위법하므로 당연 무효로 마땅히 취소되어야 한다는 이유에 대하여

　　　3. 귀 구청은 왜 무슨 이유로 본 소청인이 강남구 전출을 동의하지 않았음에도 이를 동의한 양 허위로 구두보고하고 문서를 제출하여 소청인을 전출하도록 하였는지 답변을 하여주기 바라며

　　　4. 아울러 귀 구청의 답변 내용 중 「먼저 소청인은 강남구 재직기간 중 업무에 전념하는 자세를 보이지 않고 조직 내 융화와 질서에 반하여 근무한다는 주변의 평가를 받아온 자로서」라고 답변한 사항은 소청이유에

대한 답변과 무관한 동문서답을 한 것이며 더구나 위 답변내용은 소청인에 대하여 명예훼손과 인격모독 행위를 한 답변으로 볼 수밖에 없는바

　　　5. 귀 구청의 서울시 소청심사위원회 답변 내용에 대하여 다음과 같이 질문하오니 소청인에게 6하 원칙에 의하여 답변을 하여주기 바랍니다.

　　　가. 강남구 근무 기간(만 15년)동안 업무에 전념하지 않은 때가 언제 있었으며 전념하지 않은 기간과 내용을 구체적으로 답변을 하여주기 바라며

　　　나. 조직 내 융화와 질서에 반하여 근무한다는 주변의 평가를 받아온 자. 라고 하였는바 이에 대한 평가를 받은 구체적이고도 객관적인 근거는 무엇인지를 답변하고 평가서의 자료 제출을 요합니다.

　　　6. 위 3항과 5항 가. ~ 나. 의 구체적인 답변과 자료를 2003년 12월 6일까지 제출하여주기 바라며 만약 이에 대한 구체적이고도 객관적인 답변 등을 소청인이 요구한 기일까지 답변을 하지 않거나 자료를 제출하지 못하시는 허위답변은 물론 소청인의 명예훼손으로 간주 할 것임은 물론 필요시 이에 대한 법적인 대응까지도 검토할 수 있음을 통지하오니 참고하시기 바랍니다.

첨부 : 1. 소청심사청구에 대한 피소청인(강남구) 변명
　　　　　자료 사본

2003년　12월　2일

위 소청인　

서울특별시 용산구 한남동 726 - 78

한강시민공원사업소　공원이용과

정　　　종　　　철

　　2. 소청인이 업무와 무관한 무역협회를 방문 아셈(ASEM)길 현대백화점 주변의 CC-TV 감시카메라(camera) 설치와 관련 설치비용을 부담하도록 권유하는 언동을 하여 무역협회 관계자들로부터 구청에 항의케 하고 구정(區政)의 불신을 유발(誘發)하게 되었다고 답변한 바 이 문제를 가지고 무역협회를 방문하여 협회에서 구청에 항의한 사실이 있는지에 대해 서면으로 답변해 달라고 협조 의뢰한 바 무역협회에서는 그러한 사실이 전혀 없었다고 담당팀장이 서면으로 질의에 대한 회신이라고 직접 답변 확인서를 작성 교부해 준 사실이 있으며 위와 같이 강남구에서는 모든 사항을 처음부터 끝까지 허위와 거짓으로 일관(一貫)하고 있는 사실이 만천하에 밝혀졌음에도 불구하고 반성할 기미는커녕 소청인을 계속적으로 기만(欺瞞) 우롱(愚弄)하고 거짓으로 일관하고 있었던 것이다.

수신 : 강남구 무역센터 트레이드타워 4703호
　　　　한국무역협회 재 무 회 계 팀
　　　　　　팀 장 / 이 　 진 　 호

제목 : 본인의 질의에 대한 답변 협조의뢰

　　1. 먼저 귀하와 귀사의 발전을 기원합니다
　본인은 지난 9월 24일까지 강남구의회 전문위원으로 근무하다가 강남구청장의 전출명령과 서울시장의 전입명령에 의하여 지난 9월 25일자로 한강시민공원사업소 공원이용과장으로 발령을 받고 근무하고 있는 『정 종 철』입니다.

　　2. 본인의 강남구 전출명령에 대하여 귀하 또는 귀사와는 아무런 관련이 없겠으나 지난 8월 5일 귀하를 만나 차 한잔 마시면서 아무런 스스럼없이 나눈 말 한마디를 빌미 삼아 본인을 서울시로 전출시킨 강남구청장의 행위에 대하여 누명과 억울함을 벗기 위하여 질문하오니 당시 있었던 상황과 내용을 있는 그대로 답변하여 주실 것을 부탁을 드리오니 협조하여 주시기 부탁합니다

　　3. 본인이 지난 8월 5일 귀하의 사무소를 방문 아셈길 무역협회 주변 C C - TV 설치 예산이 재무건설위원회에서 당초 예산 심의 시 삭감이 된 관계로(후에 예산결산 심사위원회에서 부활된 사항을 당초에는 알지 못하였으나 후에 알게됨) 재무회계 팀장인 귀하를 만나 C C-

TV를 설치할 수 있는지 의향을 타진한 것은 사실입니다 귀하와 본인이 만나서 나눈 이 한마디를 가지고 귀하께서도 아시는 내용대로 마치 무슨 어떠한 비리 혐의라도 있지 않았나 하고 징계를 주기 위하여 감사실을 통하여 15일 동안 온갖 조사를 하였으나 아무런 혐의가 드러나지 않은바 훈계를 준바 있습니다

　　4. 이에 대하여 본인은 구청의 답변내용을 중심으로 귀하에게 다음과 같이 질문하오니 각 항별로 사실 그대로 답변하여 주실 것을 부탁합니다 합니다

　　가. 본인이 8월 5일 14시경 무역협회를 방문 귀하에게 C C - TV 설치비용을 부담하도록 권유했다고 하였는데 권유를 한 것이 아니고 의견을 개진한 정도였는데 당시 본인이 귀하에게 설치비용을 부담토록 권유했는지 아니면 의견을 개진한 정도였는지 명확한 답변을 바랍니다

　　나. 본인이 본 설치를 권유하는 언동을 하여 무역협회 관계자들로부터 구청에 항의케 하고 구정의 불신을 유발하는 등 물의를 야기한 사실이 있다고 한바 과연 이에 대하여 어떠한 점을 항의하였으며 항의한 내용은 무엇인지 또한 불신을 유발한 내용은 무엇인지를 답변하여 주시기 협조 부탁드립니다 감사합니다

2003년   12월 3일

서울특별시 한강시민공원사업소

공원이용과장   정 종 철 (인)

연락처 : 3780 - 0763

수신 : 서울특별시 한강시민공원사업소
　　　공원이용과장   정 종 철 귀하

제목 : 질의에 대한 회신

1. 질의내용

○ 上記 정종철 과장의 무역협회에 대한 아셈길 무역협회 주변
　 CC - TV설치 권유여부('03.8.5) 및 이로인한 무역협회의 구청에
　 대한 항의유발 및 구정에 대한 불신초래 여부

2. 회신내용

○ 上記 정종철 과장은 우리협회 재무회계팀 사무실을 방문('03.8.5)
　 하여 무역협회 주변 CC - TV설치와 관련, 설치를 권유한 것이
　 아니고 단지 의견을 개진한 정도였으며 同件과 관련하여
　 협회는 구청에 항의하고 不信을 갖는 행위는 없었음을 사실대로
　 확인합니다.

　　　　　　　　　　　　　한국무역협회 재무회계팀장   이 진 희 (인)
　　　　　　　　　　　　　(TEL 6000-4121)

무역협회는 당시나 지금이나 언제고 이러한 정도의 사업은 자체예산으로 추진할 수 있는 충분한 여력이나 능력이 있는 게 사실이며 당시에도 협회에서는 자체예산을 투입하여 CC-TV 감시카메라를 설치할 용의가 있음을 표명했고 또 이러한 비예산사업은 공무원뿐만 아니라 일반인 누구라도 구상하고 건의할 수 있는 것이며 이러한 사항은 예산을 절감할 수 있는 방안의 하나로 오히려 이를 권장 장려(奬勵)하고 포상(褒賞)을 해야 할 사항을 불순(不純)한 목적 하에 한 행위니 무슨 성실 및 청렴의무(淸廉義務)와 품위유지(品位維持) 의무를 위반하여 강남구 전 공무원의 명예(名譽)를 실추(失墜)시켰느니 하는 등 운운하면서 또 의회 재무건설위원회 소속 의원들의 유럽(Europe)여행과 무역협회의 1998~2002년까지의 구세 감면 74억 원과 교통유발금(交通誘發金)으로 부과된 8억 원의 부과 취소 청구소송 등에 영향을 끼치려고 했다는 등의 허위주장을 하고 본 소청과는 아무런 관

련이 없는 방대한 문서 사본들을 번문욕례(繁文縟禮)식으로 즐비하게 첨부 나열하고 동문서답 식으로 제출하면서 끝까지 이를 변명하는 궤변(詭辯)에 궤변을 계속하고 있는 것은 가소(假笑)로운 일이 아닐 수 가 없는 것이다.

그리고 CC-TV 설치 건의 문제 때문에 무역협회로부터 강력한 항의를 받았다고 했으나 이것도 허무맹랑(虛無孟浪)한 거짓으로 그러한 사실이 전혀 없었음을 무역협회 담당 팀장으로부터 직접 들었고 소청인이 이에 대해 사실 확인서까지 서면으로 작성 교부받은 사실이 있는 바

* 위 첨부내용 : 소청인이 무역협회에 질의한 내용과 무역협회에서 답변한 자료사본 재확인 참고요.

당시 이와 관련된 강남구 수뇌부의 공무원들이 얼마나 거짓을 일삼고 교활(狡猾)하고 파렴치(破廉恥)하고 악랄(惡辣)한 수법으로 일관하고 있었는지 독자들은 이해하고 남음이 있으리라고 본다.

여기서 다시 한번 상기한다면 의회 전문위원이라는 직책은 그때나 지금이나 정책결정 의사결정 예산집행 등에 있어서 제도적으로 아무런 영향력 있는 위치에 있지도 않음을 누구보다도 잘 알고 있는 그들이 의회 전문위원이 마치 무슨 큰 권한이 있어서 이에 영향력을 행사할 수 있는 것처럼 호도(糊塗)하는 거짓 답변서를 작성 제출할 수가 있느냐 하는 문제이며 다만 무역협회에서 자체 예산으로 CC-TV를 설치하게 된다면 이는 그만큼 구(區)의 예산이 절감이 되어 남는 예산은 타 사업으로 투입할 수가 있는 바 이를 권장하여 이루어지면 이에 공이 있는 직원이나 주민에게는 인센티브(incentive)가 주어지는 것은 별개의 문제로 이는 당연한 일이라 할 수 있겠으며 이러한 비예산사업의 추진이나 구상은 이미 오래전부터 있는 제도이며 최근 들어 계속적으로 꾸준히 권장 장려하고 인센티브 포상금을 인상하면서 이를 홍보하고 있는 추세이며 이는 앞으로도 계속 추진해야 할 사

항임을 모든 공무원들은 물론 일반 시민들까지도 많이 알고 있음을 참고
(參考)해야 할 것이다.

　그리고 당시 소청인이 의도한데로 비예산사업이 추진되었다면 실제로
7~8천만 원의 예산을 절약 또는 절감할 수가 있었고 어느 정도 의견이 개
진(開陳)되어 구두(口頭)협의를 하여 진행할 수도 있었는 바 이러한 시도
를 사시(斜視)의 눈으로 바라보면서 오해(誤解)하고 곡해(曲解)를 하고 이
러한 사례를 찾아 권장(勸奬)은 하지 못할지언정 징계(懲戒)를 하겠다고까
지 하면서 또 실제로 징계를 하려고 갖은 수단과 방법을 총동원하여 조사
를 하고 심리적으로 여러 가지 압박을 가하고도 끝내 협의점을 찾지 못하
자 훈계처분한 사실 자체를 반성치 않고 S모 사무관을 영입시키고자 목적
은 딴 곳에 두고서 소청인의 반대를 무릅쓰고 이를 이유로 소청인을 서울
시로 전출시킨 그러한 문서에 결재 사인(sign)을 한 결재권자 및 수뇌부의
관련자나 당사자는 부끄러운 줄을 알아야 할 것이며 또 차후로는 이러한
억울한 사례로 피해를 보는 공무원이 발생하지 않도록 해야 할 것이다.

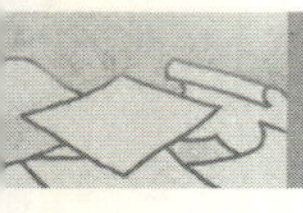

소청심사청구에 대한 심사 일정이 통지되고 답변자료를 작성하기 시작하다

　본 소청인이 소청심사청구서를 지난 10월 20일 발송하고 1개월 20여 일 만에 서울특별시 지방소청심사위원회로부터 소청사건 심사기일 통지서를 받았다.

　심사기일은 2003년 12월 22일(월) 14:00이며 출석 장소는 기획상황실(서울시청 본관 3층)로 출석해 달라는 내용과 사정에 의해 출석할 수 없게 되어 서면으로 진술하고자 할 때에는 심사기일 전에 도착할 수 있도록 진술서를 보내 달라는 내용이며 또 지정된 기일에 불참하고 서면진술도 제출하지 않을 경우 소청인 불참 하에 회의를 진행한다는 내용이었다.

　＊ 소청사건 심사기일 지정 통지 문서사본 참고요.

　그러나 소청인이 심사기일에 불참한다는 것은 상상조차 할 수 없는 일이다. 그것은 소청인의 입장에서 심사위원회에 반드시 출석하여 주장할 내용이 너무나 많은 관계로 그대로 보고만 있을 수가 없기 때문이며 또 만일 소청인이 피소청인의 변명자료를 받아 본 후에도 소청심사위원회에 출석을 하지 않거나 아무런 주장을 하지 않고 그대로 넘어가게 된다면 그들의 변명자료 즉 피소청인(서울시와 강남구)의 주장을 그대로 인정하는 결과

78

가 되기 때문이다.

소청인은 우선 소청심사위원회에 소청심사를 제기해 피소청인(서울특별시장·강남구청장)이 위원회에 제출한 변명자료(피소청인의 답변서)에 대해 소청인의 입장 즉 이를 반박하는 보충자료(설명서)를 먼저 작성 제출하는 것이 순서일 것 같아 자료설명서를 작성하기 시작했다.

그리고 강남구에서 소청심사위원회에 제출한 소청인(본인)의 명예훼손에 해당되는 문구에 대해 12월 6일까지 답변을 요구한 바 있으나 구청 측에서 오늘 현재까지도 가타부타 아무런 답변도 하지 못하고 묵묵부답(默默不答)으로 일관하고 있는 바 이는 구청 측의 주장이 얼마나 허위와 기만에 찬 변명인가를 알 수 있으며 또 그들 스스로가 이를 인정하는 결과가 되는 것이다.

소청인은 피소청인들의 변명자료를 반박(反駁)하는 보충자료를 작성함에 있어서 이 부분에 대해서도 분명히 하여 소청심사위원회에 제출하기로 마음을 굳혔다.

소청심사청구에 대한 피소청인들의 변명자료를 재차 반박하는 소청인의 보충자료를 작성 제출하다

소청심사위원회로부터 소청인에게 소청사건 심사기일을 지정하여 지난 8일에 발송이 되었고 10일에 통지서를 받은 바 약 5일간 보충자료 설명서를 작성했다.

'소청인은 피소청인인 강남구청장과 서울특별시장의 변명자료에 대한 보충자료(설명서) 재차 작성 제출'이라는 제하에 다음과 같은 요지의 내용으로 소청인의 입장을 정리하여 작성 소청심사위원회에 제출할 것이다.

우선 소청인이 보충자료(설명서) 재차 작성이라고 하는 '재차'의 문구를 넣게 된 것은 지난 11월 20일에 소청심사위원장에게 발송한 3자 교류의 허구성(虛構性)에 대해 1차로 제출한 바 있기 때문에 이번에 작성 제출한 자료에는 특별히 '재차'라는 문구를 넣어 2차로 제출함을 강조하기 위한 것이다.

제출 내용은 다음과 같이 작성했다.

수신 : 서울특별시 소청심사위원회 위원장

제목 : 소청심사청구에 대한 피소청인(서울특별시장 · 강남구청장)의 변명자료 제출에 대한 보충자료(설명서) 재차 제출이라는 장문(長文)의 타이틀(title) 제목으로 했다.

수신 : 서울특별시 소청심사위원회 위원장

제목 : 소청심사 청구에 대한 피소청인 (서울특별시장.
　　　강남구청장) 의 변명자료 제출에 대한
　　　보충자료(설명서) 재차 제출

　　　1. 다음과 같이 소청인의 소청심사청구에 대한
피소청인(서울특별시장. 강남구청장)측의 변명자료 제출
에 대하여 이의 부당성을 설명하고 이에 대한 설명자료
를 작성 재차 제출하오니 참고하여 주시기 바랍니다

첨부 : 1. 소청인의 보충자료 설명서 1부
　　　2. 소청인의 강남구청장에 대한 질문서 사본 1부
　　　3. 소청인의 무역협회측에 대한 질문서 사본 1부
　　　4. 소청인의 무역협회 측 질문에 대한 협회
　　　　　　　　답변서 사본 1부

2003년 12월 15일

위 소청인 : 정　종　철

근무처 : 한강시민공원 사업소 공원이용과

연락처 : 011 - 1711 - 5665

소청인의 보충자료

(설명서)

소청인 : 정　종　철

안녕하십니까?
강남구 의회에서 근무하다 지난 9월 25일자로 서울시로
전입하여 현재 한강시민공원사업소 공원이용과장으로 근
무하고있는 소청인 『정　종　철』 입니다

소청인이 서울시 전입명령에 대하여 違法을 주장 訴請을
제기한 것은 본인의 소청자료가 이미 각 위원 님들에게
配布가 되어 잘 아실 것으로 믿습니다 만 위원님들의 이
해를 돕기 위하여 다시 한번 보충 설명을 드리려고 합니
다

먼저 본 소청인의 심사청구에 대한 서울시의 변명자료에
대하여 말씀 드리고자 합니다

서울시의 주장은 지방공무원법 제6조 제1항에 의하여 동
법 제29조의 3에 의하면 지방자치단체의 장은 다른 지방
자치단체의 동의를 얻어 그 소속 공무원을 전입할 수 있
는 관계로 반드시 공무원의 동의를 받아야 한다는 규정이
없기 때문에 받을 필요가 없다고 주장하고 있으나

서울시에서 주장하는 동 법 제29조의 3은 지방자치단체의
장은 다른 지방자치단체의 장의 동의를 얻어 그 소속 공
무원을 전입할 수 있다 라고 만 규정하고 있어 이러한 전
입에 공무원 본인의 동의가 필요한지에 관하여 다툼의 여
지없이 명백한 것은 아니나 위 법률조항은 해당 지방공무
원의 동의가 있을 것을 當然한 前提로 하여 그 공무원이

- 1 -

소속된 지방자치단체 장의 동의를 얻어서 전입할 수 있음
을 규정하고 있는 것으로 해석하는 것이 타당하다고 하는
헌법 재판소 전원재판부 (98헌바 101, 99헌바 8병합) 지방
공무원법 제29조3위헌 소원)의 결정이며(소청인 제출 갑1
호증 첨부내용)

대법원 판결문(2001. 12. 11. 선고 99두 1823판결 인사발
령 취소 등) 판결문의 2 대법원의 판단 요지와(소청인 제
출 갑 2호증)

국가인권위원회의 결정(2003년 9월 17일)에 본인의 同意
없는 공무원의 전출인사는 인권침해라는 국가인권위원회
의 권고결정 통지 및 9월 18일자 동 보도자료(소청인 제
출 갑 3호증)와 보도내용에 의하여도 공무원 임용행위는
쌍방적 행정행위로서 공무원의 임용에는 기본적으로 공무
원 본인의 동의가 필요함은 명백하고 대법원은 지방공무
원법 제29조의 3에 의하여 동의를 한 지방자치단체의 장
이 소속공무원을 전출하는 것은 임명권자를 달리하는 지
방자치 단체로의 이동인 점에 비추어 반드시 당해 공무원
본인의 동의를 전제로 하는 것이고 본인의 동의 없이 자
치단체장의 동의만으로 이루어진 전출. 입은 위법 하다고
判示 한 바 있다 라고(대법원2001. 12. 11. 서고 99두1823
판결) 하였고

또한 헌법재판소는 위 법 제29조 3을 해당 지방공무원의
동의 없이도 지방자치단체의 장 사이의 동의만으로 지방

- 2 -

81

공무원에 대한 전출 및 전입이 가능하다고 풀이하는 것은 헌법적으로 용인되지 아니하며 헌법 제7조에 규정된 공무원의 신분보장 및 헌법 제15조에서 보장하는 직업선택의 자유의 의미와 효력에 비추어 볼 때 위 법률조항은 해당 지방공무원의 동의가 있을 것을 당연한 전제로 한 것이라고 설시 한바 있다(헌재 2002.11. 28. 98헌재바101. 99헌바8)라고 하였으며

지방공무원법 제29조3에 의한 공무원의 전. 출입과 동 법 제30조의2에 의한 인사교류는 실제로 공무원 본인에 대해 동일한 결과를 가져오는 것이라 할 것이므로 위와 같은 지방자치단체 상호간 인사교류 또한 공무원 본인의 동의를 전제로 하는 것으로 해석하는 것이 타당하다고 판단된다고 하였습니다

또한 서울시에서 제출한 변명자료 내용에 의하여도 2003년 8월말 인사교류 시에도 강남구는 제외를 하였으며 행정 5급 64명에 대한 교류안중 서울시. 강북. 송파. 종로. 서울시의 교류안을 마련하였으나 송파구 박모 사무관이 전출을 거절하여 무산된 바 있다고 하였으며

9월 초순에 강남구 행정 5급 1명이 시 전입을 희망한다고 하여 인사팀장에게 사실여부를 확인하고 원거리 출. 퇴근 사유로 강동 광진 서초 송파구의 전출을 희망한 강북구 송광호에게 강남구로의 희망여부를 확인 3자 교류를 하였다고 하는바 강남구에서 서울시로 희망한 사람이 있다면

희망한 사람을 대상으로 하여 전. 출입을 시키는 것이 당연하고 정당한 교류라고 할 수 있을 것입니다

또한 송광호는 위에서 언급한 내용과 같이 당초 본인이 희망한 강동 광진 서초 송파구의 전출 희망자를 물색하여 교류함이 당연함에도 왜 희망도 하지 않은 또 극구 반대를 한 본 소청인을 희생양으로 하여 강남구에서 특정인을 전입시키기 위한 수단으로 소청인을 제물로 삼는 강남구의 인사전횡과 잘못된 인사행정에 서울시가 동의를 하고 교류라는 명분하에 소청인을 전입 발령 인사를 시행함은 누가 보아도 정당한 교류라고 볼 수 없으며 이는 위법된 인사로서 당연히 취소되어야 하는 것이 당연한 이치입니다

또한 서울시의 답변은 본 소청인의 인사에 대하여 관계법에 직접적인 규정이 없으니까 즉 반드시 본인의 동의서가 첨부되지 않아도 되니까 법 상 아무런 하자나 문제가 없다고 주장을 하고 있으나 이는 법 이전에 도덕적인 문제이며

그렇다면 서울시는 왜 매번 인사교류 시마다 본인의 동의서를 첨부토록 하여 전출 희망자를 제출토록 하였으며 일례로 2003년 8월 시행한 서울시와 자치구간 인사교류 시 교류대상 희망 대상자에게 5 희망 지까지 기재하여 제출토록 하였겠습니까 (소청인 제출 갑11호증 참고)

또한 서울시는 교류사유가 발생할 때마다 인사마당에 교류회망자를 신청토록 게시하고 있으며 이러한 사유를 계속적으로 게재하고 있는 것이 이를 증명하고 남음이 있습니다

이를 보충으로 설명하면 4급부터 9급까지 열린 광장 공지사항에 전보 또는 파견회망자를 신청토록 하고 교류회망자 대부분을 본인이 신청하는 회망지로 전보하는 그러한 형식을 취하고 있음에도 불구하고(소청인 제출 갑13호증 사본참고) 유독 본 소청인 만은 그것도 소청인이 절대로 승복할 수 없다고 발령장을 수여하기 2일전 인사행정과 담당주사. 팀장. 과장과 담당국장을 면담하여 분명한 의사를 전달하였고 문서로 제출하였음에도 불구하고(소청인 제출 갑8호 중) 기어이 인사를 단행하는 이유를 합법적이고도 정당한 인사라고 인정할 수가 없는 것입니다.

이상 본 소청인과 서울시가 주장하는 내용에 대하여 어느 쪽의 주장이 옳은지 위원님들의 현명한 판단을 하신 후 정당한 판단을 하여주실 것을 부탁드립니다

다음은 강남구의 변명자료에 대하여 말씀을 드리겠습니다 소청인의 주장은 소청인 자신은 서울시로 전출할 의사가 전혀 없었음에도 불구하고 강남구청장은 소청인 자신이 전출에 동의한 것처럼 허위로 동의하여 인사교류가 실시된 행위는 인사권의 남용이고 전횡이며 위법하므로 당연 무효로 마땅히 취소되어야 한다는 주장에 대하여

강남구청장의 답변인즉 『소청인은 강남구 재직기간 중 업무에 전념하는 자세를 보이지 않고 조직 내 융화와 질서에 반하여 근무한다는 주변의 평가를 받아온 자로써』 라고 답변을 하였습니다

위원님 여러분께 이를 다시 한번 상기시킨다면 얼마나 답변이 궁했으면 왜 소청이유 즉 질문하는 사항 묻는 말에는 답변을 하지 않고 왜 동문서답을 합니까

이는 소청이유에 대한 답변이 아니고 본 소청인을 명예훼손과 인격모독을 한 행위로서 본 답변에 대하여는 별도로 검토를 할 예정입니다

본 답변에 대하여 소청인은 지난 12월 2일자로 강남구청장에게 본 소청인은 강남구 전출을 동의하지 않았음에도 이를 동의한양 허위로 구두보고하고 문서를 제출하여 소청인을 전출하도록 하였는지 답변을 하여주기 바라며

소청인이 강남구 재직 기간 중 업무에 전념하는 자세를 보이지 않고 조직 내 융화와 질서에 반하여 근무한다는 주변의 평가를 받아온 자라고 소청심사위원회에 답변서를 제출한 바 소청인은 본 내용에 대하여 강남구청장에게 본 답변내용의 구체적인 근거를 6하 원칙에 의하여 12월 6일까지 답변을 하여 주도록 요청하였으나 현재까지 아무런 답변을 하지 못하고 있는 것입니다

이렇게 강남구청장은 처음부터 끝까지 허위로 구두 보고

하고 문서를 제출하고 답변서를 제출하고 있는 것입니다

본 소청인은 강남구 근무 15년 동안 문화공보과 감사담당
관 총무과 자치행정과 등 주요핵심 팀장으로 근무하면서
맡은바 임무에 충실히 근무하였다고 자신 있게 주장할 수
있으며 그 결과 현 직급인 5급 지방행정사무관까지 승진
할 수가 있었던 것입니다

위원님 여러분 본 소청인이 강남구청장의 주장대로 업무
에 전념하지도 않고 조직 내 질서와 융화에 반하는 근무
를 하였다면 지금까지 15년 동안 강남구에서 근무를 할
수 있었으며 어떻게 우수한 평점을 받고 사무관까지 승진
을 할 수가 있었겠습니까

이는 자기부정이요 자기모순이요 스스로 자가당착에 빠지
는 그러한 행위를 하고 있는 것이며 강남구청장은 처음부
터 끝까지 허위로 시작을 하여 허위로 끝내려는 근거라고
볼 수밖에 없습니다

또한 강남구청장은 본 소청인이 업무와 관계없이 무역협
회를 방문하였고 2003년 추경에 CC-TV 예산이 편성되었
음에도 무역협회 재무회계팀장을 만나 설치비용을 부담하
도록 권유하는 언동을 하여 무역협회 관계자들로부터 이
를 구청에 항의케 하고 구정에 불신을 유발하는 등 물의
를 야기한 사실이 있다고 하였으나
동 건은 소청인이 무역협회를 방문 단지 의견을 개진한

정도이지 설치를 권유한 것이 아니었으며 설사 설치를 권
유하였다고 한들 이게 무슨 잘못이 있겠습니까 이는 예산
을 절감하려고 하는 방편으로 이해를 하지 않고 본 사항
이 마치 무슨 큰 비리나 있는 것처럼 생각하고 있는 그
자체가 잘못되었다고 봅니다.

또한 예산절감 방안은 해당공무원만이 제출할 수가 있는
것이 아니고 공무원이면 누구나 의견을 제출할 수 있으며
공무원이 아닌 일반인 누구나 얼마든지 의견을 제출할 수
있는 사항을 가지고

본 소청인이 마치 무슨 큰 비리나 있는 저지른 것처럼 의
심하고 소청인을 징계하기 위하여 무역협회를 방문한 행
위자체를 의심하고 약 15여일 동안 조사하고 무역협회에
확인하는 등 갖가지 방법을 동원 조사를 하였으나 아무런
혐의점을 찾지 못하자 궁여지책으로 훈계를 준 것입니다

무역협회는 자타가 다 공인하듯이 CC-TV를 설치할 만큼
능력과 예산도 충분하다는 사실을 누구나 다 알고 있기
때문에 該當 常委인 財務建設 委員會에서 豫算이 削減된
바 있으나 나중에 알고 보니 예산결산위원회에서 우여곡
절 끝에 속된말로 로비에 의하여 부활이 된 것입니다

그러면 전문위원이라는 사람이 해당 상위에서 예산이 삭
감된 후 부활된 것도 몰랐느냐 할 수도 있겠지요 대부분
의 사람들이 그렇게 생각할 수 있고 그 부분에 대하여 의

아하게 생각하는 사람들이 많이 있습니다

그 이유는 본 소청인이 재무 건설위 전문위원으로소 該當
常任委員會의 예산만을 심의하고 재무 건설위에서 심의한
결과를 다음 예산결산심사위원회에 회부한 후 예결위에서
결정이 되는바 소청인은 예결위에 참석을 하지 않기 때문
에 이를 알지 못했으며

상식적으로 해당상위 예산심의에서 본 CC-TV예산이 삭
감되지 않고 승인이 됐다면 바보가 아닌 이상 어느 누가
무역협회를 방문 본 건에 대하여 의견을 개진하며 의사를
타진하겠습니까 이상이 본 소청인이 주장하는 바이며 증
거이기도 합니다

또한 소청인은 강남구청장이 주장하는 바와 같이 무역협
회를 방문 CC-TV예산을 부담하라고 할 위치에 있지도
않고 그럴 이유도 없습니다 다만 의견을 개진한 정도였습
니다

이에 대하여 「강남구청장은 무역협회 관계자들로부터 강
남구청장에게 항의를 하고 불신을 초래하게 하였다고 하
나」

무역협회에서는 어떠한 항의를 한 일도 없고 불신을 초래
한 일이 없음을 분명히 자신 있게 밝히며 이는 강남구청
장의 허무맹랑한 거짓이요 허위임을 위원님 여러분들 께

서는 확실히 알고 계셔야 합니다.

여기에 그 증거를 제시하겠습니다 소청인의 무역협회 방
문 및 동 의견개진에 대하여 「협회는 동 건과 관련하여
구청에 항의하고 불신을 갖는 행위가 없었음을 사실대로
확인합니다」라고 하는 첨부된 확인서 사본을 그대로 제
출하오니 위원님들 께서는 참고하시기 바라며 소청인이
만약 여기에 추호도 거짓이 있을 때는 어떠한 책임도 감
수하겠다는 것을 여러 위원님께 다시 한번 선서를 합니다

이렇게 강남구청장은 하나에서 열까지 끝까지 거짓말을
하고 있으며 여기에 서울시가 동조를 하고 이를 기화로
소청인을 강남구에서 서울시로 전보를 한 것입니다

또한 강남구청장은 구 의회 재무 건설위 소속 구의원들이
8월 20일부터 27일까지 유럽연수를 가게 되어 있는바 이
러한 시점에서 무역협회를 방문한 것은 용납될 수 없는
행위니 저의가 의심스러운 행위니 하고 있으나 구의원들
의 연수와 본 소청인의 무역협회 방문이 무슨 관계가 있
겠습니까?

본 소청인은 오로지 구에서 계획된 사업은 수행하면서 예
산을 절감할 수 있는 방안이 없을까 하는 순수한 생각을
가지고 무역협회를 잠시 방문 의견을 개진한 정도이지 딴
의도는 전혀 없었습니다
강남구청장은 소청인이 무역협회를 방문 CC-TV를 설치

예산을 부담하라고 하는 물의물 일으켰기 때문에 문책성 인사로 교류가 불가피 하였다고 주장을 하고 있으나 위에서 설명 드리는 바와 같이 무역협회 재무회계 팀장의 회신내용대로 CC-TV설치를 권유한 것이 아니고 단지 의견을 개진한 정도였으며 이는 특정인을 강남구로 전입을 시키기 위한 하나의 策動에 기인한 것입니다

동 건과 관련하여 무역협회에서는 구청에 항의한 일도 없거니와 불신을 갖는 행위가 없었다는 확인서를 발급하여 이 자리에 제출한 확인서 사본이 이를 증명하고 남음이 있으며 필요 시 何時를 불문하고 이 자리에 증인을 세울 용의도 있음을 밝히는 바입니다

각 위원님 들께서 주지하시는 바와 같이 비록 성취되지는 않았으나 소청인은 나름대로 예산절감 방안에 고심을 하였고 이러한 일이 있으면 표창을 줘야 하는 것이지 누명을 씌우고 처벌을 주려고 계획하고 계획이 수포로 돌아가자 본 소청인을 강남구에서 영구히 추방하기 위하여 교류라는 미명하에 강제로 전출을 시킨 것은 교류가 아닌 구청장의 음모이며 인사전횡이며 횡포입니다

본 소청인이 금번 무역협회 방문으로 인하여 구청장의 심기를 불편하게 하여 온갖 방법으로 징계를 주려고 하였으나 징계사유가 되지를 않아 훈계 처분을 하였다면 훈계로 끝날 일인데 왜 추방까지 하여야 합니까
구청장의 심기 불편으로 추방을 해야 한다면 그래도 소청

인에게 말 한마디하고서 스스로 갈 수 있는 길을 열어 주는 것이 소청인에 대한 명예나 인격을 존중해주는 것이 도리임에도 소청인이 마치 큰 잘못이나 저지른 양 명예를 훼손하고 인격을 모독하고 악선전을 하여 추방시키는 것이 도리일까요 소청인은 이에 대한 명예를 회복하기 위하여 소청을 제기한 심정을 이해하여 주시기를 부탁드립니다

강남구청장이 주장하는 지방공무원법 제6조제1항에 의하여 임용권은 지방자치단체장에게 부여되어있어 동법 제29조의3에 의하여 다른 지방자치단체장의 동의를 얻어 임용권을 행사할 수 있다고 하였으나 동 임용권의 행사는 어디까지나 관계법을 준수하고 주어진 법의 범위 내에서 이뤄져야 하는 것이지 무한정으로 행사할 수 는 없는 것이며 더더구나 악용을 해서는 안될 것입니다

앞서 말씀드린 본 소청인의 소청이유에 대한 서울시의 변명자료에서 말씀드린 내용대로 헌법재판소 전원재판부(98헌바 101, 99헌바 8병합) 지방공무원법 제29조3위헌 소원)의 결정문과 대법원판결문(2001. 12. 11. 선고 99두 1823 판결 인사발령취소 등) 및

동 대법원 판결문과 헌법재판소의 결정에 따라 금년 9월 17일 국가인권위원회에서 결정한 내용대로 본인의 동의 없는 공무원 전출인사는 쌍방적 행정행위로써 기본적으로 해당 공무원의 동의가 필요함은 명백하고 본인의 동의가

없이 자치단체장 끼리 동의만으로 이루어진 전. 출입은 위법 하다고 판시 한 동 판결을 인용한 국가인권위원회의 권고 결정통지를 참고하여 주시기 바랍니다

또한 강남구청장은 소청인에 대한 훈계처분에 대하여 징계 처분을 하는 것이 당연한 사항이나 소청인의 향후 공직생활을 참작하여 관대하게 처분을 하고 전출내신을 하여 소청인에게 마치 크게 은혜를 베푼 양 생색을 내고 있으나 이는 정말로 가소로운 일이며 평소 전국 최고의 기초자치단체 장으로서 구청장답지 않은 앞과 뒤 또는 말과 행동이 다른 후안무치한 행동을 하고있는 것입니다

또한 본 소청인의 소청이유에 대한 답변내용에 무역협회와 진행중인 교통 유발금 약 824백만원의 처분취소 소송을 본 소청과 연계를 시키고 있으나 소청인과 교통 유발금 청구취소 소송과 무슨 관계가 있습니까 본 소청과는 아무런 관계가 없는데도 이를 針小棒大를 하여 억지로 이를 연계시키려는 그러한 넌센스를 연출하고 있는 것입니다

끝으로 심사위원님들께 부탁드리는 것은 본 소청인의 주장과 서울시 및 강남구청장의 어느 주장이 옳은지를 헤아려 주시고 올바른 판단을 하여주시기를 부탁드리는 바입니다. 감사합니다

2003년 12월 22일

위 소청인   정 종 철 (인)

첨부 : 1. 강남구청장의 소청 답변에 대한 소청인의 재질
         문 및 답변요구서(2003년 12월 2일) 사본
     2. 무역협회 재무회계팀장에 대한 소청인의
         질의서(2003년 12월 3일) 사본
     3. 소청인의 무역협회 질의에 대한 무역협회 재무
         회계팀장의 답변서 사본

* 본 건 소청인이 작성 제출한 소청인의 보충자료 설명서(재차) 첨부내용 참고요.

요지는 다음과 같다.

피소청인 「서울시의 주장」에 대해 지방공무원법 6조 1항 및 29의 3에 의한 지방자치단체의 장은 다른 지방자치단체장의 동의를 얻어 전입할 수 있는 관계로 반드시 해당 공무원의 동의를 받을 필요가 없다고 하는 주장에 대해

「소청인의 반박」

1. 이러한 규정 즉 공무원의 동의가 필요한지에 대해 다툼의 여지가 명백한 것은 아니나 위 법률조항은 해당 공무원의 동의가 있을 것을 당연(當然)한 전제(前提)로 하여 소속된 자치단체장의 동의를 얻어서 전입할 수 있음을 규정(規定)하고 있는 것으로 해석하는 것이 타당함.
 • 헌법재판소 전원재판부(98헌바 101, 99헌바 8병합) 지방공무원법 제29조3 위헌 소원) 결정
 • 대법원 판결문(2001.12.11 선고. 99두 1823판결 인사 발령 취소 등)

* 본 건 : 소청심사청구서 갑 제1호 및 2호 중 첨부자료 참고요.

2. 국가인권위원회의 의결(2003년 9월 17일 자) 내용
 —본인의 동의 없는 전출인사는 인권침해라고 의결 행정자치부에 본 조항의 개정을 권고토록 결정통지

* 본 건 : 소청심사청구서 갑 제3호 중 첨부자료 참고요.

가. 행정자치부는 전출 · 입이 아닌 인사교류는 원칙적으로 당해 공무원

의 동의를 얻는 것이 타당하나 불가피한 경우 당해 공무원의 동의가 전제되지 않더라도 인사교류가 가능하다는 해석(행자부 운영 12100-745, 자치운영과 -407(2003. 7. 7)

나. 위원회의 핵심 결정 내용 : 지방공무원법 제29조의 3에 의한 공무원의 전출·입과 동법 30조의 2에 의한 인사교류는 실제로 공무원 본인에 대해 동일한 결과를 가져오는 것이라 할 것이므로 지방자치단체 상호 간 인사교류 또한 본인의 동의를 전제로 하는 것으로 해석하는 것이 타당하다고 판단

3. 공무원의 임용행위는 쌍방적 행정행위로써 기본적으로 본인의 동의가 필요함은 전제로 하는 것이 법 취지이고 통설이며 지방공무원법 제29의 3에 의해 동의를 한 지방자치단체의 장이 소속을 달리하는 지방자치단체로의 이동인 점에 비추어 반드시 당해 공무원 본인의 동의를 전제로 하는 것이고 본인의 동의 없이 자치단체장의 동의만으로 이루어진 전출·입은 위법하다고 판시(대법원 2001. 12. 11. 선고 99두1823판결)

4. 헌법재판소는 위 법 제29조의 3을 해당 공무원의 동의 없이 지방자치단체장 간의 동의만으로 전출·입이 가능하다고 풀이하는 것은 헌법적으로 용인되지 아니하며 헌법 제7조에 규정된 공무원의 신분보장 및 제 동법 15조에 보장하는 직업선택의 자유의 의미와 효력에 비추어 볼 때 해당 공무원의 동의가 있을 것을 당연한 전제로 한 것이라고 설시(헌재 2002. 11. 28. 98헌재 바101. 99헌바 8) 등 이하

*본 건 : 위 3 및 4항 소청심사청구서 갑 제1 및 2호 중 첨부자료 재확인 참고요.

• 피소청인 「강남구의 주장」에 대해

1. 소청인이 강남구 재직기간 중 업무에 전념하는 자세를 보이지 않고 조

직 내 융화(融和)와 질서에 반하여 근무한다는 주변의 평가를 받아온
자라고 한데 대해

* 소청인이 강남구청장에게 소청답변서 답변내용에 대한 답변요구(03년 12월 2일) 내용
증명 발송 문건 참고요.

가. 소청인의 반박 :

- 피소청인(강남구청장)은 얼마나 답변이 궁했으면 왜 소청이유 즉 소청
  인이 질문하는 사항에는 답변을 하지 않고 동문서답을 했겠는가. 또
  이는 소청인에 대한 명예훼손 혐의로써 별도로 검토할 내용이다.
- 그리고 위 1항에 대해 객관적인 사실근거에 의해 답변을 요구하는 내
  용증명 우편물을 12월 2일 발송하고 6일까지 답변해 줄 것을 요구했
  음에도 불구하고 2주 이상의 기간이 지난 오늘 현재까지도 왜 답변을
  하지 못하고 묵묵부답(默默不答)인가.

나. 강남구의 주장대로 소청인이 근무에 불성실하고 조직 내 융화와 질
  서에 반하여 근무했다고 한다면 왜 그러한 불성실한 사람을 지난 16
  년여 동안 동사무소 사무장은 차치하고라도 문화공보실 문화계장,
  감사과 조사팀장, 총무과 동정팀장, 자치행정과 자치행정팀장(이상
  문화계장 이후부터 팀장으로 칭함) 등 주요부서 핵심팀장으로 보직
  을 부여 근무할 수 있도록 했으며

다. 본 소청인은 지난 16년여 동안 강남구에 근무하면서 열과 성을 다해
  맡은 바 임무에 충실히 했고 그 결과 주요보직을 거쳐 5급 공무원까
  지 승진할 수 있었는데 그렇다면 왜 그렇게 불성실하게 근무한 사람
  에게 주요보직과 우수평정을 주어 사무관까지 승진을 할 수 있도록
  했으며

라. 피소청인(강남구)의 답변서 내용을 글자 그대로 인정한다면 이는 허

위(虛僞)와 거짓과 기만(欺瞞)과 술수(術數)와 궤변(詭辯)만을 일삼는 자기
부정(自己否定)이요 자기모순(自己矛盾)이요 허위를 밥 먹듯이 하고 스스
로 자가당착(自家撞着)에 빠지는 그러한 모순(矛盾)된 행위를 처음부터 끝
까지 허위로 시작하여 허위로 끝내려는 후안무치(厚顔無恥)의 극치(極致)
인 것이다.

　2. 또한 피소청인(강남구청장)이 주장하는 즉 소청인이 무역협회를 방문
　　 무역협회 주변에 대한
　가. CC-TV 감시카메라(camera) 설치 협의건 에 대한 사실을 가지고
　　 무역협회에서 강남구에 항의를 하고 구정에 불신을 유발했다고 하
　　 는데 대해 그러한 사실이 전혀 없었다는 내용의 확인서를 징구(徵求)
　　 한 바 있으며

* 무역협회에서 동 사실에 대해 항의한 사실이 없었다는(12월 2일자) 확인서 사본 내용
재확인 참고요.

　나. 이러한 강남구의 변명에 대해 이를 조목조목 반박을 하는 문서를 발
　　 송했으나 아무런 답변이나 대꾸 한마디 못한 바 이는 허구에 찬 변명
　　 에 지나지 않는다는 점과 이는 또 이는 특정한 사람을 강남구에 전입
　　 시키기 위한 방편이라는 A4 용지 14페이지(page) 정도를 작성하여
　　 소청심사위원회에 재차 제출한 것이다.

* 이하 내용은 서울시 소청심사위원회 위원장에게 제출 첨부된 소청인의 보충자료 설명
서 참고요.

소청인 심사위원회에 출석하여 입장을 진술하다

2003년 12월 22일(월) 14:00 본 소청인의 입장에선 오늘이 대단히 중요한 날이다. 공무원생활 만 36년 재직하는 동안 이러한 곳에 출석해 보기도 처음이려니와 소청인의 입장에선 강남구를 떠나 서울시에 근무를 하겠다고 원하지도 않았고 또 강력히 반대했음에도 불구하고 타의에 의해 지난 9월 25일 서울시로 강제 전보 명령을 받은 지 약 3개월여 그리고 소청인 자신이 소청 제기를 해야 하느냐 마느냐를 가지고 마지막까지 고심(苦心)에 고심을 다하다가 소청 제기 마감시한 5일 전 그러니까 10월 20일 소청심사청구서를 발송하고 이제 막 2개월이 지난 오늘 소청인의 소청심사 제기에 이유(理由)가 있다고 인용결정(認容決定) 판결(判決)이 나느냐 아니면 이유가 없다고 기각결정(棄却決定) 판결이 나느냐 하는 중요한 날로써 심사위원회 현장에 출두하여 법리적인 공방을 벌리고 심판을 받게 되는 날이다.

독자 여러분들이 이미 잘 알고 계시리라 믿지만 소청이라는 제도는 공무원 내부 사회에만 있는 특별한 제도로써 이는 정식소송이 아닌 즉 약식소송 즉 약식재판 제도인 것이다. 일반적으로 소송이라는 제도는 많은 비용과 단기가 아닌 장기간(짧게는 1~2년에서 길게는 몇 년간) 다툼을 벌여야 하는 그러한 어려움과 결론도 빨리 나지를 않고 일반적으로 많은 비용이 소요됨은 물론 개인이나 또는 약자의 입장에선 어느 기관이나 회사 또는 재력이 있는 사람과 다툼을 벌이게 된다면 많은 시간과 돈 싸움(많은 비용의 부담) 관계로 대부분 패할 수밖에 없는 그러한 제도이다.

그러나 소청이라는 제도는 소송과 거의 비슷하거나 동일한 효과를 가지면서도 비용이 거의 들지 않고 단 기간 내(몇 개월 또는 길어야 1년 이내) 결론이 나는 제도이다.

그리고 공무원 내부 사회의 공무원 자신의 위법(違法) 부당(不當)한 처분에 대해 자유롭게 제기할 수 있으며 또 소송(부당은 곧바로 소송이 불가)을 제기하기 전 반드시 거쳐야 하는 전심(前審) 절차(節次)인 것이다.

금번 본 소청인의 소청심사청구에 대한 심사위원회 구성은 외부인사 4명과 내부인사 3명(시청 국장) 등 7명으로 구성이 되어 있어 외부인사 1명이 더 많고 특히 위원장이 외부인사로서 공정성을 믿어도 될 것으로 확신이 되었다.

심사위원회 심사장 입구에 도착하자 심사를 제기한 약 20여 명 이상의 소청 제기자와 여기에 응소하는 피소청 관련기관인 시청 및 산하기관과 구청의 해당업무 담당직원 등 40여 명 이상이 복도에 대기하여 차례를 기다리고 있었다.

소청인 심사위원회로부터 송부받은 피소청인(서울특별시장 · 강남구청장)의 답변(변명)자료에 대해 나름대로 충분히 검토를 하고 이에 대한 소청인의 보충자료(반박 설명자료) 등을 12월 15일 자로 발송하여 심사위원들이 사전에 소청인(본인)과 피소청인(서울특별시장 · 강남구청장) 양측의 주장을 충분히 검토했으리라 믿고 있으나 소청인의 입장에선 심사 현장에서 심사위원들에게 답변할 마음의 자세를 더욱더 가다듬고 피소청인들의 불합리한 주장에 대한 적절한 대응을 하고 심사위원들의 질문에 충분히 답변 또는 설명을 하거나 또 위원들의 이해를 돕기 위함인 것이다.

* 요약 내용은 첨부된 소청인 답변서(12월 15일자 소청심사위원회에 제출한 자료와 동일한 내용의 건임을 참고요망)

소청 심사위원회 답변서
(2003년 12월 22일)

흥분하지 않고
침착하게 답변하자

o 일시 : 2003년 12월 22일 (월) 14:00

o 장소 : 시청본관 3층 기획상황실

소청인   정 종 철

우선 표지에 큰 부제로 '소청인 답변요지' 라고 쓴 다음 아래 '흥분하지 않고 침착하게 답변하자' 라고 하는 내 자신에게 다시 한번 주의를 환기시켜 주고 깨우쳐 주기 위해 큼직하게 주서(朱書)를 달고 현장에서 마음을 진정시키고 냉정을 잃지 않도록 마음의 다짐을 했다.

그것은 소청인 자신의 성격이 너무 급한 탓에 자칫 흥분을 하게 되면 피소청인들의 주장에 대해 제대로 반박 또는 대응을 잘못하게 될 수도 있는 바 즉 제대로 충분하게 답변도 못하고 할 말도 못하고 시간만 허비하고 판단을 그르칠 수 있다고 하는 생각에 그러한 중대(重大)한 우(愚)를 범하지 않기 위한 사전 마음의 준비이고 다짐인 셈이다.

　소청을 제기한 약 20여 명의 인원 중 7~8명의 질문 답변이 끝나고 소청인 차례가 되어 입정(入廷)을 했다. 입정 후 먼저 심사위원들에게 가벼운 인사를 한 후 질문이 시작되었다.

　소청인은 이미 작성 제출한 답변요지를 보면서 표지에 주서한 대로 '흥분하지 않고 침착하게 답변하자' 라는 문구의 마음의 자세를 재차 가다듬으면서 답변의 준비를 했다.

　심사장에는 위원장을 중심으로 시청 국장 3인과 정확히는 잘 모르지만 아마 변호사나 대학교수 등 관련법의 권위자로 짐작이 되는 3인 등 총 7인의 심사위원들이 좌우로 배석하고 있었다. 그리고 위원장을 바라보는 정면에 소청인 소청인의 좌측에 K모 강남구 인사팀장과 S모 서울시 인사주임 세 사람이 나란히 자리를 같이했다.

　맨 먼저 홍일점인 여자 심사위원이 질문을 했다.

　위원 : 소청인의 주장에 의하면 소청인은 강남구를 떠나 서울시로 가려고 한 사실 자체가 없었고 강남구를 절대 떠나지 않겠다고 했음에도 불구하고 강남구에서 마치 소청인이 서울시로 가겠다고 희망한 것처럼 허위(虛僞)로 문서를 작성 제출하여 서울시와 짜고 전보 발령이 되었다고 주장하는데 소청인의 주장이 맞습니까? 라고 질문을 하자

　K모 강남구 인사팀장 : 예 맞습니다. 라고 사실을 인정(認定)하는 답변을 하는 바 이에 대해 더 이상 다른 위원들이 질문할 내용이나 필요가 없어져 버린 것이다.

　다음은 심사위원장이 질문을 했다.

　심사위원장 : 소청인의 주장에 의하면 소청인은 법인격이 다른 지방자치단체 간의 전보 발령에 있어서 반드시 본인의 동의가 필요하다고 주장하고 본인의 동의를 받지 않고 전보 명령한 금번인사는 위법 무효로써 당연히 취소되어야 한다고 주장하는데 소청인의 주장이 맞습니까? 라고 질문을 하자

S모 서울시 인사주임 : 아닙니다, 그것은 틀립니다. 라고 답변을 한다.

심사위원장 : 왜 틀립니까? 틀리다는 이유에 대해 말씀을 해 주십시오.
하고 재차 질문을 하자

S모 서울시 인사주임 : 그것은 법에 본인의 동의를 받아야 한다는 그러한
직접적인 규정이 없기 때문에 틀립니다. 라고 답변을 한다.

심사위원장 : 그래요. 하고 돼 묻는다.

S모 서울시 인사주임 : 전에 경기도 어느 지방공무원이 타 군으로 전보되
는 그러한 사례의 발령이 난 일이 있는데 경기도는 시와 군·군과 군 사이
의 거리가 너무나 멀어 출퇴근을 함에 있어서 몇 시간이 걸려 사실상 출퇴
근하기가 곤란하거나 불가능하여 그러한 판결이 난 일이 있습니다만 그러
나 서울시나 각 구청 간은 같은 시내로 특별히 거리가 먼 곳이 없어 출퇴근
하는데 거의가 다 비슷한 시간이 소요됩니다. 예를 들어 설명을 드리면 강
남구 관내에서 강남구 관내로 출근을 하거나 강남구에서 한강다리를 건너
타 구로 출근을 한다 해도 대략 1시간 정도의 출퇴근 시간이 소요되는 관
계로 경기도와 같은 그러한 문제는 발생하지 않기 때문에 소청인의 주장
은 맞지를 않고 틀립니다. 라고 답변을 한다.

다음은 소청인이 답변할 차례이다.

소청인 : 위원장님 소청인에게 답변할 기회를 주십시오. 하자

위원장 : 소청인 답변을 하세요. 한다.

소청인 : 소청인 답변을 하겠습니다. 소청인과 피소청인의 주장에 대해
양측에서 사전에 변명자료를 제출하여 검토를 다 했기 때문에 이미 잘 알
고 계시리라 믿습니다만 방금 피소청인인 서울시의 답변에서 소청인의 주
장 즉 소속을 달리하는 지방자치단체와 지방자치단체 간의 전보 명령에
있어서 법에 본인의 동의를 받아야 한다는 직접적인 규정이 없기 때문에
소청인의 주장이 틀립니다. 라고 주장하는 즉 법에 직접적인 규정이 없다
는 내용까지는 맞습니다. 그러나 그 이후부터 피소청인의 주장은 전혀 옳

지 않고 틀립니다.

　위원장 : 옳지 않고 틀리다고 하는 이유에 대해 설명을 해 주십시오.

　소청인 : 먼저 본 소청인에 대한 금번 전보 명령은 기관 내(機關 內)의 인사가 아닌 기관 간(機關 間)의 인사입니다. 이를 다시 설명 드리면 기관 내(機關 內)의 인사란 소속을 달리하지 않는 인사 즉 강남구 내에서 강남구 내로 하는 강남구 소속을 벗어나지 않는 인사를 말하는 것이며 기관 간(機關 間)의 인사란 소속을 달리하는 인사 즉 강남구 소속을 벗어나 시청이나 타 구로 가는 인사입니다. 금번 소청인의 인사는 강남구 소속을 달리하여 즉 강남구를 벗어나 서울시로 전보 명령을 한 기관 간의 인사입니다. 기관 내의 인사라면 소청인이 아무런 이의를 제기할 수도 없으며 또 제기할 하등의 이유도 없다고 보는 것입니다. 그러나 금번 인사는 분명히 소속을 달리하는 강남구를 떠나 서울시로 가는 기관 간의 인사입니다. 그러함에도 불구하고 소청인과는 사전에 아무런 한마디 상의나 협의도 없었을 뿐만 아니라 더구나 소청인이 강력하게 반대를 했음에도 불구하고 마치 소청인이 서울시로 가는 것을 희망하는 것처럼 서울시에 허위로 문서보고를 하고 또 서울시에서는 이를 사전에 알았고 알고 있었으면서도 이를 단행하고 이루어진 인사입니다. 이러한 기관 간의 인사는 반드시 본인의 동의를 전제로 하고 또 동의를 받아야 한다는 것이 대법원 판례요 헌법재판소의 판결이요, 지난 5월에 대구에서 이와 비슷한 사건이 있어 당사자가 이에 항의하고 국가인권위원회에 진정을 했는 바 지난 9월 8일 인권위원회의 의결사항은 지방공무원의 다른 지방자치단체로의 전출 · 입이나 인사교류가 공무원 본인의 동의 없이 이루어짐으로써 행복추구권 및 직업선택의 자유를 침해하는 행위로 향후 이러한 재발을 방지하기 위해 필요한 조치를 취할 것을 권고한다는 의결을 하여 행정자치부에 요청한 바 있습니다. 또 관계법 조항을 살펴본다면 지방공무원법 제6조 제1항에 의한 동법 제29조의 3에 의하면 지방자치단체의 장은 다른 지방자치단체장의 동의를

얻어 그 소속 공무원을 전입할 수 있다고만 규정하고 있어 이러한 전입에 있어 공무원 본인의 동의가 꼭 필요한지에 대해서는 다툼의 여지가 있다고 할 수도 있겠으나 위 법률조항은 해당 공무원의 동의가 있을 것을 당연한 전제로 하여 그 공무원이 소속된 지방자치단체장의 동의를 얻어서 전입할 수 있다고 했는 바 이러한 당연한 전제를 굳이 법에 직접 규정하고 명문화할 이유나 필요가 없다고 보는 것이 타당하다고 보는 것이 법의 취지인 바 피소청인의 주장은 옳지 않은 것이며 이는 헌법재판소 전원재판부 결정문(98헌바 101, 99헌바 8병합) 및 대법원 판결문(2001. 12.11. 선고 99두 1823 판결 인사 발령취소 등)의 내용이며 또 지방자치단체장 사이의 동의만으로 지방공무원에 대한 전출 및 전입이 가능하다고 풀이하는 것은 헌법적으로 용인(容認)되지 아니하며 헌법 제7조에 규정된 공무원의 신분보장 및 헌법 제15조에서 보장하는 직업선택의 자유의 의미와 효력에 비추어 볼 때 위 법률조항은 해당 지방공무원의 동의가 있을 것을 당연한 전제(헌재 2002. 11. 28. 98 헌재 바 101. 99 헌바 8)로 하고 있는 바 이러한 당연한 전제사항을 법에 굳이 직접적으로 규정할 필요가 없는 것으로 피소청인의 주장을 옳지 않다고 보겠습니다. 그리고 무엇보다도 공무원의 임용행위는 동의(同意)를 전제(前提)로 하는 쌍방적(雙方的) 행정행위로서 피소청인의 주장은 옳지 않다고 보는 것입니다. 그런데 기관을 달리하는 임용행위를 하면서 본인의 동의를 받지 않고 이를 무시하고 더구나 소청인이 강력한 반대를 했음에도 불구하고 이를 무릅쓰고 특정인 한 사람의 전입을 위해 허위문서까지 작성해서 시행한 금번 인사 명령은 위법한 행정행위로 이는 당연 무효임을 주장하며 취소되어야 한다고 주장합니다 라고 답변을 한 바

심사위원장 : 그렇다면 그러한 판례의 근거를 제출할 수가 있겠습니까? 하고 질문을 한다.

소청인 : 위원님들 앞에 제출된 소청인의 심사청구서에 그에 대한 증빙

자료가 다 첨부되어 있습니다. 소청인이 헌법재판소 및 대법원 판결문 전부를 다시 한번 읽어드릴까요. 하니까

　심사위원장 : 알겠습니다. 시간관계상 생략하겠습니다.

　소청인 : 또 피소청인들의 주장은 금번 시행한 소청인의 전보에 대해 교류차원에서 이루어졌다고 주장하고 있는데 이것도 역시 옳지 않은 주장이며 허위입니다. 소청인이 1차로 제출한 바 있는 보완자료에 명시되어 있는 교류(交流)의 정의(定義)에 대해 예를 들어가면서 설명을 하겠습니다. 교류(交流)의 정의(定義)란 소청인이 지난 11월 21일 제출한 소청심사청구자료 보완 내용에 첨부한 2000년 6월에 중앙인사위원회에서 발간해 중앙부처와 각 지방자치단체에 배포한 공무원 인사실무 책자(P207) 10항 인사교류(법 32조의 2, 임용령 제48조, 제49조) 지침(指針)을 근거(根據)로 소청인이 주장하는 것이오니 참고(參考)해 주시기 바랍니다. 교류의 종류는 희망교류(希望交流)와 계획교류(計劃交流)가 있으며 희망교류란 희망자 자신이 교류신청서를 직접 작성 제출하고 이를 접수한 교류대상자 인사교류심의위원회의 심의 결정이 있은 후 이루어짐이 정당한 것입니다. 즉 희망교류의 예를 들자면 어떠한 사람이 사정에 의해 거주지와 근무지가 너무나 원거리인 관계로 출퇴근을 함에 있어 시간이 너무 많이 지체되어 근무하는데 막대한 지장을 초래하고 있는 바 그러한 동류(同類)의 사람들끼리 사전에 합의를 하고 동의를 받아 교류신청서를 제출하고 근거리로 배치를 하여 상호 간의 어려움을 해결해 주는 방식이 희망교류이며 계획교류란 분야별로 기관 간에 교류 군(交流 群)을 형성하여 계획적으로 행하는 방식입니다. 이러한 계획교류의 예를 들면 A, B, C구 간에 있어 어떠한 특수한 직종이 A구는 6명 B구는 2명 C구는 1명 등으로 구 간에 균형이 맞지를 않아 조화를 이룰 수 없이 배치가 되어 있을 때 이를 해소하기 위해 A, B, C구 간 상호 협의 또는 합의를 하고 본인들에게도 알려 본인들의 희망에 따라 각 구마다 3명씩 균형 있는 배치를 위해 이동할 수 있도록 전보 명령을 하

는 이러한 방식을 계획교류라고 합니다. 피소청인들이 교류를 주장하려거든 위와 유사한 방법을 취하고 난 후에 교류라고 주장을 해야 하는 것이지 특정한 목적을 가지고 특정한 사람을 영입(迎入)시키기 위해 더구나 소청인에게는 사전에 단 한마디 협의나 언급조차 없었음에도 불구하고 마치 소청인이 서울시로 가겠다고 희망한 것처럼 허위로 구두보고 및 허위문서까지 작성 제출하고 서울시에서는 사전에 이를 알고 있었으면서도 또 이를 몰랐다 해도 발령이 있기 2일 전에 소청인이 강남구를 떠나지 않겠다고 해당부서인 인사과장, 팀장, 담당직원 등 3명을 만나 의사를 전달했고 문서까지 접수를 하며 강력한 반대의사를 분명히 했음에도 불구하고 전보명령을 한 후 교류차원에서 시행하여 이루어졌다고 소청심사위원회에 제출한 답변자료는 모두가 다 허위문서이며 너무나 무책임하고 철면피한 답변이라 아닐 할 수가 없는 것입니다. 이는 교류가 아닌 특정한 목적과 특정한 사람 즉 현 우리나라 최고 권력기관인 ○○○○의 친형을 모셔오기 위한 작전으로써 이는 교류가 아닌 음모입니다, 음모. 라면서 소청인이 또 다른 주장을 계속하려고 하자

위원장 : 소청인 그만해도 소청인의 입장을 충분히 이해하겠으니 시간관계상 진술(陳述)을 끝마쳐 주십시오. 하고 소청인의 진술을 제지를 한다.(당시 소청인의 입장에선 모든 자료에 대한 수집 작성 등 일체의 작업을 직접 했던 관계로 몇 시간이 걸리든 시간만 허용한다면 얼마든지 진술할 자신이 있었다.)

소청인 : 알겠습니다. 그러나 위원장님 소청인이 이제 마지막으로 꼭 한마디만 더 하겠으니 허락해 주십시오. 라는 말을 하자

위원장 : 좋습니다. 시간관계상 간략히 말씀해 주십시오. 하는 바

소청인 : 예, 소청인 진술을 계속 하겠습니다. 소청인 대한민국 5급 공무원 지방행정 사무관으로서 어디를 가서 어떻게 근무를 하면서 무슨 일을 한들 동일한 보수와 동일한 수당을 받으며 비슷한 업무를 하게 될 것입니

다. 어디로 가서 어떠한 일을 한들 무슨 상관이 있으며 무슨 일인들 못 하겠습니까 마는 요즘 각 지방자치단체장들이 선거로 인해 당선이 되었다는 것을 이유로 정무직(政務職)임을 기화(奇貨)로 하여 당선이 되자마자 자기 코드(code)에 맞지 않는 사람이라고 두부모 자르듯이 하루아침에 뚝딱 가려내어 연고가 없는 타 지역으로 방출을 시키고 방출을 당하는 공무원들은 마치 무슨 큰 대역 죄인이나 되는 것처럼 말 한마디 못하고 무슨 영문인지도 모른 채 눈물을 흘리면서 황급히 보따리를 싸 들고 정든 연고지를 떠나야 하는 수많은 지방공무원들이 부지기수입니다. 누가 누구를 누구의 사람이라고 즉 자기 사람이라고 또 아니라고 어떻게 옥석(玉石)을 가려낼 수 있겠습니까? 공무원은 국민(國民) 전체(全體)에 대한 봉사자(奉仕者)이지 특정한 사람에 대한 봉사자는 아닌 것입니다. 왜 가만히 근무 잘 하고 있는 직업공무원들을 편가르기 해가면서까지 꼭 이러한 방식으로 쫓아내야만 하는 이러한 일이 과연 옳은 방법입니까. 소청인이 방금 전 말씀드린 것처럼 언제 어디에서 어디로 가서 어떻게 근무를 한들 무슨 일을 못하겠습니까 마는 이러한 일은 이제 소청인이 마지막이 되어야 한다고 생각을 합니다. 소청인은 앞으로 각 지방자치단체장들의 이러한 횡포(橫暴) 또는 인사전횡(人事專橫)을 하지 못하도록 하기 위해 감히 소청을 제기하게 되었으니 참고하여 주시기 바랍니다. 감사합니다. 라고 소청인의 마지막 답변을 하고 심사장을 떠났다.

모든 위원들이 소청인의 지금까지의 답변내용을 그대로 묵묵히 듣고만 있었다. 소청인이 약 30분 이상을 진술을 한 것 같으나 소청인의 입장에선 할 말이 너무나 많았음에도 시간관계상 할 말을 다 하지 못하여 정말 아쉬운 순간이었다. 이제 소청인은 결과만 기다릴 뿐이다.

사무실로 귀청하여 쌓여진 업무를 계속 처리하고 있었다. 오후 7시 경 퇴근시간은 이미 지났다. 이럴 때엔 누구라도 결과가 궁금함은 당연한 것이다.

평소대로 계속 야근을 계속 하면서도 일이 손에 잘 잡히지를 않는다. 야근을 하면서도 좀이 쑤셔 견딜 수가 없었다. 결과를 빨리 알고 싶어 시청 법무담당관실로 전화를 걸어 심사위원회 현장에서 업무를 보좌하던 J모 직원을 찾았으나 자리에 없다고 한다. 퇴근은 하지 않았다고 하니 아마 저녁식사를 하러 간 것 같았다.

저녁 9시가 지나 다시 전화를 걸어 J모 직원을 찾은 바 전화를 바꿔준다. 오늘 심사한 내 소청 건에 대해 결과가 어떻게 되었느냐고 문의를 하자 과장님 일이 잘 되었어요, 과장님 원하시는 대로 결과가 잘 나왔어요. 라고 한다.

나는 고맙다면서 전화를 끊었다. 나는 마음속으로 너무나 기뻤다.

오늘이 12월 22일 그러니까 지난 9월 25일자로 발령을 받고 3개월간에 걸친 법적 투쟁 끝에 소청인 본인이 주장하는 내용이 옳았다는 것을 법적으로 보장을 받는 인용결정(認容決定) 즉 승소 판결(勝訴判決)을 이끌어 낸 것이다.

그리고 몸도 마음도 한결 가벼웠다. 그리고 보란 듯이 다시 강남으로 복귀하겠다는 마음을 굳혔다. 소청인의 입장에선 강남으로 다시 복귀할 수 있는 보장을 받는 자체가 문제가 아니라 무엇보다도 피소청인들의 전출 인사 명령 행정처분이 위법하다는 사실을 만천하에 사법적으로 확정 판결이 내려졌다는 그러한 사실과 앞으로는 각 지방자치단체장들이 아무리 자기 휘하에 있는 부하 직원이라 할지라도 이러한 인사전횡(人事專橫)을 전가보도(傳家寶刀) 휘둘러 대듯이 함부로 할 수 없도록 하는 법적인 보장을 받아냈다는데 더 큰 의의(意義)가 있다 할 수가 있을 것이다.

소청심사청구에 대한 인용결정(認容決定) 내용이 뉴스에 보도되다

　아침에 출근을 하니 여러 사람으로부터 축하한다는 전화가 여기저기서 걸려오기 시작했다. 그것은 24일 그리고 25일을 기해서 본인의 소청심사청구에 대한 인용결정 기사가 신문에 보도가 되어 알았다고 몇 사람에게서 전화가 걸려온 것이다.

　나는 소청 결과에 대해 아직 신문을 보지 못한 상태에 있어 어느 신문에 어떤 내용으로 보도가 되었는지는 구체적으로는 알지를 못하고 있었던 것이다. 그리고 일상적으로 올라오는 급한 문서에 결재를 하고 급히 한강둔치를 순찰할 일이 있어 잠실대교 부근을 순찰하고 있을 때 강남구청 K모 인사팀장으로부터 전화가 걸려온 것이다.

　전화를 받으니 과장님! 오늘 아침 신문 보셨냐는 말을 한다. 나는 사실 오늘 아침에 신문을 볼 겨를도 없이 한강둔치 순찰을 나온 것이다. 아직 신문을 보지 못했다고 하자 그는 청장님이 노발대발하신다면서 딴 기사는 다 좋은데 소청인을 서울시로 보낸 것은 특정인을 강남구로 전입시키기 위한 수단으로 전출시켰다는 기사에 대해 명예훼손(名譽毁損) 혐의(嫌疑)로 당장 검토를 하여 문제를 삼으라는 지시를 받았다고 한다.

　소청인은 그에 대해 결과가 그렇게 나오지 않았느냐 하고 답변을 하면서도 이러한 기사의 문구로 인해 괜한 트집이라도 잡히지 않을까 하고 슬며

100

시 겁이 나기 시작했다. 순찰을 마치고 급히 사무실로 귀청하여 뉴스와 신문기사를 뒤져 보기 시작했다. 24일과 25일에 보도된 내용은 다음과 같다.

12월 24일(수) 보도내용

연합뉴스 : 서울시 공무원 본인 동의 없는 전출 부당

소청심사 첫 무효결정, 인사권 남용에 제동

헤럴드경제 : 지자체 공무원 전출 때 본인 동의 없으면 무효

시민일보 : 지자체장 인사권 남용 제동, 서울시 소청심사위 본인 동의 없

는 전출 무효결정

시민일보 : 권리주장도 용기

* 보도내용 : 아래 신문기사 내용 참고요.

연합뉴스

2003/12/24 05:30 송고

서울시 공무원 본인동의 없는 전출 '부당'

소청심사 첫 무효결정,인사권 남용에 제동

(서울=연합뉴스) 박창욱 기자= 서울 강남구청장이 강남구 의회에서 근무하던 행정5급(사무관) 간부 공무원을 본인의 동의없이 서울시 산하 기관으로 전출시킨 것에 대해 서울시 소청심사위원회에서 "부당하다"며 무효결정을 내렸다.

본인의 동의 없이 공무원을 다른 지방자치단체로 전출시킨 것에 대해 지자체 소청심사위원회에서 무효결정을 내린 것은 이번 처음이다.

이에 따라 지자체 단체장이 앞으로 인사교류 등을 명목으로 직원 의사를 무시한 채 전출.입시키는 인사권 남용에 제동이 걸릴 것으로 보인다.

24일 서울시에 따르면 한강시민공원사업소 공원이용과장 정종철(56)씨가 청구한 '서울시 전입영령 인사에 대한 무효확인 및 취소' 소청심사에서 정과장의 소청이 받아들여져 22일 무효결정이 났다.

정씨는 강남구 의회 전문위원으로 근무하다가 9월 25일 강남구 전출과 서울시 전입 인사 발령을 받자, 10월 20일 "강남구청장이 한마디 상의나 동의 절차 없이 전출시킨 것은 부당하다"며 소청심사를 청구했다.

정씨는 소청심사 청구서에서 "강남구청장이 서울시에 (내가) 전출을 동의하고 회망하는 것처럼 허위로 통보하고 문서를 제출했다"며 "강북구에 있던 모사무관을 강남구로 전입시키기 위한 수단으로 나를 전출시켰다"고 주장했다.

한편 지난 9월 국가인권위원회는 지방 5급 공무원 변모(46)씨가 대구 중구청장을 상대로 낸 진정사건에 대해 "본인 동의 없는 공무원 전출인사는 헌법이 보장한 행복추구권 등을 침해한 것"이라며 행정자치부 장관에게 지방공무원법 관련 규정의 개정을 권고한 바 있다.

서울시 관계자는 "자치구와 인사교류를 실시할 때 해당 공무원의 의사를 최대한 존중하고 있다"며 "이번 소청심사위원회의 결정은 이 같은 시의 방침이 더욱 확고하게 지켜지는 계기가 될 것"이라고 말했다.

pcw@yna.co.kr
(끝)

헤럴드경제

"지자체 공무원 전출때 본인 동의 없으면 무효"

서울 강남구청장이 강남구 의회에서 근무하던 행정5급(사무관) 간부 공 무원을 본인의 동의 없이 서울시 산하 기관으로 전출시킨 것에 대해 서울시 소청심사위원회에서 '부당하다'며 무효 결정을 내렸다.

본인의 동의 없이 공무원을 다른 지방자치단체로 전출시킨 것에 대해 지자체 소청심사위원회에서 무효 결정을 내린 것은 이번이 처음이다.

이에 따라 지자체 단체장이 앞으로 인사 교류 등을 명목으로 직원 의사 를 무시한 채 전출·입시키는 인사권 남용에 제동이 걸릴 것으로 보인다. 24일 서울시에 따르면 한강시민공원사업소 정종철(56) 공원이용과장이 청구한 '서울시 전입영령 인사에 대한 무효 확인 및 취소' 소청심사에서 정 과장의 소청이 받아들여져 22일 무효 결정이 났다.

정씨는 강남구 의회 전문위원으로 근무하다가 9월 25일 강남구 전출과 서울시 전입 인사 발령을 받자, 10월 20일 "강남구청장이 한마디 상의 나 동의 절차 없이 전출시킨 것은 부당하다"며 소청심사를 청구했다.

정 과장은 소청심사 청구서에서 "강남구청장이 서울시에 (내가) 전출 을 동의하고 회망하는 것처럼 허위로 통보하고 문서를 제출했다"며 "강북구에 있던 모 사무관을 강남구로 전입시키기 위한 수단으로 나를 전 출시켰다"고 주장했다.

한편 지난 9월 국가인권위원회는 지방 5급 공무원 변모(46) 씨가 대구 중구청장을 상대로 낸 진정사건에 대해 "본인 동의 없는 공무원 전출인 사는 헌법이 보장한 행복추구권 등을 침해한 것"이라며 행정자치부 장 관에게 지방공무원법 관련 규정의 개정을 권고한 바 있다.

서울시 관계자는 "자치구와 인사 교류를 실시할 때 해당 공무원의 의 사를 최대한 존중하고 있 다"며 "이번 소청심사위원회의 결정은 이 같 은 시의 방침이 더욱 확고하게 지켜지는 계기가 될 것"이라고 말했다.

박인호 기자(ihpark@heraldm.com)

2003.12.24

지자체장 인사권 남용 제동
서울시 소청심사위 본인 동의없는 전출 무효 결정

지방자치단체장의 인사권 남용에 제동이 걸렸다.

서울 강남구청장이 강남구의회에서 근무하던 행정5급(사무관) 간부 공무원을 본인의 동의없이 서울시 산하 기관으로 전출시킨 것에 대해 서울시 소청심사위원회에서 "부당하다"며 무효결정을 내린 것이다.

본인의 동의 없이 공무원을 다른 지방자치단체로 전출시킨 것에 대해 지자체 소청심사위원회에서 무효결정을 내린 것은 이번이 처음이어서 귀추가 주목된다.

25일 서울시에 따르면 한강시민공원사업소 공원이용과장 정종철(56)씨가 청구한 '서울시 전입명령 인사에 대한 무효확인 및 취소' 소청심사에서 정과장의 소청이 받아들여져 지난 22일 무효결정이 났다.

서울시의 이번 결정에 대해 정씨는 "사필귀정이라고 생각한다. 그동안 자치단체장의 인사권의 남용 때문에 피눈물을 흘리는 공무원들이 부지기수였다"며 "이번 일을 계기로 상급자의 부당행위에도 불구하고 묵묵히 이를 감수해야했던 공직사회의 불합리한 관행이 쇄신되길 바란다"고 말했다.

공무원 노조 관계자는 "이번 시의 결정을 적극 환영한다"며 "정씨의 사례는 지방자치단체장의 인사권 과잉행위에 당사자인 공무원이 직접 나서 제동을 걸었다는 점에서 큰 의미가 있다"며 반겼다.

서울시 관계자는 "자치구와 인사교류를 실시할 때 해당 공무원의 의사를 최대한 존중하고 있다"며 "이번 소청심사위원회의 결정은 이 같은 시의 방침이 더욱 확고하게 지켜지는 계기가 될 것"이라고 말했다.

정씨는 강남구의회 전문위원으로 근무하다가 지난 9월 25일 강남구 전출과 서울시 전입 인사 발령을 받자, 10월 20일 "강남구청장이 한마디 상의나 동의 절차 없이 전출시킨 것은 부당하다"며 소청심사를 청구했다.

정씨는 소청심사 청구서에서 "강남구청장이 서울시에 (내가) 전출을 동의하고 희망하는 것처럼 허위로 통보하고 문서를 제출, 본인의 전출을 강행했다"며 "이는 구청장의 제왕적 군림자세와 인사전황에서 비롯된 명백한 위법 행위"라고 지적했다.
/최용선기자 cys@siminnews.net

2003-12-24 19:42:30

siminnews.net

발행인(처) : 시
2003년 12월 2

권리주장도 '용기'
이 영 란 정치행정부장

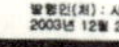

한 공무원이 자신의 부당한 전입명령 인사에 대한 무효확인 및 취소 소청 심사를 청구, '무효' 판결을 받아 냈다.

상명하복체계로 움직이는 공무원 조직으로서는 이례적인 일이다.

사건의 당사자는 서울시 한강시민공원사업소 사무관 정모씨.

정씨는 지난 9월, 16년 째 근무해왔던 강남구에서 한강시민공원사업소로 전출됐다.

단 한번도 강남구를 떠나겠다는 생각을 한 적이 없던 정씨로서는 참으로 황당한 일이었다.

더구나 인사권자인 강남구청 측은 사전에 단 한마디 상의나 동의 절차를 구하지도 않았다.

이번 인사는 공무원 경력 35년째로 강남구에서만 16년째 근무했고 정년을 4년 앞두고 있는 그에게 심각한 정신적 상처를 안겨주기에 충분했다.

쫓기듯 전출을 강요받을 만큼 스스로 잘못한 일이 없다 생각에 평생 영예와 자긍심으로 공직이라는 외길을 걸어왔던 만큼 받아들이기 힘든 모욕감을 느끼고 있다. .

이와 유사한 사건으로 지난 9월 국가인권위원회가 지방 5급 공무원 변모(46)씨가 대구 중구청장을 상대로 낸 진정사건이 있었다.

이에 대해 위원회 측은 "본인 동의 없는 공무원 전출인사는 헌법이 보장한 행복추구권 등을 침해한 것"이라며 행정자치부 장관에게 지방공무원법 관련 규정의 개정을 권고한 바 있다.

단체장의 인사전횡문제가 비단 어제오늘의 일이 아니라 일상적으로 벌어지고 있음에도 이를 막을 방도에 대해 무기력증을 느껴왔던 게 사실이다.

실제로 감사원의 감사에서도 인사분야는 객관성의 부족 등을 이유로 아예 기피하고 있는 실정이다.

이런 상황아래 분연히 일어선 정씨의 선전포고는 '참다운 용기'라는 측면에서 칭송받을 만 하다.

그의 용기가 그동안 속수무책이었던 단체장의 인사권 남용에 브레이크를 걸 수 있는 발판을 마련한 셈이다.

지레 포기할 수 도 있었지만 끝까지 의지를 관철시켰던 것은 자신만의 문제가 아니라 지방공무원 전체의 문제라고 인식한 때문이라고 정씨는 말한다.

실제로 그동안 자치단체장의 인사권 남용으로 인해 피눈물을 흘린 공무원들의 수가 어디 한둘이었겠는가.

이번 판결은 그의 말처럼 단체장의 부당인사에도 불구하고 묵묵히 이를 감수하는 것을 당연시 해왔던 공무원 사회에 전하는 메시지가 매우 클 것이다.

사실 제도개선을 통해 단체장의 인사권 비리와 남용을 막아내는 데에는 한계가 있을 수밖에 없다.

객관적으로 이를 증명하기가 쉽지 않은 까닭이다.

결국 인사비리의 고리를 끊을 수 있는 힘은 바로 내부고발과 투쟁을 통한 공무원 내부의 힘이다. 공무원 스스로 떨치고 일어서는 길 뿐이다.

침묵을 강요당하는 공무원 사회에서 입을 열어 자신의 권리를 주장하는 용기를 보여준 정씨에게 다시 한 번 격려의 박수를 보낸다.

2003-12-24 19:20:03

"본인 동의없는 전출은 부당"

소청심사위, 강남구에 '무효' 결정

자치단체장 인사권 남용 '제동'

본인 동의 없이 다른 자치단체로 전출시킨 것은 '부당하다.'는 결정이 내려졌다.

이번 결정으로 자치단체장이 인사교류 등을 명목으로 본인의 의사를 무시한 채 전출·입시키는 인사권 남용에 제동이 걸릴 것으로 보인다.

서울시는 지난 22일 열린 소청심사위원회에서 한강시민공원사업소 정모(56) 과장이 낸 '서울시 전입명령 인사에 대한 무효확인 및 취소' 소청심사에서 소청을 받아들여 무효 결정을 내렸다고 24일 밝혔다.

정씨는 강남구 의회 전문위원(행정5급)으로 근무하다가 9월25일 강남구 전출과 서울시 전입 인사 발령을 받자, 10월20일 "강남구청장이 한마디 상의나 동의 절차 없이 전출시킨 것은 부당하다."며 소청심사를 청구했다.

정씨는 소청심사 청구서에서 "강남구청장이 서울시에 전출을 동의하고 희망하는 것처럼 허위로 통보하고 문서를 제출했다."며 "강북구에 있던 모 사무관을 강남구로 전입시키기 위한 수단으로 나를 전출시켰다."고 주장했다.

정씨는 대한매일과 전화통화에서 "전출 가지 않겠다고 발령 이틀 전에 분명한 입장을 밝혔는데도 받아들여지지 않았다."면서 "명예를 지키고 앞으로 단체장들의 인사전횡을 막겠다는 취지에서 소청심사를 냈다."고 설명했다.

서울시는 조만간 지난 9월25일 낸 인사명령을 취소하는 발령을 낼 예정이지만, 정씨는 강남구로 다시 돌아갈지에 대해서는 아직 결정하지 못했다고 말했다.

서울시 관계자는 "법규상 하자는 없지만, 대법원 판례를 보면 본인 동의를 필요로 한다."는 해석이 있어 행정소송으로 가기 전에 본인의 의사를 존중해준 것"이라고 밝혔다.

조혁현기자 hyoun@

"본인 동의 없는 공무원전출 무효"

서울시 소청심사위

서울시 소청심사위원회는 강남구청장이 강남구의회에 근무하던 공무원을 본인 동의 없이 서울시로 전출시킨 것에 대해 무효 결정을 내렸다고 24일 밝혔다.

전국 16개 광역자치단체에 설치된 소청심사위원회에서 본인 동의 없는 전출에 대해 제동을 건 것은 이례적인 일로, 이번 결정은 앞으로 지자체 단체장들의 인사권 행사에도 영향을 줄 것으로 보인다.

시 소청심사위는 지난 22일 강남구의회 전문위원으로 근무하던 정아무개(56·행정5급)씨가 지난 9월25일 서울시 산하 한강시민공원사업소 공원이용과장으로 인사 발령이 나자, '강남구청장이 동의절차 없이 전출시킨 것은 부당하다'며 낸 소청심사에서 정씨의 소청을 받아들여 무효 결정을 내렸다.

지방공무원법에는 본인 동의를 얻어 전출입시켜야 한다는 규정이 명시돼 있지 않지만, 대법원은 2001년 12월 '지자체장은 전출입 인사를 할 때 해당 공무원의 동의를 받아야 한다'고 판결한 바 있다.

또 국가인권위원회는 지난 9월 공무원 변아무개(46·지방5급)씨가 대구 중구청장을 상대로 낸 진정 사건에 대해 "본인 동의 없는 공무원 전출인사는 헌법이 보장한 행복추구권 등을 침해한 것"이라며 행정자치부 장관에게 지방공무원법 관련 규정의 개정을 권고한 바 있다.

서울시 관계자는 "이번 결정으로 단체장들이 직원들의 인사교류 등 때 해당 공무원의 의사를 가급적 존중할 것으로 보인다"고 말했다. 김동훈 기자

12월 25일(목) 보도내용

대한매일 : 본인 동의 없는 전출은 부당

소청심사위 강남구에 '무효' 결정

자치단체장 인사권 남용 제동

한겨레 : 본인 동의 없는 공무원 전출 무효 등

위와 같이 보도된 내용이다.

*이후 관련 기사 내용.

시민일보 : 악수인가 꼼수인가(04년 6월 10일)

직협 서울본부 : 인사권 남용에 대한 첫 제동조치를 환영한다(12월 30일)

惡手인가 꼼수인가
이 영 란 정치행정부장

최근 강남구는 본보 기사와 관련한 언론중재위의 반론보도결정에 대해 이의신청을 제기하고 나섰다.

자기들이 반론보도를 내달라고 요구했다가 그 반론에 대해 이의신청을 제기한 경우는 아마도 언론중재위 사상 전무후무하거나 설사 있더라도 극히 보기 드문 경우일 것이다. 한마디로 웃긴다는 얘기다.

자기들이 요구하지도 않은 내용을 언론중재위가 알아서 마음대로 반론문을 썼다는 얘기인데 상식선에서 볼 때 그럴 확률은 거의 제로에 가깝다.

우리는 최근 '강남구 특혜인사 의혹'과 관련, 검찰총장의 친형인 송모 과장이 특혜인사 의혹을 받고 있는 만큼 강남구에 근무하는 것은 바람직하지 않다는 지역시민단체 주장을 보도한 바 있다.

이에 발끈해 강남구가 언론중재위에 정정보도 중재를 요청했으나, 정정보도 청구는 받아들여지지 않았고 이는 다시 반론보도 청구로 변경됐다.

본보는 취재 당시 반론권을 충분히 보장한 만큼 반론보도조차 받아들일 수 없다는 입장이었으나 언론중재위는 직권으로 반론보도를 하라는 결정을 내렸다.

당시 중재위가 직권으로 결정한 반론보도문의 내용은 대략 3가지로 요약된다.

첫째 강남구는 송 모 과장이 검찰 고위직 친형이라는 사실을 몰랐다.

둘째 송 과장의 복귀여부는 서울시 및 강북구청과 협의 중이다.

셋째 송 과장이 강남구에 근무하는 것은 법령에 위반되지 않는다.

여기에서 첫째 내용 중 강남구의 '몰랐다'는 주장은 주관적 판단이기 때문에 달리 할 말이 없다.

그러나 이 사건을 바라보는 공직사회 여론은 의혹의 찬 눈초리를 보내고 있는게 사실이다.

실제로 타 언론에서도 송 과장과 인사교류가 이뤄진 정모사무관이 시 인사위에서 검찰총장 친형 때문에 억울하게 강남구에서 쫓겨났다고 증언한 사실을 보도한 바 있다.

또 셋째 내용은 앞서 기사를 작성하면서 이미 보도한 내용 중에 들어있어 반복해 들어주지 않아도 무방한 부분이다.

그런데도 우리가 언론중재위 결정을 그대로 받아들인 것은 바로 둘째 내용, 즉 "송과장 복귀여부 서울시 강북구 등과 협의중"이라고 밝힌 것 때문이었다.

그래도 강남구가 일말의 양심이 있어서 잘못된 인사였음을 시인하고 원상태로 돌려놓으려고 애를 쓰고 있구나 하는 생각까지 했다.

그래서 이제 이 문제를 덮어두려고 했다. 강남구가 반성하는 데도 언론이 계속 문제를 제기한다면 한 개인이 피해를 입을 수도 있을 것이라는 판단 때문이다.

그런데 침묵해야할 강남구가 오히려 이 문제를 확대 시키려 들고 있다. 그렇다면 강남구는 도대체 왜 승산도 없는 싸움을 계속 하려는 것일까? 굳이 이 문제를 확대 시키는 의도는 뭘까?

'惡手'가 될지 '꼼수'가 될지 그것이 못내 궁금하다.

2004-06-10 19:20:04

작성자 : 운영자
제목 : [서울본부] <성명서> 인사권 남용에 대한 첫 제동 조치를 환영한다.

<성 명 서>

인사권 남용에 대한 첫 제동조치를 환영한다.

지방자치 단체장 선거 실시 된 지 어느새 9년이라는 세월이 흘러가고 있다.

지방자치 단체장 선거가 지역주민들에게 긍정적인 작용을 하는 경우가 있지만, 이와는 반대로 여러가지 부작용을 낳고 있는 것 또한 사실일 것이다.

이러한 여러가지 부작용 중에서 가장 대표적인 것이 지방자치단체장의 고유권한이라는 미명아래 마구잡이로 휘둘러지는 인사권의 남용 부분이라 할 수 있다.

인사권의 남용사례를 보면 서울의 25개 자치구중 어느 한곳 해당되지 않는 곳이 없을 정도로 심각한 수준에 도달해 있어 이것이 과연 진정한 지방자치의 본래의 모습인가 하는 회의를 갖게 하고 있다.

특히 이러한 사례중 대표적인 몇몇의 사례를 살펴보면 매관매직에의 의한 승진, 입도선매 형태의 승진 (2~3년 후까지 미리 승진자 내정), 구청장의 출신지역에 따른 보직 임명, 구의원 등에 의한 청탁 인사 등 참으로 말로는 표현 할 수 없을 정도의 인사 폭력이 이루어지고 있다 하여도 과언이 아닐 것이다.

이러한 가운데 강남구청장에 의하여 서울시로 전입된 당사자가 이를 불복 인사전횡의 횡포를 견제하기 위하여 관련소송을 준비하여 왔으며, 이러한 소청을 청구하게 되어 지난 22일 "서울시 전입명령 인사에 대한 무효확인 및 취소" 소청심사에서 무효 결정이 나게 되었다.

이러한 서울시와 구청장일인의 일방적인 판단에 의하여 자기 맘에 안 든다는 단 한가지 이유로 허위로 문서를 작성하여 통보하고 전출을 강요하는 구청장의 제왕적 횡포에 공무원 스스로가 직접 나서서 제동을 걸었다는 데 큰 의미를 찾을 수 있다.

공무원의 근무지는 그 공무원의 삶의 터전이며 가장 중요한 환경인 것이다.

이를 구청장의 일방적인 판단 즉, 정치적 이유나 구청장 본인에게 비판적이라는 이유로 인사권을 남용하여 제왕적 횡포로 일방적인 전출을 강요당하는 전근대적인 일은 이번 일을 계기로 서울시 전체에서 사라져야 할 것이다.

전국공무원노동조합 서울지역본부는 서울의 어느 자치구에서도 앞으로 이러한 구청장의 인사전횡과 제왕적인 발상에서 비롯되는 인사폭력에 대하여 당당하고 합법적인 절차에 의하여 맞서 나갈 것이다.

앞으로 지방자치 단체장은 인사권이 아무리 고유권한이라고는 하지만 구민들에 의하여 부여된 공정한 범위 안에서의 권한이라는 점을 명심하고 제왕적 권위에서 벗어나 공정한 제도를 노□사가 함께 만들어 내고 이 제도의 테두리 안에서 인사권의 행사가 이루지기를 당부하는 바이다.

강남구청에서 명예훼손 혐의로 제소를 검토하겠다는 내용은 '강북구에 있던 S모 사무관을 강남구로 전입시키기 위한 수단으로 소청인을 서울시로 전출시켰다' 고 주장한 기사 내용에 대해 문제를 삼겠다고 하는 구청장의 지시가 있었음을 전화로 알려온 것이다.

소청인 자신의 입장에서는 기사 내용이 사실이고 명백한 내용이지만 명예훼손(名譽毀損)에 대한 법률적 전문적 지식이 부족한 바 혹시 필화(筆禍)라도 당하지 않을까 하는 그러한 걱정이 들었다. 그것은 구청이야 고문 변호사도 있고 또 상주 변호사까지 있는 터에 위에서 지시만 내린다면 일사분란하게 척척 움직이는 시스템(system)으로 구성이 되어 있으나 소청인은 고립무원(孤立無援) 오로지 혼자 스스로의 힘으로 모든 문제를 해결할 수밖에 없기 때문이다.

그리고 오후에 들어서 여기저기서 몇몇 기자들의 전화가 또 걸려오기 시작했다. 그것은 기사를 싣지 않은 모모 신문사의 기자라면서 소청인에게 전화를 걸어 이에 대한 기사를 밀착 취재하여 추가로 싣겠다면서 직접 인터뷰(interview)를 하겠다고 만나기를 요청했으나 소청인은 이를 정중(鄭重)히 거절을 하고 될수록 마음을 차분히 하고자 노력했다.

그것은 기자들이 나와 맞교환이 되었던 S모 사무관이 현직 ○○○○의 친형이라는 사실을 인지(認知)하여 관심을 가지고 나에게 접근하려는 그러한 상황이었기 때문에 또 소청인은 더구나 현직인 관계로 또 앞으로 강남에서 근무를 해야 할 그러한 처지이기 때문에 될수록 파장(波長)을 막기 위해 내가 억울해서 소청을 제기하게 되었으며 소청에 이겼으면 되는 것이지 더 이상 할 말이 없다고 더 이상 기사화되는 것을 원치 않으니 조용히 했으면 좋겠다고 나의 입장을 설명하면서 될수록 기사화되는 것을 막으려고 노력했다.

그러나 나는 전화를 한 기자들에게 기사 타이틀(title)에 어떤 신문은 부당(不當)으로 어떤 신문은 무효(無效)로 각각 다르게 표현이 되었는 바 무효와 부당에 대해 명확히 구분을 할 줄 알고 기사를 써야 된다고 일러주면서 부당의 용어는 잘못된 표현이니까 위법에 의한 무효로 표현을 해서 기사를 써야 맞는 것이라고 지적(指摘)을 해 준 것이다.

그것은 이번 소청은 분명히 위법한 인사 명령 처분을 했기 때문에 소청을 제기했고 소청의 결과에 따라 소송까지 갈 수 있는 각오를 가지고 있었다고 설명을 해 주면서 부당은 소청의 대상이 될 수 있고 결과에 따라 소송으로까지 갈 수 있는 사안(事案)이긴 하지만 금번 소청은 단순한 부당에 의해 소청을 제기한 것이 아니고 위법 무효이기 때문에 소송의 전심절차인 소청을 제기하게 되었고 다행스럽게도 소송까지 가지 않고 소청심사에서 인용결정(소송에서 승소와 같은 판결 효력)이 되는 좋은 결과가 나왔다면서 부당 그 자체만으로는 소송의 대상이 될 수가 없는 바 그 결과로 인해 무효도 될 수가 없고 위법만이 소송의 대상이 될 수 있다면서 그러기 때문에 금번 본인의 소청심사청구서에도 위법을 이유로 전출 · 입 인사 명령의 무효 확인 및 이의 취소를 구한 것이라면서 기자라면 용어의 정의를 명확히 구분하여 사용해야 한다는 내용을 알려준 바 있다.

이러면서도 오후 내내 바쁜 하루를 보낼 수밖에 없었다. 그것은 구청에서 기사 내용을 가지고 소청인을 명예훼손 혐의로 제소(提訴)하겠다고 하는 말을 들은 바 실제로 그렇게 하지 않을까 하는 걱정스러운 마음까지 들었다.

또 지금까지 평소 구청 수뇌부의 대 언론관 행태를 볼 때 조금치라도 자기의 비위에 거슬리고 명예훼손 문제가 해당된다면 절대로 그냥 넘어갈 것 같지 않은 그러한 생각이 들었고 평소 이를 보아왔기 때문이다. 또 소청에서 구청이 나에게 패했으니 그 분풀이로 기사에 대한 문제를 가지고 소청인에게 앙갚음을 하려고 할 수도 있을 것 같은 그러한 마음이 들었기 때문이다.

소청인은 마음이 조급해지기 시작했다. 소청인은 평소에 아는 변호사에게 손을 뻗치지 않을 수가 없었다.

당장 신문기사 내용을 가지고 강남지역 S동에 있는 A모 변호사 사무실로 찾아가 직접 변호사에게 자문을 구하고 강북지역에 있는 K모 변호사에게도 전화로 자문을 구한 바 두 변호사 모두가 다 크게 문제될 게 없을 것 같으니 걱정을 하지 않아도 될 것 같다는 이야기를 듣고 조금은 안심이 되었으나 그래도 마음 한구석에 걱정은 여전하다.

명예훼손에 대한 문제점은 없는 것으로 결론이 나다

어제 주일에 교회를 가면서도 구청에서 거론하고 있는 명예훼손 문제를 가지고 계속 고심에 고심을 하지 않을 수가 없었다. 소청에 이기기는 했으나 24일과 25일 보도가 된 기사 내용에 대해 명예훼손에 해당되는지 그렇지 않는지를 가지고 고심을 하다 보니 이 문제가 머리를 짓누를 수밖에 없었다.

지난주 금요일에 두 사람의 변호사에게 자문을 구한 바 큰 문제가 없을 것 같다는 이야기를 듣긴 했지만 완전히 상황이 끝난 건 아니기 때문이다.

어제 교회에서 소청인은 예배가 끝난 후 만사 제쳐 놓고 K모 장로님을 면담하기로 했다. 그분은 얼마 전까지 B고등검사장과 ○○○장관을 역임하시다가 퇴임한 법조계의 존경받는 분으로서 현재 ○○동 ○○○○tower에 사무실이 있는 L법무법인 대표로 계시는 분으로 주일에 교회에서 만날 때마다 웃는 얼굴로 인사를 주고받는 좋으신 장로님으로 많은 성도(聖徒)들의 존경을 받고 있으며 또 교회 내 성도들이 어려움에 처할 때 필요에 따라 법률적인 조언을 해 주시는 분이다.

소청인은 어제 주일에 교회에서 그분을 만나 어려움을 호소하고 조언을 들을 결심을 하고 그분에게 사정 이야기를 하기 시작했다.

전후 사정을 그대로 이야길 하고 신문에 보도된 내용을 복사해 가지고 보어드리면서 지금 구청에서 이 문제를 가지고 나에 대해 명예훼손 혐의로 제소를 할 것 같다고 하자 기사를 찬찬히 읽어 보신 후 이 정도 가지고는 문제가 될 수 없을 것이니 너무 걱정을 하지 말라고 하시면서 향후 문제가 있을 때 나를 찾아오라고 내가 알아서 처리해 줄 테니 걱정을 하지 말라고까지 안심을 시키는 그러한 말씀을 해 주신 것이다. 정말로 마음이 한결 가벼워지고 또 그렇게 고마울 수가 없었다.

소청인은 출근을 하자마자 구청 K모 법무팀장에게 전화를 걸어 구청장이 내 소청 건의 신문기사를 가지고 명예훼손 혐의로 검토를 하라고 지시를 내린 것으로 알고 있는데 지금 구청의 상황이 어떻게 돌아가고 있느냐 하고 문의를 한 바 K모 법무팀장 하는 말이 아 그 문제요! 그냥 이야기만 하다가 말았어요. 신경 쓰시지 않아도 될 것 같아요 라는 말을 하는 것이다.

소청인은 지난 주 금요일에 두 분의 변호사에게 자문을 구한 바 있고 또 어제 면담한 K모 장로님의 말씀대로 정말 문제가 될 게 없는 사항이니 아무런 걱정을 하지 않아도 되는구나 하고 마음을 한결 편하게 가질 수 있게 되었다.

제2부

강남구로 출근이 시작되다

서울시 전입 명령 및 전보 발령을 2003년 9월 25일 동일(同日)자로 취소한다는 문서와 소청 결과 통지서를 접수하다

소청심사가 끝난 후 결과에 대해 이미 구두로 들은 바 있기 때문에 여느 때와 똑같이 담담한 마음으로 결과에 대한 문서가 도착하기를 기다리고 있는 중에 있으면서도 그리고 속마음은 기뻤으면서도 그렇다고 소청 결과가 잘 나왔다고 좋다고 겉으로 자랑할 그러한 개재(介在)도 되지 않음은 물론이다. 이는 사필귀정(事必歸正)이기 때문이다.

오후 3시가 조금 넘어서 소장실로 오라는 비서의 전갈(傳喝)이 왔다. 소장실로 들어서자 문서에 선람(先覽) 사인(sign)도 하기 전에 먼저 문서부터 그대로 보여주면서 이제 어떻게 할 것인지 나의 의견을 얘기하라고 하신다.

나는 무슨 영문이지도 모르고 문서를 들여다보았다. 문서 내용을 들여다보니 지난 12월 22일에 있었던 소청심사 결과에 대해 공식문서로 시달이 된 것이다. 받는 곳을 서울시에는 인사과와 직장협의회를 비롯한 6개과 그리고 소청인의 근무처인 한강시민공원사업소 및 강남구 등이다.

제목 : 행정직 5급 공무원 시 전입 명령 및 전보 발령 취소

발령내용 : 지방공무원법 제20조 및 서울특별시 지방소청심사위원회 소청 12161-1(2001. 1. 5)호 의해 2003년 9월 25일자 서울특별시 전입 명

령 및 한강시민공원사업소 전보 발령을 동일자로 취소함(2001은 2004를
잘못 표기한 내용임)

소청인은 우선 내 자신이 주장한 즉 지난해 9월 25일자로 강남구에서 서
울시로 전보 발령을 한 자체가 위법함을 이유로 강남구청장과 서울시장을
피소청인으로 하여 '전출·입 인사 명령에 대한 무효 확인 및 취소'를 청
구하여 소청심사위원회에서 소청인과 강남구 및 서울시 인사담당자를 출
석시켜 질문 및 변명을 듣고 자료를 검토한 후 이를 병합심리 소청인의 주
장이 정당했음을 공식적으로 인정하는 인용(認容) 판결을 한 후 이에 대한
결과를 관계기관에 문서로 통보를 한 것이다.

*아래 서울시 시달문서 사본 참고요.

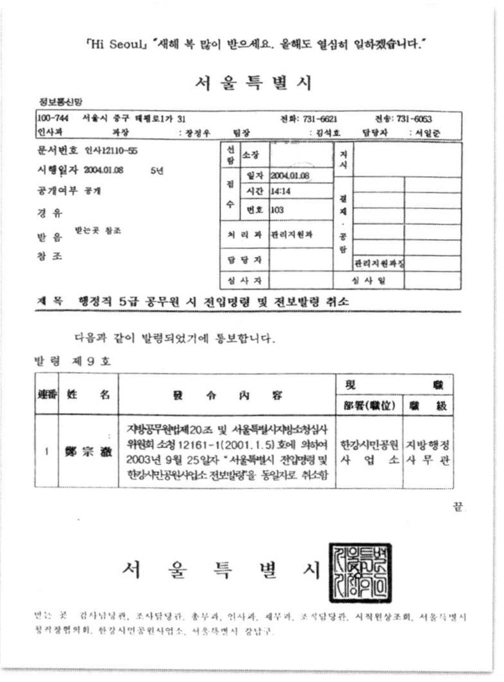

「Hi Seoul」 "새해 복 많이 받으세요. 올해도 열심히 일하겠습니다."

서 울 특 별 시

정보통신망

100-744 서울시 중구 태평로1가 31		전화: 731-6621	전송: 731-6053
인사과	과장 :장정우 팀장	:김석호 담당자	:서일준

문서번호 인사12110-55		선람	소장		지시		
시행일자 2004.01.08 5년		접수	일자	2004.01.08	결재·공람		
공개여부 공개			시간	14:14			
경 유			번호	103			
받 음	받는곳 참조		처 리 과	관리지원과			
참 조			담 당 자			관리지원과장	
			심 사 자		심 사 일		

제 목   행정직 5급 공무원 서 전입명령 및 전보발령 취소

다음과 같이 발령되었기에 통보합니다.

발 령 제 9 호

連番	姓 名	異 動 內 容	現 職	
			部署(職位)	職 級
1	鄭 宗 澈	지방공무원법제20조 및 서울특별시지방소청심사위원회 소청 12161-1(2001.1.5) 호에 의하여 2003년 9월 25일자 "서울특별시 전입명령 및 한강시민공원사업소 전보발령"을 동일자로 취소함	한강시민공원 사 업 소	지방행정 사 무 관

끝

서 울 특 별 시

받는 곳 감사담당관, 조사담당관, 총무과, 인사과, 세무과, 조직담당관, 시청원상조회, 서울특별시
청직장협의회, 한강시민공원사업소, 서울특별시 강남구.

소청인은 곰곰이 생각을 했다. 소청인 자신이 주장을 하고 원하는 사항이 이루어졌고 이제 공식적인 문서로 시달이 되고 접수가 된 것이다. 그러나 막상 문서를 접하고 보니 허탈(虛脫)한 마음이 들었다.

소청인은 먼저 냉정(冷情)을 되찾아야겠다는 마음과 무슨 말을 해야 하는가 하고 생각을 했다. 오늘이 2004년 1월 8일이니까 소청인이 지난해 9월 25일 강남구를 떠나 여기 한강시민공원사업소로 부임한 지 3개월 15일이 되었으며 그 사이에 상관이 바뀌어 어느새 두 번째 소장님을 모시게 된 것이다.

소청인은 소청을 제기하기 전 즉 소청인이 한강시민공원사업소 부임당시에 계셨던 O모 전 소장님에게 소청을 제기할 수밖에 없었던 입장을 설명했고 새로 부임한 C모 현 소장님에게도 소청을 제기했다는 설명을 사전에 드린 바 있다.

그것은 소청을 제기하는 문제가 순전히 개인적인 문제라고 할 수 있지만 그러나 이러한 사실을 사전에 알려드리는 것이 상관(上官)에 대한 도리이고 예의라고 생각을 했기 때문이다.

이렇게 사전에 충분히 설명을 드리고 양해를 구한 바 있어 그분들도 소청인의 입장에 대해 충분히 이해를 하시고 믿고 두 분 모두가 다 소청인을 잘 대해 주고 계셨던 것이다.

나는 우선 소청에 대한 입장을 다시 한번 상기(想起)시키고 설명을 드렸다.

금번 본인이 소청을 제기할 수밖에 없었던 사유는 우선 명예에 관한 문제이다. 구청장의 입장이 어떠했든 간에 직접 솔직하게 구구한 설명이 필요 없이 당신과 코드(code)가 맞지 않아서 같이 근무하기가 곤란하니 강남을 떠났으면 좋겠다고 솔직하게 직접 말을 했다든가 아니면 그의 측근을 내세워서 구청장이 그렇게 말을 하니까 그리 알고 강남을 떠났으면 좋겠다고 사전에 양해를 구하는 이야기만이라도 있었더라면 소청인이 굳이 서로 입장 곤란하게 또 치사(恥事)하게 강남에 머물러 있을 하등(何等)의 이유가 없었다는 점과 승진문제와 격려점수(激勵點數) 부여문제 기타 여러 가지 문제점 등 평소 구청장과의 껄끄러웠던 점을 사전에 기탄(忌憚)없이 이야기를 한 바 있어 두 분의 소장님이 다 소청인에 대한 입장을 충분히 이해해 주시는 편이었다.

그런데 특정한 사람을 영입시키기 위해 그것도 우리나라 최고 권력기관인 ○○○○의 친형을 영입시키기 위해 목적을 딴 곳에 두고서 외부에는 소청인이 마치 무슨 큰 비리(非理)라도 있는 것처럼 뉘앙스(nuance)를 풍기는 이야기를 하고 징계위원회에 회부를 하여 마땅히 처벌(處罰)을 받아야 할 사항이나 공무원생활을 오래했고 또 본인의 명예도 있고 하니 조용히 다른 곳으로 보내서 일을 마무리하려고 했다는 등 외부에 네거티브(negative) 선전을 하고 있었던 바 본인의 명예를 위해서 그대로 참을 수가 없어 부득이 소청을 제기할 수밖에 없었다는 심정(心情)을 이야기했다.

그러면서 이제 내 자신의 거취(去就)를 어떻게 해야 할지 막상 이렇게 되고 보니 머뭇거려진다고 하니까 소장님 하시는 말씀이 이제 강남으로 가면 뭐해 그냥 여기서 근무하는 것이 좋을 것 같다면서 나를 그윽이 쳐다보시는 것이다.

그러한 말씀에 소청인도 제가 이제 강남으로 간다고 하여 무슨 뾰족한 수가 있는 것도 아니고 서로 보기에도 곤란하고 입장도 미묘(微妙)할 것 같고 하니 또 소청에도 이겨 명예도 회복이 되었으니 본인의 동의서를 첨부해 제출하면 하자(瑕疵)가 치유(治癒)되는 바 소장님께서만 굳이 반대를 하지 않으신다면 전출동의서를 제출하고 그대로 근무하겠다고 하자 이를 묵묵히 듣고 계시던 소장님도 그래 그렇게 하는 게 좋을 것 같다면서 이제 강남으로 간다고 해서 무슨 수가 있는 것도 아니고 서로 간에 보기에 곤란할 것 아니냐면서 동감을 표하신 것이다.

그리고 그 자리에서 즉시 시청 K모 행정관리국장에게 전화를 걸어 정 과장 문제인데 내가 같이 근무를 해 본 바 정 과장 일도 열심히 하고 괜찮은 사람이라고 하시면서 지난번에는 한마디 상의도 없이 일방적으로 전출을 시켰기 때문에 명예를 회복하기 위해서 소청을 제기했으나 본인도 이제 명예가 회복되었으니 시에서만 좋다고만 한다면 그대로 근무할 용의가 있다고 하니 우리 사업소에 그대로 근무할 수 있도록 해 달라고 의견을 전하는 바 시청 K모 행정관리국장도 좋다고 고려(考慮)해 보겠다고 긍정적(肯定的)으로 답변하는 소리를 옆에서 직접 듣고 소청인도 그 자리에서 가능하면 여기서 계속 근무하겠노라고 소장님과 약속을 하고 사무실로 내려오니 소청심사위원회의 심사결정통지서가 책상 위에 놓여 있었다.

　이것은 소청을 제기한 당사자에게 소청인의 주장이 정당했음을 공적으로 인정하는 인용결정(승소 판결문) 내용의 결과를 문서로 통지해 온 것이다.

　수신 : 정종철 귀하

　제목 : 소청심사 결정통지

　1. 귀하가 청구한 소청사건에 대해 2003년 12월 22일 우리 위원회에서
　　 별첨과 같이 결정했음을 통지합니다. 라는 내용으로 전출·입 명령
　　 처분 무효(취소)청구에 대해 병합 심사하여 다음과 같이 결정한다.

　주문

　2003년 9월 25일자 강남구청장이 소청인 '정종철' 에게 한 서울특별시
　전출 명령 및 서울특별시장이 한 서울특별시 전입 명령은 이를 각 취소한
　다. 라는 내용이었다.

　* 이하 내용 아래 소청심사결정통지 문서 사본 자료 참고요.

서울특별시지방소청심사위원회

우 100-744 서울시 중구 태평로1가 31번지   /전화 731-6156   /전송 02)-731-6562
처리부서:법무담당관(본관3층) 담당관:김영한 담당사무관:김태두 담당자:박숙희 (suki03@seoul.go.kr)

문서번호 소청 12161 - 1

시행일자 2004. 1. 5. (   )

경유

수신 정 종 철 귀하

참조

제목 소청심사 결정통지

1. 귀하가 2003년 10월 22일 및 23일 청구한 소청사건에 대하여 2003년 12월 22일 우리위원회에서 별첨과 같이 결정하였음을 통지합니다.

우리 위원회의 결정에 불복하는 경우 행정소송법 제13조제1항 및 제20조 제1항에 의거 본 결정문을 받은 날로부터 90일이내에 처분청을 피고로 하여 관할 행정법원에 행정소송을 제기할 수 있습니다.

따로붙임 결정서 1부. 끝.

서울특별시지방소청심사위원회

결   정

1. 사   건   2003 - 69 전입명령처분무효(취소)청구

1. 사   건   2003 - 71 전출명령처분무효(취소)청구

2. 소 청 인   성 명 : 정 종 철

　　　　　　　소 속 : 서울시 한강시민공원사업소

　　　　　　　직 급 : 지방행정사무관

3. 피소청인   :   서울특별시장, 강남구청장

2003년 9월 25일 강남구청장이 소청인 정종철에게 한 서울특별시 전출명령 및 서울특별시장이 한 서울특별시 전입명령에 대하여 소청인으로부터 동 처분의 취소를 구하는 소청이 있었으므로 우리 위원회는 이를 병합 심사하여 다음과 같이 결정한다.

주   문

2003년 9월 25일 강남구청장이 소청인 정종철에게 한 서울특별시 전출명령 및 서울특별시장이 한 서울특별시 전입명령은 이를 각 취소한다.

이   유

(별   첨)

---

1. 원처분 사유요지

'03. 9. 25. 강남구청장은 강남구 총무 12110-4857호로 소청인 지방행정사무관 정종철에 대해 서울특별시 전출을 명하는 인사발령을 실시하고, '03. 9. 25. 서울특별시장은 인사132110-3282호로 "행정5급 공무원 인사교류 및 전보"를 실시하면서 소청인 지방행정사무관 정종철에 대해 서울특별시 전입을 명하고, 한강시민공원사업소 근무를 명한다는 것이다.

2. 소청이유 요지

'03. 9. 25. 서울특별시장이 단행한 소청인의 서울특별시 전입 인사명령 처분과 강남구청장이 단행한 소청인의 서울특별시 전출 인사명령 처분은 헌법재판소 전원재판부의 결정(98헌바 101, 99헌바8(병합) 지방공무원법 제29조의3 위헌소원), 대법원 판결(2001.12.11. 선고 99두 1823 인사발령취소 등) 및 국가인권위원회 결정('03. 9. 18.)에 명백히 위배되는 위법한 행정처분인 바,

지방공무원법 제29조의3(전입)은 "지방자치단체의 장은 다른 지방자치단체장의 동의를 얻어 그 소속 공무원을 전입할 수 있다"라고 규정이 되어 있고, 이는 임명권자를 달리하는 자치단체로의 이동은 헌법 제7조 및 제15조에서 보장하는 직업선택의 자유의 의미와 효력에 비춰 반드시 당해 공무원의 동의를 전제로 함을 위 헌법재판소 결정 및 대법원의 판결에서 나타나고 있음에도 불구하고 소청인에게 한마디 상의나 전출에 대한 하등의 동의절차 없이 강남구청장이 서울시에 마치 소청인 자신이 전출을 동의하고 희망하는 것처럼 허위로 구두 통보하고 문서를 제출하여 일방적인 전출명령 처분을 취한 행정행위는 정당하고도 적법한 행정처분으로 볼 수 없으며, 이러한 강남구청장의 행정행위가 위법함에도 서울특별시장이 이를 수용하여 소청인을 서울시로 전입 조치한 처분 또한 위법하여 취소되어야 할 것으로,

---

지금까지 서울시 전·출입에서는 개개인의 의사를 최대한 존중하여 개인이 희망하는 부서를 기재한 후 의견 수렴하여 전출하는 방식으로 인사를 시행하여 왔음에도 본 건 인사처리는 이러한 절차를 무시하고 행해졌고, 특히 강남구에서는 지금까지 서울시나 타 자치구간 인사교류를 하지 않는다는 방침에 따라 타구청과 교류가 없었음에도, 특정인을 강남구에 전입시키기 위한 수단으로 인사교류에 동의하지도 않은 소청인을 서울시로 전출시키는 위법한 인사를 행하였으며,

소청인이 이러한 전출사실을 알게 된 것은 발령이 있기 2일전인 '03. 9. 23.으로, 총무과장이 소청인을 방문하여 전출 의향을 묻기에 알게 되었으며 이 자리에서 소청인은 전출의사가 없음을 분명히 하였는데도 총무과장은 소청인이 '03. 8. 26. 감사실로부터 받은 훈계처분 때문에 강남구를 떠나야 하는 것으로 이미 10일전에 결정되었다고 하였으며, 그래서 소청인은 서울시 인사과에 그 즉시 Fax 송신 및 방문하여 소청인의 의견을 분명히 하였고 이후 2차례 강남구를 방문하여 전출 동의를 철회해 줄 것을 강력히 요구하였으나 거부당하였던 것으로, 소청인이 업무상 과실이 있다면 징계로 벌할 것이지 이를 사유로 강제 전출시킬 수는 없다고 사료되는 바, 위법한 행정처분을 취소해 달라는 것이다.

3. 증거 및 판단

심사시 당사자들의 진술내용 및 당위원회에 제출된 일전 증거자료를 보아, '03. 9. 16. 서울특별시장은 지방공무원법 제29조의3의 규정에 의하여 소청인을 서울시에 전입하기 위하여 강남구청장에게 전입동의를 요구하자, 강남구에서는 '03. 9. 16. 총무12110-4637호로 소청인의 전출에 동의하는 공문을 서울특별시장에 송부하고 같은 달 25일 소청인을 서울특별시로 전출하는 명령을 하였으며, 서울특별시장은 동일자로 소청인에 대하여 서울특별시로의 전입과 동시에 한강시민공원사업소 근무를 명한 사실에 대하여는 당사자간 다툼이 없다. 그러나 소청인은 강남구 전출에 대하여 동의한 사실이 없으므로 임용권자에 의한 일방적인 지방자치단체간 전출·입은 위법·부당하여 취소되어야 한다고 주장

하고 있어 살펴건대,

지방공무원의 지방자치단체간 전출·입시 반드시 해당공무원 본인의 동의가 필요한지에 대하여, 지방공무원법 제29조의3조에는 "지방자치단체의 장은 다른 지방자치단체의 장의 동의를 얻어 그 소속공무원을 전입할 수 있다"고 규정하고 있고, 그 규정외에 전출·입시 공무원 본인의 동의 필요성 여부에 관하여는 명시적으로 규정되어 있는 조항을 찾아볼 수는 없으나,

대법원판례(대법원 2001.12.11. 선고 99두1823)에 의하면 지방공무원법 제29조의3의 규정에 의하여 동의를 한 지방자치단체의 장이 소속 공무원을 전출하는 것은 임명권자를 달리하는 지방자치단체로의 이동인 점에 비추어 반드시 당해 공무원 본인의 동의를 전제로 하는 것이라고 판시하고 있으며,

헌법재판소에서도 지방공무원법 제29조의3의 위헌여부를 판단하는 결정(헌법재판소 2002.11.28. 98헌바101, 99헌바8 병합)에서, 위 규정을, 해당공무원의 동의 없이도 지방자치단체장 사이의 동의만으로 전출·입 명령이 가능하다고 풀이하는 것은 헌법적으로 용인되지 아니하며, 헌법 제7조에 규정된 공무원의 신분보장 및 헌법 제15조에서 보장하는 직업선택의 자유의 의미와 효력에 비추어 볼 때 위 법률조항은 해당 지방공무원의 동의가 있을 것을 당연한 전제로 하여 그 공무원이 소속된 지방자치단체의 장의 동의를 얻어서만 그 공무원을 전입할 수 있음을 규정하고 있는 것으로 해석하는 것이 타당하다고 설시하였는 바,

위와 같은 판례에 의하면 지방공무원법 제29조의3의 규정에 의한 전입은 반드시 당해 공무원의 동의를 전제로 하는 것으로써, 강남구청장의 이 사건 전출 명령에서 소청인의 동의가 없었음은 강남구청장도 자인하고 있으므로, 인사에 있어서 인사권자의 폭넓은 재량을 인정하고 있음을 감안하더라도, 이 사전 전출 명령은 강남구청장이 인사재량권을 남용 또는 일탈한 위법·부당한 처분이므로 취소되어야 할 것이고, 나아가 강남구청장의 위법한 전출명령을 전제로 하는 서울특별시장의 전입 명령 또한 위법하므로 취소되어야 한다고 판단되어 주문과 같이 결정한다.

위 정 본 임

2003. 12. 22.

委 員 長	전 민 기	
委　　員	박 수 혁	
委　　員	박 영 식	
委　　員	김 선 중	
委　　員	김 상 국	
委　　員	임 재 오	
委　　員	김 영 걸	
幹　　事	김 영 한	

서울특별시지방소청심사위원회

이로써 소청인 본인과 관련기관 즉 강남구와 서울시 각 해당과에 본 문서가 공식적으로 통보됨으로써 소청심사에 대한 모든 상황은 공식적으로 끝이 난 것이다.

저녁에 수서역 로즈데일(rosedale) 빌딩 지하식당에서 구청에 근무하면서 평소 본인의 소청 건에 대해 많은 관심과 교감(交感)을 가지고 계속 의견을 나누고 정보를 제공하고 조언을 해 준 H모 주임과 저녁을 같이하면서 금번 사건 전반에 걸쳐 그간의 경위에 대한 의견을 나누고 내가 동의서를 다시 제출하고 한강시민공원사업소에 그대로 근무하기로 소장님과 합의했다는 내용을 알려주자, 잘 하셨네요. 라고 말을 하면서도 그의 표정엔 실망하는 빛이 역력히 보였다.

그와 식사를 하는 도중에 소장님으로부터 서울시에서 당신에게 망신을 당했으니 절대로 받아주지 않겠다고 하며 강남구에서 그대로 근무하라고

한다는 내용을 알려왔다.

나는 당시 식사 도중에 있어 여러 가지 이야기를 할 수 있는 상황이 아니었기 때문에 아, 네 알겠습니다. 내일 정상 출근을 하여 그때 소장님께 저의 의견을 말씀드리도록 하겠다며 전화를 끊고 저녁식사를 마치고 귀가했다.

퇴근하여 집사람과 아이들에게 소청 결과 아빠가 이겼다는 이야기와 이제 강남구에서 다시 근무할 수 있을 것 같다는 이야기를 하자 집안 식구들 모두가 다 기쁜 마음으로 받아들였다.

그러면서도 앞으로의 상황이 어떻게 전개될지 예측하기 어려우며 어쩌면 더욱 어려운 일이 닥칠지도 모른다는 암시(暗示)를 하기도 했다.

출근과 동시에 소장님을 면담하다

출근을 하자마자 곧바로 소장실로 발길을 향했다.

소장님을 만나 차를 마시면서 먼저 죄송하다고 인사를 하고 난 후 어제 소장님께서 젊은 후배 국장에게 자존심(自尊心)을 접고 저에 대한 의견을 전달하셨기에 썩 마음이 내키진 않았지만 가능하면 여기에서 근무하는 방향으로 고려(考慮)를 했습니다. 그러나 이제 저는 일이 이렇게 된 이상 죽어도 강남에서 죽고 살아도 강남에서 살 수밖에 없지 않습니까? 하고 의견을 이야기한 바 소장님도 섭섭한 표정을 지으시면서 그럴 수밖에 없지 않느냐며 동감을 표시하셨다.

나는 그동안 고마웠다고 인사를 한 후 소장실을 나오면서 이제 더욱더 마음을 단단히 하기로 결심하고 급한 일을 대충 정리를 한 후 타 과 여러 직원들과 작별 인사를 하면서 사업소 내를 한 바퀴 돌고 직원들과 그동안 고마웠다는 인사를 했다.

이미 소문을 다 들은 터인지라 대부분의 직원들이 일이 잘되었다며 그동안 참 마음고생 많았겠다는 위로들을 해 주었다.

소청인은 어제 소청을 제기해 명예도 회복이 되었으니 가능하면 여기 한 강사업소에서 근무하겠다고 소장님과 구두 약속까지 했었으나 서울시에서 받아주지 않겠다고 하는데 굳이 사정을 해 가면서까지 여기 사업소에서 근무하고 싶은 마음은 추호(秋毫)도 없는 것이다.

그러나 막상 인용(認容)결정된 소청심사(訴請審査) 결정서를 받아들고 보니 과연 내 자신이 이 사람 저 사람 눈치를 봐 가면서 꼭 강남에 가서 근무를 해야 하는가 하는 그러한 마음이 들기도 했다.

그것은 강남에서 소청인을 배제(排除)하기 위해 허위문서까지 만들어 서울시에 보고를 하고 방출을 시켰기 때문에 좋은 감정을 가지고 맞이해 주지 않을 것이 빤한 이치인 것으로 마음이 꺼림칙하기도 했기 때문이다. 그래서 점심식사를 급하게 마치고 친구가 행정관리국장으로 있는 S구 J모 국장을 찾아갔다.

그에게 소청인의 사정 이야기를 하고 내가 소청에 이겼기 때문에 강남구로 복귀하는 게 원칙이지만 피차(彼此) 보기가 껄끄러울 것 같아 네가 근무하고 있고 또 우리 집에서도 출퇴근하기가 수월한 이곳으로 오고 싶다는 이야기를 하자 그는 여기서 서울시로 가고 싶어 하는 사람이 한 사람 있긴 있는데 어떻게 될지 모르겠다면서 즉시 의회 전문위원으로 있는 B모 사무관에게 전화를 걸어, 시에서 여기로 오겠다는 사람이 있는데 서울시로 갈 의향이 있느냐 하고 의견을 묻는 바 그의 대답이 시청 ○○국 ○○과 ○○ 팀까지 요구한다는 소리를 하면서, J국장이 소청인을 빤히 쳐다보며, 봐라 이렇게까지 요구를 하는데 내가 어떻게 다리를 놓을 수가 없지 않느냐 친구도 좋지만 내가 계속 B모 사무관에게 서울시로 가라고 종용(慫慂)을 한다면 자칫 자기 친구 데려오기 위해 여기를 떠나라고 하는 그러한 인상을 받고 오해를 할 수도 있으니 이렇게 된 이상 강남으로 갈 수밖에 없지 않느냐 하는 이야기를 한다.

소청인은 알았다고 하고 다시 시내에 있는 J구 K모 부구청장을 찾아갔다. 그분은 얼마 전 구청장이 국회의원에 출마하기 위해 사퇴를 했기 때문에 구청장 권한대행을 행사하고 있는 현재 구청의 업무를 총괄하는 최종 결재권자로 사실상 구청장의 지위(地位)에 있는 것이다.

그분을 찾아간 것은 과거 강남구 총무국장 재직 시 현 강남구에서 미국 UCR(University of California Riverside)과 협약을 맺어 운영하고 있는 강남 구립국제교육원의 설립을 소청인 자신이 계획수립 초기 단계에서부터 그분과 팀워크(teamwork)를 이뤄 업무를 추진하다가 중간에 타 구로 발령이 나서 떠났고 소청인도 마무리 단계 직전에 타 과로 발령이 나서 떠났으나 어찌하든 그분과 처음부터 구립국제교육원 설립 업무를 추진할 때 그야말로 아무런 자료 하나 없는 제로(zero) 상태에서 시작을 하느라고 많은 고생을 하면서도 밀접하게 접촉하고 협의를 하면서 서로를 믿고 친밀감 있게 업무를 수행한 과거사가 있었기 때문이다.

소청인이 먼저 소청 제기의 배경과 지금까지 있었던 내용 결과를 다 설명을 하고 난 후 청장님의 의견과 자문을 구하려고 왔다고 하니까 일이 이렇게 된 이상 다시 강남구로 되돌아가는 것은 '아니여' 라고 하면서 만약 강남구로 되돌아가 근무를 하게 된다면 피차 입장이 곤란한 문제가 발생할 수도 있으니 또 현재 같이 근무하고 있는 C모 소장님도 좋으신 분이니 그분을 보필(輔弼)하여 그대로 근무하는 게 좋을 것 같다는 의견을 밝히시는 것이다.

소청인은 그에 대해 저도 그렇게 생각을 합니다. 그러나 문제는 서울시에서 비토(veto)를 놓고 못 받아주겠다고 하니 근무하기가 곤란하여 이렇게 청장님을 직접 만나서 거취문제를 협의하려 이곳까지 왔습니다. 이곳에서 근무할 수 있는 방법을 모색(摸索)해 주십시오. 하는 말을 하니까, 그러나 여기서는 서울시로 가겠다고 하는 사람이 없으니 그대로 근무하는 게 좋을 것 같다는 의견을 이야기하는 바 알았다고 참고(參考)하겠노라면서 구청을 나왔다.

이제는 어쩔 수 없이 강남구청을 방문할 차례이다.

오후 5시경 강남구청을 방문, 우선 구청 수뇌진을 만나 먼저 인사를 하는 게 도리(道理)라고 생각하면서 그들이 나를 환영해 줄 리야 만무하겠지만 과연 그들이 어떻게 대해 줄까 하는 궁금한 마음으로 구청을 들어섰다.

구청장을 만나기 위해 청장실로 갔으나 부재중으로 만나지를 못했다. 우선 부구청장과 각 국장들을 먼저 만나기로 마음의 다짐을 하고 부구청장실로 들어가 K모 부구청장에게 인사를 하자 이미 결심을 하고는 있었으나 첫 마디부터가 냉담(冷淡)하고 싸늘했다.

왜 왔느냐면서 우리는 절대로 당신을 받아주지 않을 테니까 당신 소송 좋아하는 것 같은데 소송을 하든 어떻게 하든 당신 마음대로 한번 해 보라면서 아무 일도 아닌 걸 가지고 괜히 확대를 해서 터뜨려 가지고 일을 크게 벌여 놓았다고 못마땅하다는 표정을 하고 힐끔힐끔 쳐다보면서 절대로 받아줄 수 없다고 첫마디부터가 강경(強硬)했다.

소청인은 이미 이렇게 나올 줄을 예상을 한 터나 그래도 상관에 대한 예의상 최선을 다해 그를 대하기로 결심을 하고 들어간 바 그러면서도 나는 부구청장에게 이러한 일이 없게 하기 위해 지난번 서울시 발령이 나기 전 전출 내신을 한 문서를 취소하여 주면 1개월 이내에 스스로 강남을 떠나겠다고 하지 않았느냐면서 일이 이렇게 된 이상 이미 다 끝난 사항이니 이해를 해 주십시오. 잘봐 주시기 바란다는 의례적(儀禮的)인 간단한 인사를 하자 그는 여하튼 우리 구에서는 당신을 더 이상 받아줄 수 없다고 억양(抑揚)을 높여 강조를 하는 상황을 보고 들으면서 처지(處地)가 비참했지만 묵묵부답으로 잠시 동안 머뭇거리다가 부구청장실을 나왔다.

다음 행정관리국장실로 향했다. 그에게 인사를 하자, N모 행정관리국장은 일이 아주 잘되었다면서 악수를 청한다. 이해해 주십시오. 하고 더 이상 아무런 말없이 간단히 인사만 하고 나왔다.

다음 재무국장실로 향했다. L모 재무국장 요즘 스포트라이트(spotlight)를 받고 있던데 하고 웃으면서 말하는 바 이해를 해 주십시오. 하고 악수로 인사를 나누고 사무실을 나왔다.

총무과로 들어갔다. 옆에 있는 여러 직원들과 의례적인 인사를 하거나 악수를 나누었다. 그리고 과장 앞 탁자로 갔다. K모 총무과장과는 인사도 악수도 없이 서로 빤히 쳐다보면서 공방(攻防)이 시작되었다.

총무과장 : 흥, 조직에 항거를 하면서 언론 플레이(play)를 해! 여하튼 여기서는 절대로 받아줄 의사가 없으니 맘대로 해 봐. 그리고 이것은 내 한 사람만의 의견이 아닌 구청 전 직원의 의견임을 알아야 해. 하면서 그럴 수가 있느냐며 얼굴을 붉히고는 공격적인 말을 하면서 여하튼 우리 구에서는 절대로 받아줄 수가 없으니 당신 마음대로 알아서 해 보라고 한다.

소청인은 누가 이 지경까지 오게 만들었냐면서 그와 거친 말이 오가면서 계속 말다툼을 했다. 그러면서 내일부터 이곳으로 출근을 할 테니 그렇게 알라고 통고를 하고 사무실을 나왔다.

저녁 8시경에 K모 직협 회장과 수서역 로즈데일(rosedale) 지하 찻집에서 차를 마시면서 이야기를 나누었다.

그의 말은, 이제 떳떳하지 않습니까? 직협에서 전폭적으로 지원을 할 테니 아무런 염려를 하지 마시고 당당히 오십시요. 라고 말을 한다.

나는 K모 직협 회장에게 내가 소위 사무관이다. 내 일은 내가 알아서 스스로 처리해야 하는 것이지 나보다 아래 직원들로 구성된 직장협의회의 힘을 빌려서 일을 처리하려고 한다면 자칫 웃음거리가 될 수도 있지 않느냐, 나는 또 지금까지 누구의 힘도 빌리지 않고 오로지 내 힘으로 여기까지 왔지 않느냐, 직협에서는 내가 필요로 할 때 또는 지원 요청을 할 때에만 나설 일이지 그러기 전까지는 절대로 나서지 말라 하고 또 나서서도 안 된다고 강력하게 타일렀다. 그리고 관심을 가져준 것만으로도 고맙다는 말을 하고 나왔다.

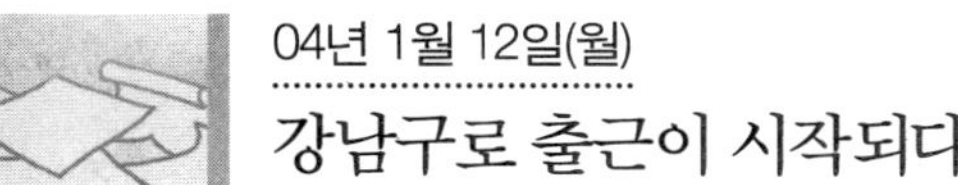

강남구로 출근이 시작되다

오늘부터 강남구청으로 출근이 시작됐다. 구청에서 한사코 오지 말라고 하지만 강남구가 아니면 이제 갈 곳이 없는 그러한 처지이다. 먼저 어제 만나지 못한 국장들에게 인사를 하기 위해 L모 건설교통국장과 만나 의례적인 인사와 악수를 나누고 다음은 K모 생활복지국장실로 들어갔다. 먼저 간단한 인사를 하고 차를 마시면서 대화가 오갔다.

생활복지국장과는 같은 동향이고 또 과거에 과·계장으로 같은 사무실에서 근무를 한 관계로 조금 더 많은 이야기를 나눌 수가 있게 되었다.

그는 나에게 소청을 제기하지 않을 줄 알았는데 왜 소청을 제기해 결과적으로 일이 더욱더 어렵게 꼬이고 복잡하게 악화되지 않겠느냐고 한다. 소청인은 내 입장에서는 그렇게 할 수밖에 없지 않았느냐 하면서 이해를 해 달라고 하자 생활복지국장 하는 말이 즉 내가 소청을 제기한 사항에 대해 구청 직원들 모두가 아주 좋지 않게 생각한다는 말을 했다.

소청인은 경우에 따라서 일부 직원들 특히 수뇌부에서 그렇게 말을 하거나 생각할 수도 있겠지만 아마도 대부분의 직원들은 그렇지 않을 것으로 알고 있다고 말하고 소청인 자신도 그러한 점에 대해서는 확신을 가지고 있으나 생활복지국장의 이야기는 소청인의 견해와 다르게 말을 하고 있는 것이다.

물론 그는 구청 고위 공무원으로서 구청장의 입장을 보아 그렇게 말할 수밖에 없는 입장으로 이해하려고 생각하면서도 소청인의 입장에선 소청 제기는 불가피한 사항이었다고 답변을 하자 생활복지국장 하는 말이 이제 최후의 승자가 누가 되느냐가 더 중요하지 않겠느냐는 말을 했다. 그러나 소청인은 이제 더 이상 물러날 곳도 물러설 곳도 없고 더 이상 할 말도 없다고 답변을 했다.

생활복지국장은 그래도 여러 사람의 국장 중에서 나와 가장 가까운 편에 속한다고 생각을 하고 있으면서 소청인이 서울시로 발령을 받고 인사를 하러 가자 구청장의 사주(使嗾)를 받았는지 아닌지는 알 수 없지만 소청을 제기할 생각은 아예 하지 않는 게 좋을 것이라고 말하면서 완곡(婉曲)하게 부탁까지 한 사람이다.

소청인이 '책머리에' 에서 이미 언급한 바와 같이 소청인이 처해 있는 상황에서 어느 누구도 소청인의 편에 서서 이야기를 해 줄 수 있는 사람은 아무도 없는 것이다. 그것은 어느 사회이건 간에 세상사 모두가 파워(Power) 있는 사람의 편에 줄을 설 수밖에 없는 것이니 이는 어쩔 수가 없는 일이다.

국장실을 나와 복도를 걷다 보니 자연스럽게 여러 직원들을 만날 수가 있었다. 직원들과 자연스럽게 대면을 하고 인사를 하게 되니 대부분의 직원들이 소식을 들어서 잘 알고 있다면서 정말로 큰일을 해냈다면서 아주 잘된 일이라고 이구동성(異口同聲)으로 말을 했다. 또 몇몇 직원들은 구청장이 그렇게까지 할 수가 있느냐고 노골적으로 불만을 하는 직원들이 많이 있었다.

다시 구청장실을 들러 B모 비서실장과 총무과 자치행정과 민원여권과를 들러 과장 및 직원들과 차례차례 인사를 나누었다. S모 자치행정과장이 이제 어떻게 되는 거냐고 묻는 바 소청인은 이에 대해 2003년 즉 작년 9월 25일 동일자로 발령이 취소되었다고 하니까 그럼 강남으로 다시 오겠네 하면서 씩 웃고 있는 것이다. 소청인은 그것은 당연한 결과가 아니겠느냐고 대답을 했다.

소청인은 다시 총무과에 들러 K모 인사팀장에게 나는 이제 더 이상 갈 곳도 물러설 곳도 없는 바 내일부터는 매일 총무과로 출근을 할 테니 자리를 만들어 놓으라고 했다. 그리고 인사팀장에게는 금번 일은 모두 다 높은 사람들이 저질러 놓고 인사팀장은 대서(代書) 노릇만 한 것으로 알고 유감이 없으니 그리 알아 달라고 했다.

오후에 구의회에서 몇몇 의원들이 만나서 이야기를 하자고 연락이 왔다. 의회를 못갈 이유도 없으려니와 소청인 자신이 강남을 떠나기 전 의회(議會) 전문위원(專門委員)으로 근무한 관계로 오후에 의회를 방문했다.

평상시 의원들이 상근을 하지 않는 관계로 4명(대치동 S모, 개포동 S모, 수서동 Y모, 역삼동 W모)의 의원들과 3~4개월 만에 서로 만나서 인사를 하고 이야기를 나누었다.

그들은 소청인에 대한 소식을 이미 들은 바 있으나 당사자에게 직접 다시 한번 듣고 싶어 전화를 했노라면서 소청인의 문제가 어떻게 되어가고 있느냐고 묻는다.

소청인은 이에 대해 금번 본인의 전출 명령 인사에 대해 작년 12월 22일 소청심사위원회의 소청심사 결과 위법으로 인용결정(認容決定) 즉 판결(判決)이 나서 2003년 9월 25일자 발령은 원인무효가 되어 동일자로 발령이 취소되고 다시 강남으로 원대 복귀가 되었다고 알려주면서 그러나 구청에서 소청인을 받아주지 않겠다고 버티고 있어 나는 갈 곳이 없어 매일 구청으로 출근하는 투쟁을 벌이겠다는 말을 하자 수서동 Y모 의원이 출근 투쟁하는 상황을 SBS 방송국과 한겨레신문에 알려 이를 취재토록 하겠다는 말을 하는 바 소청인은 그렇게 하지 말아 달라고 했으나 Y모 의원이 자기는 이미 구청에 전화를 걸어서 구의회 행정보사위원장 자격으로 문제를 삼겠다고 하는 말을 했다면서 이번 문제는 반드시 짚고 넘어가야 한다고 하는 바 소청인의 입장에서 곤란하니 참아 달라면서 그렇게 하면은 마치 소청인이 사주(使嗾)를 한 것처럼 오해를 받을 수도 있는 바 이를 중지해 달라고 했으나 그는 벌써 구청에 전화를 걸고 이에 대한 답변자료를 요구하고 있는 상황이라면서 간부들이 없어서 팀장에게 위원장에게서 전화가 온 사유를 행정관리국장에게 전해 달라고 했는 바 소청인의 입장에서는 더 이상 어떻게 할 수가 없는 상황이 되어 있었다.

의회 사무국을 들르니 사무국 팀장들과 직원들이 이구동성(異口同聲)으로 정말로 큰일을 해냈다면서 대단하다고 악수를 청하고 웃으면서 인사를 한다.

조금 있으니 K모 직협 회장이 오늘 출근한 내용을 들었노라고 정말로 잘됐다면서 언제 저녁을 같이하자고 전화가 걸려왔다.

소청인은 관심을 가져줘 고맙다면서도 지난번에 말한대로 내가 정말로 직협 차원의 지원이 필요해서 지원 요청을 하기 전까지는 절대로 나설 생각은 아예 하지도 말고 제발 가만히만 있어 달라는 부탁의 말을 했다.

저녁에는 강남신문 Y모 사장에게서 전화가 걸려온 것이다. 그는 소청인의 이야기를 의회에서 들었노라면서 이번 소청 건에 대해 대서특필(大書特筆)을 하려고 하니 만나서 이야기를 좀 하자고 하는 바 소청인은 이에 대해 그렇잖아도 강남구청과 강남신문사 간에 여러 가지 껄끄러움이 많은 걸로 알고 있는데 나를 도와주겠다고 신문에 크게 보도가 되면 마치 내가 강남신문을 부추기고 사주하여 자료를 제공하고 신문에 난 것 같은 오해를 사서 오히려 역효과가 날 것이니 나를 도와주는 입장에서 신문에 보도할 생각을 아예 하지 않는 것이 도와주는 것이라고 사정을 하고 부탁을 하여 신문에 보도를 하지 않기로 약속을 받아냈다.

총무과장과 맞닥뜨려 입씨름을 계속하다

오늘은 어떻게든지 구청장을 만나려고 크게 마음을 먹고 9시 출근 시간 대에 맞춰 막 바로 구청장실로 들어갔으나 간부회의가 오후 3시라 구청으로 출근을 하지 않고 아마 다른 곳으로 향한 것 같다.

구청장실로 들어가 B모 비서실장과 이야기를 하고 있는 도중에 총무과장이 들어오더니 화를 내면서 나오라고 한다. 구청장이 만나주지도 않을 테니까! 또 만날 필요도 없다고 하니까 오지도 말라면서 총무과로 가자고 하여 총무과에 가서 과장과 입씨름을 했다.

왜 오지 말라고 하는데 자꾸만 오는가 하기에, 무슨 거지가 동냥 얻으러 오는 줄 아느냐고 맞받아 쳤다.

총무과장이 무역협회에 가서 돈 받은 사실이 있지 않느냐기에 그 말에 책임을 질 수 있느냐면서 근거를 대라고 하니까 감사과 조사보고서에 그렇게 나와 있다고 한다.

그래 좋다, 그러면 감사과에 가서 확인을 하고 오겠다. 하고 감사담당관을 찾아가 총무과장이 지난번 무역협회에 가서 내가 돈 받은 사실이 감사보고서에 들어 있다고 하는데 그러한 감사보고서를 내놓으라고 하니까 J모 감사담당관 아, 나 절대로 그렇게 말한 사실이 없어 그러한 보고서 쓴 사실이 없다면서 부인을 한다.

소청인은 총무과장이 감사보고서에 그렇게 보고한 사실이 들어 있다고 말하는데 무슨 소리야 어서 그러한 보고서를 내놔라 하니 감사담당관! 아, 나 정말로 그러한 사실이 없다니까 없다면서 왜 괜스레 가만히 있는 사람을 가지고 그래. 난 아무런 말도 한 사실이 없다면서 엉덩이를 의자에 살짝 붙이고 양팔을 들고 양손을 계속 좌우로 흔들어 대는 바 알았다고 하고 총무과로 와서 총무과장에게 감사담당관은 그런 사실 없다고 하는데 증거를 대라 조금 전 한 말에 대해 책임을 질 수 있느냐고 다그치니까 아무 말을 하지 못하고 슬며시 꼬리를 내린다.

총무과장 하는 말을 가지고 옥신각신 계속 다툼을 벌이다가 총무과 사무실을 나왔다.

이후 부구청장실로 들어가 부구청장에게 총무과장으로부터 보고를 받으셨겠지만 어제부터 총무과에 정시 출근을 한다고 하니까 여기를 오지 말라고 한다. 나는 부구청장에게 청장님 말이나 되는 얘기를 하십시오. 하면서 나는 법에 의해 전출 명령을 받고 억울하고 섭섭했지만 아무 소리도 못하고 서울시로 갔으며 법에 의한 소청심사를 청구했고 법에 의한 소청심사 결과 9월 25일자로 서울시 전보 명령이 동일자로 취소된 것이 아닙니까? 그러니 내 소속이 강남구가 아니고 어디입니까? 하면서 대들고 따져 물으니까 그는 아무튼 여기서는 방침에 의해 당신을 받아주지 않기로 했으니까 여기에 오지 말고 당신 마음대로 해 보라면서 오른손을 좌우로 살래살래 흔들어 댄다.

나는 부구청장에게 청장님, 법이 우선입니까 방침이 우선입니까? 또 법 아래 방침이 있는 것이지 법 위에 방침이 있는 것입니까? 하고 다시 재차 대들고 따져 드니까 부구청장 하는 말이 아무튼 여기서는 받아주지 않기로 했으니까 당신 마음대로 하고 싶은 대로 해 보라면서 말도 되지 않는 억지를 계속 쓰고 있는 것이다.

나는 부구청장에게 K○○ 구청장께서 그러한 말씀을 하신다면 그분은 정치를 하는 정무직 공무원이니까 그렇게 말을 할 수도 있고 이해를 할 수도 있습니다만 그러나 부구청장님이나 저는 법을 준수하고 집행을 해야 하는 직업공무원입니다. 법을 준수하고 집행해야 할 직업공무원이 그렇게 말씀을 할 수가 있습니까? 설령 구청장께서 그렇게 말을 했다고 해도 인사위원장으로서 책임을 지고 구청장을 설득시키고 이해를 시켜야 할 입장에 있는 분이 그렇게 말씀을 하시면 되겠습니까? 하고 따져 드리니까 부구청장은, 나 인사위원장도 아니고 당신을 받아줄 책임자도 아니야. 한다. 그렇다면 인사위원장이 누굽니까? 나를 서울시로 보낼 때 최종 결재권자가 여기에 계시는 부구청장이 아니고 누구란 말입니까? 하고 또 대들고 따져 드리니까 그래도 우리는 당신을 받아주지 않기로 했어. 안 받아주기로 했으니까 당신 마음대로 해 보라면서 계속 억지를 쓴다.

소청인은 여하튼 이제 저는 앞으로 계속 구청으로 출근을 할 테니까 그렇게 아십시오. 하고 부구청장실을 나와 다음은 국장실로 들어가 행정관리국장을 만났다.

그도 역시 부구청장과 같은 논리로 소청인을 받아주지 못하겠다고 하는바 제가 어제부터 총무과로 출근을 하고 있으니 국장님은 그렇게 아시기 바랍니다. 그리고 여기서 긴 얘기는 하지 않겠다며 사무실을 나왔다.

간부회의 시간인 오후 3시보다 빠르게 2시 30분경 구청을 재차 방문을 했으나 곧 회의가 시작된다면서 구청장실을 들어가지 못하게 한다. 소청인 또한 몸싸움을 하기도 싫고 또 조급하게 마음을 가질 필요도 없고 순리대로 풀어나갈 결심을 하고 약간의 시위 정도만 하고 나왔다.

소청인이 여기 저기 왔다 갔다 하는 사이에 B모 구청장 수행비서를 만났다. 그와는 과거 D동사무소에서 같이 근무한 적이 있는 직원으로 그와 작은 회의실로 들어가서 조용하게 대화를 나누었다.

대화인 즉 그는 만약 과장님이 여기서 근무를 하시게 되면 피차 서로 곤란하지 않겠습니까? 하기에 그 점에 대해서는 나도 동감한다며 일단 수긍

(首肯)을 한 후 그래서 엊그제 시달된 문서에 작년 9월 25일 동일자로 발령이 취소됐기에 전에 근무한 한강시민공원사업소 소장님께서 소청인의 거취를 묻는 바 이제 본인의 명예도 회복이 되었으니 전출동의서를 첨부해 시(市)에 제출하면 하자(瑕疵)가 치유(治癒)되는 바 동의서를 제출하고 한강사업소에 그대로 근무를 할 수도 있다는 의사(意思)를 밝히자 소장님께서도 그렇게 하는 것이 좋겠다고 동감을 표시한 바 있다면서 여기에 오기 전 한강소장님과 시청 행정관리국장 간에 있었던 대화내용을 이야기하면서 즉 강남으로 가지 않고 그대로 근무하는 방향으로 나름대로 고려(考慮)를 했노라면서 나는 이렇게까지 가능하면은 강남에 오지 않으려고 강남에 근무하면은 피차 서로 입장이 곤란할 것 같아 나름대로 최선을 다했는데도 불구하고 서울시에서 받아주지 않겠다고 비토(veto)를 놓고 감정적으로 나오는데 내가 더 이상 어떻게 할 수가 없는 것 아니냐 하며 나도 이제 더 이상 할 말이 없고 서울시에 나를 받아 달라고 사정도 하지 않겠다고 했다.

그는 계속 묵묵히 듣고만 있다가 좀 더 좋은 방법으로 해결할 수 있는 방안을 강구해 보시지요. 하는 바 알았다며 구청을 나왔다.

오후에 B모 강남수도사업소장를 만나 그동안에 있었던 나의 소청 건에 대한 자초지종(自初至終)을 이야기하고 소청인이 강남구와 서울시에 대한 소청심사청구와 그간에 있었던 일을 그대로 이야기한 바 B모 소장 얘기가 강남구와 서울시에서 어떻게 꼼짝을 할 수 없도록 아주 완벽하게 대처(對處)를 잘한 것 같다는 말을 한다.

대치동 K모 전 구의원과 저녁을 같이하면서 소청인에 대한 이야기를 한 바 참으로 곤란하게 되었다면서 빨리 수습이 되어야 하지 않겠느냐고 하는 바 나도 그렇게 되기를 바라고 있으나 구청에서 나를 받아주지 않으려고 하는데 문제가 있다면서 소청인은 발령을 내주지 않아도 살려 달라고 통사정을 하지는 않겠다고 했다.

구의회 의장 및 행정보사위원장과 면담을 하다

오늘 아침 일찍 구의회 Y모 행정보사위원장으로부터 전화가 걸려왔다. 이유는 매주 수요일 의회에서 정기적으로 임원회의가 열리는데 의장 및 각 위원장 간사들과 소청인에 대한 문제를 거론(擧論)을 하고자 하는 바 본인과 구청 측의 의견을 직접 듣는 시간을 가진 다음 나름대로의 판단을 하겠다면서 10시까지 의회에 도착해 달라고 한다.

출근시간대에 맞춰 구청에 들러서 인사팀장을 만나 의회에 가서 내 입장을 설명하겠다 하고 9시 30분에 구청을 나왔다.

의회에 도착을 하니 총무과장과 의회협력팀장 두 사람이 나보다 먼저 의회에 도착해 대기하고 있었다. 같이 의회 사무국장실로 들어갔다.

총무과장이 소청인에게 정 과장 내가 이 시점에서 어떻게 했으면 좋겠느냐고 하는 바 소청인은 내가 원래 있었던 자리로 복귀를 해 주면 되는 것이지 어떻게 하긴 뭘 어떻게 하느냐고 대답을 하자 총무과장 하는 말이 그것은 안 된다면서 그렇게는 못하겠다고 한다.

그러면서 소청심사위원회의 의결에 의해 시청에서 아무리 취소 발령을 냈다고 해도 구청에서 전입 발령 안 내주면 그만이라면서 그렇게 해도 법에 아무런 문제가 없다는 주장을 한다.

또 옆자리에 같이 앉아 있는 S모 의회 사무국장에게 내 말이 맞는 거지

맞는 것 아니냐며 의견을 구하니까 S모 국장도 맞다고 맞장구를 치는 바 총무과장 하는 말이 그것 봐라 시청 인사과 출신이 맞다고 하면 맞는 것 아니냐 내 말이 맞지 않느냐면서 나를 빤히 쳐다본다.

소청인은 두 사람에게 이렇게 말했다.

법을 가지고 해석을 하려거든 유추(類推) 해석(解釋)도 하지 말고 확대(擴大) 해석도 하지 말고 축소(縮小) 해석도 하지 말고 있는 그대로 해석을 해라. 나는 더 이상 언급을 안 할 테니 그렇게 알아라. 하고 발령을 내고 싶으면 내고 내기 싫으면 그만두라고 했다. 그러면서 구청에서 하고 싶은 대로 마음 내키는 대로 한번 해 봐라 했더니 아무 소리도 못하고 쳐다만 보고 있다.

의회 임원회의가 지지부진하게 진행되면서 빨리 끝나지를 않았다. 임원도 몇 사람 나오지 않는 것 같았다. 소청인이 회의장에 참석하기 전 총무과장이 먼저 설명을 하기로 된 모양으로 내가 회의장에 들어가기 전에 앞서 총무과장이 소청인에 대한 설명을 하고 떠났다고 한다.

전해 들은 바에 의하면 총무과장은 소청심사위원회의 인용 결정에 의해 소청인의 서울시 전입 발령이 취소가 되었다 해도 인사는 구청장 고유권한이기 때문에 전입을 받아주지 않아도 법상 아무런 문제가 될 게 없다는 식으로 의원들을 상대로 얘기를 했다고 한다.

아마 모르긴 해도 구의원들이 인사내용에 대한 관련법을 잘 모르니까 구청의 입맛대로 이야기를 한 것 같았다. 그리고 총무과장은 회의장을 먼저 빠져나간 뒤였고 시간이 많이 지난 관계로 설명을 들을 수 있는 의원도 많지를 않았다. 회의장은 이미 김빠진 맥주 꼴이 되어 있었다.

소청인은 남아 있는 몇몇 의원들을 상대로 본인이 내 자신의 일이라고 해서 말하는 것이 아니라 공무원 사회에서 이러한 일이 있어서도 안 되고 있을 수도 없는 일이라고 설명을 하면서 그동안에 있었던 금번 소청인의 인사문제에 대한 내용을 의원들에게 시간관계상 개략적(槪略的)으로 그러나 소상(昭詳)하게 설명을 했다.

그러나 L모 의장은 인사권은 구청장 고유권한이라고 하는데 어떻게 함부로 말하기 곤란하다고 하고 다른 의원들은 서로 얼굴만 쳐다보면서 아무 소리도 않고 의장은 구청장을 한번 만나서 해결책을 직접 모색(摸索)해보라고 한다. 의장이나 의원들은 뒤로 빠지려고 하는 아주 실망스러운 그러한 모습이었다.

소청인은 애초부터 그들에게 큰 기대를 걸고 있지는 않았으나 그래도 구민의 대표기관이니까 하고 마음속으로 약간의 기대를 했었는데 취하는 태도를 보니 참으로 한심스러운 그러한 모습이었다. 소청인은 마음속으로 그래 당신들이 의원이라고 목에 힘이나 주고 다니는 거지 뭐 아는 것이 있어야 구청을 상대로 따지고 무슨 질문다운 질문을 할 수 있을 것 아니겠느냐는 느낌이 들었다.

소청인은 의원들에게 이렇게 말했다.

내가 나의 인사문제니까 개입(介入)을 해 달라는 게 아니다. 그리고 의회에서 먼저 연락이 왔기 때문에 내가 여기에 온 것이지 내가 여기를 와서 의원들에게 무슨 사정이나 도움을 청하려고 온 것이 아니니까 참고(參考)나 하라면서 내가 하고 싶은 말은 도저히 있을 수 없는 이러한 상황이 강남구에서 공공연히 벌어지고 있다. 이러한 현실을 의회에서 알고나 있었으면 하는 심정(心情)이라고 하는 말을 남기고 나왔다.

소청인의 느낌엔 그래도 Y모 행정보사위원장 한 사람만이 소청인을 도와주고 싶은 심정인데 마음만 앞서고 어떻게 할 수는 없고 하니 그는 흥분을 하며 구청에 자료를 이미 요구한 상태라고 설명을 하면서 소청인에게도 자료를 좀 달라고 요구를 한다.

소청인의 입장에선 그에게 큰 도움을 받을만한 그 무엇이 없다 해도 그의 성의를 봐서 조금이나마 소청인의 마음을 이해하려고 하는 그러한 점이 고마웠다.

소청인은 자료를 교부해도 법적으로 아무런 문제가 없는지를 먼저 검토를 한 후에 제공하겠다고 했다.

오후에는 공항터미널에 있는 A모 변호사 사무실을 직접 방문하여 나에게 있는 자료를 외부에 교부 또는 유출해도 법적으로 문제가 없는지 자문을 구한 바 문제가 없다고 하여 교부하기로 마음을 굳혔다.

소청인은 A모 변호사에게 지난번 소청인에 대한 전보 원인이 된 무역협회의 방문내용에 대해 설명을 하고 구청에서 이를 가지고 제기한 문제점은 무엇이고 현재 상황이 어떻게 벌어지고 진행이 되어 가고 있다고 요점을 간단히 설명을 하고 나왔다.

오후에 도곡동 타워 펠리스(tower palace) 단지에 있는 도곡2동사무소 분소에서 J모 팀장과 만나 저녁식사를 하면서 이번 있었던 일을 처음부터 끝까지 약 2시간여에 걸쳐 이야기를 한 바 그는 아주 재미있고 흥미진진하다고 관심 있게 들으면서 아주 잘했다고 속이 시원하다면서 정말 누구도 할 수 없는 큰일을 해냈다고 박수를 치고 처음부터 끝까지 경청을 하고 같이 저녁을 먹으면서 못 다한 이야기를 하고 집으로 왔다.

오늘도 하루 종일 헤매고 다니기만 했지 남은 거라곤 허탈(虛脫) 그 이상의 아무것도 없다. 그러나 이미 날아간 화살이니 최선을 다하겠다는 각오를 하면서 하루를 마친다.

구청장 면담은 계속 이루어지지 않다

9시 출근시간대에 맞춰 구청으로 출근을 하다가 성남비행장 부근 버스 정류장에서 승용차가 시동이 꺼져 모란역 부근으로 견인(牽引)을 시켜 차를 보관시키고 지하철로 구청에 도착하니 10시 반경이 되었다.

총무과장과 의회협력팀장이 현관 입구에서 대기를 하고 있었다. 알고 보니 자매(姉妹)결연을 맺은 경상남도 통영(統營)시장이 구청을 방문하는 관계로 영접(迎接)을 하기 위해 대기(待機)를 하고 있다고 한다.

통영시장을 영접하기 위해 구청 간부진들이 분주하게 움직이고 있는데 또 손님이 온다는데 소청인이 억지로 구청장을 만나겠다고 하는 것은 도리가 아니라고 스스로 생각하면서 오늘은 내가 물러서야겠다는 생각을 가지고 인사팀장에게 그만 돌아가겠다고 하고 구청을 나왔다. 결국은 오늘도 구청장 면담에 실패한 것이다.

구청을 나와서 전 근무처인 한강시민공원사업소로 가서 중식을 하고 구청 및 기타 다른 곳으로 보낼 유인물의 워드(word) 작업을 시작했다.

작업 내용은 전출·입 명령 취소에 따라 강남구로 복귀가 되었으니 원래대로 보직을 달라는 내용과 현재 보직이 없어 출근의무가 있는지 없는지를 질문하는 문서를 만들기 위한 문서작성을 준비하면서 설날 명절이 내일 모레인데도 구청의 미발령 조치로 또 엄연히 급여명세표가 시달이 되었음에도 불구하고 봉급 지급을 중단하고자 급여명세서(給與明細書)를 아무런 사유도 없이 삭제하고 고의적으로 봉급 지급을 중단하여 봉급을 받을 수 없는 지경에 이르러 만약에 사회적인 문제가 대두될 수도 있음을 알리는 내용의 문건을 작성했다.

그리고 소청인에 대한 서울시 전입 발령 취소문서와 소청심사위원회의 결정통지문의 필요한 양을 복사하고 저녁에는 C모 소장님께서 그동안 수고했다면서 특별히 맛있고 좋은 식당으로 안내를 하여 저녁식사를 후히 대접받고 귀가했다.

그분을 모시고 같이 일한 지 2개월 정도밖에 안 되었지만 평소에 소청인의 마음을 잘 이해해 주시는 좋은 분으로 생각을 하고 있다.

구청장과의 면담이 이루어지다

오늘도 8시 45분 총무과에 출근하여 하릴없이 멍하니 앉아서 여직원이 주는 차 한 잔 마시고 신문을 뒤척거리는 등 이 사람 저 사람 눈치를 살피다가 점심시간이 가까워 오는 11시경이면 총무과 사무실을 나오는 이러한 생활을 1주일 이상 계속하고 있다.

구청을 나오기 직전 금번 소청심사위원회로부터 받은 소청심사 결정통지서 사본 등을 의회 Y모 행정보사위원장과 간사인 H모 의원에게 의회 사서함을 통하여 보내주었다.

11시까지 총무과에 있다가 구청을 나오려고 3층에서 막 내려오는데 2층 계단에서 구청장과 마주쳤다. 구청장에게 인사를 하자 어, 오랜만이야. 하면서 의례적인 악수를 청한다.

인사를 하고 곧장 청장실로 뒤따라 들어가 청장님, 제가 이제 강남으로 다시 돌아왔으니 저에게 근무할 수 있는 자리를 주십시오. 하고 단도직입적(單刀直入的)으로 말을 하자 구청장은 소청인을 쳐다보면서, 어 알았어. 알았으니 총무과장한테 가서 절차를 밟아 단계적으로 서류가 올라올 수 있도록 하라고 해. 하는 말을 한다.

구청장이 소청인 앞에서 뭐라고 이유를 달면서 못 받아주겠다는 말을 한다거나 거절을 한다면 소청인이 이유가 뭣이냐고 대들고 따지고 달려들

테니까 하고 생각을 하면서도 또 진심이 아니라고 생각을 하면서도 구청장이 그렇게 말을 한 이상 소청인의 입장에서 구청장에게 더 이상 할 말이 없었다.

구청장이 소청인에게 분명한 어조로 의사를 표시한 바 소청인도 주저할 이유가 없었다. 소청인은 그 자리에서 네 알았습니다. 하고 즉시 총무과로 달려 들어가 과장에게 구청장을 만났다고 이야기를 했다.

그때 마침 구청장을 수행하던 ○모 비서도 총무과로 소청인을 뒤따라 들어왔다. 총무과장은 의아스런 눈초리로 쳐다보면서 구청장이 뭐라고 하더냐고 묻는다.

소청인은 구청장이 절차를 밟아서 단계적으로 문서를 올리라고 했다. 이 말은 나 혼자 들은 것이 아니고 여기 있는 ○모 비서와 동석한 자리에서 한 말이라면서 그렇게 알라고 하니까 본 내용을 직접 같이 들은 ○모 비서가 청장님께서 직접 말씀을 하셨으니 이제 더 이상 미루지 말고 개입을 해서 해결책을 강구하셔야 될 것 같습니다라는 말을 총무과장에게 전한다.

나는 총무과장에게 알아서 처리하라고 했으나 총무과장은 아무런 대답도 하지 못하고 그대로 멍하니 창문 밖을 쳐다만 보고 있다. 그럴 수밖에 없는 것이 그도 그러한 입장에서 뭐라고 말할 수가 없었을 것이다.

자유연맹 구지부 B모 사무국장을 만나 식사를 하면서 구청에서 오늘 있었던 일을 설명을 하자 그도 난감한 표정을 지으면서 일이 원만하게 잘 해결되어야 할 텐데 하면서 걱정스러운 눈빛으로 나를 쳐다본다.

전 사무실(한강시민공원사업소)에서 봉급의 약 80%인 165만원 정도의 성과금이 통장으로 입금되었다.

강남에 있었으면 평소 구청에서 대하는 태도로 보아 아마 이 정도의 성과상여금을 지급치 않았을 텐데 하는 생각이 들면서 그래도 3개월 정도 근무한 소청인에게 이렇게 많은 성과금을 지급하니 기쁘기도 하고 다행으로 생각하며 전 근무처의 상관들에게 특히 C모 소장님에게 고마운 마음이 들었다.

그러나 소청인은 서울시 발령 자체가 원인무효라고 주장을 하면서 소청을 제기했고 이제 소청 제기 후 인용결정을 받은 입장에서 무효임을 스스로 주장하고 위법 판결인 인용결정이 난 상태에서 이러한 성과금을 받아야 하느냐 받지 않아야 하느냐의 문제를 가지고 번민을 하지 않을 수 없었다. 그것은 서울시 인사가 무효임을 주장하고 소청인이 서울시 직원이 아니라는 사실을 주장했음으로 그에 따른 서울시 즉 한강시민공원사업소 직원이 아닌 이상 소청인에게 지급된 성과상여금은 부당이득금으로도 볼 수 있는 바 이를 어떻게 처리해야 하나 하고 번민을 할 수밖에 없는 가벼운 고민을 떠안게 되었다.

여하튼 이 문제는 급한 일이 아니니 좀 더 며칠을 두고 고민을 해 보기로 하고 전 사무실에 들러 또다시 강남구에 발송할 유인물의 워드(word) 작업을 시작했다.

내용은 소청인이 다시 강남구로 원대복귀가 되었음에도 불구하고 발령을 내주지 않아 현재 신분이 공중에 떠 있는 상태로 더구나 설날 명절을 앞두고 봉급을 받지 못할 경우 이는 신분이 보장된 현직 공무원이 대한민국 헌정사상 처음으로 봉급을 받지 못하는 초유의 사태가 발생할 수도 있는 바 이러한 사태가 발생하지 않도록 해 달라는 것과 만약 이러한 일이 발생할 경우 그 책임은 전적으로 강남구에 있다는 내용으로 시작한 문건 내용의 문안 작업을 완전히 마치고 나니 시간이 많이 걸려 늦은 시간에 귀가를 할 수밖에 없었다.

*소청인이 강남구로 복귀가 되었음에도 계속 전 소속 근무처인 한강시민공원사업소 사무실을 오가면서 워드 작업이나 많은 양의 유인물 복사 또는 프린트(print) 작업을 할 수 있었던 것은 본인의 소청 제기와 인용결정으로 강남구로 복귀가 된 후에도 서울시에서 후임자 발령을 계속 내지 않아 자리가 공석 중이었고 소청인도 이러한 여러 가지 작업을 할 장소

가 여의치 않은 바 이러한 사정을 고려하여 전 사무실의 자리와 사무기기를 계속 이용할 수 있도록 C모 소장님이 종전과 동일하게 그 자리에서 계속 일을 볼 수 있도록 특별 배려와 편의를 제공해 준 관계임을 첨언함.

조속한 발령을 촉구하는 문서작성을 시작하다

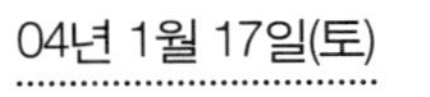

소청인은 1월 8일자로 소청 결과가 본인 및 서울시 각 해당과, 강남구, 한강시민공원사업소 등 9개 관련부서에 통지되었고 그에 따라 12일부터 구청으로 출근을 하기 시작했음에도 불구하고 구청 측에서는 발령을 내줄 생각을 전혀 하지도 않고 오히려 소청인에게 반드시 강남을 떠나야 한다는 강력한 메시지(massage)를 계속 전해 오는 바 소청인은 강남구에 원대복귀했기 때문에 즉시 발령을 내줘야 한다는 지극히 당연한 문서의 근거를 남기기 위해 다음과 같은 문서를 작성하여 구청에 발송할 준비를 끝마친 것이다.

문서내용

수신 : 강남구청장

참조 : 총무과장

제목 : 전출·입 명령 취소에 따라 원래대로 보직을 주시기 바랍니다. 라는 제하의 문서를 다음 주 월요일에 제출하기 위한 것이다.

오후에는 서초구 C모 생활복지국장의 딸 결혼식장에 들러서 축하를 하고 연회장에서 식사를 하면서 전에 강남구에서 근무하다 퇴직한 K모 씨 등 전직과장 4~5명의 선배 공무원들을 만나게 되었다.

식사가 끝난 후 인근 찻집으로 장소를 옮겨 차를 마시면서 자연히 소청 문제에 대한 이야기가 나오지 않을 수가 없었다.

그들은 소청에서 강남구청장과 서울시장을 상대로 이기게 된 상황을 화제로 하여 이야기를 하면서 향후 어떻게 대응을 할 것인가 하고 관심을 가지고 의견을 주고받으면서 얘기를 들은 후 소청인에게 정말로 대처를 아주 잘한 것 같다고 고생을 많이 했겠다면서 남의 일이긴 하지만 아주 기분이 좋고 속이 시원하고 후련하다고 이구동성으로 수고했다는 말들을 했다.

그들과 헤어진 후 집에 돌아와 잠시 쉬고 있는데 오후 4시경 K모 인사팀장이 소청인을 만나기 위해 우리 집을 방문하겠다는 전화연락이 왔다.

소청인은 여기까지 힘들게 직접 올 필요가 뭐가 있느냐, 왜 또 굳이 여기까지 오겠다고 하는지 다 알고 있는 사실이 아니냐? 여기를 오지 말고 내일 주일이지만 내가 강남 쪽으로 나갈 테니 그때 만나자고 그리 알기 바란다는 말을 마치고 나서 G구 B모 과장과 또 다른 G구 B모 국장에게 의견을 교환하고 조언을 들은 바 그들이 지금 만나자고 하는 것은 빤한 사실이 아니지 않느냐, 이 시점에서 하고 싶은 대로 소신껏 밀어 붙여야지 절대 밀려서는 안 된다면서 강력한 주문을 할 것을 조언한다.

소청인도 그 점에 대해서는 동감이라고 대답을 했다.

인사 및 총무팀장 등 3인이 한자리에서 회동을 하다

오늘은 주일이라서 교회에 다녀온 후 오후 2시에 D동사무소 2층 동장실에서 K모 인사팀장 및 L모 총무팀장과 소청인 3인이 한자리에서 회동(會同)을 한 것이다.

그것은 어제 인사팀장이 우리 집을 방문하겠다고 하는 전화를 받고 집으로 오지 말라면서 소청인이 강남으로 갈 테니 장소를 정하라고 하여 외부에서 만날 장소가 여의치 않아 D동사무소 동장실에서 만나기로 약속을 한 것이다.

K모 인사팀장 L모 총무팀장 소청인 3인이 한자리에서 만나 시간도 충분하고 장소도 조용하여 지금까지 어느 때보다 진지한 대화를 나눌 수가 있었다. 소청인 자신은 그들을 또 그들도 소청인을 경원(敬遠)하거나 원망(怨望)할 아무런 이유나 섭섭한 감정이 있을 이유가 없는 관계로 서로 좋은 대화가 오갈 수 있었다.

두 사람은 어제 구청장께서 총무과장에게 나의 문제를 해결하지 못하면 아예 승진할 생각을 하지 말라고 했다면서 그러한 말을 하면서도 구청장은 소청인을 절대로 받아줄 수 없다는 말을 했다고 한다.

소청인은 어느 정도 예견을 하고 있었긴 하지만 정말로 구청장이 해도 너무한다는 생각이 들었으며 이것은 정도(正道)가 아니며 소청인에 대한

행위가 너무 지나치지 않나 하는 생각과 구청장이 그렇게까지 나올 줄은
미처 생각을 하지 못했다.

　소청인이나 대다수 많은 직원들의 공통적인 생각이나 의견은 또 누가 보
아도 금번 소청 건은 이미 사법적(司法的)인 결론이 난 사항임을 만천하
(滿天下)가 다 알고 있음에도 불구하고 승소한 당사자를 가지고 그렇게 끝
까지 받아주지 않으려고 하는 그러한 저의(底意)를 도저히 이해를 할 수가
없으며 이것은 머리가 어떻게 잘못되지 않는 한 정상인으로서는 생각할
수 없는 일이며 스스로의 잘못은 생각지를 않고 자기의 권위에 도전을 했
다고 생각하고 소청인을 확실하게 굴복을 시키겠다는 오기(傲氣)의 발로
(發露)가 아니고 무엇이겠는가 하는 생각이 들었다.

　법치국가에서 법이 엄연히 존재하고 있거늘 선거를 통하여 당선이 된 민
선구청장임을 이유로 구청장의 하는 행태를 본다면 이건 도대체 무소불위
(無所不爲)의 횡포(橫暴)가 아니고 무엇이라고 설명을 할 수가 있다는 말
인가! 그래도 이렇게 이러한 횡포가 통하고 있는 현실이 정말 안타깝고 서
글픈 일이며 우리나라 지방자치제도의 맹점이고 또 한 단면이기도 함을
약자의 입장에서 어떻게 할 수도 없고 답답한 노릇이다.

　소청인은 약자인 입장에서 그래도 그들과 가능한 정면 대결을 피하면
서도 그들을 이길 수 있고 또 그들이 꼼짝 못하도록 제압할 방법이 무엇인
가 계속 검토하면서 소청인이 앞으로 어차피 근무를 해야 할 곳이기 때문
에 가능한 좋은 방법으로 그들을 대할 수밖에 없고 또 그렇게 하기로 마음
을 굳혔고 그렇게 할 방법 외엔 다른 도리가 없는 것이 소청인의 입장인
것이다.

　그들 두 사람은 소청인에게 다시 한번 부탁을 한다면서 승자의 입장에서
아량을 좀 베풀어 달라면서 시청이 가기 싫으면 가고 싶은 구청을 지정 선
택을 해 준다면 어느 구청이고 관계없이 그 다음은 구청에서 책임을 지고
다 해결을 할 테니 그렇게 좀 해 달라고 나에게 간청을 하는 것이다.

소청인은 그들에게 이렇게 대답을 했다.

나는 지금까지 구청의 나에 대한 섭섭한 감정 그리고 금번 나의 인사에 대한 중심선상에서 이번 일을 주도한 총무과장이 먼저 사과를 하고 문제를 풀어가야 하는 것이 아니냐 하고 나는 내 인사문제를 가지고 구청과 같이 술수(術數)를 쓰고 뒤통수를 치고 등 뒤에서 비수(匕首)를 꽂고 거짓말을 밥 먹듯이 하는 그러한 비열(卑劣)한 짓은 해 본 적도 없고 그렇게 할 생각은 추호(秋毫)도 없다.

그리고 지난번 소청심사를 청구한 결과 인용결정으로 확정 판결이 난 후 이에 대한 공식문서가 한강시민공원사업소에 접수가 되어 내가 몇 개월간 모셨던 소장님과 진지한 의견을 주고받는 대화를 나눴고 거기에 그대로 남아서 근무할 수 있도록 조치하기로 한강사업소 소장님과 시청 K모 행정관리국장과 구두 합의까지 했으나 서울시에서 이를 번복했고 반대를 하여 강남으로 되돌아올 수밖에 없었던 이러한 불가피한 입장에 있는 사람을 또 아무런 잘못도 없는 사람을 가지고 구청에서는 온갖 부정적인 시각과 여론으로 몰아세우고 공격하면서 이것이 여의치를 않자 소청인을 절대로 받아줄 수 있느니 없느니 하면서 정상적인 상황에선 도저히 생각할 수도 없는 이러한 행위를 계속하고 있는 바 과연 이것이 옳은 처사인가를 묻자 그들은 아무런 대답도 하지 못하고 묵묵부답으로 일관하고 있었다.

물론 그들에겐 아래 사람으로서 지시를 받고 온 죄밖에 없음을 잘 알고 있으나 소청인 입장에선 그들에게 이러한 나의 입장을 말하지 않을 수가 없었다.

그리고 소청인은 또 그들에게 내가 소청심사 결정통지서를 받고 가능하면 강남구를 떠나려는 생각을 가지고 나름대로 친구인 S구 J모 행정관리국장을 만나 그곳으로 갈 수 있는 방법과 또 시내 J구 K모 부구청장까지 면담하여 가능한 강남을 떠나려고 협의를 하고 나름대로 노력을 한 사람이라면서 그러나 현 시점에서 이제는 떠나려고 해도 떠날 수도 없거니와 이제 떠난다면 명분도 실리도 다 잃는 내가 두 번 죽는 그러한 꼴이 되어 떠날 수가 없는 입장이라고 설명을 했다.

그러면서 소청인은 그들에게 강남구에서 지금까지 나에게 제대로 대접해 준 게 뭐가 있느냐 심지어 네거티브(negative) 작전을 구사하면서 계속 허위와 거짓을 일삼는 주장을 하고 계속 나를 나쁘게 폄하(貶下)를 하고 있는 바 그러한 상황에서는 절대로 강남을 떠나지 않겠다고 하자 그들은 소청인을 설득하려는 그러한 입장에 있는 바 더 이상 다른 말도 못하고 오늘 저녁에 다시 한번 더 잘 생각을 해 보시라고 하는 바 그에 대해 소청인은 알았다면서도 소청인은 이제 절대로 강남을 떠날 수 없다는 이야기를 계속하자 그들은 소청인에게 만약 강남에서 근무를 하게 된다면 피차 간에 서로가 입장이 곤란하지 않겠느냐면서 간청을 하는 것이다.

그러나 소청인은 그러한 약속을 할 수 없음을 재차 강조하고 그들에게 나에 대해 어떻게 해서든지 무슨 수단이고 다 동원을 해서 강남에서 쫓아내겠다고 하는 그러한 술수는 아예 하지를 말라고 하고 또 그렇게 한다고 해서 결코 내가 쫓겨서 물러날 그러한 사람은 아니라고 하는 의사를 분명하게 또 명확히 표명하고 그들과 헤어졌다.

총무과장의 거듭된 요청을 거부하다

오늘은 평소 출근시간보다도 30분 빠르게 구청에 출근을 했다. 총무과장을 만나자 그의 하는 말이 어제저녁 어떻게 생각을 잘 해 보았느냐고 묻는 바 소청인은 내가 무엇을 어떻게 더 생각을 잘 하느냐고 되묻고 일단 발령을 내고 나면 그 다음은 내 자신이 알아서 생각해 볼 문제이지 그것이 전제 조건이 될 수 있느냐고 말을 하자 총무과장 하는 말이 이것은 다 내가 하는 말이 아니고 높은 사람들의 의중이라고 한다.

아마 어제 오후에 D동사무소에서 K모 인사팀장 및 L모 총무팀장과 같이 만나서 의견을 나누었던 결과 소청인 자신이 강남을 절대로 떠날 수 없다는 의사를 분명하게 밝힌 바 있어 소청인에게 다시 한번 의사를 타진한 것으로 본다.

잠시 후 인사팀장도 동일한 질문을 하는 바 소청인은 이에 대해 강남을 떠나고 안 떠나고 하는 문제는 내가 알아서 처리할 문제이고 그것을 가지고 전제 조건을 달아서 되겠느냐면서 총무과장에게 내일 모레 21일이 설날인데 금년 들어서 아직 급여명세표도 받지 못했다면서 현직 공무원이 고의적으로 소속배치 발령을 내주지 않고 당연히 받아야 할 봉급을 급여명세표에서 이유 없이 삭제를 하고 봉급을 주지 않을 수 있느냐, 그렇게 해도 되는 것이냐면서 그래 내가 아무리 밉고 보기 싫다고 하자 그렇다고 봉

급을 안 주려고 급여명세표까지 삭제하는 그러한 무자비한 짓을 해! 총무
과장 우리가 행정법을 배울 때 봉급은 본인도 포기할 수 없는 공권(公權)이
라고 배웠다. 그런데 개인 사주도 아닌 지방정부에서 아무런 잘못도 없는
사람에게 고의로 급여명세표를 삭제하고 봉급을 안 줘. 어디 한번 두고 보
자! 하니까 총무과장 아무 대답도 못하고 있다.

총무과장에게 만약에 고의적인 행정작용으로 봉급을 받지 못할 경우 사
회적 파장을 생각이나 해 보았느냐 하니까 총무과장 하는 말이 내가 어떻
게 했으면 좋겠느냐고 하는 바 어떻게 하기는 뭘 어떻게 해, 발령을 내주면
되는 것이지 하는 말을 하니 그렇게는 할 수 없다고 대답을 하는 바 그렇다
면 알아서 해 봐 발령을 내주든 안 내주든 마음대로 알아서 한번 하고 싶은
대로 실컷 해 보라면서 10시 30분경 총무과를 나와 G동 C모 동장을 만나
식사를 하면서 소청인의 인사문제에 대해 의견을 나눈 바 참으로 답답하
다면서 소청인의 말이 백번 옳은 것을 만천하에 모두가 다 알고 있는 사실
이나 구정(區政) 최고책임자의 의중(意中)이니 누가 어떻게 할 수 있느냐
고 한다.

오늘 오전 총무과장의 하는 태도를 볼 때 절대로 일이 순리적(順理的)
으로 풀릴 것 같지 않음을 분명하게 보았으므로 지난 17일(토)에 작성한
'전출·입 명령 취소에 따라 원래대로 보직을 주시기 바랍니다' 라고 하
는 구청장에게 보낼 문건을 우체국을 통하여 내용증명 우편으로 발송을
한 것이다.

*전출·입 명령 취소에 따른 보직 발령 요구 및 출근의무 여부 확인에 대한 답변요구 자
료 작성 내용 사본 참고요.

그리고 내일 다시 한번 더 부딪쳐 보고 결판을 내는 방안으로 계획을 세
우는 게 나을 것 같은 그러한 느낌이 든다.

수신 : 강남구청장

참조 : 총무과장

제목 : 전. 출입 명령취소에 따라 원래대로 보직을 주시기
　　　 바랍 니 다

　　　1. 인사 12110-55(2004. 1. 8)호와 관련입니다.

　　　2. 본인은 2003년 9월 25일자로 강남구청장의 전
출명령과 서울시장의 전입명령에 의하여 한강시민공원사
업소 공원이용과장으로 전보발령을 받은 정종철 입니다.

　　　3. 그러나 본인은 이러한 전보명령에 대하여 불복
10월 22일 소청을 청구하였고 본 소청에 대한 청구사건은
12월 22일 이를 각 취소한다는 결정이 난바 있고 결정문
도 받은바 있으며 강남구를 비롯한 9개 해당 기관에 통보
가 되었음은 주지의 사실입니다

　　　4. 이에 따라 소청인(정종철)인 본인에게 취한 전
보명령은 2003년 9월 25일 동일 자로 강남구청장의 전출
명령 과 서울시장의 전입명령 및 한강시민공원사업소 전
보발령을 동일 자로 취소하였음에도 불구하고 귀 구청에
서는 그 동안 전입명령을 거부하고 보직발령을 할 수 없
다고 공언을 하고 있으며 현재도 그 상태가 계속 유지되
고 있습니다.

- 1 -

　　　5. 그러나 다행히 본인은 2004년 1월 16일 11시
10분경 구청장님을 직접 면담하고 본인이 구청장님께 근
무할 수 있는 자리를 마련하여 주실 것을 건의한바 청장
님께서는 총무과장에게 절차를 밟아 단계적으로 올라올
수 있도록 하라는 지시를 총무과장에게 전하라는 말씀을
하셨으며

　　　6. 동 지시에 따라 본인은 즉시 총무과장에게 본
지시말씀을 직접 알렸고 동 사실은 수행비서(행정 6급 옥
종식)도 본인에게 지시한 내용을 직접 듣고 그도 같이 총
무과장에게 이제 직접 개입을 해서 해결책을 강구하셔야
될 것 같습니다 라는 말을 직접 한 바 있습니다

　　　7. 이에 따라 본인은 2003년 9월 25일 본인이 있
었던 원래의 직위 또는 근무상태가 원상태로 회복 조속히
정상적인 근무상태로 돌아갈 수 있도록 조치하여 주시기
를 희망하오니 즉시 후속조치를 하여 주시기 바랍니다

　　　8. 또한 본인은 보직이 없는바 출근할 곳이 없어
1월 9일부터 임시로 총무과로 출근을 하고 있으나 원만한
근무에 임할 수 없어 본인에 대한 출근의무가 있는지 없
는지도 잘 알지를 못하고 있어 이 에 대한 확실한 답변도
조속히 하여 주시기 바라며

　　　9. 아울러 본인에 대한 강남구청의 미 전입 조치
와 미 발령에 의한 무 보직상태의 낭인으로 전락이 되어

- 2 -

법적으로 신분이 보장된 엄연한 직업공무원임에도 불구하
고 대한민국 헌정사상 현직공무원이 생존권유지를 위한
최저생계비인 봉급마저도 받을 수 없는 초유의 사태가 발
생할 수도 있는 위기의 상황에 처해 있으며

　　　10. 다가오는 설날 대 명절을 앞두고 제 수당을
포함한 봉급도 받을 수 없어 고유명절인 설날을 앞두고
생계유지와 생존권유지에도 심대한 타격을 받을 우려가
있고 이는 자칫 가족의 생계문제로도 연결이 되어 사회적
인 문제로도 비화될 수 있는 소지도 있는바 이에 대한 대
책이 절실함을 호소하오니 이의 해결을 위하여도 하루속
히 안정적으로 근무할 수 있도록 보직발령을 하여 주시기
바랍니다

　　　11. 만약 이러한 본인의 요구사항이 있었음에도
불구하고 이를 미 이행하여 향후 이러한 사유로 분쟁의
발생이나 사회적으로 크나큰 문제가 야기될 시 이에 대한
전적인 책임은 강남구청에 있음을 적시하오니 양지하여
주시고 참고하여 주시기 바라며 이러한 사례까지 가지 않
도록 최선의 노력을 하여주시길 바라며 이에 대한 빠른
답변을 하여주실 것을 바랍니다. 감사합니다.

- 3 -

2004년　1월　17일

경기도 성남시 분당구 야탑동 335 

장미마을 아파트　○○○동○○○○호

위　본인(소청인) : 정　　　종　　　철

오후에는 전 사무실(한강시민공원사업소)에 들렀더니 대폭적인 인사이동이 있었다. 서울시에서 부장급인 서기관 3명 전체를 바꾸는 대폭 물갈이 인사를 단행했다.

소청인은 지난 16일 한강시민공원사업소에서 통장에 입금시켜준 165만 원의 성과금을 텔레뱅킹(tellebanking)을 통하여 오후에 반납을 했다.

그리고 구청에서는 소청인을 받아주지 않으려고 의회로 나온 1월분 봉급을 주지 못하도록 담당직원에게 지시하여 급여명세표에서 이를 삭제하여 1월분 봉급은 물론 설날 보너스(bonus) 그리고 수당 등 모든 급여의 지급을 일체 중지시킨 바 소청인은 이러한 위법사항을 가지고 언론기관을 통하여 대외적으로 알려서 명분을 확실히 굳히고자 하는 것이다.

구청에서는 아마도 소청인에게 일체의 급여를 지급하지 않으면 봉급 외엔 다른 소득이 없다는 것을 알고 봉급을 동결시켜 생계에 타격을 주면 다른 수입이 없는 소청인이 결국 두 손을 들어 항복을 하고 강남을 떠날 수밖에 없지 않느냐. 하는 생각을 가지고 있는 것 같으나 이는 정말로 얼마나 어리석고 바보 같은 짓이 아니고 뭐란 말인가. 누가 이런 위험천만한 술수의 발상을 생각해 냈는지는 모르지만 이러한 지시를 내린 구청 간부들의 머리가 돌대가리가 아니고서야 어떻게 그러한 생각을 할 수가 있는지 정말로 이는 정상적인 상황에선 도저히 상상조차 할 수 없는 자기 꾐에 자기가 빠져 죽을 어리석고 무모한 짓을 하고 있는지 도저히 이해가 되지를 않는 것이다.

그렇다고 소청인이 그러한 어리석은 술수에 말려들어 굴복할 의사는 추호도 없고 그것은 그들 스스로가 자기 함정에 빠져드는 자충수(自充手)를 두고 있는 것이나 다름이 없음을 모르고 있으니 구청 간부들 모두가 다 어리석기 짝이 없는 인간들이 아니고 뭣이란 말인가!

그리고 소청인은 이를 역이용하여 구청의 입지를 더욱 곤란하게 하는 방법을 모색하면 되는 것이며 소청인의 힘이 아무리 약하다고 하지만 정의가 무엇인가를 보여주고 향후 강남구 아닌 다른 그 어떠한 자치단체에서도 다시는 이러한 비리(非理)나 악습(惡習)을 행할 수 없도록 하는데 일조(一助)를 할 계획이다.

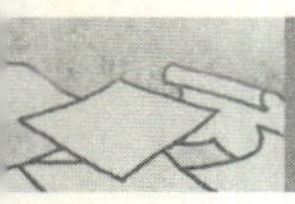

직원들의 여론은 모두가 소청인의 편이었다

오늘도 구청에 출근하여 총무과장을 만나니 그의 하는 말이 다시금 생각을 한번 해 보았느냐고 한다. 나는 무엇을 어떻게 더 생각을 해 보라고 하느냐고 반문(反問)하면서 생각해 볼 필요조차 없다고 답변을 했다.

부구청장실로 들어가서 K모 부구청장을 만나 내일 모레 설날 명절을 앞두고 구청의 고의적인 방해로 보너스(bonus)는커녕 봉급도 받지 못하고 있다면서 공무원이 이렇게 봉급을 받지 못해도 되는 거냐고 하니까 그는 당신 마음대로 하고 싶은 대로 하라면서 빤히 처다보는 바 소청인의 봉급 지급을 중단토록 지시를 한 장본인이 누구인지는 모르지만 담당직원 혼자서 그러한 무모한 짓을 했으리라고는 생각되지 않으며 이에 대한 최종 책임이 있는데도 아무렇지 않은 표정을 지으면서 마음대로 하라고 되레 큰소리 치는 뻔뻔한 태도를 볼 때 참으로 어이가 없으며 정상적인 생각으로 그러한 말을 할 수가 있는지 아니면 머리가 어떻게 되지는 않았는지 도저히 이해를 할 수가 없는 것이다.

소청인은 알았습니다. 하고 나오면서 복도에서 또 다른 H모 주임을 비롯한 여러 직원들을 새롭게 만났다. 그들은 소청인에게 하는 말이 대다수 구청직원들의 과장님에 대한 여론은 아주 좋다면서 기죽지 마시고 힘을 내십시오. 한다.

나는 고맙다면서 그러나 수뇌부에선 당연히 감정이 좋지 않을 것으로 판단된다고 하자 그들도 동감을 표시했다.

저녁에는 지금까지 계속 소청인에게 많은 도움을 주고 있는 H모 주임과 다시 만나 식사를 하면서 여러 가지 진지한 이야기를 나누었다.

두 사람의 의견은 이제 얼마 안 있으면 구청에서 결국은 나에게 발령을 내줄 수밖에 없지 않겠느냐면서 그러니 당분간은 일체의 감정대응은 자제하는 방향으로 가는 게 좋을 것 같다는 의견의 일치를 보았다. 그리고 그 디데이(D-day)를 일단 1월 31일까지 하기로 했다.

그리고 명분을 축적하기 위해 어떻게 보면 1월분 봉급과 설날 보너스를 지급하지 않은 것이 오히려 더 잘된 일이 되었을지도 모른다면서 이는 구청 스스로 자기들의 함정(陷穽)을 파고 자기들의 꾐에 빠져드는 것과 다름없다는 이야기를 나누었다.

그리고 이제는 강남구를 떠나 다른 곳으로 간다는 것은 지금까지 구청과의 싸움에서 아무런 의미가 없는 것으로 보고 구청도 더 이상 오래 버티지는 못할 것이니 그대로 기다려서 발령을 받아야 하는 것이 진정한 승자가 된다는데 의견을 같이했다.

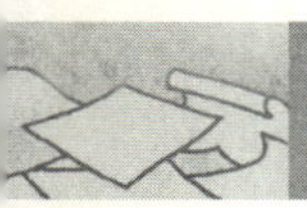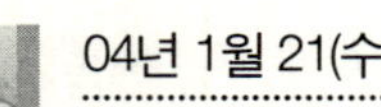

한강시민공원사업소에서 받은 성과상여금은 이미 반납을 하다

　설날 명절 연휴가 시작되는 날이다. 내일이 설날 명절임에도 보너스(bonus)는 고사하고 봉급조차도 받지를 못했다. 소청인은 직전 근무지인 한강시민공원사업소에서 지급한 165만원의 성과금을 어제 반납을 했기 때문에 봉급날이 지났음에도 불구하고 현재까지 1월분 봉급과 수당 설날 보너스 등 한 푼도 받지를 못한 것이다.

　그것은 지난 8일 소청인의 전보 명령을 2003년 9월 25일 동일자로 소급 취소한다는 문서가 접수된 바 원인 없는 급여로 보고 지난 19일 이미 성과상여금을 반납했기 때문에 설날을 앞두고 현직 공무원이면서도 봉급과 수당 보너스 등 단 한 푼도 받지 못한 사상 초유의 일이 발생한 것으로 이는 분명히 큰 뉴스(news)거리가 될 수도 있겠으나 그럼에도 소청인은 이를 1월 31일까지 참고 견디기로 하고 있는 중이며 그것을 계기로 명분을 확실히 굳히고자 결심을 하고 있는 것이다.

　아내가 내일이 설날인데 돈 한 푼 안 가져오면 어떻게 하느냐고 짜증 섞인 불만을 토로(吐露)하는 바 나는 사정을 잘 알면서 그렇게 하면 되느냐고 어떻게 그런 말을 할 수 있느냐고 가벼운 입씨름까지 벌어졌다.

　나는 아내에게 이해를 시켜 집에 있는 음식만을 가지고 그대로 먹기로 하고 명절을 위한 별도의 음식 준비를 위한 시장도 보지 않고 음식 준비도

156

하지 않기로 했다. 1월분 봉급과 설날 상여금을 받지 않았다고 하여 수중에 당장 돈이 없는 것도 아니고 또 돈이 없다고 해도 카드(card)를 사용하는 등 당장의 생계에 큰 위협이 되는 것은 아니나 분위기상 영 그렇게 할 수가 없어서 이번 설 명절은 집에 있는 음식을 그대로 먹고 지내기로 했다.

그래도 딸아이가 직장에서 굴비와 한우 쇠고기 세트(set)를 가지고 와서 그걸로 명절 음식을 차리려고 하니 그나마 다행인 것이다.

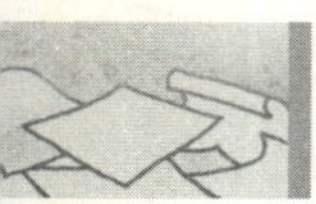

외롭고 쓸쓸한 설날을 맞이하다

오늘이 설날 그래도 명절은 다가왔다.

급한 일도 급할 이유도 없고 또 몸도 마음도 괴롭고 피곤하고 급하게 일찍 일어날 일도 이유도 없는 관계로 느긋하게 일어나 특별히 준비한 음식도 없이 집에 있는 음식을 그대로 차려 놓고 아이들에게 세배를 받았다. 그래도 아빠 노릇을 하기 위해 설날인 관계로 아들과 딸에게 신권으로 각각 ○○만원씩 세뱃돈을 주었다.

그리고 아이들에게 아빠가 현재 어려움에 처해 있으나 그러나 아빠는 그 어떠한 부끄러운 일을 조금치도 하지 않았는 바 이에 대한 정당성을 인정받았다는 이야기를 하고 조금만 더 참으면 곧 해결이 될 테니 너무 걱정들을 하지 말라고 아이들을 안심시켰다.

아이들도 아빠의 말을 굳게 믿고 있었다. 그것은 소청인의 소청심사 결과가 인용결정(승소 판결)이 되었다는 것이 문제가 아니라 아빠가 그 어떠한 하자(瑕疵) 있는 일을 하지 않았기 때문에 구청장과 시장을 상대로 소청심사를 청구할 수 있었다는 그 사실 자체를 가지고 소청인인 아빠를 굳게 믿고 있었던 것이다.

오후에 아내가 기도원에 가자고 성화(星火)를 하기에 못이기는 체하고 따라나섰다. 그것은 소청인 자신이 지금 매우 어려운 처지에 있는 바 남편을 위해 또 우리 집 전체를 위해서 기도를 하겠다고 하는 바 어떻게 거절할 도리가 없었다.

파주에 있는 오산리 ○○○금식기도원에 가는데 청담대교를 건너 내부 순환도로와 통일로를 거쳐 3시간 정도 걸려 도착했다.

얼마나 많은 사람들이 모여서 열정적으로 기도를 하는지 소청인으로서는 도저히 이해하기 어려운 점도 있었으나 그러나 여기 모인 많은 사람들 모두가 다 어려움이 있어 명절에 집에 있지를 않고 또 쉬지를 못하고 어려운 일을 해결해 달라고 이렇게 밤새워 기도들을 하고 있으니 모든 사람들이 다 세상 살아가는데 있어 나름대로의 복잡한 인생사가 있음을 이해할 수밖에 없었다.

저녁에 기도원에서 잠을 자려고 했으나 숙소는 비좁고 너무나 많은 사람들이 일시에 몰려 북적거리며 사용하는 대규모 합숙소여서 도저히 잠을 잘 수 없을 것 같아 파주 시내 깨끗한 숙소로 자리를 옮겨 편안하게 잠을 잘 자고 다음날 10시 30분에 성전(聖殿)기도회에 참석 12시 30분까지 마치고 가까운 임진각을 들러 자유로와 강변북로 청담대교 분당 고속화도로를 거쳐 집에 오는데 1시간 40분 정도밖에 걸리지 않았다. 어제 가는 시간의 절반이 조금 넘는 정도밖에 안 걸리고 집에까지 빠르고 쉽게 올 수 있어서 좋았다.

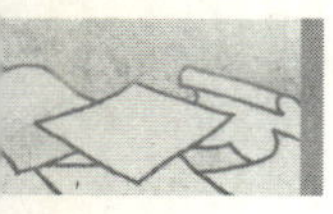

다시 구청으로 출근하여 총무과장과 마주치다

아침에 구청으로 출근을 하여 총무과장과 인사를 나누고 인사팀장과 이야기를 한 바 구청장의 본심은 변하지 않았으니 갈 수 있는 곳을 빨리 정하여 동의서를 써주면 좋겠다는 말을 했다.

나는 동의서를 써줄 수 없다고 말하고 설날 명절에 보너스(bonus)는커녕 봉급도 타지 못한 심정(心情)을 헤아려 봤느냐면서 가능한 조용하게 문제를 해결할 생각을 하고 있었으나 그러나 이제 참고 견디는 데도 한계가 있는 것 아니냐면서 일단 1월 말까지는 조용히 기다리겠다고 했다. 그들은 묵묵부답으로 아무런 대답도 하지를 않고 있었다.

J모 교통행정과장을 우연찮게 만나서 소청인에 대한 얘기가 나와 설날 보너스는커녕 심지어 1월달 봉급조차도 받지 못했다고 하니까 J모 과장 하는 말이 우선 행정관리국 근무 명령 발령이라도 먼저 내줘야 하는 것이지 왜 그렇게 하고 있는지 인사팀장을 경험한 자기로서는 도저히 이해가 되지 않는다면서 자기가 보기엔 지난번 일을 너무나 미숙하게 처리한 게 아니냐며 자기 같았으면 정 과장을 그렇게 방출을 시켜야 할 입장이나 지시를 받았다면 솔직하게 먼저 정 과장을 먼저 만나 자초지종 이야기를 하고 이해를 구했다면 어느 누가 그러한 상황에서 가지 못하겠다고 거절을 할 수 있었겠느냐면서 이번 일처리는 정말로 처음부터 미숙하게 일을 처리하

160

는데 문제가 있었다고 하는 바 소청인도 거기에 대해 동감한다는 의견을 표했다.

전 사무실(한강시민공원사업소)로 가는 버스 안에서 갑자기 B모 구청장 수행비서의 전화를 받았다. 점심을 같이하자고 했으나 이미 버스를 타고 가는 도중에 있는 바 되돌아갈 수가 없어 내일 만나자고 약속을 했다.

무엇 때문에 만나자고 하는지 짐작을 하고 있으며 또 무슨 말을 하려는 지 충분히 예측을 하고 있으나 그를 못 만날 이유도 없으며 또 소청인은 지금까지 구청에서 누가 어떠한 말을 하든 그들을 피한 적도 없고 또 피해 야 할 아무런 이유도 없거니와 지금까지 정정당당하게 맞서왔기 때문에 만나는 것 자체를 흔쾌(欣快)히 승낙하고 다만 만나는 시간만을 불가피하 게 내일로 미루기로 약속을 했다.

오후에는 구의회 S동 Y모 의원 등 몇몇 구의원들과 만나서 소청인에 대 한 의견을 나누었으나 구청장의 정도가 너무 심하다는 비난만 할 뿐 별 뾰 족한 방법이 없었으며 퇴근시간 무렵에는 도시 관리공단의 전 K모 부장이 전화를 하여 소청인의 인사문제에 대해 다시 또 거론이 되었으나 구청장 을 강하게 비난만 할 뿐 도움이 될 만한 아무런 그 무엇도 없었으며 이 경 우 누구라도 마찬가지일 것이다.

K모 직협 회장과 S동 출신 Y모 행정보사위원장이 만나자고 전화가 걸려 온 바 가까운 시일 내 그들과도 만나기로 약속을 했다.

오늘 구청을 방문한 결과 소청인의 느낌은 일이 쉽게 풀릴 것 같지를 않 은 바 아무래도 이제는 최후의 수단과 모든 방법을 동원할 수밖에 없는 것 같다.

참으로 마음이 착잡(錯雜)하다. 그래도 소청인은 마음을 더욱더 굳게 강 하게 먹고 평소 의지대로 밀고 나가기로 결심하고 어떠한 고통이 온다 해 도 이를 감수(甘受)하기로 입장을 정리했다.

소청인의 입지가 더욱 좁아지다

오늘 구청에 출근을 하니 평소에 오후에 개최해 오던 간부회의가 오전 10시로 시간이 변경이 된 것이다. 아마도 청 내 무슨 사정이 있는 것 같다. B모 구청장 수행비서와 만나기로 약속이 되어 있었으나 회의시간이 너무 길어져 12시를 넘기면서 계속 회의를 하는 관계로 누구와도 이야기를 하지 못하고 구청을 나왔다.

대치동 출신 두 사람의 K모 전 의원 등 셋이서 점심을 하면서 소청인의 문제를 가지고 이야기를 나누었으나 뾰족한 수가 없는 것 같다. 두 사람의 얘기는 좋은 방법으로 빨리 해결이 되어야 할 텐데 구청장의 평소 하는 태도를 볼 때 꿈쩍도 하지 않을 사람이라면서 문제라고 걱정들을 한다.

점심식사 후 D동 G모 동장을 만나 그간의 경위를 이야기하는 도중 구청에서 승진 심사가 있었는데 지금까지 나와 계속 대치상태에 있는 K모 총무과장과 L모 자치행정팀장이 승진이 결정되어 아마도 곧 교육 발령이 날 것이라는 이야기를 들었다.

대단히 기분이 언짢았다. 소청인이 그들의 승진문제에 대해 왈가왈부할 이유가 없는 일이긴 하지만 지금까지 소청인을 궁지로 몰아넣은 총무과장이 현안인 소청인의 문제를 해결하지 못하고 승진 의결이 됐다는 사실과 자치행정팀장은 소청인이 강남으로 복귀를 한 상황에서 티오(T/O)가 없는

데도 불구하고 또 한 명의 사무관을 승진을 시킨다는 자체는 소청인을 기어코 방출시키겠다는 대외적인 선포이며 또 소청인의 인사 발령도 하지 않은 상태에서 보직을 가지고 또다시 대결을 하게 되는 그러한 새로운 문제가 제기되는 입장이기 때문인 것이다. 이러한 관계로 인해 소청인의 입장에선 더욱더 기분이 언짢을 뿐더러 기분이 상하고 마음이 착잡하기까지 하다.

오후 4시경 전에 근무하던 한강시민공원사업소 사무실로 도착하여 별의별 생각을 다 했다.

총무과장을 찾으니 시청에 가고 없다고 한다. 전화를 부탁한다는 메모를 전하라고 했더니 30분 후 인사팀장이 전화를 했다.

나는 인사팀장에게 오늘이 20여 일째 발령도 내주지 않고 봉급도 못 타고 있는 현 상황이 과연 옳은 처사인가를 묻고 소청인은 이제 더 이상 참지 못하겠다면서 내가 죽든지 구청이 죽든지 둘 중에 하나가 죽어야 할 것 같다면서 죽기 살기로 한번 싸워 보자고 격한 어조로 말하고 나의 이러한 심정(心情)을 총무과장에게 전하라고 했다.

퇴근시간이 지난 7시경에 총무과장으로부터 전화가 걸려왔다.

내가 대단히 기분이 나쁘다면서 계속 이런 상태로 방치할 것인가를 묻는 바 내일 출근을 할 거냐고 묻는다. 정상적으로 시간대에 맞춰 출근을 하겠다고 하자 내일 만나서 이야기하자 하여 좋다고 하고 전화를 끊었다.

저녁 늦게 10시가 넘어서 집에 도착을 하니 집사람이 잔뜩 화가 나 있었다. 구청과 결판을 내겠다고 하니까 왜 그렇게 계속 고집만 부리느냐면서 나더러 양보를 하라고 오히려 화를 낸다. 걱정스러운 눈빛으로 나를 쳐다보면서 하는 말이 자기가 교회에서 K모 담임목사님에게 상담을 하니 나에게 참고 양보하라면서 양보를 하는 게 최상의 방법이고 이기는 것이라는 말씀을 하셨다고 한다.

나는 집사람에게 모든 성직자는 다 그렇게 말할 수밖에 없을 것이라면서 맞서서 싸우라고 할 성직자가 세상 어디에 있겠느냐고 했다.

　집사람이 내일 아침에 강남금식기도원에 가겠다고 한다. 내 마음은 이럴 때 꼭 기도원을 가야 하는가 하고 속으로 마땅치 않지만 집사람 역시 답답한 심정을 하소연할 곳이 없으니까 또 특별히 나와 우리 집을 위해서 기도를 하겠다고 하는데 뭐라고 할 말이 없어 알아서 잘 다녀오라고 한 후 잠을 청했다.

총무과장 소청인의 전출 협의차 S구를 방문하다

어제 저녁은 여러 가지 상념(想念)에 사로잡혀 제대로 수면(睡眠)을 취할 수가 없어 몸을 뒤척거리다가 겨우 잠자리에 들었다. 잠을 설친 관계로 내 자신 심신이 무척 피곤하고 지친 관계로 아침에 일어나는데 몹시 몸이 무거웠다.

집사람이 기도원을 가는 관계로 같이 일찍 집을 나섰다. 대치동 강남교회까지 배웅을 하고 9시가 다 되어서 구청에 도착하여 총무과장을 만나 일단 그에게 승진을 축하한다고 악수를 하고 나에 대해 언제까지 이렇게 할 거냐고 하니까 조금만 더 참아 달라고 한다. 나는 사람 대접을 이렇게 할 수가 있느냐면서 나도 더 이상 양보도 없고 참지 못하겠다고 했다.

총무과장은 어제 시청 인사과를 방문 소청인의 문제를 가지고 여러 가지로 상의했다고 한다. 그러나 소청인은 그의 말에 대해 이제 그런 필요 없는 말장난일랑 아예 하지를 말라고 하자 더 이상 아무 말이 없었다.

행정관리국장실로 가자고 하기에 내가 못 갈 게 없다고 하고 같이 들어가니 N모 국장이 차를 마시라면서 소청인을 대하는 태도가 싹 달라진 것 같다. 아마도 어제 소청인이 강경(强硬)하게 전화로 항의를 하니까 태도가 달라진 것이 아닌가 하는 생각이 드나 확실한 의도는 잘 알지를 못 하겠다.

나는 그들과 맞닥뜨려 내가 구청에 대해 섭섭한 점이 한두 가지가 아니지만 인내를 하고 참고 견디어 왔다는 말을 했다. 그리고 강남에 오지 않고 그대로 근무를 하려고 내 나름대로 노력을 했으나 시청의 비토(veto)로 성사되지 않았으며 또 여기를 오지 않기 위해 먼저 S구 J모 행정관리국장과 J구 K모 부구청장까지 만나 그곳으로 갈 수 있는지 협의를 한 바 있으며 그보다 먼저 1월 8일 나의 시청 발령이 취소가 된 문서를 접수한 후 한강시민공원사업소 C모 소장님과 시청 K모 행정관리국장 간에 있었던 그간의 경위를 이야기하고 강남에 오지 않으려고 나름대로 노력을 했다면서 그러나 이제는 이렇게 된 이상 강남에서 당연히 발령을 내줘야 하는 게 아니냐고 하니까 N모 행정관리국장은 나의 입장은 충분히 이해하겠다고 그동안의 섭섭한 감정을 풀라면서 총무과장이 오늘 오후에 S구 J모 행정관리국장을 만나기로 약속이 되어 있다고 한다.

나는 여기서 분명하게 밝히지만 이제 다시 강남을 떠나겠다는 그러한 대답은 하지 않을 테니 그렇게 알기 바란다면서 J모 행정관리국장을 만나러 가는 것은 나와는 아무런 상관이 없는 일이니 구청 마음대로 하라고 했다. 그들은 아마도 내가 S구 J모 행정관리국장과 친구라고 하니까 나의 갈 곳을 그곳으로 정한 것 같다.

이후 구청을 나와 전에 근무했던 의회에 들러 직원들과 만나고 Y모 행정보사 위원장을 만나 그동안의 이야기를 나누었다.

Y모 위원장의 말에 의하면 소청인의 문제를 가지고 어느 의원도 거론 자체를 하지 않으려 한다고 하는 바 소청인은 모든 의원들이 당연히 그렇게 할 수밖에 없을 것으로 생각하고 있다면서 세상사 모두가 힘의 논리에 의해서 펼쳐지는데 누가 감히 약자인 소청인의 편에 서서 입장을 두둔하려고 하겠느냐면서 나 자신 의원들을 내 편으로 끌어들일 생각도 없고 기대도 하지 않은 바 그런 문제에 대해서는 신경을 쓸 필요가 없다고 했다.

그리고 또 내가 지금까지 의원들의 힘을 빌려서 여기까지 온 것도 아니고 모든 일은 내 자신이 스스로 알아서 처리할 테니 너무 걱정을 하지 말라면서 그러나 Y모 의원에게 만큼은 고맙게 생각한다는 말을 했다.

오후에 한강시민공원사업소 전 사무실에 들러 구청의 위법사항에 대한 법률 검토 작업에 들어갔다. 그것은 소청인에 대해 당연히 지급을 해야 할 봉급과 설날 보너스(bonus) 미지급에 대한 위법성을 가지고 노동법과 근로기준법 등을 검토하여 당장 고발을 할 수도 있겠으나 될수록 감정을 자제하고 이성(理性)을 가지고 대하려고 계속 인내하고 있으며 이러한 고발문제는 언제라도 할 수 있는 문제로 이를 포함한 여러 가지 위법성의 문제점을 가지고 사전 준비를 하는 것이다.

퇴근 전 H모 주임과 전화를 한 바 이제 더 이상 흔들리지 말고 강남에서 보직을 달라고 당당히 요구해야 한다는 말을 한다. 그리고 지금 만약 강남을 떠나게 된다면 지금까지 맞서 싸워왔던 어려웠던 일이 아무런 보람도 없이 끝나버리지 않겠느냐면서 이제 구청장 임기도 2년 6개월 정도밖에 남지 않았는데 1년만 더 버티면 레임 덕(lame duck : 권력누수) 현상이 일어날 것이고 칼자루는 자연스럽게 이쪽으로 넘어오게 되어 있는데 어떻게 하겠느냐고 하는 바 여기에 대해서는 소청인도 맞는 말이라고 동감을 표시했다.

저녁 늦게 S구 J모 행정관리국장과 통화를 했다. 그의 말에 의하면 K모 총무과장이 찾아와서 소청인에 대한 교류문제를 가지고 논의는 했으나 서울시나 타 구로 가려고 하는 교류 희망자가 없는 관계로 의견교환에 그치고 말았다고 한다.

그러면서 J모 국장은 K모 총무과장 면전에서 소청인에 대한 이야기를 이렇게 표현했다고 한다. 내가 평소 정 아무개라는 사람을 너무나도 잘 알고 있는데 그는 절대로 남에게 피해를 끼칠 사람도 또 끼치려고 하는 사람도 아니고 남의 도움을 받으려고 하는 사람도 아니고 평소 자기의 주장과 소신대로 자기 일만 열심히 하고 지금까지 살아온 사람인데 왜 가만히 있는 그러한 사람을 괜히 건드려 가지고 네가 곤혹을 치르고 있느냐면서 너 참

잘 걸린 것 같다 어디 한번 혼 좀 나 보거라 하니 아무 소리도 못하고 돌아
갔다고 한다.

　소청인은 J모 국장에게 나에 대해 적절히 잘 평한 것 같아 잘 했다면서
나는 그동안 구청에서 나에 대한 태도에 대해 지나온 상황을 이야기하고
나도 이제는 강남을 떠나는 문제를 가지고 더 이상 거론치 않을 작정(作定)
이라면서 대화를 마쳤다.

협상은 있을 수 없으니 원칙대로 처리하라는 최후의 통고를 하다

오늘은 총무과에 들러서 이제 더 이상 협상을 하지 않을 것이라는 최후의 통고를 하고 나왔다. 그리고 모든 협상을 중단하고 원칙대로 보직 발령을 내 달라고 요청했다. 또한 시한은 1월 31일까지라고 못을 박았다. 그리고 나의 발령문제를 가지고 계속 미룰 경우 나는 이제 더 이상 기다리지 않고 민형사상의 모든 책임은 물론 각종 기관에 진정을 하고 계획적인 언론 플레이(play)까지도 불사하겠다고 통고했다.

총무과장은 제발 자기를 좀 봐 달라고 했으나 나는 내가 더 이상 얼마나 기다려야 하느냐고 했다. 그리고 어제 S구를 방문하여 J모 행정관리국장을 만나 협의한 내용에 대해서는 이미 다 알고 있으니 설명할 필요조차도 없다고 했다.

총무과장은 중랑구와 광진구 두 곳을 제시하면서 선택을 하면 갈 수 있게 도와주겠다고 했다.

나는 그게 도와주는 것이라고 생각하느냐면서 이젠 그런 쓸데없는 소리 거들랑 아예 하지를 말고 더 이상 어디에도 가지 않을 테니 그런 얘기는 하지도 말라고 하고 시간이 없어 가겠다고 사무실을 나왔다.

11시경에 직협 K모 회장을 만나기로 약속이 되어 있어 택시를 타고 삼성동 공항터미널에 있는 A모 변호사 사무실을 찾아갔다. 직협 K모 회장과 I

모 사무국장 A모 변호사와 또 한 사람의 새로운 변호사 등 네 사람이 한자리에 모여 앉았다.

그들은 구청의 격려(激勵)제도에 대한 문제점을 가지고 변호사를 선임하여 소송을 제기하기로 이미 구두 합의를 한 모양이다.

소청인은 이에 대해 나의 의견을 제시하겠다면서 격려문제는 우리가 근무하고 있는 구청 내 공무원에 대한 내부 문제이기 때문에 소송대상이 되기가 어려울 것으로 본다는 견해를 이야기해 주면서 모르긴 해도 아마 소송을 제기하게 된다면 각하(却下)결정이 나게 될 것이라는 이야기를 했으나 그러나 A모 변호사의 견해는 소청인과 의견을 달리했다.

그는 격려문제가 아무리 공무원 내부 문제라 하더라도 이것은 공무원의 권리의무에 대한 관계로 현 추세가 광의의 의미에서 포괄적으로 다루어져야 하기 때문에 소송대상이 될 수 있다는 그러한 견해를 밝혔다.

소청인은 A모 변호사와는 견해를 달리한다는 의견을 제시했으나 그들은 소청인의 의견에 귀를 기울여 들으면서도 소청인과 견해를 달리해 소송을 제기하겠다는 그러한 이야기를 하는 것이다.

소청인의 입장에선 구청에서 발령을 내주지 않는 나의 문제에 대해 변호사와 만나서 법적인 한계(限界)에 대한 자문을 구하러 갔다가 격려문제에 대해서만 의견을 나누었으며 그들이 계속 격려문제에 대한 소송을 희망하고 갑론을박하고 있는 바 정작 소청인의 문제는 거론도 해 보지 못하고 기왕에 격려문제를 가지고 소송을 하려거든 그래도 변호사들 중에서 이 문제에 가장 정확하고 심도 있게 잘 알고 있는 여기 A모 변호사에게 조건을 잘 제시하고 위임을 하라는 언질만 하고 나왔다.

오후에 다시 또 전에 근무한 한강시민공원사업소 사무실에 들러 소청인의 문제를 가지고 신경을 쓰지 않을 수가 없었다. 그것은 구청과 소청인 사이에 발생한 문제가 이제는 더 이상 순리적으로 풀릴 것 같은 그러한 조짐(兆朕)이 전혀 없는 바 법적인 책임을 묻기 위해 먼저 감사원에 직무감찰을 요청할 생각으로 고발 내용을 검토하기 위한 워드(word) 작업을 하고 있는 중 오후 4시경에 K모 도시관리공단 이사장으로부터 전화가 걸려온 것이다.

K모 이사장은 고향 선배로서 구청에서 총무과장과 국장 등 요직을 두루 역임하고 몇 년 전 공단 이사장으로 부임 근무하고 있으나 소청인은 그분에게 지금까지 단 한번도 소청인의 인사문제 등 사적(私的)인 부탁을 거론조차 한 일이 없는 바 그 점에 대해 평소 소청인에게 기회 있을 때마다 미안하다고 몇 번이나 이야기를 한 바 있는 고향 선배이며 공무원 선배이기도 한 분이다.

소청인은 그분에게 왜 무슨 일로 갑자기 전화를 하셨습니까? 하고 물으니 그분의 대답이 어이 정 과장, 방금 K모 총무과장이 정 과장 문제를 가지고 나에게 다녀갔다고 말하는 바 소청인은 그래 총무과장이 내 문제를 가지고 왜 무슨 일로 이사장님을 만나러 갔습니까? 하고 묻자 그의 대답이 총무과장 하는 말이 '정종철'이 문제 때문에 내가 골치가 아파 죽겠습니다. 내가 승진 의결이 된 상태에서 구청장은 '정종철'이 문제를 빨리 해결하라면서 만약 이 문제를 해결하지 못한다면 아예 승진할 생각을 하지도 말라고 하니 어떻게 고향 후배를 잘 좀 달래고 설득을 해가지고 강남을 떠날 수 있게 해 달라고 부탁을 한다는 이야기를 했다고 한다.

소청인 : 그래 뭐라고 대답을 하셨습니까?

이사장 : 그 사람 고향 후배라고는 하지만 내가 지금까지 한번도 그를 도와준 일이 없고 그 역시 나한테 부탁 한번 해 본 일이 없으며 그 사람 혼자서 어렵게 어렵게 자수성가하여 오늘 여기까지 온 사람으로 그 사람 원칙주의자이기 때문에 누가 부탁을 해도 아마 누구 말도 듣지 않을 사람으로 누가 말해도 어려울 것이다. 내가 그의 성격을 너무나도 잘 알고 있는데 아마 그 사람 누구 이빨도 들어가지 않을 사람이다. 그러면서 왜 가만히 있는 그러한 사람을 공연히 건드려 가지고 그렇게 곤욕을 치르고 있느냐 하는

말을 했다고 한다.

그러면서 나 그 사람에게 이야기 못 한다 하고 돌려보냈다면서 그냥 전화 한번 해 보는 거라면서 전화를 걸어온 것이다.

그러면서 하는 말이 정 과장! 지금도 그 심정에 변화가 없는 것이지 하고 다소곳이 묻는다. 즉 이사장은 내가 강남을 떠날 의향(意向)이 있는지 없는지 넌지시 의사를 타진해 보는 것이다.

이사장 하는 말은 들으니 어제 S구 J모 행정관리국장이 하는 말과 비슷한 대답 즉 답변을 한 것이다.

소청인 : 대답을 아주 잘 하셨네요. 그러나 나 이제는 강남을 떠날 생각이 전혀 없어요. 이런 상황 하에서 내가 뭐 이제 K○○ 구청장이 무섭습니까? 또 L○○ 시장이 무섭습니까? 저 이제 무서운 사람 하나도 없어요.

이사장 : 그래 미안하다. 나도 할 말이 없다. 정 과장에게 정말로 미안하다. 하고 전화를 끊은 바 있다.

퇴근시간 무렵에 구청 L모 과장으로부터 저녁이나 같이하자는 전화가 걸려왔다. 그와는 전에 총무과에서 팀장으로 같이 근무를 한 적이 있으며 현재는 구청 환경과장으로 근무 중에 있는 바 왜 전화를 하는지 빤히 알고 있으나 그와 못 만날 이유도 없고 또 지금까지 누구와 어떤 사람과도 대화를 거절한 적이 없다.

오후 7시경에 I동사무소에서 L모 과장, K모 인사팀장, H모 주임 네 사람이 만나 장시간 진지한 대화를 나눌 수가 있었다.

L모 과장 하는 말이 구청장이 이제 해결의 실마리가 보이지를 않으니까 옆에 있는 K모 인사팀장을 가리키면서 K모 팀장에게 책임을 지고 해결을 하라고 직접 지시를 했다면서 고향 후배를 위해서 형님이 아량을 좀 베풀어 줬으면 어떻겠느냐고 간청(懇請)을 한다. 그리고 S구로 갈 수 있는 길을 다시 모색하겠으니 동의를 해 달라면서 옆에 있는 K모 인사팀장을 손가락으로 가리키면서 형님 쟤가 불쌍하지 않아요. 이제는 쟤를 좀 봐서라

도 형님이 용단을 좀 내려줘요. 쟤가 불쌍하지 않아요. 하면서 통사정을
한다.

K모 인사팀장은 아무 말도 하지 않고 옆에서 묵묵히 듣고만 있다. 소청
인은 K모 팀장에게는 미안한 이야기가 될지도 모르지만 이제는 내가 더 이
상 물러날 곳도 물러설 곳도 없지를 않느냐. 이 문제는 하루빨리 발령을 내
주는 길밖에는 다른 아무런 방법이 없다고 했다.

이어서 L모 과장 하는 말이 구청장은 일단 형님이 타 구로 가서 조용히
기다리고 있으면 1년 후에 틀림없이 다시 강남으로 데려올 수 있도록 하겠
다고 약속을 하고 필요하다면 서면으로까지 보장을 하겠다고 했다면서 잠
시 동안만 강남을 떠나 서로 간에 현재 처해 있는 어려운 고비를 슬기롭게
넘겼으면 한다는 이야기를 했다.

소청인은 이제 무엇보다도 먼저 나의 명예가 회복이 되어야 하는 것이지
구청장의 명예는 중요하고 아무리 부하직원이라고 내 명예는 헌신짝처럼
버려도 되는 거냐면서 그런 얄팍한 술수를 써가지고서 나를 여기서 내보
내기 위해 내가 양보를 하도록 하는 그러한 술수의 말은 이제 필요가 없다
고 대답을 했다.

오늘은 네 사람이 만나서 지금까지 누구와의 대화보다도 가장 길고 진지
한 대화가 오갔다. 대화 도중 소청인은 그동안의 억울함을 가눌 길이 없고
설움이 북받쳐 이야기를 하는 도중에 누가 이 억울하고 분한 마음을 알아
주겠느냐면서 이번 일이 있은 후 처음으로 나도 모르게 엉엉 울면서 계속
많은 눈물을 흘렸다.

소청인은 눈물을 흘리지 않으려고 계속 참고 마음을 가다듬으려고 노력
을 했으나 한번 나오기 시작한 눈물은 어떻게 자제할 방도(方途)가 없었
다. 옆에서 이를 처연(凄然)한 모습으로 바라보고 있던 L모 과장 외 두 사
람도 나의 이러한 마음을 이해하겠다고 위로를 했다.

내가 눈물을 흘리고 있는 모습을 보고 있던 L모 과장은 옆에서 그래 억울

하지! 억울하고 말고! 아무런 잘못도 없는 사람을 누명(陋名)을 씌워가지고 보내니 억울할 수밖에! 하면서 소청인을 쳐다보았다.

소청인은 한참동안 소리를 내서 울고 눈물을 많이 흘리고 나니 차라리 마음이 홀가분하고 막혔던 가슴이 확 트이는 것 같은 그러한 느낌이 들며 가슴이 후련했다.

소청인은 그들에게 집사람은 어제 금식기도원을 가고 아이들은 날마다 아빠의 눈치만을 보고 있고 집안엔 온통 정적(靜寂)만이 감돌고 있다면서 누가 이런 나의 분하고 애통한 심정을 이해할 수 있겠느냐면서 내가 만약 구청에 대해 조금치라도 잘못이 있다면 구청에 대해 감히 무슨 말을 할 수가 있으며 맞설 수가 있겠느냐고 했다.

사무실에서 한참 이야기를 하다가 식당으로 자리를 옮겨서 식사를 하면서 L모 과장은 또다시 나에게 K모 팀장을 가리키면서 형님 쟤를 좀 봐서 쟤가 불쌍하지 않느냐고 고향 후배인 쟤를 좀 봐서 형님이 좀 양보를 해주었으면 어떻겠느냐면서 다시 간청을 했으나 소청인은 그렇게 하지 못하는 나의 심정을 이해해 달라고 완곡하게 그리고 분명하게 거절을 했다.

밤 9시가 넘어서 집사람이 기도원에서 연속 3번이나 전화를 하면서 집에 세 사람이나 있으면서 안부전화 한번 없느냐고 야속타고 짜증을 낸다.

소청인은 계속 이야기 중에 있었고 기도하는 도중에 전화를 하면 아니되는 줄 알고 그랬다고 대답을 했으나 그러한 소리를 들으니 이래저래 기분이 언짢고 마음이 편치를 않았다.

그들과 헤어지고 H모 주임과 다시 동사무소로 되돌아와서 별도로 이야기를 했다.

H모 주임은 과장님은 이제 어떻게 하든지 꼭 명예를 회복하신 다음에 가시든 말든 해야 된다는 그러한 얘기를 했다. 그리고 이제부터는 이기고 있는 게임(game)이니 어떻게든 명예를 회복하는 일만이 남아 있는 것이며 청 내 모든 직원들의 여론도 1월달 봉급과 더구나 설날 명절을 맞이하여

174

보너스(bonus)까지 주지 않은 것은 구청의 크나큰 실책이며 만약 이러한 사실이 언론에 보도될 때 그에 대한 파장은 엄청나게 클 것이라고 했다.

소청인도 거기에 대해 동감을 표시했다. 그래도 마음속에 있는 말을 주고받을 수 있는 사람은 H모 주임밖에 없다고 생각하니 그렇게 고마울 수가 없었다.

＊글을 쓰면서 격려(激勵)라는 용어가 계속 나오는데 본 격려는 민선구청장(제1기~3기까지)시대 업무추진 또는 서류결재 시 구청장에서 국장까지 방침에 의해 정해진 점수를 시기와 평점의 제한 없이 별도로 부여하고 승진 심사에서 공무원법에 의한 평정점수 외 방침에 의한 격려점수를 환산(plus)해 종합점수에 반영 승진을 시키는 바 격려점수가 결정적 변수로 작용해 승진이 되는 사례로 전국에서 유일하게 강남구에서만 시행해 오던 제도로 그러나 서열 하위자나 의외의 승진자가 계속 나오게 되어 대다수 많은 직원들의 원성이 끊이지 않아 문제가 많은 제도로 인정 4기 민선구청장 시대에 들어와 폐지한 제도임.

＊격려(激勵)문제에 대한 고찰 첨부자료 참고요.

격려 문제에 대한 고찰

1. 격려제도의 현황

가. 도입배경

- 민선 구청장의 취임으로 민간 기업과 같이 경쟁력을 도입 업무의 능율성을 제고하고 업무에 대한 긍정적인 사고방식으로 전환하기 위한다는 명분으로 95년도부터 도입시행

- 처음 시행시는 일 잘하는 직원을 추천받아 격려 대상자를 선발하고 선발된자는 확대간부회의에 참석시켜 회의시작 직전 간부전원이 박수로 격려하면서 부상품으로 손목시계 1개씩 지급

- 그 후 점차 인원이 많어지면서 회의에 참석시키지 못하고 부상품 지급도 중단 되었으며 격려자 명단만을 문서로 시달하여 전직원이 공람토록 하였으나 그후 계속발전 확대 변경하여 격려를 점수화 누계화하여 현재는 승진에 완전히 결정적 변수로 작용하고 있음

- 격려방법은 모든 업무 즉 복수한 업무나 일상적인 업무나 관계없이 구청장이 최종 결재 싸인을 하면서 결재란 여백에 "격려" 라고 추가기재
  - ※ 99년 11월부터 격려권한을 국장 동장에게 위임한바 격려조사 대상자는 기하 급수적으로 증가하고 있는 실정임 (필요시 구청장도 격려권은 계속 부여)

- 격려 싸인된 문서는 격려심사위원회에 회부 등급심사 결정후 총무과(인사계)에서 점수부여 관리
  - 당초 : A~C까지(A:1.5, B:1.0, C:0.5,)
  - 변경 : A~D1까지(A~C까지 당초대로, D4: 0.4, D3: 0.3, D2: 0.2, D1: 0.1)

나. 격려 심사위원회 구성

위원회명	위원장	위 원	심사 대상	비 고
제1심사위원회	부구청장	국장급 7명	5~6급	구청국장 5, 의회사무국장, 보건소장
제2심사위원회	행정관리국장	과장 동장 7·8명	7급이하전직원(기능 고용직포함)	1개월단위로 심사위원 순환지명

다. 점수계산 또는 적용방법

- 격려부여된 점수를 상한선없이 총 누계하여 50% 환산반영

> ※실례 : A ~ C까지 총 누계 109.6을 득점하여 50%인 54.80을 환산 근평점수에 Plus 하여 반영 승진순위를 결정적 변수로 작용 근평점수 하위그룹에 있는 대상자들을 승진케 하였음 ('99년 8월 2일 5급승진 심사시 실제 있었던 상황임)

- 많은 직원들의 폐지 또는 개선요구(구청 홈페이지에 비난 글을 등재)와 구의원들도 질의를 통해 격려제도의 문제점을 계속 지적한후 99년 11월부터 격려점수를 상한선없이 득점케하되 20%로 하향 조정 반영
  - 99년 8월 5급과 10월 6급이하 승진 심사시 격려득점 50% 적용반영
  - 99년 11월부터 6급이하 승진심사시 격려득점 20%로 하향조정 적용반영

라. 현재 적용방법 (99년 11월부터 시행)

- 최근 1년 이내 : 50% 반영
- 1년~2년이내 : 30% 반영
- 2년 이후 기간 : 20% 반영하여 최고득점자를 기준 최고치 종합점수 100을 기준하여 한도를 20점으로 적용 득점계하고 모든득점자의 격려가산점을 최고 득점자의 득점에 비례하여 득점토록 함

- 예 ① 3년차기준 최고득점자 125점일시 20%반영
  - $20 \div 125 = 0.16$ $125 \times 0.16 = 20.00$
  - ② 차 득점자 119점 득점 $119 \times 0.16 = 19.04$
  - ③ 차차 득점자 115점 득점시 $115 \times 0.16 = 18.40$

마. 타구전입자

전입후 해당과 同職級의 1년간받은 격려점수를 월평균으로 환산 전입전 동급 재직기간동안(oo개월×월평균득점×50%) 단위로 환산 점수의 50%를 소급계산 점수부여 (월할 계산)

바. 기타 타기관 파견자

파견전 원래 소속된 근무처의 동일 직급자 평균 1년동안 득점 점수를 평균 환산하여 득점시킴 (타구 전입자와 동일한 방식으로 득점)

2. 격려제도로 실제 나타난 현상 (공개된 자료에 의함)

- 가. 승진심사 일시 : 99년 8월 2일
- 나. 승 진 대 상 : 5급 6명(6급→5급으로)
- 다. 승진예정 인원 : 6명(심사대상 23명)
- 라. 실례 (총23명중 극단적 비교대상자 2명만 나열)

구분 / 소속	성명	근평점수			격려점수				종합점수			상단비
		전체순위	득점	차이	전체순위	득점	반영	차이	전체순위	득점	차이	
세무1과	○○○	16	94.61	0.66	23	7.4	3.7		23	98.31		탈락
총무과	○○○	18	93.95		1	109.6	54.8	51.1	1	148.75	50.44	1위승진

※ 편차 : 근평점수 0.33, 격려점수 25.55(근평점수의 7.742%), 종합점수 25.22(근평점수의 7.642%)

마. 당시 승진자(근평점수+격려점수 합계)와 탈락자 비교

(총23명중 근평 및 격려 상위 대상자 10명 나열)

소 속	성 명	근평 점수		격려 점수		합 계		비고
		순위	득점	순위	득점	전체순위	득점	
재활용과	○○○	1	98.68	4	39.90	3	138.58	승진
문화공보과	○○○	2	98.65	9	27.15	6	125.80	승진
민원봉사과	○○○	3	98.37	18	13.75	13	112.12	탈락
보건위생과	○○○	4	98.18	21	9.75	19	107.93	탈락
사회복지과	○○○	5	98.12	8	27.20	9	125.32	탈락
행정관리국	정종철	6	97.69	10	25.00	10	122.69	탈락
감사감사	○○○	7	97.63	5	34.40	5	132.03	승진
총 무 과	○○○	9	97.10	3	41.30	4	138.40	승진
총 무 과	○○○	12	95.94	2	43.00	2	138.94	승진
총 무 과	○○○	18	93.95	1	54.80	1	148.75	승진

※ 6급이하 승진대상자는 5급승진대상자의 심사 후유증으로 인한 미공개로 확인불가

3. 격려점수 조사의뢰 현황

- 1998년~2000년 각課.洞동의조사 의뢰건수 및 조사인원:4,622건 38,180명

구분 / 연도	건 수	인 원	소 속				비고
			구 청	보건소	의 회	동사무소	
계	4,622 (88회)	38,180	26,422 (69.2)	1,124 (2.9)	193 (0.5)	10,441 (27.3)	
2000	1,004 (5회)	7,930	5,574 (70.3)	138 (1.7)	89 (1.1)	2,129 (26.9)	3월말 현재접수분
1999	2,749 (36회)	25,784	17,723 (68.7)	806 (3.1)	84 (0.3)	7,171 (27.8)	
1998	869 (47회)	4,466	3,125 (70.0)	180 (4.0)	20 (0.4)	1,141 (25.5)	

( )은 총인원에 대한 점유율 %임

- 참고자료 대비표
  - 99년12월 현재강남구직원 : 약1,300명(00년1월25일 구청장 대한매일 기자회견시 발표)
  - 99년도 격려 조사내용 : 2,749건 25,784명(전직원대비 1,983%)
  - 98년대비 99년 증가비율건수
    - 건수 : 316.3%
    - 인원 : 577.3%
  - 99년 월평균 조사건수 : 229 건2,148명(주당 : 52.8건 495.4명)
  - 월별 최고 조사건수(99년 10월) : 464건 5,138명
  - " 최저 " " ('98년 5") : 8건 46명

4. 격려제도의 문제점

가. 관계법에 위배

- 구청장의 내부 방침사항을 가지고 상한선도 없이 무제한 격려한후 점수를 수치화(계량화)하여 作爲로 순위를 조정, 공무원의 사활이 걸려있는 승진에 결정적 변수로 작용하는 加外 점수를 Plus 하여 승진시키는 것은 관계법 즉 공무원 임용령에 위배

  - ※ 공무원 임용령 36조①항 및 지방공무원 임용령 32조①항의 내용 : 승진 임용에 필요한 요건을 구비한 공무원에 대하여 근무평정점 5할 경력평정점 3할 교육훈련성적 2할의 비율에 따라 승진후보자 명부를 예정 직급별로 작성

※ 지방공무원 임용령 38조 ⑤항 내용 : 승진의결을 거치고자 할 때에는 인사위원회 개최일 현재 5급에의 승진후보자 명부의 高 順位者순으로 승진 예정인원에 해당하는 자를 의결 대상으로 한다.

※ 가점 부여는 5% 범위 내에서 할수있다 (공무원 평정규칙 22조 2의 ① 및 지방공무원 평정규칙 25조2의①)

o 근무평정은 평소의 근무실적+직무수행 능력+직무수행 태도를 종합하여 평정하는 관계로 모든 요소가 다 포함된 2년간을 종합평가한 점수인바 또다시 여기에 구청장의 방침사항을 가지고 격려점수 20~50%를 추가로 부여 승진에 반영하는 것은 이중 평정이며 한도를 초과한 가산점은 관계법에도 명백히 위배되는 사항임

o 폐지된 표창가점의 격려점 부여 : 공정한 근평제도의 확립을 위하여 법으로 폐지 되어있는 가점을 부여하고 있는것도 법에 위배 (강남구의 현 표창가점: 총리급이상: 1.5, 장관급이상 : 1.0, 구청장 : 0.5)

o 가점제도 (실적가점은 최고 5%까지만 부여가능)의 최고 상한선을 초과하여 임의대로 격려가점을 부여하는 행위도 관련법 조항(국가공무원 평정규칙 22조 2의 ① 및 지방공무원 평정규칙 25조 2의 ①) 의 위배이며 가점제도는 누구나 대상이 되면 동일하게 득점이 되도록 하는것이지 최고 득점자에게 상대적으로 비례하여 득점시키는 것도 위법임

※ 강남구의 격려 득점 점수는 상한선이 없이 계속 득점 토록하여 종전에는 무조건 득점의 50%를 반영하였으나 99년 11월부터 격려점수는 무한대로 득점 토록하되 최고 득점자에게 20점만점(실적 가점기준 5점을 초과함)을 주고 상대자는 격려 최고 득점자에 비례하여 그 이하의 점수를 득점토록 하고있음(즉 격려최고 득점자의 득점에 이르지 못하도록 제도적인 裝置가 되어있는 편임)

나. 낭비적이고도 소모적인 옥상옥 중복 중첩된 행정업무 추진

o 격려는 본연의 업무를 수임하는 담당자가 추진하는 당연한 본연의 업무로써 특별한 업무가아닌 일상업무를 가지고 과대포장을 하고 침소봉대를 하여 결재후 격려를 받기위한 주관과에서 서류작성, 주무과로 송부, 주무과에 취합 서류작성하여, 기획감사담당관으로 송부하면, 기획감사담당관에서는 조사를 위한 별도의서류를 작성하여, 총무과로 송부하고, 총무과에서는 심사서류를 작성, 제1, 제2의 해당심사 위원회에 회부하여, 7~8명의 심사위원들이 등급판정 심사후, 총무과에서 개인별등급 점수환산 PC를 통하여 공개하는 6단계의 절차를 거치는 형식화된 행정을 함으로써 많은 행정력과 인력 시간 물자와 예산의 낭비를 가져오는 극히 형식적이고도 중복 중첩되는 낡은 전형적인 업무를 답습하고있음.

o 격려는 격려를 위한 즉 격려점수만을 받기 위하여 극히 형식적이고 전시효과적인 繁文縟禮 Red Tape의 전형적인 實例이며 많은 대상자(38,000여명)의 격려점수를 주기 위하여 불필요한 심사를 위한 행정의 낭비로 전국 어느행정 기관에서도 이와같은 행정을 수행하는 행위는 유례를 찾아볼수 없는 현상임

o 격려심사를 위한 일정및 소요시간 (1회평균 3시간 이상 소요)
   - 99년9월~10월:18회 연540시간(심사위원 및 보조 공무원등 10명)
   - 2000〃 1〃~7〃 :81〃 〃 2,430〃 (〃   〃   〃   10〃)

※ 심사위원 (제1. 제2심사 위원회 동일): 위원장포함 위원 8명 보조 직원 2명이 심사위원회 에 참석 업무보조)

다. 격려점수 득점의 집중화 혜일로화 부익부 빈익빈 현상초래

o 격려는 주요 포스트 부서위주 상급자위주의 집중화 혜일로화 부익부 빈익빈 현상이 나타날 수 밖에 없는 제도임

o 상급자인 과장은 모든 문서의 품의시 결재를 할수 밖에 없기 때문에 어느팀에서 어느직원이 품의를 하든 자동적으로 격려가 될수밖에 없는 제도임

o 이 경우 과거 계장인 업무담당 주사도 과장에 비하여 양의정도는 차이가 나지만 형식적인면에서 격려가 늘어나는것은 마찬가지임.
o 또 현업무의 품의제도 하에선 담당하는 직원이 업무를 기안하여 계선 즉 line을 따라 결재를 받기때문에 상급자 위주의 격려현상이 발생될수 밖에 없는 제도임.
o 그 좋은 예로 주요 기획부서인 기획감사담당관. 총무과. 문화공보과. 사회진흥과. 사회복지과 등의 기획부서는 격려점수가 계속 늘어나고 있으나 그렇지 않는 일반부서나 동사무소 직원들은 일상적인 정형화된 업무만을 수행하기 때문에 격려점수가 없거나 적을 수 밖에 없는 절대적으로 불리한 제도임

라. 없는 공적 남의 공적을 자기의 공적으로 전환시키는 가로채기 행정 눈치행정 약삭빠른 행정의 만연

o 남이 하는일을 자기이름을 끼워넣어 자기가 하는 일처럼 또는 같이 하는 일처럼 하여 격려심사 요구하는 일이 비일비재 하는 관계로 남의공을 가로채거나 (결정적인 승진 필요시 승진이 급하지 않는 사람은 양보가능) 자기가 하지도 않는일을 자기가 하는양 할수있고 혼자 또는 둘이상이 하는일을 둘이상 또는 여러명이 함께 하는척 많은 인원을 격려 요구할수 있으며(실제로 많이 취하고 있는 방법중의 하나) 실제로 타구 전입자와 타기관 파견자를 공적이 없는데도 일정기간이 경과하면은 1년간 동급해당의 격려점수의 1년간 평균치를 산출 근무하지도 않는 기간을 월할 계산하여 격려점수를 부여하고 있음

o 당초에는 강남구에서 근무하는 기간동안 만의 공적에 대하여 격려를 부여하였으나 최근 세무직과 기술직 직원들의 많은 인사교류로 타구전입자가 증가하여 이들의 불만 또는 원성이 잦아지자 이들에 대한 여론무마를 위하여 강남구에서 있지도 않은 공적을 있는 것처럼 소급하여 일정비율의 격려점수를 부여하고 있음

   ※ 실례: 강남구에 전입후 1년간받은 격려점수를 월단위로 환산 50%를 강남구 전입후 재직기간동안 소급 월할계산 부여

o 타기관 파견자(청와대 검찰등)도 타구전입자와 동일한 형식으로 격려점수를 부여하고 있는바 이는 있지도 일하지도 않은 공적을 억지로 만들어 주는 모순된 행정을 하고있는 증거임

※ 타구 전입자는 많은인원이 격려에 대한 원성을하고 타기관 파견자(검찰 청와대등 3명)는 소위 힘있는 기관의 부탁을 뿌리치지 못하여 있지도 않는 공적을 있는것처럼 만들어주고 있는 모순된 행정을 하고 있는 실정임

마. 심사의 곤란 또는 객관성 공정성 결여

o 강남구 직원현황:약1,300명(2000년1월25일자 구청장 大韓毎日 신문과 연초기자회견시 발표게재된 내용으로 첨부된 신문사본 참고)

※ 격려인원:38,180명(2000년 3월말까지 격려의뢰 접수 조사된 인원으로 2000년 6월 구의원 서면자료 요구시 제출된 자료임)

o 강남구직원:약1,300명의 인원에 비례하여 98~2000년도에 격려를 받은 인원은 38,180명으로 2,940%의 많은 인원이 격려를 받았음

o 위와같은 2,940%의 많은인원에 대한 격려조사 요구와 격려를 받은것을 볼때 강남구의 직원들은 본연의 업무보다는 격려를 받기 위하여 격려를 받는 일에만 총력을 집중하고 있다는 단적인 증거로 볼수밖에 없음

o 또한 3년간의 격려심사를 분석하여볼 때 제한된 시간과 통과 의례적인 시간에 쫓길수밖에 없어 격려조사는 물론이고 심사위원회에서 매주당 평균 330여명(3년평균인원) 많을땐 약 660여명씩(2000년도 3월까지의 평균인원) 심사를 하면서 과연 그 수많은 인원을 짧은 시간내에 제대로 옥석을 가려서 객관적이고 공명정대한 또 타탕한 심사가 이뤄질수 있었는지 도저히 이를 기대할 수가 없는 실정임

177

o 격려대상 접수 조사인원 증가율(%) 추이 비교표

연도별	총조사인원		주당조사인원		비　　　　　고
	인 원	%	인 원	%	
1998	4,466		49.5		• 동기간(3월기준) 대비 조사인원 ┌ 98년도 :　　916명 └ 99년도 : 3,805명
1999	25,784	575.3	495.8	1,000	
2000	7,930		660.8		• 동기간 대비 증가율(%) ┌ 1998년대비 1999년 : 415% ├ 1998년대비 2000년 : 865% └ 1999년대비 2000년 : 208%
계	38,180		329		

※ 2000년도분 3월까지 조사인원이며 증가율은 同期間만의 증가율임

o 제1, 제2 심사위원회간의 심사기준에 따른 등급판정 기준이 매 심사시
  마다 1, 2 위원회간 또는 같은 위원회간에도 판정기준이 불일치하여
  심사에 대한 신뢰성을 인정할수가 없음(위원들의 성향 본인과의 이해관
  계 개인의 好 不好 당일의 기분에 따라 등급이 올랐다 내렸다 하고있
  음)

o 담당직원들의 현실은 심사 의뢰된 많은 대상직원들의 조사를위한 조
  사서를 작성하는데 쫓겨 심도있는 조사를위한 상상도 할수없고 조사를
  할 시간도 없으며 단지 형식적인 통과 의례적인 즉 해당심사위원회 심
  사를 위한 또는 심사위원회 회부를위한 심사서류 작성하는데 급급한
  실정으로 진위여부 자체를 판단할수 조차도 없음

o 심사위원으로 선발된 위원은 위원 자신의 업무와 관련이 있거나 자
  기소속 직원 또는 지면이 있는 직원의 심사가 있을시 가능한 높은
  점수를 주려고 하고 반대로 심사위원 자신과 경쟁력이 있거나 반
  대 입장에 있는 직원이 있을시는 가능한 낮은점수를 주려고하며 또
  심사도중 위원중의 한사람이 평점에 대하여 점수를 높게 또는 낮
  게 제청할 수 있으며 이에 대하여 어느 위원이 주문을 하거나
  강력한 이의제기시 그에따라 영향을 받지 않을수 없으며 또 실
  제로 일어나고 있는 상황임

5. 격려에 대한 직원들의 반응

o 본 격려제도는 자발적으로 일을 처리하고 고질 민원을 스스로 해결한다
  는 측면에서 어느 정도의 긍정적인 면도 있으나 결론적으로는 부정적인
  면 즉 순기능 보다는 역기능이 훨씬 더 크다는 여론이 절대다수 직원들과
  구의회 의원들의 공통된 견해임

o 많은 직원들의 불만을 해소코자 지난해 10월 27일 10:00 ～ 14:00 까지
  기획상황실에서 전 총무과장 주재하에 각과와 보건소 동사무소직원 1명
  씩 참여하여 토론회를 실시한 바 있음

o 그때 참여한 대부분의 직원들이 왜 법을 어겨가면서 또법을 위반하면서
  까지 격려제도를 실시 하려고 하느냐? 그렇다면 전직원이 참여하여 격
  려실시에 대한 직원들의 호응도를 찬반투표를 실시하고 결과에 따르자
  고 하였으나 전 총무과장(교통국장 승진후 퇴임)은 구청장의 강력한 의
  지로 하기 때문에 찬반투표를 실시할수 없다고 일언지하에 거절하였음

o 찬·반 투표실시는 거론 자체도 하지 못하게 중간에 가로막으면서 격려
  적용비율 등 본말을 전도한 지엽적인 문제만 거론하게끔 하는 방안으로
  토론을 유도하였음

※ 토론회 결과를 보고하면서도 그 당시 상황에 대한 직원들의 분위기 즉 절
  대다수의 반대자와 특히 전직원들의 격려실시에 대한 찬반 투표를 실시후
  그결과에 따르자는 의사를 제대로 보고 하지도 않고 마치 전직원들이 찬성
  하는것으로 허위보고 하였음

o 현재도 총무과, 기획감사담당관, 문화공보과, 사회복지과, 사회진흥과등
  일부 몇개과의 직원들만이 개인의 이해 관계에 따라 찬성하고 여타의
  타과나 동사무소 대부분의 직원들은 계속 반대를 하고있는 실정임

o 그 증거는 많은 직원들이 구청 홈페이지에 격려실시의 반대의견을 계속
  싣고 있으며 실시할려면 대상자 전직원들이 참여한 찬반투표를 실시하
  여 다수결 의사에 따르자고 하고 있으나 이를 완전히 외면하고 있는 실
  정임

6. 대책 또는 직원들의 의견

o 본 격려 제도는 분명히 법에 위배되는 관계로 폐지함이 타당하며 법에
  근거한 법에 위배되지않는 5%의 실적가점 범위내에서 실시함이 타당함

o 본 격려실시를 위하여는 조례등 근거법의 제정이 필요하나 상위법이 없
  는 관계로 조례도 제정할수 없는바 결론적으로 실적가점 이상은 이를
  폐지함이 가장 타당하고 현실적임

o 현재와 같은 방법으로 계속 실시하려면 당사자인 5급이하 전직원들의
  찬.반 무기명 비밀투표를 실시하고 그결과를 절대 존중 하여야 하나 현
  실적으로 법에 위배되는 문제를 어떻게 조화할수 있느냐 하는 문제점이
  있음

o 강남구청은 많은 구정의 업무를 주민여론조사에 의하여 실시하면서도
  정작 격려문제에 대하여는 직접 당사자인 전 직원들의 의사는 물어보
  지도 않고 適當한 또 有利한 설문조사 만들고 주민여론조사 실시한바
  83%가 찬성하였다고 발표하며 계속 강행을 하고 있는것은 설득력이
  없음

※ 지금까지 전 총무과장(교통국장 승진후 퇴임)의 마음에 드는 직원 몇
  몇 사람으로 T/F팀을 구성하고 형식적으로 한두번의 모임후 일방적으
  로 장점만을 설명하고 마치 모든 직원들이 참여하여 전직원이 찬성하
  는 식으로 호도하여 강행 하는것은 있을수 없으며 격려대상 당사자인
  5급이하 전직원이 참여하여 무기명 비밀투표로 찬. 반 여부를 길정 격
  려의 유지 또는 폐지를 결정하여야 하는 것이 가장 바람직함

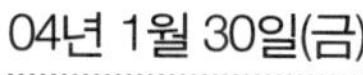

구청에 보직 발령 요구 및 출근 의무여부 확인에 대한 답변을 요구하는 문서를 접수하다

여전히 출근시간대에 맞춰 구청으로 출근을 했다. 총무과장과 인사팀장을 만났으나 그들은 소청인에게 타 구로 갈 곳을 결정해서 동의서만 써주면 문제가 해결이 되는 게 아니냐면서 동의서를 빨리 써줄 것을 계속 종용(慫慂)을 한다. 아직까지도 그들과의 시각차는 여전하다.

소청인은 이를 단호히 거부하고 구청에서 하고 싶은 대로 마음대로 하라면서 구청을 나왔다. 그리고 구청을 나오기 전 또 하나의 문서를 구청에 접수시켰다. 이제는 모든 상황이 순리적으로 풀릴 것 같지를 않아 그들과 맞서 계속 투쟁할 준비를 하는 것이며 만약에 이러한 문제가 순리적으로 풀리지 않을 경우 법정으로 비화시킬 경우를 대비하여 근거를 남기기 위한 과정인 것이다.

　　수신 : 강남구청장

　　참조 : 총무과장

　　제목 : 전출·입 명령 취소에 따른 보직 발령 요구 및 출근 의무여부 확인
　　　　　에 대한 답변요구

라는 제하에 요지는 지난해 9월 25일자 일방적인 전출 명령에 불복하

여 소청을 제기하고 소청에 이겨 강남구로 복귀가 되었음에도 불구하고
보직 발령을 주지 않은 바 하루속히 보직 발령을 내 달라는 요청과 설날
명절에 보너스(bonus)는 고사하고 월급도 주지 않은 그러한 사태에 책임
을 져야 하며 이러한 상황이 계속될 시 사회적으로 크나큰 문제가 발생할
수도 있음을 통고하는 내용과 보직을 받지 못함으로 인해 출근할 곳이 없
는 바 출근을 해야 하는지 하지 않아도 되는지의 여부를 답변해 달라는
내용이다.

　　　＊ 전출·입 명령 취소에 따른 보직 발령 요구 및 출근 의무여부 확인에 대한 답변요구, 제
하의 문서내용 첨부자료 참고요.

수신 : 강남구청장

참조 : 총무과장

제목 : 전. 출입 명령취소에 따른 보직 발령 요구 및 출근
의무 여부 확인에 대한 답변요구

　　　1. 인사 12110-55(2004. 1. 8)호 및 2004년 1월 17
일 보직요구 서류접수와 관련사항 입니다.

　　　2. 본인은 2003년 9월 25일자로 강남구청장의 전
출명령과 서울시장의 전입명령에 의하여 한강시민공원사
업소 공원이용과장으로 전보발령을 받은 후.

　　　3. 이러한 전보명령에 대하여 불복 10월 22일 소
청을 청구하였고 본 소청에 대한 청구사건은 12월 22일
이를 각 취소한다는 결정이 났고 결정문도 받은바 있으며
강남구를 비롯한 9개 해당 기관에 기 히 통보가 되었음은
주지의 사실입니다

　　　4. 이에 따라 소청인(정종철)인 본인에게 취한 전
보명령은 2003년 9월 25일 동일 자로 강남구청장의 전출
명령 과 서울시장의 전입명령 및 한강시민공원사업소 전
보발령을 동일 자로 취소하였음에도 불구하고 귀 구청에
서는 그 동안 전입명령을 거부하고 보직발령을 할 수 없
다고 공언을 하고 있으며 현재도 그 상태가 23일째 계속

되고 있습니다.

　　　5. 그후 본인은 2004년 1월 16일 11시 10분경 구
청장님을 직접 면담하고 본인이 구청장님께 근무할 수 있
는 자리를 마련하여 주실 것을 건의한바 청장님께서는 총
무과장에게 절차를 밟아 단계적으로 올라올 수 있도록 하
라는 지시를 총무과장에게 전하라는 말씀을 하셨으며

　　　6. 동 지시에 따라 본인은 즉시 총무과장에게 본
지시사항을 직접 알렸고 수행비서(행정 6급 옥종식)도 본
인에게 지시한 사항의 내용을 직접 듣고 같이 총무과장에
게 이제 직접 개입을 해서 해결책을 강구하셔야 될 것 같
습니다 라는 말을 직접 총무과장에게 전한 바 있음에도
불구하고

　　　7. 이러한 상황은 23일이 지난 현재까지도 이러한
보직발령을 주지 않고 어떻게 하겠다는 언질도 없이 본인
은 1월 8일 부터 기약도 없이 낭인신세가 되어 거리를 헤
매고 있는바 이러한 본인에게 원래의 직위 또는 근무상태
가 원상태로 조속히 회복 정상적인 근무상태로 돌아갈 수
있도록 조치하여 주시기를 희망하오니 즉시 후속조치를
하여 주시기 바랍니다

　　　8. 또한 본인은 보직이 없는바 출근할 곳이 없어
1월 9일부터 임시로 총무과로 출근을 하고 있으나 원만한
근무에 임할 수 없어 본인에 대한 출근의무가 있는지 없

는지도 잘 알지를 못하고 있어 이 에 대한 확실한 답변도
조속히 하여 주도록 1월 17일 구청 민원봉사과에 본 문서
를 접수한바 있으나 현재까지도 답변이 없어 이를 재차
촉구하오니 1월 31일까지 답변하여 주시기 바라며 만약
이에 대한 답변이 없을 시 본인의 출근에 대한 의무가 없
는 것으로 간주 처리하고 임의대로 출근할 것임을 밝히오
니 참고하여 주시기 바라며

9. 아울러 본인에 대한 강남구청의 미 전입 조치
와 미 발령에 의한 무 보직상태의 낭인으로 전락이 되어
법적으로 신분이 보장된 엄연한 직업공무원임에도 불구하
고 대한민국 헌정사상 현직공무원이 생존권유지를 위한
최저생계비인 봉급마저도 받을 수 없는 초유의 사태가 발
생할 막대한 위기의 상황에 처해 있으며

10. 지나간 설날 대 명절에도 봉급은 물론 수당한
푼 받지 못하고 넘어가는 비참한 생활이 계속되고 있음을
감안하여 본인이 공무원으로서의 임무를 수행할 수 있도
록 조속히 배려 조치하여 주시기 바라며 이를 해결하여
주지 않을 시 본인가족의 생계유지와 생존권유지에도 심
대한 타격을 받을 우려가 있고 이는 자칫 가족의 생계문
제로도 연결이 되어 심대한 사회적인 문제로도 비화될 수
있는 소지도 있는바 이에 대한 대책이 절실함을 호소하오
니 이의 해결을 위하여도 하루속히 안정적으로 근무할 수
있도록 보직발령을 하여 주시기 바랍니다

11. 만약 이러한 본인의 요구사항이 있었음에도
불구하고 이를 미 이행하여 향후 이러한 사유로 분쟁의
발생이나 사회적으로 크나큰 문제가 야기될 시 이에 대한
전적인 책임은 강남구청에 있음을 적시하오니 양지하여
주시고 참고하여 주시기 바라며 이러한 사태까지 가지 않
도록 노력을 하여주시길 바라며

12. 이러한 본인의 요구사항을 2003년 1월 31까지
Fax 답변을 하여주시기 바랍니다. 감사합니다.

2004년 1월 30일

경기도 성남시 분당구 야탑동 335

○○○○아파트 ○○○동 ○○○호

위 본인(소청인) : 정   종   철

Fax 연락처 : 3780 - 0781

H모 주임에게서 만나자고 하는 연락이 와서 은행일도 볼 일이 있는 바 겸사겸사 삼성동 오천주유소 건너편에 있는 제일은행 창구에서 그를 만났다.

그는 지금 구청에서 벌어지고 있는 내가 알지 못하는 또 하나의 새로운 사실을 알려주었다. 그것은 총무과장이 최종 승진 결재가 났으니 아마도 1~2주 안에 교육을 갈 거라면서 그렇게 되면 주범은 쏙 빠져버리고 K모 인사팀장과 과장님 둘만 남아서 더구나 고향 사람들끼리 남아서 계속 싸울 것 같다는 귀띔을 해 주면서 과장님은 이러한 상황을 아시고 비장(秘藏)의 카드(card)를 가지고 싸워야 한다고 했다.

그와 헤어진 이후 중식시간이 되어서 인사팀장과 같이 점심식사를 하게 되었다. 식사 후 차를 마시면서 인사팀장 하는 말이 잘못하면 자기가 책임을 지고 자리를 물러날 것 같으니 자기를 좀 봐줄 수 없겠느냐고 한다.

소청인은 인사팀장에게 그것은 팀장의 입장에서 하는 말이고 만약 내가

여기서 물러나게 된다면 명분(名分)도 실리(實利)도 다 잃게 되는 그러한 결과가 되는 바 그렇게 되면 나는 이제 완전히 두 번 죽는 바보가 될 수밖에 없지 않느냐는 말을 하면서 더 이상 물러설 곳이 없음을 이해해 달라고 했다.

총무과로 들어와 총무과장과 같이 부구청장을 면담하려고 했으나 재건축 문제로 많은 민원인들이 집단으로 몰려와 농성을 하고 있는 관계로 면담을 못하고 총무과장과 다시 이야기했다. 그는 또다시 소청인에게 다른 곳으로 가겠다는 동의서만 먼저 써주면 발령을 내주겠다는 말을 했다.

소청인은 그렇게 할 수 없다고 하고 정도(正道)로 일을 풀어야 해결이 되는 것이니 이제 사술(詐術)은 그만 쓰라면서 계속 이런 식으로 한다면 더 이상 만날 필요가 없다고 했다.

한강시민공원사업소 전 사무실로 가서 곰곰이 생각을 했다.

이제 더 이상 기다릴 수 있는 시간도 여유도 없다. 조금 있으면 주범은 사라져버리고 객들끼리만 즉 피해자들끼리만 남아서 싸우게 되지 않나 하고 생각을 하니 한심한 생각이 들었다.

총무과장에게 전화를 걸어 이제는 더 이상 기다리지 않겠다고 하니 그는 이때까지도 참았으니 인내를 가지고 조금만 더 기다려 달라고 한다.

소청인은 더 이상은 못 참는다, 못 기다리겠며 강남구청을 융단폭격(絨緞爆擊)하겠다고 하니까 융단폭격! 융단폭격이 거 무슨 소리냐고 한다. 소청인은 무슨 소리가 무슨 소리야 그 말뜻도 못 알아듣는다는 거야. 모든 수단을 총동원하겠다는 뜻으로 알아들으라고 하고 전화를 끊었다.

그리고 정리해 놓은 보직 발령을 요구하는 내용과 출근의무 여부를 답변하라는 내용의 문건을 구청에 발송하고 난 후 즉시 기자회견이나 신문사에 배포할 내용의 글을 다시 쓰기 시작했다. 소청인은 될 수 있는 대로 동정심이 가게끔 리얼(real)하게 문구(文句)를 쓰기로 마음먹고 그러한 방향으로 문구를 잡아나가기 시작했다.

글을 쓰기 시작하니 또다시 눈물이 나오려고 하고 조금씩 눈물이 나오기 시작했으나 억지로 참으면서 글을 쓰기 시작했다. 저녁 늦게까지 계속 쓰면서 어느 정도 초안(草案)을 잡았다.

그리고 정신을 가다듬기 위해 잠시 쉬고 있는데 밤 9시 반경에 연락도 없이 K모 인사팀장과 H모 주임이 한강사업소 사무실로 찾아왔다. 그들은 최종적으로 소청인의 의사를 다시 한번 떠보려고 찾아와서 소청인에게 강남을 떠나줄 것을 한번 더 부탁을 한다고 권유(勸誘)를 하면서 강남을 떠나줄 것을 간청한 것이다.

세 사람 모두가 같은 고향이라서 참으로 난감(難堪)했지만 소청인은 여기서 밀리면 더 이상 설 곳이 없다는 마음으로 입장을 정리하고 그들에게 내가 두 사람을 원망할 생각은 조금도 없으며 그리고 현재 처해 있는 내 입장이 어찌할 수가 없지 않느냐면서 강남을 떠날 수 없음을 이해하고 그렇게 알아 달라고 했다.

집사람이 기도원에서 밤 11시경에 서울에 도착한다는 연락이 와서 H모 주임 차를 타고 셋이서 테헤란로 대치동 강남교회 입구에서 10시 45분경 집사람을 만나 분당까지 택시를 타고 집에 왔다.

집에 오는 도중에 집사람은 또다시 소청인에게 강남을 떠나라면서 내 문제를 가지고 거론하기 시작한다. 집사람의 하는 말이 구청에서 당신을 그렇게도 싫어하는데 어떻게 그 사람들의 눈총을 받아가면서까지 왜 굳이 강남에서 꼭 근무를 해야만 할 이유가 없지를 않느냐! 나 같으면 치사(恥事)해서라도 강남을 떠나겠다고 하면서!

그리고 당신에게 공무원을 아주 그만두라고 하는 것도 아닌데 왜 그렇게 고집을 부리느냐면서 강남을 떠나라고 하는 등 집에 와서 또다시 옥신각신 한바탕 부부싸움을 하고야 말았다.

소청인 최종 결심을 하다

오늘은 아예 구청으로 출근을 하지 않고 11시경 한강시민공원사업소 전 근무처 사무실로 출근을 했다. 이제는 상황이 더 이상 기다릴 수 없는 그러한 막판까지 몰린 것 같다.

참으로 구청의 하는 태도가 너무나 괘씸하기 짝이 없고 기분도 좋지를 않았다. 그렇다고 하여 막가파식으로 나갈 수도 없고 지금까지 꾹 참아온 것이 사실인데 소청인을 너무나도 우습게 본 것 같다.

소청인은 이제 더 이상 참을 수 없는 상태에 이르러 모든 가능성을 열어 놓고 검토를 할 수밖에 없는 그러한 최악의 상황까지 온 것이다.

사무실에 들러 H모 주임과 전화를 했다. 이제는 최후 수단으로 먼저 K모 구청장에게 편지를 쓰기로 했다. 편지를 쓴다고 해서 눈 하나 깜짝도 하지 않을 사람으로 생각을 하고는 있지만 그래도 소청인의 입장에선 할 수 있는데까지 인내를 하고 도리를 다 할 생각이다.

내용은 소청인을 위법하게 서울시로 전보 명령을 한 인사 내용과 그 후 소청을 제기해 승소를 하고 강남으로 복귀했음에도 불구하고 발령을 내주지 않는 구청의 위법한 처사 소청에 이기고 난 후 가능한 강남을 오지 않으려고 나름대로 노력한 내용, 그러나 불가피하게 강남으로 다시 올 수밖에 없었던 몇 가지 사실을 구체적으로 열거(列擧)하고 구청의 소청인에 대한 섭섭한 감정과 이번 일이 너무나 억울하다는 등 모든 심정(心情)을 있는 그대로 쓸 예정이며 지금까지 있었던 일련의 사태들을 구청장에게 사실대로 보고하지 않고 왜곡(歪曲)되게 보고한 K모 총무과장에게 책임이 있다는 것을 적시할 것이며 아무런 잘못도 없는 직업공무원에 대해 봉급을 지급치 않는 그러한 위·불법적인 행위의 사례와 그렇게 한다고 해서 결코 물러날 소청인이 아니며 이제 더 이상 물러서지도 않고 물러설 곳도 없으니 하루 빨리 발령을 내 달라는 주장과 그렇게 함에도 불구하고 구청의 태도가 변하지 않는다면 이제는 더 이상 순리대로 하지를 않고 최후의 결심을 하겠다는 그러한 내용으로 쓸 예정이다.

G구 B모 과장과 또 다른 G구 J모 과장이 전화를 걸어와 그간의 경위와 현재까지의 상황에 대해 설명을 하자, 상식적으로는 도저히 이해가 되지를 않는다면서 해도 너무하는 게 아니냐고 동감을 표시한다.

퇴근 무렵에 S구 G모 동장과 J구 K모 팀장이 찾아와서 소청인이 가지고 있는 그동안의 유인물을 보고 도와주겠다고 어느 정도 조언을 해 주었으나 큰 도움이 될 만한 별 내용이 없었다.

이제는 모든 상황을 최악의 상태로 보고 저녁식사 후 언론사에 보낼 문안에 대해서도 나의 지금까지 있었던 상황을 위에서 구상한 내용 그대로 호소문 형식으로 작성하는 내용을 어느 정도 마무리를 했다.

요즘 이 문제로 계속 신경을 쓰다 보니 심신이 지칠 대로 지쳐 있어 너무나도 피곤하고 신체가 정상이 아닌 것 같으나 그러나 이 길 외에는 다른 방법이 없으니 어떻게 할 도리가 없는 것이다.

제3부

타 구로 갈 수밖에 없는 비관적인 처지에 놓이다

언론사 기자들에게 드리는 호소문과 구청장에게 보낼 편지 작성을 완료하다

오늘은 주일이라 교회를 다녀온 즉시 점심식사를 간단히 마치고 한강시민공원사업소 전 사무실로 향했다. 그것은 전 사무실로 가야만이 컴퓨터 프린터(computer printer) 등 워드(word) 작업을 하는 기자재가 완벽하게 갖추어져 있는 바 작업을 하는데 용이하기 때문이다.

그리고 내 자신이 1월 31일까지 모든 것을 참고 기다리기로 마음을 먹고 있었으나 디데이(D-day)가 이미 훌쩍 넘어갔으니 이제는 어쩔 수 없이 최후의 비상수단을 쓸 수밖에 없는 것이다. 비상수단의 일 단계 조치로 먼저 각 언론사에 보내거나 제출할 호소문을 작성하고 구청장에게 보낼 편지의 문안도 작성을 하기 시작한 것이다.

먼저 각 언론사에 보낼 호소문을 작성하기 시작했다. 내용은 '기자 여러분께 드리는 호소문'이라는 제하에 지금까지 강남구에서 본인에게 위법하게 대한 내용의 사실 그대로를 장문의 서술식으로 작성했다.

기자 여러분께 드리는 호소문

기자 여러분 안녕하십니까?

본인은 강남구 의회 전문위원으로 근무 중 2003년 9월 25일 강남구청장의 전출 명령과 서울시장의 전입 명령에 의해 한강시민공원사업소 공원 이용과장으로 보직 명령을 받은 바 있는 5급 지방행정 사무관 '정종철' 입니다.

당초 본인은 본 전보 명령에 대한 위법성을 지적하고 이러한 발령을 하지 말 것을 강남구청 및 시청 인사담당자와 책임자를 차례로 만나 호소를 하고 간청을 했던 것입니다.

그러나 이러한 본인의 간청에도 불구하고 강남구와 서울시에서는 위법성이 없다는 이유로 본인의 전보 명령은 끝내 이루어지고 만 것입니다.

본인은 이에 불복을 하고 작년 10월 20일 소청을 제기했으며 서울시 소청심사위원회에서는 12월 22일 본인의 소청 제기에 이유가 있다고 저의 청구를 인용결정(승소 판결)으로 받아들여진 것입니다.

또한 동 소청 결과에 대해 지난해 12월 24일 연합뉴스와 헤럴드경제 12월 25일 대한매일과 한겨레신문, 시민일보 등 여러 신문사에서 '지자체공무원 본인 동의 없으면 무효 또는 지자체 인사권 남용 제동'이라는 제목으로 이미 크게 보도가 된 사실을 기자 여러분께서는 잘 알고 계시리라 믿습니다.

그리고 본 소청심사 결과에 따라 2003년 9월 25일자로 강남구에서 서울시로 전입 명령된 본인에 대한 전보 명령은 2003년 9월 25일 즉 동일자로 소급 취소한다는 문서를 2004년 1월 8일 서울시와 강남구를 비롯한 전 해당기관에 시달(示達)한 바 있습니다.

본 소청 결정은 처분청을 구속하는 기속(羈束)행위임에도 불구하고 강남구청은 내부방침으로 소청인을 받아주지 않기로 결정을 했다는 등 또는 구청장이 발령을 안 내면 그만이라는 등 법과 논리에 맞지 않는 주장을 계속하면서 한 달여가 다 지난 현시점까지도 발령을 내주지 않고 있으며 또 언제 발령이 날지도 모르는 그런 막연한 상황에 놓여 있는 것입니다.

또한 본 전보 발령 인사에 대해 이를 최종 승인하고 결재해 이러한 문제를 발생케 한 최고 결재권자인 부구청장이 우리는 내부방침으로 당신을 받아주지 않기로 했으니 소송을 하든지 무엇을 하든 마음대로 하라면서 강남구에 오지도 말라고 하고 있습니다.

그리고 이러한 위법한 인사를 계획하고 총괄한 책임자의 한 사람인 총무과장은 서기관으로 승진이 되어 곧 교육파견 명령을 기다리고 있는 중에 있습니다.

기자 여러분, 이럴 때에 본인은 어떻게 해야 할까요?

본인에 대해 한마디 상의나 동의 절차가 없었음에도 불구하고 마치 본인이 서울시 전출에 동의하고 희망하는 것처럼 허위문서를 작성 제출하여 본인을 전출시킨 행위는 형사범에 해당이 되는 중대한 문제입니다.

그럼에도 불구하고 이러한 계획을 수립하고 시행한 책임자는 승진을 시키고 영전을 시킨다는 것은 정의사회(正義社會)에 반하는 반인륜적(反人倫的)인 행위임에도 불구하고 강남구에서는 이런 행정이 공공연히 자행(恣行)되고 통용(通用)되고 있는 것입니다.

본인은 지난 21일부터 우리나라 최대 명절인 설날 연휴가 다가왔음에도 불구하고 설날 보너스(bonus)는커녕 당연히 받아야 할 봉급과 수당 한 푼받지를 못하고 즐거워야 할 설날을 가족들과 함께 쓸쓸하게 맞이하는 그러한 슬픔을 겪었습니다.

이번 사태로 저의 집사람은 금식기도원에 가서 해결이 될 때까지 오지 않겠다고 연락을 두절하고 새벽부터 출근하는 아이들을 제대로 식사 한번챙겨주지도 못하는 한 가장의 비애(悲哀)를 한번 생각해 보시기 바랍니다.

기자 여러분, 본인은 만 36년 동안 서울시에서 근무를 했으며 22년 동안강남구에서만 계속 거주를 했고 16년 동안을 강남구청에서 계속 근무를했습니다.

그러한 본인은 누가 뭐라고 해도 강남구가 제2의 고향이고 연고지인 것입니다. 그러한 연고지에서 아무런 잘못도 없이 특정인을 위해 더구나 우리나라 최고 권력기관인 ○○○○의 친형을 전입시키기 위해 사전에 정지 작업을 하고 본인을 방출시키기 위해 수단과 방법을 가리지 않는 갖은 모략(謀略)을 총동원해 본인에 대한 뒷조사를 했으나 아무런 비리(非理)나 문제점을 발견하지 못하자 중징계를 줘야 마땅하나 본인의 명예를 위해서 훈계를 줬다면서 마치 절대 권력자가 특별사면(特別赦免)이나 은전(恩典)을 베푸는 양 인심을 쓰는 척하고 생색(生色)을 내면서 서울시로 전보 명령을 한 것입니다.

본인은 전보 명령이 있기 2일 전 강남구와 서울시 해당 간부들에게 이러한 인사 발령은 위법하니 이의 중단을 요구하고 이러한 계획을 중단한다면 본인이 1개월 이내에 스스로 강남을 떠날 테니 그때까지만 참아 달라고 호소를 하고 정식문서로 이의를 제기하고 본인이 마치 무슨 큰 잘못을 저지르고 쫓겨가는 그러한 인상은 보여주기 싫다고 사정을 하면서 한편으로는 그래도 계속 전출 명령처분을 한다면 이에 대한 불복은 물론 정정당당하게 행정소송으로 맞서겠다고 했으나 강남구나 서울시에서는 법상 아무런 문제가 없다고 전보 명령을 단행한 것입니다.

기자 여러분, 본 건은 이미 결론이 난 것입니다.

법조계의 권위 있는 전문가와 서울시 해당국장들로 구성된 서울시 소청심사위원들이 한자리에 모여 본인과 강남구·서울시의 주장과 변론을 청취하고 심의한 후 저의 주장이 옳았음을 인정, 본인의 소청심사청구에 대해 이를 인용결정하고 강남구청장의 전출 명령과 서울시의 전입 명령은 위법하다고 이를 각각 취소한다는 인용결정 즉 본인에게 승소 판결을 내린 것입니다.

이에 따라 서울시는 지난 1월 8일자로 본인에 대해 단행한 2003년 9월 25일 있었던 인사 명령을 9월 25일 동일자로 소급(遡及)해 취소 발령을 한 것입니다.

그럼에도 불구하고 강남구는 이를 인정치 아니하고 본인에게 먼저 강남구를 떠나겠다는 동의서를 제출하라고 강요(强要)를 하면서 발령을 내주지 않고 계속 버티고 있으며 갈 곳이 없는 본인은 낭인(浪人)의 신세가 되어 이 곳저곳을 헤매고 있는 중입니다.

이에 따라 신분이 보장된 대한민국 공무원으로서 본인이 아무런 잘못이 없음에도 불구하고 당연히 받아야 할 보직과 급여를 받지 못하는 대한민국 헌정사상 유래가 없는 현직 공무원이 봉급을 받지 못하는 초유(初有)의 사태가 발생한 것입니다.

기자 여러분, 본인은 행정법을 배우면서 봉급은 본인도 포기(抛棄)할 수 없는 공권(公權)이라고 배웠습니다. 본인은 이러한 공권(公權)이 작위(作爲)에 의해 강제로 침탈(侵奪)당하고 언제 풀릴지도 모르는 기약 없는 나날을 보내고 있으며 행복해야 할 가정이 한순간에 긴장과 위기에 몰려 부모와 자식들 간에 제대로 말도 못하고 서로가 서로의 눈치만을 살피면서 살아야 하는 현실이 오늘날 선진 강남, 민주 강남을 부르짖고 우리나라 최고 기초자치단체라고 자타가 공인하는 강남구에서 백주(白晝)에 자행(恣行)되고 있다는데 대해 분노와 서글픔을 갖지 않을 수 없는 것입니다.

공무원에 대한 급여는 생존을 위한 최저 생계비임에도 불구하고 고의적으로 발령을 내주지 않고 고사작전(枯死作戰)을 쓰고 있는 바 이러한 일은 개인이 출자를 해서 운영하는 영업사주나 개인사업체에서도 할 수 없는 일을 우리나라 최고 지방자치정부인 강남구에서 공공연히 벌어지고 있는 현실입니다.

그러나 본인은 이에 결코 굴하지 않을 것임을 선언합니다.

이 자리를 빌어 K○○ 구청장께 감히 권고합니다. 제발 이제 본인에 대한 편견(偏見)을 버리시고 즉시 근무할 수 있도록 보직 발령을 해 주시기 바랍니다. 지방자치 행정을 강화한다는 참여정부의 행정목표가 이러한 식으로 정책을 추진하라고 하지는 않았을 거라고 감히 주장을 하고 싶습니다.

그리고 지방자치단체를 감시 감독하는 국가 최고행정기관이나 사정기관 책임자 여러분께 호소하고 부탁을 드립니다. 힘없는 일개 공무원의 이러한 바탄(悲嘆)에 찬 본인의 호소를 경청해 주시고 저의 사태가 하루빨리 해결이 될 수 있도록 즉각 개입을 해 이러한 위법이 즉시 시정이 될 수 있도록 해 주시기를 호소합니다.

본인은 당초 소청심사위원회 마지막 진술에서 지방자치단체장들이 선거로 당선이 되었다는 정무직(政務職) 공무원임을 기화(奇貨)로 인사전횡을 하여 많은 직업공무원들이 말도 못하고 본인의 의사에 반하여 보따리를 싸들고 피눈물을 흘리면서 초라하게 황급히 쫓겨가는 이러한 사례는 본인이 마지막이 되기를 호소하면서 앞으로는 이러한 사례가 없게 하기 위해 만난(萬難)을 무릅쓰고 소청(訴請)을 제기했다고 한 바 있습니다.

그러나 본인이 소청에 이겼음에도 불구하고 부딪치는 현실을 볼 때 감히 일 개인이 조직에 항거(抗拒)한다는 자체가 정당한 행위임에도 불구하고 이렇게도 어렵고 고통스러운 일인가 하고 현실이 이러할진대 어느 누가 감히 이러한 높은 공권력(公權力)에 도전을 할 수가 있겠는가 생각하고 스스로 자괴심(自愧心)을 느끼고 있습니다.

제발 본인의 이번 사태를 조속히 그리고 조용히 원만하게 해결이 되어서 둥지를 틀고 안락한 생활을 하고 싶다는 말을 하고 호소하오니 경청하여 주시기 부탁드립니다. 감사합니다.

2004년 2월   일
위공무원(소청인) 정 종 철

＊각 언론사 기자회견 예정인 회견문 내용 끝.

소청인은 이 호소문을 가지고 일정을 정해 시청 기자실에서 회견을 하거나 자료를 배포할 예정으로 준비를 한 것이다.

　호소문 내용은 소청인의 소청 결과 서울시 발령이 있었던 2003년 즉 작년 9월 25일 동일자로 발령이 취소되어 금년 1월 8일자로 강남구로 복귀가 되었음에도 불구하고 고의적으로 발령을 내주지 않고 있으며 2004년 즉 금년 1월 봉급 지급 날짜와 설날 명절이 벌써 지났음에도 불구하고 또 정상적으로 지급할 수 있는 1월분 봉급명세서를 정당한 사유 없이 고의로 삭제(削除)하여 설날 보너스(bonus)는 물론 심지어 봉급까지도 지급을 하지 않고 아무런 잘못이 없는 현직 공무원에 대해 헌정사상 처음으로 봉급을 주지 않는 그러한 중대한 불법행위와 횡포를 자행하고 있다는 내용과 봉급을 받지 못함으로 인한 가정의 경제적인 어려움과 마음이 편치 않는 가족의 동정과 가장으로서의 인간적인 고뇌, 그리고 봉급은 본인도 포기할 수 없는 공권임에도 불구하고 권력적 작용에 의해 위법하게 봉급을 지급치 않는 위법성 등을 담는 내용으로 A4 용지 약 7페이지(page)에 달하는 호소문을 작성하고 난 후 다음은 구청장에게 보낼 편지를 작성하기 시작했다.

　제목을 '존경하옵신 K○○ 구청장님' 으로 시작을 해 쓴 편지 내용은 소청인에 대한 강남구청의 행태가 위법하다는 내용과 또 소청인은 이번 일에 대해 너무나도 억울하다는 내용, 그리고 금번 소청인의 인사에 대해 총무과장이 구청장께 거짓 보고 또는 왜곡되게 보고를 했다는 내용 등으로 A4용지 10페이지 3부와 기자들에게 제출할 호소문은 A4용지 7장에 30부를 공감이 갈 수 있도록 나름대로 리얼(real)하게 쓰겠다고 생각한 관계로 구청장과 기자들 양측에 쓰는 문안작업을 마치고 집에 도착하는데 저녁 11시 30분이 되었다.

　＊구청장에게 전달된 다음 편지 내용 참고요.

존경하옵신 K○○ 구청장님.

그동안 안녕하셨습니까? '정종철' 입니다.

이렇게 청장님께 편지를 쓰려고 하니 참으로 왠지 모르게 두렵고 떨리는 군요. 저로서는 청장님을 항상 경외(敬畏)로운 분으로 생각하고 있었기 때문입니다. 그럼으로 이 편지를 과연 꼭 써야 되는지 아닌지를 망설이면서 그러나 할 수 없이 이렇게 쓰는 것을 이해해 주시기 바랍니다.

그리고 저는 지금까지 저에 대한 문제를 가지고 과연 아래 사람들이 청장님께 사실대로 보고를 드렸는지 왜곡(歪曲)되게 보고를 드렸는지 궁금하여 실상을 알고 계시라는 그러한 심정에서 편지를 쓰고 있으니 너그럽게 받아주시기 바랍니다. 저는 솔직히 그동안 청장님께 섭섭함을 느끼면서도 최근에 두 가지 고마운 마음을 가졌다는 것을 말씀드리고자 합니다.

첫째는 제가 무역협회를 방문한 사실에 대해 물론 저는 거기에 부끄러운 점 하나도 없다는 사실이 이미 밝혀진 것으로 알고 계시리라 믿습니다만 그 후 도시관리공단 K모 부장의 딸 결혼식장인 LG아트센터(art center) 에서 청장님을 뵈었을 때 크게 꾸지람을 들을 각오를 하고 청장님께 인사를 드렸던 것입니다. 그러나 의외로 저에게 등을 두드려 주시면서 걱정을 하지 말라고 하시고 아래서 보고가 올라왔기 때문에 할 수 없이 사인(sign) 을 했다고 하시면서 격려를 해 주심에 대해 첫 번째 고마움을 느꼈습니다.

두 번째는 지난 1월 16일 11시경 청사계단을 내려가려고 할 때 청장님과 마주쳐서 제가 곧장 청장님 사무실을 따라 들어가 인사를 드렸을 때 저는 사실 크게 노(怒)하실 것을 각오했으나 의외로 담담하게 대해 주신데 대해 고마움을 느꼈던 것입니다.

그리고 저는 다시 한번 말씀드리지만 무역협회에 가서 구청이나 청장님 께 누(累)를 끼칠만한 그러한 행동이나 말을 한 적이 절대로 없다는 것을 밝혀드리는 바이며 아마도 이러한 사실은 청장님께서도 잘 알고 계시리라 믿습니다.

그럼에도 불구하고 지난해 9월 25일 서울시 발령 때 제가 마치 무역협회 방문한 사실을 가지고 무슨 비리(非理)나 있는 것처럼 누명(陋名)을 씌우고 그것을 빌미로 전출시킨 것으로 알았고 저는 그 점에 대해 너무나 억울해 하고 있었던 것입니다.

그러나 그 후에 저를 전출시킨 목적이 특정인(特定人)을 전입시키기 위한 목적을 가지고 저를 희생양으로 삼았다는 것을 그 후에야 알게 되었습니다. 여기에 대해서는 청장님께서 너무나도 잘 알고 계시기 때문에 구체적인 언급을 하지 않겠습니다.

저는 저를 전출시키려는 그러한 사실을 9월 23일에 알았으며 제가 이에 대한 이의를 제기하며 이러한 발령은 위법하니 취소하라고 서울시와 강남구 양측에 구두와 서면으로 요구를 했으며 그래도 강행을 할시 법정으로 비화(飛火)시키겠다는 의사를 분명히 밝힌 바 있습니다.

그러나 서울시와 강남구에서는 본인의 동의를 받지 않는다 해도 법상 아무런 문제점이 없다고 큰소리치면서 강행한 결과 이러한 사태가 발생한 것입니다.

서울시에서는 제가 계속 항의를 하니까 구청의 철회문서만 받아온다면 발령을 취소해 주겠다고 하여 이를 구청 측에 요구했으나 거절을 당했습니다. 저는 또한 구청 측에 그렇다면 내 자신이 알아서 강남을 스스로 떠날 테니 1개월만 말미를 달라고 사정을 했으나 그것도 거절을 당한 것입니다.

이러한 사실은 K○○ 총무과장, N○○ 행정관리국장, K○○ 부구청장이 다 알고 있는 사실이며 그리고 청장님께서도 아마 틀림없이 보고를 받으셨을 줄로 믿고 있습니다.

저는 끝내 발령을 받고 눈물을 흘리면서 강남을 떠난 것입니다. 그리고 기약도 없이 강남을 떠나는 마지막 발령장이기에 당연히 수뇌부에서 줄 것으로 기대를 했으나 누구 하나 쳐다보지도 않고 인사팀장이 던져주듯 하는 발령장을 건네받으면서 강남을 떠났습니다.

저는 바쁜 업무를 수행하면서 소청자료를 만들고 지난해 12월 22일 소청심사위원회에서 강남구와 서울시의 합작품인 전보 명령의 위법함을 주장하고 변론해 제가 청구한 소청심사청구가 받아들여져 인용결정(認容決定) 결과가 나온 것입니다.

그리고 그러한 사실이 연합뉴스 외 몇 개 신문에 보도가 되고 또 여러 개 신문사에서 저에게 많은 전화가 걸려왔으나 앞으로 내가 강남구청에 근무하게 될 것이니 기사화하지 말아 달라고 부탁까지 한 사람입니다.

저는 처음 뉴스(news)에 난 사실을 알지도 못하고 그때 한강둔치에 급한 민원이 있어 현장에 있었는데 K모 인사팀장이 연합뉴스를 보았느냐고 연락이 와서 그때서야 비로소 알고 급히 사무실로 들어왔습니다.

저는 또 제가 소청에 이긴 후 사는 곳이 분당(盆唐)인 관계로 친구인 S구 J모 행정관리국장에게 달려가 이제는 명예가 회복되었으니 근무할 수 있는 자리를 좀 봐 달라고 부탁하자 시청으로 갈 의향이 있는 모 사무관에게 전화를 걸어 자리를 바꾸자고 까지 했으나 해당되는 사람이 특정한 자리까지 거론하며 거기 아니면 안 가겠다고 하는 바 그 다음 시내 J구 K모 부구청장님을 찾아가 사정 이야기를 한 바 지금 여기 구청에서 서울시로 가려고 하는 사람이 없는데 하면서 그래도 강남에는 안 가는 게 좋겠다는 말씀을 하시는 바 저도 그래서 이렇게 왔노라고 하니까 지금 있는 곳의 C모 소장님도 좋은 분이니 차라리 한강사업소에 그대로 근무하는 게 좋겠다고 해 알겠다고 하고 부구청장님과 헤어진 사실까지 있습니다.

그리고 그보다 먼저 지난 1월 8일 본 소청 결과 내용이 전자문서에 게재가 되고 소장님이 저를 불러 선람(先覽)을 하기 전 먼저 문서를 보여주시면서 앞으로 어떻게 할 거냐고 묻기에 저는 이제 명예도 회복이 되었고 강남구에 가게 된다면 피차 입장이 곤란할 것 같으니 소장님만 싫다고 하지 않으신다면 가능한 그대로 있는 방향으로 검토를 하고 전출동의서를 써주겠다고까지 했습니다.

소장님께서도 잘 생각했다고 하시면서 즉시 시청 K모 행정관리국장에게 전화를 걸어 내 문제를 거론하면서 열심히 일 잘하는 사람이라고 하시면서 지난번엔 본인과 상의도 없이 억지로 밀어내서 자존심(自尊心)도 상하고 기분도 나쁘고 해서 소청을 제기했는데 이제 명예도 회복이 되었으니 동의서를 써주겠다고 하니 다시 이곳으로 다시 발령을 내 달라고 하자 시청 국장도 그렇게 하는 방향으로 하자고 긍정적으로 대답을 했으나 몇 시간 후 이를 번복하고 거절을 해 불가피하게 강남으로 올 수밖에 없었던 것입니다.

저는 이렇게 소청이 끝나자마자 일하다 말고 보따리 싸들고 강남으로 달려온 것이 아니며 저 나름대로 강남을 피하려고 노력을 한 사람입니다.

그러나 이제는 서울시와 강남구 양측에서 저를 궁지로 몰아넣어 더 이상 갈 곳도 없고 시간이 지났기 때문에 당연히 강남에서 발령을 내줘야 된다고 생각합니다.

저는 1월 9일 K○○ 부구청장에게 인사를 하러 갔습니다. 그러나 부구청장은 손사래를 치면서 당신은 우리 구 방침에 의해 받아주지 않기로 했으니 당신 마음대로 하라고 하더군요.

저는 부구청장에게 당당하게 따지고 대들었습니다. 엄연한 법이 있거늘 방침으로 받고 안 받고 할 수 있느냐고 하니까 당신 법 좋아하는 것 같은데 소송을 하든 뭣을 하든 마음대로 해 보라고 하더군요.

그래 저는 법 아래 방침이 있는 것이지 방침 아래 법이 있느냐면서 법을 집행하는 직업공무원이 이래도 되는 거냐고 하니까 막무가내 식으로 당신 알아서 마음대로 하라고 하더군요.

구청장님, 이렇게 무소불위의 행정을 해도 되는 건가요. 금번 사태의 최종 책임자는 청장님이 아니고 누구의 책임이란 말입니까?

N모 행정관리국장 역시 마찬가지이고 K모 총무과장은 나에게 막가파라면서 또 내가 무역협회에 돈 먹으러 갔다고 하더군요. 그 문제로 한바탕 입

씨름을 했습니다. 방금 한 말에 대해 책임을 질 수 있느냐고 따지니까 슬며시 꼬리를 내리더군요.

저는 이렇게 아무런 잘못도 없이 억울하게 강남을 떠났고 그 후 정정당당히 소청을 제기했고 그 결과에 의해서 다시 강남으로 왔음에도 불구하고 저를 계속 자극(刺戟)하고 백안시(白眼視)하는데 더욱 분노를 느끼지 않을 수가 없는 것입니다.

저는 지난 설날 보너스(bonus)는 고사하고 당연히 받아야 할 봉급은 물론 수당도 한 푼 받지를 못했습니다.

청장님! 직업공무원이 당연히 받아야 할 급여를 받지 못하면 어떻게 될까요. 저를 아마 고사작전(枯死作戰)을 시키려고 하는 것 같은데 그렇다고 해서 제가 물러서지는 않을 것입니다.

저는 행정법을 배울 때 봉급은 본인도 포기할 수 없는 공권(公權)이라고 배웠습니다. 그런데 아무런 잘못도 없는 현직 공무원에게 당연히 지급해야 할 봉급을 고의적으로 지급치 않는 공권(公權)이 침탈(侵奪)당하고 있습니다.

이러한 무자비한 처사는 아마도 개인이 출자해서 경영을 하는 사(私)기업체에서도 이러지는 못할 것입니다. 그런데 하물며 지방정부에서 우리나라 최고의 기초자치단체라고 자타가 공인하는 강남구에서 백주에 공권이 침탈되는 이러한 일이 강남구에서 벌어지고 있는 현실이 정말 안타까울 따름 입니다.

청장님, 이것이 정말 진정한 청장님의 뜻인지요. 이렇게 해도 되는 것인지 다시 한번 묻고 싶습니다.

저는 지난 설날 즐거워야 할 명절을 가족들과 함께 쓸쓸하게 비탄에 찬 그러한 명절을 보낸 것입니다.

이번 사태로 집사람은 금식기도원에 가서 해결이 될 때까지 오지 않겠다고 연락을 두절(杜絶)하고 새벽부터 출근하는 아이들의 식사를 제대로 챙겨주지 못하는 가장의 비애(悲哀)를 한번 생각해 보시기 바랍니다.

저는 몇 년 전 Y모 동장의 장례식 때 청장님이 눈물을 흘리시는 것을 보고 청장님에게 저러한 여린 마음도 있구나 하고 감명을 받았으며 여러 사람들에게 이야기한 사실까지 있습니다.

그런데 저에게는 왜 이렇게 모질게 대하시는지요. 저의 이번 인사 명령은 너무나 가혹(苛酷)하고 억울합니다. 또 이러한 인사가 있어서는 안 된다고 봅니다. 당연히 발령을 내줘야 함에도 전출동의서를 먼저 쓰면 발령을 내주겠다고 하는 것이 말이나 되는 소리입니까?

지난번 청장님을 뵈었을 때 총무과장에게 가서 계통을 밟아서 올라오게 하라는 말씀을 전하라고 하신 적이 있지요. 그것은 저에 대해 분명히 발령을 내주라는 뜻이 아니고 무엇입니까?

또 진심이 그렇지 않다면 그것은 표리부동(表裏不同)이고 인격의 문제라고 보는데 어떻게 생각을 하시는지요. 금번 일에 대해 책임을 져야 할 사람은 승진을 시켜주고 억울하게 당한 사람을 그리고 당연히 법적으로 신분이 보장되는 공무원을 이렇게 하시면 안 되는 것으로 알고 있습니다.

저는 지난 1월 29일 밤 L모 환경과장과 K모 인사팀장 그리고 H모 주임과 넷이서 ○○동사무소에서 장시간 허심탄회(虛心坦懷)하게 의견을 주고받았습니다. 저는 그 자리에서 여러 가지 제안을 받았으나 모든 제안을 단호히 거절했습니다.

저의 분하고 억울함을 누가 알아줍니까?

저는 이 일이 있은 후 마음을 굳게 먹자고 다짐을 하면서 계속 잘도 참고 견뎌왔으나 그날은 지금까지 대화를 한 누구보다도 너무나 진솔(眞率)한 대화가 오가는 관계로 제가 거기서 감정을 이겨내지 못하고 엉엉 울고 말았습니다. 차라리 울고 나니까 가슴이 후련하고 속이 시원하고 오히려 더 편하더군요.

저는 이번 일에 대해 너무나도 억울하다는 사실을 분명히 알아주시기 바랍니다. 제가 이제 발령을 받지 못한 지 4주가 돼 가고 있습니다. 그렇다고 제가 굴복은 하지 않을 것입니다.

하루빨리 발령을 내주십시오. 제가 무엇을 잘못했습니까? 잘못한 일이 있다면 솔직하게 지적을 해 주시기 바랍니다.

그리고 저를 계속 끝까지 방출을 시키려고 해도 결코 방출이 되지 않을 것이며 옥쇄(玉碎)를 할 각오를 하고 죽음도 불사할 것입니다.

그러나 최대한 감정을 억제하고 좋은 방법으로 해결이 되기를 원하며 그렇기 때문에 지금까지 참아왔고 기다리고 있었으나 이제는 참는데도 한계(限界)가 있는 것입니다. 저에게 제발 좋은 결과가 있기를 부탁드립니다.

2004년도에 들어와서 보너스는커녕 봉급과 수당도 한 푼 받지를 못한데 대해 가장으로서 책임을 다하지 못하는 자괴감(自愧感)이 들고 제 자신 마음을 추스리지 못하고 폭발(暴發)할 것 같은 그러한 느낌이 듭니다.

저는 이미 모든 각오가 다 되어 있습니다. 제발 이제 저를 더 이상 방치하고 괴롭히지 마시고 발령을 내주시기를 간곡히 부탁드리는 바입니다. 감사합니다.

2004년 2월   일
정종철 드림

＊구청장에게 보낸 편지 내용 끝.

기자회견문 내용과 구청장에게 보낼 편지를 작성하고 저녁 늦게 집에 도착하니 집사람이 교회 식구들에게 들으니 당신이 몇 년 전 구립국제교육원 업무추진 차 미국에 갔을 때 구청장 브리핑(briefing) 자료를 잘못 준비하여 가져간 관계로 그때부터 미움을 받기 시작했으며 그 일로 승진이 늦어지고 미움을 사게 되었다는 이야기를 들었다면서 아주 기분이 언짢은 소리를 하고 있다. 그러니 이번 일도 이쯤해서 양보를 하고 타 구로 가라고 또다시 짜증을 내면서 다그치는 이야기를 한다.

심신이 지치고 피곤한데 얼토당토 않은 그러한 소리를 들으니 더욱더 기분이 언짢아진다.

소청인은 남의 사정을 자세하게 알지도 못하는 여자들이 몇 년 전 일을 가지고 왜 쓸데없이 남의 일에 콩 났네 팥 났네 하고 다니는지 도무지 이해가 되지를 않는다.

그렇다고 집사람과 그 문제를 가지고 시시비비(是是非非)를 명명백백(明明白白) 가릴 수도 없고 이래저래 기분이 더욱더 언짢았지만 참을 도리밖에 없다.

구청장에게 쓴 편지를 전달하고 아울러 기자회견 준비를 위해 시청 기자실을 방문하다

오늘 먼저 구청에 들러 어제 구청장에게 쓴 편지를 B모 수행비서에게 건네주면서 필히 전해 달라고 부탁을 했다.

그리고 기자회견 관계를 알아보기 위해 택시(taxi)를 타고 시청 공보관실로 들어가 K모 서울시 대변인을 만나 인사를 하고 현재 강남구와 대립하고 있는 소청인의 입장에 대해 기자회견을 하여 만천하에 공개하겠다고 하니 의회가 열리는 관계로 바쁘다면서 오후 5시경에 시간이 있으니 그때 만나자고 하는 바 시간에 맞춰 다시 찾아오겠다고 하고 구청 인사팀장에게 전화를 걸어 지금 기자회견을 하기 위해 시청에 와 있음을 통고했다.

그리고 전에 강남구청에서 근무하다 스스로 구청을 떠나 시청 도로관리과로 전출한 K모 팀장과 만나기로 약속이 되어 있어 그의 사무실을 방문 잠시 이야기를 나눈 후 점심식사를 하면서 그동안 본인이 강남구와 서울시를 상대로 소청을 제기할 수밖에 없었던 이유와 자료 등 사전 준비를 어떻게 했고 소청에서 인용판결을 이끌어 낼 수 있었던 내용 등에 대해 이야기를 한 바 그는 아주 속이 다 후련하고 시원하다면서 박수를 친다.

K모 팀장은 과거 자기가 강남구청 과장으로 있으면서 구청에서 갖은 수모를 당했던 일이 아직도 잊혀지지 않는다면서 그때를 생각하면 이가 갈린다고 한다.

재무과 Y모 팀장을 만나 소청관계를 이야기하면서 아직도 1월분 봉급을 못 탔다고 하니 무슨 그러한 일이 다 있느냐고 강남구 참 웃기는 동네라고 또 있을 수 없는 일이라면서 어떻게 그럴 수가 있느냐고 고개를 살래살래 흔들어 댄다.

이후 삼청동에 있는 감사원 민원실에 들러 강남구의 위법사항과 봉급을 지급치 않는 등 문제점을 거론하면서 이러한 위법사항에 대해 직무감찰 조사를 서면으로 요구하겠다고 하니까 귀찮다는 표정으로 대하면서 현행법으로 제재(制裁)를 가하기가 곤란하다면서 서류를 접수하지 말라고 발뺌을 하는데 그들의 힘을 빌리겠다는 자존심이 허락치를 않아 직무유기에 대한 고발 및 직무감찰 요구를 하려고 작성해 간 문건의 접수를 포기하고 돌아올 수밖에 없었다.

그리고 참으로 답답한 생각이 들 수밖에 없는 것이 국가의 최고 사정기관이라는 곳이 왜 이러한 일을 주저하는지 이해가 되지를 않으면서도 어떻게 할 수가 없는 바 모든 문제는 오로지 내 자신이 스스로의 힘으로 해결할 수밖에 없다고 절실하게 느꼈다.

* 직무유기에 대한 고발 및 직무감찰 요구 작성문건 내용 사본.

수신 : 감사원장

제목 : 직무유기에 대한 고발 및 직무감찰 요구

1. 다음과 같이 직무유기에 대한 고발을 하고 직무감찰을 요구하오니 이를 시행하고 관계법에 의한 조치를 해 주시기 바라며 결과를 회시하여 주시기 부탁바랍니다.

　　가. 근거 : 감사원법 24조 ① 및 감사원 직무감찰

　　규칙 제 4조 ①과 동 규칙 제 5조 ①에 의함

2. 피 고발자 소속 및 인적사항

　가. 소속 : 서울특별시 강남구

　　　　부구청장 지방 이사관 K○○

　　　　행정관리국장 지방행정서기관 N○○

　　　　총무과장 지방행정 사무관 K○○

3. 고발 및 감찰 요구 사유

　가. 위 피고발인 3인은 고발인과 한마디 상의가 없었음에도 불구하고 고발인 자신이 마치 서울시 전출에 동의한 양 서울시에 허위로 구두통보 및 문서를 제출하여 2003년 9월 25일 일방적인 전출 명령 행정처분을 취한 바 있으며

　나. 고발인은 이의 위법성을 이유로 동년 10월 22일 서울특별시장과 강남구청장을 상대로 동 전출·입 명령에 대한 무효 확인 및 취소에 대한 소청심사를 청구하고

　다. 이에 따라 동년 12월 22일 서울시 지방소청심사위원회에서 이를 병합 심리 후 강남구청장과 서울시장이 취한 전출·입 명령의 위법을 이유로 이를 각 취소한다는 인용결정을 한 바 있으며

　라. 동 인용결정에 의해 2004년 1월 8일 서울시에서는 위 전입 명령 및 한강시민공원사업소 전보 발령을 2003년 9월 25일 동일자로 소급 취소하여 통지했음에도 불구하고

　마. 강남구청장은 동 소청 결과에 관계없이 전입 발령을 거부하고 당연히 지급해야 할 2004년 1월분 봉급과 제 수당 설날 보너스(bonus) 등의 지급을 거부하여 생계에 막대한 곤란을 겪고 있습니다.

　이에 따라 위 건을 고발과 동시에 직무감찰을 해 주실 것을 요청하오니 의법 조치하여 주시기 바랍니다.

　　위 고발자 : 경기도 성남시 분당구 야탑동 ○○○

장미마을 현대아파트 ○○○동 - ○○○○호

정 종 철 (인)

전화 : 031) 705 - 0000. H.P : 011-0000-0000

* 첨부 1. 서울시 전입 명령 및 전보 발령 취소문서 사본
    2. 서울지방소청심사위원회 소청심사 결정문 사본
    (위 첨부자료 1 및 2는 04년 1월 8일자 서울시 소청심사위원회의 인용결정에 따
    른 시달문서와 동일한 내용인 바 자료 첨부 생략함)

* 이상 직무유기에 대한 고발 및 직무감찰 요구 작성문건 내용 끝.

이렇게 소청인이 서울시와 감사원을 왔다 갔다 하는 도중에 아마도 서울
시에서 강남구로 연락을 취했는지 아니면 소청인이 오전에 인사팀장에게
기자회견을 위해 시청에 와 있다는 연락을 했기 때문인지는 몰라도 인사
팀장으로부터 소청인에게 전화가 걸려온 것이다.

인사팀장이 소청인에게 다급한 목소리로 과장님! 과장님! 기자회견을 하
실 때 하시더라도 먼저 저를 꼭 한번 만나 보시고 난 후에 하십시오. 제발
부탁입니다. 하는 전화가 걸려온 것이다.

소청인은 좋다, 인사팀장하고 못 만날 이유가 없지를 않느냐 하고 시청
구내식당에서 만나기로 약속, 약 30분 후 구내식당에서 그를 만나자 그는
과장님 다 좋은데 기자회견만은 하지 말아주십시오. 제발 부탁입니다. 하
면서 간곡(懇曲)한 어조(語調)로 사정을 하는 것이다.

소청인은 좋다, 지금 당장 기자회견을 하려고 마음을 먹고 있었는데 인
사팀장의 입장도 있고 구청의 하는 상황을 보기 위해 하루 이틀 정도는 더
참고 기다려 보겠다며 당장은 기자회견은 않겠다고 약속을 하고 그를 돌
려보낸 것이다.

그리고 오후에 만나기로 약속을 한 K모 서울시 대변인 사무실을 방문 그

를 만났으나 잠시 후 시장 기자회견이 있어 시간이 없다고 하는 바 5분만
이야기하겠다고 하고 소청인의 발령문제에 대해 이야기를 하자 그렇지 않
아도 K모 부구청장으로부터 전화를 받아서 내용을 잘 알고 있다면서 지금
S구와 G구로 갈 수 있도록 교섭 중이라고 하는데 왜 그러느냐고 한다.

소청인은 강남구를 떠나겠다고 의사(意思)를 표명(表明)한 적도 없고 또
소청인의 동의도 구하지 않은 강남구의 일방적인 생각이라면서 오늘이 2
월 2일인데 아직까지도 1월분 봉급은 물론 수당과 설날 상여금도 받지를
못했다고 하니까 K모 대변인은 어! 그게 대체 무슨 소리야, 어떻게 공무원
봉급을 마음대로 주고 안 주고 할 수가 있느냐면서 눈을 크게 뜨고 놀랍다
는 표정을 하는 바 소청인은 강남구청이라는 곳이 그런 무소불위의 무모
(無謀)한 짓까지도 서슴없이 자행(恣行)하고 있다고 하니 아, 그래 정말로
도저히 있을 수 없는 일이다. 어떻게 봉급을 다 주지 않을 수가 있느냐! 도
무지 이해가 되지를 않는다면서 고개를 갸웃거리기까지 한다.

그러면서 그는 지금 5시에 대회의실에서 시장 기자회견이 있어서 시간
이 없다면서 과장을 불러 소청인의 이야기를 들어 보라 하고 B모 언론담당
관에게 인계를 한 바 이야기를 들어 본 B모 언론담당관은 또다시 O모 담당
팀장에게 같은 방법으로 인계를 한다.

소청인은 O모 담당팀장에게 강남구청의 위법한 내용과 소청인의 억울
한 사정에 대해 기자회견을 할 테니 그렇게 알라고 하니까 팀장의 하는 말
이 지금까지 직원에 대해 공식적으로 기자회견을 하도록 주선(周旋)을 하
거나 장소를 제공해 준 사실이 없다면서 기자회견을 하지 않고도 얼마든
지 똑같이 할 수 있는 방법이 있는데 왜 굳이 여기서 기자회견을 해가지고
우리까지 입장을 곤란하게 할 필요가 없지 않느냐면서 방법을 가르쳐 줄
테니 그렇게 해 보라고 한다.

소청인도 내 목적을 달성하기 위해 굳이 실무자들의 입장까지 곤란하게
하고 싶지는 않으니 방법을 한번 이야기해 보라고 하니까 그는 모든 신문

기사를 보면 기사 말미에 기자들의 실명과 수신이 가능한 이메일(E-mail)이 있는 바 해당 기자들에게 내용의 기사를 이메일로 발송을 하면 된다고 한다.

그러면서 현재로서는 그렇게 하는 것이 가장 좋은 방법이며 기자회견을 직접 하는 이상의 효과가 나타나는 바 그렇게 하는 게 최선이라고 그 방법을 한번 택해 보라고 조언(助言)을 해 준다.

소청인은 그에게 알겠다고 하고 언론담당관실을 나와 무조건 바로 옆에 있는 기자실로 들어갔다.

그리고 몇몇 기자와 인사를 했음에도 별로 큰 관심을 보이지 않고 있으나 그중에서 관심이 있어 보이는 Y통신 B모 기자와 대화가 이루어져 그에게 지난번 소청에서 이긴 한강시민공원사업소 정모 과장이라고 인사를 한 후 소청인이 소청을 제기하고 소청에 이겨 지난해 9월 25일자 즉 동일자로 발령이 취소가 되어 지난 1월 8일 강남구를 비롯한 전 해당기관에 문서로 시달이 되었음에도 불구하고 또 강남구로 다시 복귀가 되었기 때문에 당연히 보직 발령을 내줘야 함에도 불구하고 아직까지 발령을 내주지도 않고 내줄 기미조차도 없으며 당연히 지급해야 할 1월분 봉급과 수당 설날 보너스(bonus)까지도 지급을 않고 그렇다고 어떻게 문제가 해결될 기미도 보이지도 않는다면서 소청인의 문제를 대충 이야기하자 그는 아직도 그 문제가 해결이 안 되었어요? 하면서

그렇다면 지금 당장 그에 대한 자료를 달라면서 여기서 기사를 송고하겠다고 하는 바 소청인은 조금 전 인사팀장과 약속을 한 일이 있는 관계로 2~3일만 더 참고 기다려 보겠다고 하고 그때 협조를 부탁하면 도와줄 수 있겠느냐고 하니까 적극적으로 도와주겠다고 약속을 한 바 좀 더 심사숙고를 한 후 연락을 하겠노라고 하고 헤어졌다.

그리고 다시 오늘 아침 B모 수행비서를 통해 구청장에게 전해 달라고 건네준 편지를 혹 전하지 않았을지도 몰라 오후 6시가 지나서 구청장이 살고

있는 ○○○동 ○○아파트로 찾아가 우편함에 그 편지를 투입을 하고 집
으로 돌아왔다.

　소청인이 굳이 구청장이 살고 있는 아파트까지 찾아가서 편지를 투입한
이유는 가외성(加外性)의 원칙을 염두(念頭)에 두고 만약에 수행비서가 구
청장에게 전할 편지를 담당직원들의 유·불리를 따져 혹 전하지 않을 수
도 있다고 하는 생각이 들어 수행비서가 이를 전하지 않는다 해도 보낸 편
지가 반드시 구청장 손에까지 확실하게 도달(到達)될 수 있도록 하기 위함
인 것이다.

집사람과 같이 구청을 들르다

오늘 구청으로 출근할 준비를 하려고 하니까 집사람이 같이 가서 총무과장을 만나겠다고 한다.

소청인은 남자들이 하는 일에 여자들이 나서는 게 아니라면서 제발 나서지 말라고 하는데도 집사람은 그래도 우리 집에 큰일이 일어났는데 어떻게 내가 모른 척할 수 있느냐면서 기어이 따라 나서겠다고 우겨대는 바 할 수 없이 구청에 같이 도착하여 먼저 인사팀장에게 부구청장 면담을 신청하니까 부구청장은 면담을 해 봐야 할 말이 없다면서 거절을 한다고 한다.

상대방이 그렇게 나오는데 굳이 사정을 해가면서까지 면담할 이유가 없을 것으로 생각하고 면담을 포기했다.

총무과에서 총무과장과 인사팀장, 집사람과 수행비서, 본인 다섯 사람이 한자리에 모여 서로 인사를 하고 이야기가 시작되었다. 집사람이 먼저 총무과장에게 일갈(一喝)했다.

과장님, 우리는 지난 명절에 당연히 받아야 할 설날 보너스(bonus)는커녕 심지어 봉급조차도 받지 못하고 설날 명절을 굶주리고 지냈다면서 이 사람이 도대체 구청에 무슨 큰 죄를 졌기에 그렇게 할 수 있습니까? 하고 그렇잖아도 발령을 받지 못하여 집안 분위기가 우울하고 싸늘한데 당연히 받아야 할 봉급과 보너스를 지급하지 않을 수 있느냐고 그렇게 해도 되는 거냐고 괜한 사람 아무런 잘못도 없는 사람을 가지고 그렇게 하고 나니 당신네들 속이 시원하십디까? 라면서 그래도 댁들은 집에서 설날 봉급 타고 보너스 타서 떵떵거리면서 설날 명절 편하게 아주 잘 먹고 잘 쓰고 즐겁게 설 명절을 잘 보내셨겠지요. 하고 비아냥조로 말을 하니까 총무과장 아무 소리도 못하고 사모님 죄송하다는 말만 연속한다.

그러면서 총무과장은 구청장에게 나를 그렇게 직접적으로 처벌(處罰)을 하라고 문서를 발송할 수가 있느냐고 하는 바 소청인은 문서를 발송한 것이 아니라 개인적으로 편지를 썼다고 하니까 문서나 편지나 뭐가 다르냐고 말한다.

소청인은 내가 뭐 틀린 말이나 못할 소리를 했느냐면서 사실을 사실대로 쓴 것이 뭐가 잘못됐느냐고 하니까 아무 소리를 하지 않는다.

여러 가지 이야기가 오고 간 다음 본론으로 들어가자 그들은 소청인에게 이제 그만 버티고 자기들이 요구하는 대로 타 구 전출동의서만 제출해 달라고 똑같은 소리를 되풀이한다. 그러면서 소청인에게 S구나 G구 등을 선택하여 동의서를 써주기만 한다면 당장 발령을 내주겠다고 한다.

처음엔 화를 내고 여러 가지 이야기를 하던 집사람도 나에게 여보, 이젠 그만 버티고 당신이 구청 의견대로 들어주세요. 라고 한다.

소청인을 도와주고 옆에서 힘이 되어주겠다고 같이 따라 나선 집사람이 오히려 소청인에게 구청의 제안을 받아들이라고 하고 이를 보고 있던 구청 측 사람들도 원군(援軍)이 도착한 양 신이 나서 그렇게 하라면서 집사람을 포함한 네 사람 모두가 소청인을 코너(corner)로 몰아넣기 시작하고 있다.

이로 인해 소청인은 지금까지 잘도 버텨왔던 의지가 한풀 꺾이고 힘을 잃는 그러한 느낌이 들었다. 그들 네 사람 모두가 구청의 제안을 받아들이라고 계속 종용(慫慂)을 하는 바 소청인은 우선 위기를 모면하고자 지금 이 자리에서 확답은 못하고 검토해 보겠노라고 대답을 했다.

소청인 자신이 스스로 생각해 볼 때 이러한 대답은 벌써 의지가 한풀 꺾인 것이나 다름이 없는 것으로 소청인 마음이 흔들리기 시작함을 느낄 수가 있었다.

인사팀장, 수행비서, 본인, 집사람 넷이서 구청 건너편 일식집에서 점심식사를 하게 되었다. 집사람은 구청에서나 점심식사를 하면서나 세상사 이야기를 너무 많이 계속하고 있었다. 특히나 집사람은 그동안 인간심리학에 대해 수년간 많은 공부를 했던 바 공부를 하는 도중 터득(攄得)한 지식을 가지고 그들에게 계속 설명을 하고 이야기를 하니까 듣는 사람 모두가 다 아주 흥미진진(興味津津)하게 듣고 있었다.

점심식사 후 그들과 헤어져 다시 전 근무처인 한강시민공원사업소를 가는데 집사람이 또 따라 나서기에 동승해서 같이 갔다.

소장실에 들러 인사를 하고 차를 마시면서 소장님 하시는 말씀이 K모 부구청장에게서 전화가 왔는데 지금이라도 여기 한강사업소에 근무만 하겠다고 한다면 부시장에게 이야기를 해서 근무할 수 있도록 조치하겠다면서 내 얼굴을 바라보는 바 나는 죄송하다면서 이를 정중히 그리고 공손하게 그러나 단호(斷乎)하게 거절을 했다.

거절하는 이유는 애초에 그렇게 하려거든 이미 모든 일이 조용하게 마무리가 되었어야 하는 것이지 여태껏 계속 실컷 싸우고 나서 이제 와서 슬며시 물러설 그러한 마음이 도저히 내키지 않는 그러한 처지였기 때문이다.

인사팀장에게서 퇴근 전 저녁에 구청에 꼭 들러 달라고 계속하여 전화가 걸려오는 바 퇴근시간이 지난 후 저녁에 구청을 들르겠다고 대답을 하고 퇴근시간이 훨씬 지난 8시경에 구청을 들르니 별다른 특별한 이야기는 없고 저녁식사나 같이하자고 한다.

K모 총무과장, K모 인사팀장, B모 비서실장, B모 수행비서, 집사람, 본인 등 6명이 낮에 식사를 한 구청 앞 일식집에서 저녁식사를 같이하게 되었다. 그들은 나에게 또 구청 의견을 조건(條件) 없이 수용을 좀 해 달라고 사

정조로 부탁을 한다.

집사람이 오전에 총무과에서 또 중식시간에 이들을 상대로 하여 너무나 말을 잘 하니까 싫지는 않았지만 혼자 너무 많은 말을 하는 것 같아 마음이 꺼림칙했다.

B모 비서실장은 나에게 후배들을 위해 과장님이 용단(勇斷)을 내려주시면 좋겠다는 말을 한다. 소청인을 강남에서 방출(放出)하기 위해 이제는 모두가 나서서 전방위(全方位) 로비(lobby)를 하고 있는 것이다.

총무과장은 나와 단 둘이 있는 사이에 집사람이 나보다도 훨씬 더 똑똑하고 처세(處世)가 훌륭하다면서 나에게 배우자 잘 만난 것 같다고 한껏 추겨 세워주는 공치사(空致辭)까지 한다.

저녁에 우리 집 승용차를 같이 타고 집으로 오면서 B모 수행비서가 나에게 구청 측의 제안을 받아들여 달라면서 오늘 청장님이 소청인이 보낸 편지를 보시고 그렇게까지 억울하게 생각하고 있는 줄을 몰랐다고 하더라는 이야기를 하면서 그러면서 구청장은 내가 이번에 타 구로 가서 조금만 기다리고 있으면 다시 강남으로 꼭 끌어 당겨주겠다고 하셨으니 틀림없이 약속을 지킬 것이라고 자기가 보증을 하겠다면서 그 약속을 확실히 지키기 위해 직인(職印)이 찍힌 문서를 원하면 문서로 또 자필로 써 달라고 한다면 자필로 원하는 대로 다 해 주겠다면서 수행비서는 자기가 보증을 하겠으니 제발 좀 그렇게 해 달라고 계속 소청인을 설득하고 있다.

그러나 소청인은 그러한 말을 믿을 수도 없고 또 무엇으로 그것을 믿으며 그렇다면 내가 무엇 때문에 지금까지 싸웠겠느냐면서 간다면 즉 강남을 떠난다면 아주 떠나는 것이고 가지 않는다면 그대로 남는 것이지 그렇게 치사하게 애걸복걸(哀乞伏乞)해 가면서까지 강남에 남고 싶은 생각은 추호도 없다면서 내가 강남에 남으려고 하는 것은 무엇보다도 나에 대한 명예를 되찾기 위함이다. 구청장의 명예는 중요하고 개인의 명예는 실추되고 짓밟혀도 되는 거냐면서 현재 강남구에서 하는 행위는 정도(正道)가 아니기 때문에 앞으로 강남구는 물론 강남구가 아닌 다른 어떤 곳에서도 이러한 비행(非行)을 저지르지 않도록 하기 위함이라는 점을 강조했다.

이래저래 소청인이 모든 제안을 거절하니까 이제는 무리수를 두지 않고 살살 달래서 보내려고 하는 갖은 꼼수를 다 두는 것이 눈에 역력히 보이는 바 소청인도 그 사람들 꼼수에 말려들지 않기 위해 나름대로의 마음을 가다듬어야겠다고 생각했다.

집에 와서 늦은 시간임에도 G구 B모 국장과 또 다른 G구의 B모 과장에게 전화를 걸어 소청인에 대한 문제를 어떻게 풀어야 할 것인가 하고 의논을 하고 자문을 구하여 본 바 두 사람 모두가 다 당연히 먼저 보직 발령을 내주고 그다음 문제를 풀어야 하는 것이 아니냐면서 발령부터 내줘야 한다는 의견을 내놓았다.

소청인은 여러 가지로 고민스러웠다. 강남에 발령을 안 받으려면 왜 내가 무엇 때문에 죽을 고생(苦生)을 하고 신경을 쓰면서 여기까지 왔다는 말인가 하고 자문자답(自問自答)을 해 본다.

소청인은 다시 한번 나 자신의 거취에 대해 신중히 생각하고 분명히 해야겠다는 결심을 했다. 만약 한번 잘못 결정하면 나락(奈落)으로 떨어질 수도 있기 때문이다.

214

타 구의 국장들과 현안에 대해 협의 및 의견을 청취하다

오늘은 G구 B모 국장과 점심 약속이 되어 있어 11시 40분경에 G구청에 도착을 했다.

그전에 K모 인사팀장에게 전화를 걸어 이제 나의 입장은 확고(確固)하며 여하(如何)한 일이 있어도 나는 강남을 떠나지 않을 테니 하루빨리 보직 발령을 내 달라고 했으나 인사팀장은 자기로서는 어떻게 할 도리가 없다고 한다.

인사팀장 역시 조직의 한 구성원으로서 자기 마음대로 어떻게 할 수가 없음을 이해할 수 있으나 소청인의 답답한 마음도 어떻게 할 수가 없다.

G구에 도착하여 전에 시청에서 같이 근무한 S동 B모 동장과 셋이서 오랜만에 만나 이런저런 얘기를 하다가 점심식사를 끝내고 다시 또 국장실로 되돌아와서 소청인에 대한 여러 가지 대안을 가지고 이야기를 한 바 지금 이 상황에서 어디로도 가기가 어려울 것이며 또 가서도 안 된다는 의견을 같이했다.

그것은 소청인이 지금 타 구로 간다고 해도 보내는 강남구의 수뇌부에서 타 구에 절대로 좋은 이미지(image)를 전달해 줄 리가 없고 부정적인 면(面)만을 부각(浮刻)시켜 놓을 텐데 굳이 강남구 수뇌부에서 가지고 있는 좋지 않은 이미지를 타 구로까지 가지고 가서 양쪽에 심어 놓을 이유가 뭐가 있느냐면서 강남구를 떠나 타 구로 가 본들 절대로 좋은 인상이나 대접을 받지 못할 것이니 아예 강남을 떠날 생각을 하지 말라고 하는 것이다.

그리고 구청에 대해 뭐라고 이야기도 하지 말고 그대로 가만히만 있으라면서 답답한 쪽은 오히려 구청 측이라고 했다.

또 기왕에 G구를 방문했으니 옛날부터 알고 지내던 S모 행정관리국장을 오랜만에 정말 오랜만에 만났다. 당연히 소청인에 대한 문제의 이야기가 나오지 않을 수 없었다.

S모 국장 이야기를 들으니 강남구청 측으로부터 소청인에 대해 이미 이곳까지 오퍼(offer)를 냈다고 한다.

그의 말에 의하면 K모 부구청장이 '정종철' 과장을 알고 있느냐고 묻기에 잘 알고 있다면서 평소에 열심히 일하는 좋은 사람이라고 대답을 했더니 그렇다면 잘됐다면서 거기 구청에서 좀 받아주면 어떻겠느냐고 하기에 현재 여기에는 티오(T/O)가 없어서 받아줄 수 있는 형편이 되지 못한다고 대답을 했노라고 한다.

그러자 K모 부구청장의 말이 지금 당장 1:1 트레이드(trade)를 하자는 것이 아니고 우선 양측에서 합의 후 서울시와 교류가 있을 때 삼각 교류를 해도 되는 것이니 그렇게 하자는 얘기를 하여 그러한 입장이 되지를 못한다고 거절을 했다고 한다.

소청인은 그러한 말을 듣고 상당히 기분이 언짢았다. 인근에 있는 S구나 G구에 보내려고 하다 뜻대로 되지를 않자 이제는 아주 멀리 떨어져 있는 이곳 또 다른 G구까지 선을 대서 기어이 소청인을 방출시키기 위한 총력전을 쓰고 있는 것 같았다.

집에 오는 도중에 한강시민공원사업소 소장님으로부터 또다시 전화가 걸려왔다.

부구청장이 어제 이야기한 대로 소청인이 한강사업소에 근무를 하겠다고 의사표시만 한다고 하면 부시장에게 다시 부탁하여 발령을 내서 근무할 수 있도록 할 테니 소청인을 다시 한번 설득을 해서 답변을 해 달라고 하는 전화가 걸려왔다면서 어떻게 생각하느냐고 그렇게 하는 게 좋지 않겠느냐고 하는 바 소청인은 미안하다면서 그렇게 하기가 곤란하다고 거절을 했다.

집에 오는 도중에 계속 집사람에게서 빨리 집으로 오라는 독촉전화가 왔다. 집에 도착하니 왜 빨리 결정을 하지 않고 돌아다니기만 하면 되느냐면서 어제 구청의 의견대로 합의만 해 주면 모든 문제가 다 간단히 해결이 되는 것 아니냐고 계속 다그치면서 짜증을 내는 바 나는 종이에 메모를 하고 예를 들어가면서 강남구를 떠나기가 곤란한 또 떠날 수가 없는 입장을 설명했으나 집사람은 내 설명에는 귀를 기울이지도 않고 구청의 요구를 들어주어 하루 빨리 해결을 해야만 된다고 계속 압박을 가하니 참으로 답답하기만 하다.

K모 직협 회장으로부터 어떻게 할 것입니까. 하고 전화로 의사타진을 해 왔다.

소청인은 순리대로 풀릴 것 같지가 않지만 그래도 참아야 하는 것이니 최대한 인내심을 가지고 참고 기다려 보겠다고 했다. 그들은 직협 차원에서 소청인의 문제를 가지고 집단적으로 구청 측에 직접 거론을 하겠다는 의견을 제시했으나 나는 그렇게 해서는 절대로 안 된다면서 관심만이라도 가져준데 대해 고맙다는 말로 답을 했다.

얼떨결에 타 구 전출동의서를 써주다

오늘 아침은 출근시간대에 맞춰 한강시민공원사업소 전 사무실로 출근을 했다. 소장님께 인사를 하고 어제 있었던 나의 심중(心中)에 대한 이야기를 했다.

소장님의 말씀은 버틸 만큼 버텼으니 이제 동의서를 써주고 타 구로 갈 테니 보직 발령을 내 달라고 하는 것이 좋지 않겠느냐 하는 말씀을 하시면서 너무 버티다 보면 실익이 반감될 수도 있으니 생각을 잘해 보아야 한다는 조언을 하신다.

그러나 나는 소장님의 말씀에 대해 확고한 의지를 다시 한번 밝히면서 타 구로 갈 수 없다는 거절의 뜻을 분명하게 공손(恭遜)하게 말씀을 드린 것이다.

소장님과 같이 이야기를 하고 있는 도중 집사람이 구청으로 빨리 와 달라고 전화가 걸려온 것이다. 내가 못 가겠다고 하니까 여기서 죽어버리겠다고 악을 쓰고 엄포를 놓으면서 빨리 오라고 한다.

못가겠다고 대꾸를 하자 더욱더 크게 소리를 지르고 악을 쓰면서 빨리 구청으로 오라면서 내 말을 안 들으면 죽어버리겠다고 큰소리로 계속 외쳐댄다. 내가 이렇게 계속 버티다가 정말로 무슨 큰 사고라도 나지 않을까 하고 은근히 겁이 나기도 했다.

아무런 생각도 할 겨를이 없이 택시(taxi)를 타고 급히 구청으로 향했다.

구청장실에 도착을 하니 집사람, K모 인사팀장, B모 수행비서와 셋이서 무엇인가 열심히 이야기를 나누고 있었다.

집사람 이야기인 즉 당신 한 사람만 참으면 모든 것이 다 해결이 되고 일이 잘 풀리는데 왜 꼭 그렇게까지 계속 버틸 필요가 뭐가 있느냐면서 내일모레 나이가 60이 되는 사람이 이제는 아래도 내려다볼 줄 알아야 한다면서 이제 그만 내려올 준비를 해야 되는 게 아니냐고 한 발 물러서라고 또다시 압력(壓力)을 가하기 시작한다.

그러면서 당신 한 사람만 참으면 모두가 다 편안하게 일이 잘 풀릴 텐데 이제 그만 좀 버티고 양보를 하고 마음 좀 편하게 살자고 하면서 수행비서와 인사팀장을 가리키면서 저 사람들 당신 때문에 고생하는 것을 좀 보라면서 당신은 당신 자신의 문제라 치고 저 사람들은 무슨 죄가 있느냐 하고 인사팀장을 가리키면서 저 사람 저렇게 입술이 부르터 가지고 이쪽 눈치 저쪽 눈치 살피고 다니는 것 보이지도 않느냐고 안쓰럽지도 않느냐면서 계속 나에게 압박을 가하는 바 소청인도 한편으로 생각하니 그 말이 옳은 것 같기도 하는 생각이 들면서 마음이 흔들리기 시작했다.

나는 마음이 흔들리면서 그동안 나의 참모 역할을 잘도 해 주던 H모 주임에게 의견을 듣고자 계속 통화를 시도했으나 오늘 따라 왜 이렇게도 연락이 되지를 않는지 도무지 소식을 알 수가 없었다.

집사람, B모 수행비서, K모 인사팀장, 나 넷이서 협상 아닌 협상을 시작했다. 높은 사람들은 다 쑥 빠져버리고 아마도 아랫사람들에게 어떻게 해서든지 무슨 수를 써서라도 오늘 중으로 타 구 전출동의서를 받아내라고 책임을 부여(賦與)한 것 같았다.

협상이고 뭐고 할 것은 없지만 소청인은 먼저 몇 가지 조건을 내걸었다. 그것은 K모 총무과장의 사과문과 소청인의 입장표명을 청 내 게시판에 게시(揭示)를 해야 된다는 문제를 가지고 거론했다.

그들은 소청인의 말을 묵묵부답(默默不答)으로 대하면서 인사팀장은 사전에 준비해 온 타 구 전출 인사교류동의서 유인물(油印物)을 들이대고 빨리 서명(署名)만 해 달라고 독촉(督促)을 한다.

집사람이 더욱더 앞장을 서서 적극적으로 독려(督勵)를 하고 나서면서 여보, 이제 그만 버티고 마음 좀 편하게 삽시다. 하면서 동의서에 빨리 서명 날인을 해 주고 나가자고 독촉을 하고 압박(壓迫)을 가하기 시작했다.

그들 구청 측으로서는 천군만마(千軍萬馬) 원군(援軍)을 얻은 격이 되었으며 너무나도 치밀(緻密)하게 사전 준비가 잘 돼 있어가지고 일사불란(一絲不亂)하게 움직이고 있는 것 같았다.

집사람은 해 달라는 서명을 빨리해 주고 이 어려운 곤경에서 빠져나가야 된다면서 앞장서서 표면상(表面上) 그들의 편에 서서 본인에게 계속 압박(壓迫)을 가하기 시작했다.

소청인은 혼자서 이리 뛰고 저리 뛰고 동분서주(東奔西走)만 했지 여기에 대비한 사전 마음의 준비가 너무나 부족했던 것 같은 느낌이 들었고 뭐가 뭔지 도무지 아무런 생각이 나지를 않고 어안이 벙벙할 따름이었다.

그동안 충분하지는 않았지만 나름대로 시간이 많이 있었음에도 불구하고 내 자신이 왜 이렇게 갑자기 무기력(無氣力)해지는지 무엇을 어떻게 해야 할지 도무지 생각이 나지를 않고 꼭 뭣에 홀리는 것 같은 기분이 들었다.

나는 내가 왜 강남을 떠나야 하는지 이유를 알고 떠나야 될 게 아니냐면서 구청장, 부구청장을 만나겠다면서 못 만날 이유가 무엇이냐고 큰소리를 치면서 자리를 박차고 뛰어나오려고 했으나 순간 수행비서가 꼼짝 못하게 완력(腕力)으로 꽉 붙잡고 의자에 반 강제로 주저앉히다시피 하면서 이러시면 안 됩니다, 안 돼요. 하고 큰소리로 계속 만류(挽留)를 하면서 문 앞을 가로막았다.

계속 큰소리가 나고 고함이 터져나오자 이때 어떻게 알았는지 K모 직협 회장과 I모 사무국장, 또 내가 알지 못하는 직협 임원 한 사람 등 세 사람이 들어왔다. 그러면서 그들은 내 편에 서서 구청과 일전도 불사하겠다는 그러한 험악한 태도를 보이면서 몸싸움의 행동을 개시하려는 눈치를 보였다.

하지만 내가 그들에게 나가 달라고 강력히 요구를 하자 그들도 어쩔 수 없이 청장실을 나갈 수밖에 없었다.

나는 그 자리에서 큰소리로 울부짖으면서 엉엉 눈물을 흘리고 말았다. 집사람도 여기서 같이 죽자고 소리를 내면서 같이 함께 따라 울기 시작했다.

그들은 '본인은 자유 의사로 S구와 G구 전출에 동의할 것을 확약합니다' 라는 문구를 이미 워드(word)로 작성을 해 가지고 와서 나에게 빨리 서명만 해 달라고 내밀기에 나는 그들에게 어떻게 서명을 해 준지도 모르게 이것저것 생각할 정황(情況)이나 겨를도 없이 정신없이 일자와 이름 석 자를 쓰고 서명날인을 해 주고 말았다.

* 아래 인사교류 전출동의서 사본 참고요.

인 사 교 류 동 의 서

☐ 소 속 : 강남구 행정관리국
☐ 직 급 : 지방행정사무관
☐ 성 명 : 정 종 철 (鄭 宗 澈) 470811-1047211

상기 본인은 2004년 2월   일자 강남구 행정관리국에 근무 중인 자로

앞으로 있을 타 기관과의 인사교류 시 본인의 자유의사로 송파,강동구 전출에 동의할 것을 확약합니다.

2004년   2월 5일

위 동의자   지방행정사무관 정 종 철 (서명)

강남구청장 귀하

내가 인사교류에 동의한다는 동의서에 서명날인을 하여줌으로써 모든 상황(狀況)은 끝이 났고 참패(慘敗)를 당한 것이다. 나는 지금까지 잘도 버텨 오다가 한순간에 이렇게 완전히 무너지면서 무장해제(武裝解除)를 당하는 것 같은 그러한 허탈감(虛脫感)에 빠지고 말았다.

모든 것이 패닉(panic)상태에 빠져들어간 그러한 공허(空虛)한 마음뿐이었다. 내가 그들에게 내건 조건은 아무것도 없었고 얻은 것도 아무것도 없었다. 지금까지 버틴 것을 생각하니 너무나도 억울(抑鬱)하고 분(憤)하고 허무(虛無)하고 어이없이 일이 끝나버리고만 것 같았다. 도대체 뭐가 어떻게 되어가는 것인지 도무지 생각이 나지를 않고 어안이 벙벙하고 허탈(虛脫)하기 그지없었다.

그들이 점심을 같이하자고 하는 것을 그만두라고 당신들 끼리나 먹으라하고 집으로 돌아왔다. 정말로 허탈하기 그지없이 죽고 싶은 그러한 충동적(衝動的)인 마음이 들기까지 했다.

내가 왜 이렇게 어이없이 그들에게 그렇게 쉽게 동의서를 써주고 서명날인을 해 주었는지 꼭 귀신에 홀려버린 것 같은 그러한 기분으로 아무것도 생각이 나지를 않았다.

집에 온 후 주섬주섬 옷을 갈아입고 L백화점으로 가서 외식을 하고 왔다. 집사람이 기분도 전환할 겸 극장이나 노래방에 들렀다 가자고 제안을 했으나 거절을 했다. 도저히 극장이나 노래방 갈 기분이 아닌데 갑자기 그러한 곳을 가자고 하니 참 남의 속도 모른다는 야속(野俗)한 마음이 들기까지 했다.

집사람만 아니었으면 이러한 일이 없었을 텐데 하고 생각을 하면서 왜 남자들 일에 여자가 끼어들어 이런 일을 발생하게끔 했나 하고 생각을 하니 허탈하면서 원망스럽고 야속하다는 마음까지 들었으며 꼭 망망대해(茫茫大海)에 혼자만이 남아 있는 그러한 공허(空虛)한 마음뿐이었다.

그러나 이미 날아간 화살이니 어찌할 도리가 없는 것이라고 생각을 하니

미칠 것만 같고 죽고 싶은 그러한 마음까지 들었다.

나는 집에 와서 그동안 나에게 도움을 주고 조언을 해 주던 여러 사람들에게 전화를 걸기 시작했다.

A모 변호사, L모 과장, K모 직협 회장, K모 관리공단 이사장, S구 J모 국장, 다른 S구 G모 동장, G구 B모 과장, 또 다른 G구 B모 국장, J구 K모 팀장 등 여러 사람들에게 내가 인사교류 전출동의서를 제출했다고 알려주면서 그들에게 그동안 감사했다고 일일이 전화를 하니까 모두가 다 잘 생각했다고 이야기들을 하고 있었지만 그러나 내심으로는 나를 바보라고 비웃는 것 같은 그러한 느낌이 들기도 했다.

저녁에 기도를 드리고 매일 보아오던 뉴스(news)도 보지를 않고 컴퓨터(computer) 책상 앞에 앉았다. 나는 도저히 내 마음과 내 자신을 추스를 수가 없었다. 저녁에 또다시 컴퓨터 자판을 두드리기 시작했다.

오전에 구청에 서명날인해 준 인사교류동의서의 제출을 취소하겠다는 내용이다. 그리고 동의서를 제출할 때 지정한 S구와 G구청장에게도 같은 내용의 문구를 작성했다. 내용증명으로 발송을 하면 법적인 대항력(對抗力)이 발생될 거라는 마음이 들었다.

집사람은 내가 가능한한 빠지지 않고 평소 즐겨 보아오던 뉴스도 보지 않고 컴퓨터 앞에서 자판을 두드리고 있으니까 등 뒤에서 이를 유심히 쳐다보더니 한숨을 지으며 또 한마디 하기 시작한다.

어떻게 하려고 그러느냐면서 짜증을 내기 시작했다. 나는 오늘 낮에 있었던 일이 도저히 허탈(虛脫)해서 견딜 수가 없고 미칠 것만 같다고 하니까 집사람은 그렇다고 이제 어떻게 되돌릴 수 있는 일이 아니지 않느냐면서 더욱더 짜증을 내기 시작했다.

나는 내 자신이 이렇게 하면은 안 되는데 하고 생각을 하면서도 그리고 돌이킬 수 없는 상황을 빤히 알면서도 이렇게 쓸데없이 워드 작업을 하고 있는 것이 아닌가 하면서도 강남구청장 외 S구 및 G구청장에게 내용증명

(內容證明)으로 발송할 전출동의서 취소문을 컴퓨터 앞에 출력(出力)을 해 놓으니까 다른 방으로 가지고 가서 감춰버린 것이다.

　나는 그것을 내놓으라면서 언쟁을 벌였다. 그러나 프린트 출력물을 가져간 집사람은 이를 내놓지를 않고 계속 버티고 있는 바 출력을 다시 하면 되는 것이니 굳이 싸워가면서까지 내놓으라고 할 이유가 없으므로 피곤(疲困)해서 그대로 잠자리에 들었다.

행정관리국 근무를 명하는 발령문서가 게시(揭示)되고
제출한 교류동의서 취소문을 작성하다

오늘은 아침에 일어나자마자 곧바로 집사람에게 어제 가져간 타 구 전출 동의서 취소문을 내놓으라면서 내가 지금까지 2개월여 동안 강남에 있으면서 내걸 조건의 무기니까 내놓으라고 좋은 말로 타이르니까 마지못하여 되돌려 주면서 당신 마음대로 하라고 던져준다.

현재 나의 입장에서도 어제 제출한 동의서를 취소한다는 것은 체면상 도저히 어려울 것 같은 생각이 든다. 그러나 그거라도 가지고 다녀야만이 직성이 풀릴 것만 같았다. 내가 구청을 간다고 하니까 집사람이 또 따라나섰다.

구청에 가서 인사팀장과 협상이 아닌 요구를 했다. 3월까지는 내가 타 구로 발령이 나기 때문에 여기 있는 2개월 동안만이라도 과장으로서의 상응(相應)한 대우가 있어야 한다고 했다.

그것은 오는 3월경 서울시에서 정기교류가 있다고 하니까 아마도 그때 타 구로 발령이 날 것이라고 들었고 또 그러한 예감이 들었기 때문이다.

그러면서 본인이 요구한 내용은 과장으로서 당장 근무할 수 있는 사무실과 업무용 법인카드(card) 및 휴대폰 등 최소한의 요구라면서 이것은 요구가 아니라 당연한 주장이라면서 빨리 조치를 취해 달라고 했다. 인사팀장은 소청인의 요구사항에 대해 이의 없이 수용을 하겠다고 했다.

어제 타 구 전출 인사교류동의서를 제출했기 때문에 의회에 들러 봉급문제를 알아보려고 했으나 Y모 담당직원이나 K모 담당 팀장이 부재중이고 연락도 되지를 않았다.

의회에서 전에 근무했던 두 사람의 전문위원과 같이 식사를 마치고 다시 사무실로 돌아와 이야기를 하고 있는 도중 오후 3시경 행정관리국 근무 명령 발령 내용이 문서로 게재가 되었다고 H모 주임에게서 연락이 왔다.

구청에서 하는 태도가 얼마나 유치(幼稚)하고 치사(恥事)하고 졸렬(拙劣)한가 하는 느낌이 그대로 나타난 것이다. 타 구로 가겠다는 전출동의서를 쓰기 전까지 그렇게도 발령을 내주지 않겠다고 버티더니 전출동의서를 써주기가 무섭게 행정관리국 근무 명령 발령을 냈으니 말이다. 한마디로 너무나 치사하고 졸렬한 것 같다.

지난 1월 8일자로 작년 9월에 있었던 인사 명령이 소급취소가 된 문서가 구청에 접수되고 2월 6일 즉 오늘부로 행정관리국 근무 명령 결재가 났으니 꼭 30일 즉 1개월 만에 발령 아닌 발령이 난 것이다.

집으로 오는 도중 H모 주임과 연락이 되어 수서역 부근 지하 찻집에서 만나 이야기를 나눴다. 왜 그렇게 어제 오후에 연락이 되지를 않고 두절이 되었었느냐고 물으니 그제 저녁 늦게까지 일을 하고 집에서 잠을 자고 오후에 늦게 출근하느라고 그렇게 연락이 안 된 것이라고 말했다.

소청인은 모든 것이 허탈하다고 하니까 그러실 것이라고 했다. 그러면서 그가 하는 말은 과장님이 동의서를 제출한 타이밍(timing)이나 방법이 어쩌면 아주 적절했는지도 모른다는 말을 했다.

그것은 아마도 지금 S구나 G구 2개 구만을 지정하여 인사교류전출동의서를 제출했기 때문에 그쪽에서 서울시나 타 구로 갈 희망자가 선뜻 나타나지 않을 수도 있으며 그렇게만 된다면야 그들이 요구한 사항도 다 들어주었을 뿐만 아니라 그렇기 때문에 여기에 그대로 남을 수도 있는 그러한

* 행정관리국 근무 전보 발령 명령문서 참고요.

강 남 구

수신자   수신자 참조
(경유)

제목   행정5급공무원 서울시 전출영령 취소 및 전보발령
       아래와 같이 행정5급 공무원에 대한 전출영령 취소 및 전보를 실시하였음을 통
보합니다.
[발령 제 16 호]

연번	성 명	발 령 사 항	현 직	
			부 서	직 급
1	정종철	지방공무원법 제20조 및 서울특별시지방소청심사위원회 소청12161-1(2004.1.5)호에 의하여 2003년 9월 25일자 "서울특별시 전출명령"을 동일자로 취소함 행정관리국 근무를 명함	서 울 특별시	지방행정 사 무 관

(발령일자 2004. 2. 6자) 끝.

강   남   구   청

수신자   담당관·과(1-24), 보건소(1-3), 서강동(1 - 26), 구의회

담당   장춘   인사업무담당주사 김종완   총무과장   강영장   총무과장   강영장

부구청장   [서명]   구청장   02/08   권문립

상황이 전개될 수도 있을 수 있기 때문이라고 하는 바 나의 생각에도 그러한 말에 일면 수긍(首肯)이 가기도 하는 것이다.

그것은 내가 이미 S구나 G구에까지 직접 가서 현장 분위기를 살펴본 결과 지방자치제 실시 이후 어느 누구라도 모두가 다 현재 자기가 근무하고 있는 곳이 연고지(緣故地)가 되어버린 관계로 현 근무지를 선뜻 떠나겠다고 희망하는 사람이 위 2개 구청만이 아니고 여타 구에서도 비슷한 현상이라는 소리를 익히 들은 바 있고 소청인도 이번 경험을 통하여 확인한 바 있기 때문이다.

H모 주임과 이야기를 하고 있는데 B모 수행비서로부터 연락이 왔다. 그의 말에 의하면 구청장이 이번에 소청인의 편지를 보고 그렇게까지 억울해하는 줄을 몰랐다고 또다시 말하면서 가까운 시일 내에 반드시 강남으

로 다시 데려오겠다는 말을 했으니 기대를 해도 좋을 것이라는 말을 전해
온 것이다.

그러나 소청인의 생각으로는 사람을 의심하는 것은 안 되지만 구청장의
평소 인격을 보아서 그것은 절대로 믿을 수 없는 말이며 그것은 어디까지
나 소청인이 무슨 반발(反撥)을 할까 보아 떠나기 전까지 임시방편(臨時
方便)으로 소청인을 달래기 위한 하나의 술수(術數)로밖에 볼 수 없는 것
이며 설사 그렇게 해 준다고 한들 그것은 자존심의 문제이지 어떻게 강남
으로 다시 올 수가 있다는 말인가 애초부터 강남을 떠나지 않으면 모를까
만약 강남을 떠난다면 다시는 강남으로 올 수 없을 것 같은 그러한 느낌이
든다.

이것은 자존심이 허락하지 않을 것이며 어디까지나 하나의 제스처
(gesture)에 불과한 사탕발림의 말로밖에 볼 수 없는 것이다.

저녁에 집에 돌아와 곰곰이 생각을 하니 내 자신도 얼마든지 구청을 궁
지로 몰아넣을 수 있는 방법이 있을 것 같았다. 그것은 어제 저녁에 생각해
놓은 한 가지 방법으로 내 자신이 행정관리국 근무 명령 발령이 났으니 해
당 구에 내가 제출한 동의서를 취소한다는 내용증명 우편물을 발송하면
법적인 대항력이 될 수가 있으며 가능할 수 있는 문제가 아닐까 하는 생각
과 이것은 법리(法理)상 아무런 문제점이 없을 것 같은 그러한 생각이 들어
보인다.

나는 이번 일에 있어서 이제 마지막 남은 하나의 히든 카드(hidden card)
라고도 볼 수 있기는 하나 다만 마음에 좀 꺼림칙한 것은 이미 제출한 동의
서 때문에 신의(信義)상 조금은 문제가 있을 것 같다.

그러나 또 다른 한편으로 생각을 해 본다면 나보다 신의상 문제에 있어
서 법을 지키지 않은 쪽은 그들 구청 측이었지 내가 아닌 것만은 분명한 사
실인 것이다.

그것은 본인의 발령취소 문서가 시달된 지 1개월여 동안 더구나 설날이

지날 때까지 봉급과 보너스(bonus)까지 고의적으로 지급치 않는 것만 보아도 그것은 내 책임보다 그들의 책임이 훨씬 더 크고 중하다고 볼 수밖에 없으며 나는 그동안 이번 일에 대해 동의서를 써줄 생각이 추호도 없었으나 다만 집사람이 동의서를 빨리 써주고 다 잊으라고 매일 나에게 성화(星火)를 내고 졸라대는 등 집안의 분란(紛亂)이 계속되고 있었으며 그들은 나를 타 구로 보내기 위해 옳지 않은 여러 가지 방법의 술수(術數)와 수단(手段)을 구사해 가면서 나에게 먼저 동의서를 제출토록 강요한 바 있으며 나는 이번 일로 인해 6개월여 동안 너무나 많은 심적 고통과 시달림을 당하고 있었고 전출동의서를 제출한 그 시간대에도 인사팀장, 수행비서, 집사람까지 합동으로 압력을 가하면서 동의서를 빨리 써줄 것을 강요하고 졸라대는 바람에 이를 좀 더 심사숙고하지 못하고 얼떨결에 동의서를 제출했고 극도로 심신이 피곤하고 지치고 사기가 저하되고 판단이 흐려진 그러한 상황에서 그들이 작성해 온 동의서를 앞에 받아 놓고 어떻게 해야 할지 기억조차도 잘 나지 않는 상태에서 얼떨결에 서명날인을 하여준 바 이는 충분히 변명의 여지가 있을 것으로 사료(思料)되므로 이를 한번 더 검토하여 이제 마지막 남은 카드로 활용할 수 있을 것 같아 참고하기로 마음을 먹은 바 그렇게만 된다면야 구청의 체면은 더 구겨질 것이고 자신들 스스로의 꼼수에 빠질 수도 있는 바 구청에서 하는 처사가 참으로 웃음거리가 될 수도 있어 그들은 이를 어디에 드러내 놓고 이야기조차도 할 수 없는 일이 벌어질 수 있는 현상이 나타날 수 있을 것이다.

그러나 지금까지 구청에서 하는 상황을 볼 때 이 일을 실행하기까지는 여러 가지로 많은 어려움이 있을 것 같다.

나는 어찌하든 이미 제출한 타 구 전출 인사교류동의서에 대해 취소통지를 발송하든 안 하든 간에 강남구청장 외 S구와 G구 등 2개 구청장을 상대로 인사교류동의서 제출 취소통지라는 내용증명 문안을 작성하여 여차하면 이를 발송하고자 만반의 준비태세를 갖추고 있는 것이다.

＊3개 구청장을 상대로 작성하여 필요시 발송하려고 한 인사교류동의서 제출 취소통지서 내용증명 문안 자료 사본 참고요.

수신 : 강남구청장 · S구청장 · G구청장

참조 : 총무과장

제목 : 인사교류동의서 제출 취소통지

1. 본인은 2004년 2월 5일자로 앞으로 있을 인사교류 시 귀구 전출에 동의할 것을 확약하는 동의서를 강남구에 제출한 바 있으나

2. 본 동의서 제출은 본인에 대해 2003년 9월 25일 본인의 동의 없이 강남구에서 서울시로 전출이 되어 동 전출 명령의 위법성을 이유로 2003년 10월 20일 소청을 제기했고

3. 2003년 12월 22일 본 소청 심의결과 인용결정 판결로 2004년 1월 8일 서울시에서 2003년 9월 25일에 있었던 본인에 대한 서울시 전출 명령을 동일자로 취소한다는 문서가 강남구에 접수되었고 강남구에서는 본인에게 당연히 보직 발령을 부여해야 했음에도 불구하고 오늘 현재까지도 보직 발령이 되지 않았으며

4. 본인에게 당연히 지급해야 할 2004년도 1월분 급여와 설날 보너스(bonus) 수당 등 일체를 지급치 않고 1개월여 동안 본인에게 먼저 타구로 전출을 가겠다는 동의서의 선 제출을 계속 강요하는 압력을 집단으로 가하는 등 본인에게 심적으로 계속 고통을 가하여 본인의 심신이 극히 저하되고 판단이 결여된 상태에서

5. 2월 5일 강남구에 제출한 귀구 전출 인사교류동의서를 취소함을 알려 드리오니 이를 근거로 처리해 주시기 바라며 만약 이를 이행치 않을 시 사법적인 대응도 불사할 것임을 통지하오니 참고해 주시기 바랍니다.

2004년 2월 6일

강남구 의회 전문위원

경기도 성남시 분당구 야탑동 ○○○장미마을 ○○아파트 ○○○동 ○
○○○호

정 종 철 (인)

* 3개 구청장에게 발송하려고 작성한 인사교류동의서 제출 취소통지서 내용 끝.

허전한 마음은 여전히 메울 길이 없다

새벽 6시 30분경 S모 교구담당 목사님이 교회에서 구역 성도들에게 실시하는 새벽교회에 나갔다. 나는 평소 이러한 새벽기도회에 잘 나가는 편이 아니나 집사람의 간절한 요청에 의해 또 현재 처해 있는 어려움 때문에 조금이라도 마음의 위안을 얻고자 참여하고 있는 것이다.

약 4~50여 명의 성도 중 평소 내가 알고 있는 몇몇 사람도 있었다. L모 집사 S모 구청 ○○과장 등 집사람과 본인은 기도회 중간에 들어가 목사님의 공과공부와 설교를 들었다.

공과공부가 끝나고 개별적으로 소개한 순서에 의해 나를 소개하는 순서의 차례가 되었다. 간단한 목례로 인사를 했지만 나는 솔직하게 뭐가 뭔지 잘 알지도 못하고 소청인의 이번 인사 이외는 아무것도 생각할 겨를이 없는 것이다.

조찬모임이 기도회인지 공과공부인지는 모르지만 7시 30분경에 교회의 모든 일이 끝나고 별도로 L모 집사, S모 집사와 집사람과 평소 가깝게 지내고 나도 잘 아는 몇몇 사람 등과 같이 특별 기도를 받았다.

나는 자신도 모르게 눈물이 나왔다. 공무원이면 누구나가 다 사기(士氣)와 명예를 먹고 사는 입장에 있음에도 금번 아무런 잘못도 없는 본인이 서울시로 방출을 당했고 나는 이에 대해 법적인 대응 즉 소청을 제기하고 인용결정 판결을 받아 다시 강남구로 복귀가 되었음에도 불구하고 구청에서 받아주지 않겠다고 하는 관계로 강남에 와서 1개월이 넘는 기간 동안 보직을 받지 못하고 낭인(浪人)생활과 수모(受侮)를 당하고 있고 본인을 다시 추방하려고 갖은 악랄(惡辣)한 수단과 방법을 총동원한 바 있으나 이에 굴하지 않고 전략을 잘 써서 지금껏 잘 버텨왔음에도 불구하고 마지막 전술 부재로 한순간에 판단을 그르쳐 엊그제 타 구 전출 인사교류동의서에 서명날인을 해 줌으로 인해 하루 아니 그것도 단 몇 분 만에 구청의 작전에 말려들어 무너져 버렸으니 회한(悔恨)과 후회(後悔)만 하고 있을 따름이다.

그리고 지금이라도 되돌릴 수만 있다면 되돌리고 싶은 마음이 정말 굴뚝 같고 속이 아프고 쓰라리는 그러한 느낌뿐인 것이다. 이러한 일로 인해 나는 어제저녁에도 내 자신이 써준 동의서 때문에 밤잠을 설치고 뒤척거리면서 잠을 제대로 자지 못한 것이다.

내가 억울해하는 것은 아무런 잘못도 없이 서울시로 방출이 되었기 때문이며 본인의 동의 없이 서울시와 짜고 허위로 문서를 작성 서울시에 제출했고 이를 빌미로 전출이 됐기 때문에 이를 근거로 소청심사청구를 제기했고 심사 결과 승소를 한 것이다.

그러나 나는 지난 2월 5일 그들에게 아무런 조건도 없이 S구와 G구로 전출을 가겠다고 인사교류동의서에 서명날인을 해 줌으로 인해 이제 소청인이 마지막 쓸 수 있는 모든 카드(card)는 없어져버린 것이다.

그러나 나는 아직도 그들에게 100% 주도권이 완전히 넘어간 것이 아니라고 보며 그나마 다행인 것은 S구와 G구 2개 구만을 지정하여 교류 동의서를 제출했기 때문에 그들이 나를 보낼 수 있는 곳은 이 2개 구 외에는 없기 때문이다.

그래서 어제저녁에 생각하기를 구청 어떤 한 사람의 승진의 길을 열어주기 위해 3월말까지 기다릴 필요 없이 기왕에 갈 수밖에 없다면 지금이라도

1:1 맞교환을 하여 하루라도 빨리 강남을 떠나 새로운 곳에서 새로운 마음으로 자리를 잡고 싶은 일말의 심정(心情)이 없는 것은 아닌 바 이러한 생각을 G구 B모 건설교통국장에게 이야기하니 그것도 하나의 방법이 될 수 있다면서도 섣불리 동의서에 서명날인을 해 주는 것이 아니었는데 그렇게 했다고 나의 잘못을 지적하고 그러한 일은 여자들이 나서는 게 아닌데 나서서 정말 일이 잘못된 것 같다고 하며 신중히 검토를 했어야 한다는 말을 한다.

나의 이러한 생각을 집사람에게 이야기하니 집사람은 구청에서 하자는 그대로 따르면 되는 것이지 왜 또 무슨 뚱딴지 같은 소리를 해 가면서 잘되가는 일을 또다시 꼬이고 복잡하게 만들려고 하느냐면서 오히려 나를 핀잔하고 나섰다.

내가 S구 J모 행정관리국장을 만나러 간다고 하니 그 국장과는 친구인 관계로 양측 부부 간에 이미 오래전부터 잘 알고 지내온 터이라 집사람이 기어이 같이 가겠다고 따라 나서기에 동행하여 J모 국장을 만났다.

그를 만나 그동안에 있었던 나의 이야기를 그대로 전하고 엊그제 그곳으로 가겠다고 동의서를 써주었다고 하니 그는 내 이야기를 다 듣고 난 후 이제 다음 3월로 예정된 정기 인사교류 시까지 기다리고 있을 수밖에 없지 않느냐면서도 동의서를 써주었다고 해서 100% 꼭 교류가 된다는 보장이나 또 희망하는 곳으로 간다는 보장은 없을 것이라는 말을 했다.

그것은 서울시와 각 구청 간의 인사교류가 철저하게 1:1로만 이루어지기 때문에 가고 올 사람이 전반적으로 조정이 되어야 하는 것이지 그렇게 간단치가 않다면서 그때까지 기다려 볼 수밖에 없지 않느냐 하는 그러한 말을 한 것이다.

집사람과 같이 점심식사를 마치고 하나로 매장에 들러 일을 보고 저녁 늦게 집에 왔으나 왠지 모르게 나의 허전한 마음은 메워지지를 않으니 아마도 이러한 마음은 언제까지고 계속 잊혀지지 않을 것 같은 그러한 기분

234

으로 그러한 생각을 하지 않아야 함에도 불구하고 나의 현재 심정은 내 자신이 그들에게 받은 만큼의 나름대로의 앙갚음을 하고 싶은 마음뿐이니 내 자신도 평범한 인간으로서의 범주(範疇)를 벗어나지 못한 것 같음을 어찌할 수는 없는 것 같다.

번민에 번민을 거듭하다

오늘은 주일이라서 오전에 교회를 다녀왔다. 집사람은 주일이 아닌 날도 교회에서 시간이 나는 대로 같이 가서 봉사를 하자고 요청을 하지만 나는 아직까지도 교회에 대해 내 자신이 생각해 볼 때 신실한 믿음이 부족한 관계로 그렇게 하지를 못하고 있으며 또 그러한 관계로 항상 마음속에 부담을 가지고 있는 것이다.

교회를 다녀와 집에 와서 가만히 생각하니 너무나 분하고 기가 막히다. 내 자신은 지금까지 전략적인 면에서 잘 싸워 버텨 왔으나 전술적인 면에서 차질을 빚어 일이 어렵게 되었으나 이제는 어떻게 할 도리가 없는 것 같다.

G구 B모 과장이 전화를 걸어왔다. B모 과장의 말에 의하면 내가 S구와 G구로 가겠다고 2개 구를 선택하여 전출에 동의를 했다고 하나 모르긴 해도 아마 강남구의 의도대로 그렇게 쉽게 되지는 않을 것이라고 S구 J모 국장과 같은 말을 한다. 그리고 현재 자기가 있는 G구의 사정을 가능한 한 빨리 알아보고 결과를 알려주겠노라고 했다.

저녁에 교구 다락방 구역모임에 참석을 하자고 집사람이 간청을 하기에 L모 집사 내외와 같이 모임을 갖는 어떤 성도의 집을 방문했다.

K모 담임목사님께서도 참석을 하신 것이다. 약 50여 명 이상의 성도들이

모인 것 같다. 전에 개포동에 살 때부터 알고 지내던 성도(聖徒) 몇 가정도 같이 참여를 했다.

집사람은 나에게 저 사람들은 당신보다도 약 5년~10년 정도 더 늦게 교회에 나오기 시작했는데도 신앙심이 당신보다 훨씬 더 성숙되어 있다면서 당신은 여태까지 무얼 했는지 모르겠다고 불만을 토해내 놓는 것이다. 집사람에게서 매번 듣는 이야기이긴 하지만 그러나 나로서도 양심에 가책을 느끼면서도 어찌할 수가 없으니 답답한 노릇이다.

순서에 의해 서로 자기소개를 하고 서로서로 손을 맞잡고 상대방 기도를 해 주는 타임(time)이 있었다. 둘이 둘이 마주앉아 서로 간에 좋은 이야기들을 많이 주고받으면서 신앙에 대한 많은 이야기들을 한다. 이럴 때 내 자신은 십수 년간 교회를 다닌다고 했으나 신앙에 대해 제대로 잘 알지를 못하기 때문에 뭐라 할 말이 없는 것이다.

좋은 얘기들을 많이 들었고 서로 간에 덕담(德談)을 많이 나눴고 어려움이 무엇인지 고백도 했다. 또한 모인 성도들 모두가 통성(痛聲)기도를 했다.

나는 이럴 때 뭐라 기도할 줄을 잘 몰라 기도하는 분위기에만 젖어 있으며 대개는 그대로 가만히 눈을 감고 묵상(默想)기도에만 열중(熱中)하는 것이 다반사(茶飯事)인 것이다. 오늘 좋은 음식을 아주 많이 준비했고 또 맛있게 저녁을 먹은 후에도 통성기도들을 아주 잘들 하고 있는 것이다.

그러나 나는 아직 무엇에 대해 기도(祈禱)를 하며 또 기도를 제대로 할 줄도 모르고 무엇을 어떻게 해야 할지 모르긴 하나 그러나 단 한 가지 현재 내가 처해 있는 문제를 좋은 방향으로 내가 원하는 방향으로 빨리 해결이 되게 해 달라고 마음속으로 기도를 하고 있으나 그러나 여전히 답답한 마음은 어떻게 할 수가 없는 것 같다.

끝으로 담임목사님께서 특별히 어려운 성도가 있어 기도가 꼭 필요한 사람을 추천해 달라고 하자 집사람과 S모 집사가 나를 추천을 해 할 수 없이 목사님 앞으로 나가게 되었다.

목사님께서 최근 어려운 일이 무엇인가를 간단히 얘기해 달라고 말씀하시는 바 최근 직장에서 있었던 나의 어려운 처지와 내용을 설명하고 아무런 잘못도 없이 서울시로 방출이 된데 대해 소청심사를 청구했고 심사결과 인용결정(認容決定) 즉 승소 판결이 되어 다시 강남구로 오게 되었으나 강남구에서 갖은 수단과 방법을 동원하여 나를 받아주지 않으려고 하는 등 여러 가지 개인적인 어려움을 이야기하고 그동안 있었던 일이 억울해서 어떻게 할 줄을 모르겠다고 하자 모든 일은 양보를 하면은 오히려 일이 더 잘 풀리고 좋은 일이 있게 마련이라고 하시면서 양보를 하는 것보다 더 좋은 방법은 없는 것이라고 하는 그러한 말씀을 하시는 것이다.

저도 일면 그러한 마음을 가지고 있기는 하지만 쉽지가 않다고 하자 그러한 마음을 가지는 것 자체가 성숙함을 보여주는 것이고 또 가장 좋은 방법이라고 하시면서 그러한 마음을 가지는 것만이 일이 잘 풀려나갈 것이라는 말씀을 계속하시고 나에게 양보를 하라면서 특별 기도를 해 주신 것이다.

다락방 기도회가 저녁 6시경에 시작하여 9시가 넘어서야 끝이 났다. 집에 왔지만 그러나 나는 그 무언가 모르게 마음 한구석에 남아 있는 응어리진 마음과 허전함을 정말로 어찌할 수가 없는 것이다.

이럴 때 어떻게 해야 할지 계속 번민(煩悶)에 싸여 잠이 오지를 않으며 무엇을 어떻게 하여 다시 그들과 맞설 수 있는 계기를 만들어 점화(點火)를 해야 할지 생각을 하면서 내가 왜 이렇게 허무하게 무너졌을까 하고 이 밤을 지새우고 있는 것이다.

행정관리국 근무 명령 발령장을 교부받다

오늘은 일찍 좀 집을 나서려고 하는데 무엇 때문에 할 일도 없으면서 일찍 나가냐면서 집사람이 또 성화다.

나는 구의원들을 만나기로 약속이 되어 있어 일찍 나가야 된다고 하니까 왜 자꾸 쓸데없이 구의원 등 외부사람들을 만나려 하느냐면서 적극 말리면서 필요 없이 외부사람을 만나기 위해 왔다 갔다 하는 일은 좋지 않다고 만류하는 바람에 할 수 없이 집을 나서는 것을 포기했다.

그리고 같이 강남금식기도원을 가자고 하여 가평에 있는 금식기도원으로 향했으나 길을 잘 몰라 많은 시간을 허비했으며 3시간여 동안을 운전하면서 기도원이 지나친 줄도 모르고 한참 달리다가 아무래도 이상하여 문의를 하고 가던 길을 되돌아오는 실수를 범한 것이다.

가던 길을 되돌아 기도원으로 오는 도중 구청에서 오후 2시경에 발령장을 전수(傳授)할 것이니 1시 30분까지 구청으로 나와 달라는 연락이 온 것이다. 그야말로 기도원으로 들어가는 입구에서 정작 기도원은 들르지도 못하고 차를 돌려 부지런히 집으로 올 수밖에 없었다.

급하게 집으로 와서 점심식사를 마치고 옷을 갈아입고 구청으로 가서 N모 행정관리국장으로부터 발령장 아닌 발령장을 전수(傳受)받은 것이다.

발령장을 받고 그래도 예의상 K모 부구청장에게 인사를 하려고 사무실을 들어가니 부구청장은 자리에 앉으라는 소리도 하지 않고 소청인을 외면하고 있는 것으로 보아 그는 아직까지도 나에게 계속 감정적으로 대하고 있는 것 같은 그러한 느낌이 든다.

그분하고 개인적으로 굳이 감정을 가져야 할 이유나 필요가 없으나 높은 사람이 아래 사람을 먼저 포용(包容)해야 함에도 불구하고 그렇게 나오니 그리고 이제 타 구로 떠나기로 이미 전출동의서를 제출했고 여기에 있는 동안 임시로 발령을 받고 인사를 하러 갔음에도 불구하고 그런 대접을 받으니 그저 섭섭할 따름이다.

구청에서는 내가 지난 5일자로 S구와 G구 두 곳을 지정하여 타 구 전출 인사교류동의서를 제출했기 때문에 이제는 완전히 강남을 떠나는 것으로 기정사실화 하고 타 구로 전출 발령이 나기 전까지 임시로나마 행정관리국 근무 인사 명령을 한 것이다.

이제 발령장을 받았기 때문에 의회에 들러 지난번에 받지 못한 1월분 봉급 및 설날 보너스(bonus) 등 수당일체를 봉급통장으로 입금 수령키로 했다.

집에 오는 길에 H모 주임을 만나 저녁식사를 같이하면서 장시간 이야기를 했다.

나는 참으로 이번 작전이 끝까지 잘나가다 일순간에 무너진 것 같은 허무한 마음을 언제까지고 잊을 수가 없을 것 같다면서 이후 전략에 대해 논의한 바 이제는 6급에서 5급으로 승진이 되어 교육을 들어간 사람이 교육 수료 후 3월초에 돌아오는데 나를 그대로 두고 먼저 보직 발령을 낸다면 그때는 그대로 보고만 있을 수가 없는 바 그것을 빌미로 이의를 제기할 수도 있다는 내용이다.

그리고 서울시에서 승진 후 3월 정기교류 시까지 타 구 전출 발령이 나지 않을 경우에는 그때는 자동(自動)으로 눌러앉게 되니까 그렇게 될 수도 있는 상황을 기다려 보자고 했으나 그럴 가능성은 희박(稀薄)한 것으로 보아야 할 것 같다.

어찌하든 나는 이제 두 곳의 구청을 지정하여 인사교류 전출동의서를 제출했으니 S구나 G구로 떠날 준비를 하고 있을 수밖에 없는 그러한 처지가 되어 있는 것이다.

요즘 집에만 들어오면 집사람이 왜 아직까지도 그렇게 마음을 비우지 못하고 미련(未練)을 버리지 못하고 있느냐고 성화이며 언제까지 이 문제를 가지고 계속 분란을 일으키고 매어 있어 가지고 가정불화(家庭不和)를 이어나갈 거냐면서 몰아세우고 있는 바 내 자신의 마음은 물론 가정이 평안하지 못하고 답답함이 계속될 따름이다.

그러나 나는 금번 일에 대해 절대로 잊혀지지가 않고 계속 미련이 남아 있음이 솔직한 심정임을 어찌할 수가 없는 것이다.

타 구로 갈 수밖에 없는 비관적인 처지에 놓이다

오늘은 어제 임시로나마 행정관리국 근무 명령이 났기 때문에 의회에서 입금시켜준 1월분 봉급 수당 등과 2월분 월초수당의 통장 입금을 확인하고 집사람 통장에 그대로 이체시켜 주었다.

나는 이번 일에 처음에는 작전을 잘 써서 소청에 이겨 1월분 봉급의 명세서가 정상적으로 출력이 되어 지급조서가 내려왔음에도 불구하고 또 당초부터 그것만을 가지고 다투었어야 함에도 불구하고 발령을 내라 마라 봉급을 달라 왜 안 주나 하는 불필요한 일에 정력을 쏟았고 결과적으로 구청의 작전에 말려들어 타 구 전출에 동의를 했고 인사교류동의서를 작성 제출하는 마지막 전술에 실패를 하여 패배를 자초하고 말았으니 그러나 이미 지나간 일을 어찌하랴!

이제 첫 번째 기대는 6급 승진 예정자가 3월 초에 교육을 받고 돌아온 후 나를 그대로 두고 보직 발령이 난다면 그것을 빌미로 1차 투쟁을 해야 할 것이고 다음은 3월 중 서울시 인사교류 시 S구나 G구에서 서울시로 가려고 희망하는 사람이 없어야 할 텐데 그러한 일도 어려울 것 같아 이래저래 비관적인 전망뿐인 것 같다.

11시 반경에 전 근무처인 한강시민공원사업소에 들러 C모 소장님께 인사를 드리고 어제 S구와 G구 2곳을 지정하여 타 구 전출동의서를 제출했다고 하니까 내가 지난번에 너무 오래 버티면 사실상 실익이 없는 것이 아니냐고 이야기하지 않았느냐 하시면서 잘했다는 말씀을 하신다.

나는 겉으로는 태연한 척했으나 어딘지 모르게 마음 한구석에 허전함을 금할 수 없는 것이 솔직한 심정(心情)인 것이다.

이제 어차피 자리를 비워줘야 함에 따라 지난번에 정리하지 못한 사물을 완전히 다 정리하고 잔무정리도 다시 한번 하고 저녁에는 같이 근무한 B모 팀장과 평소 친하게 지내던 S모 사장과 강남에서 만나 저녁을 먹은 후 단란주점에서 약주를 한 후 노래방으로 옮겨 기분전환을 한 후 12시가 다되어 집으로 들어오니 집사람이 늦게 왔다고 화를 내기에 노래방에 들러 기분 좀 전환하고 오느라고 늦었다고 하니까 잘했다면서 아마도 스트레스 (stress) 정도쯤 풀고 오는 심정으로 이해를 하는 것 같다.

있는 동안이나마 보직 없는 업무가 주어지다

오늘 오전 11경에 구청에 전화를 걸어 L모 총무팀장에게 당분간이라도 근무할 수 있는 사무실이 마련되었느냐고 문의를 한 바 별관 1층에 있는 공간을 사무실로 비워 두었으니 그리로 출근하면 된다고 한다.

오후에 총무과에서 정해 준 사무실을 둘러보니 사무실은 공간이 넓은 좋은 장소로 마련이 되어 있었다. 임시로나마 맡겨진 업무는 강남구립국제유치원 설립추진 T/F팀장이라는 임시 보직이 문서로 시달된 것이다.

7명의 직원으로 구성이 되어 있으나 본인 외 다른 직원들은 상근을 하지 않는 관계로 자기 본연의 업무를 수행하면서 그때그때 상황에 따라 업무를 추진하는 T/F 형태로 발령을 낸 것이다.

퇴근 무렵에 본 업무를 추진하기 위해 J모 주무팀장이 내일 10시에 회의를 소집하겠다고 하기에 내가 전 사무실에 들러서 사물(私物) 등과 업무 인수인계도 완전히 정리하고 와야 하는 관계로 11시로 1시간 정도 늦게 회의를 갖자고 시간을 조정했다.

D동 K모 구의원과 만나 저녁을 먹으면서 이제는 어쩔 수 없이 강남을 떠날 수밖에 없다면서 나의 진로(進路)를 이야기한 바 자기로서도 뭐라 할 말이 없다면서 형님에게 도움을 주지 못해 미안하다고 한다.

집에 와서 곰곰이 생각을 하니 참으로 한심하고 서글픈 마음이 계속 들었다.

나는 강남을 떠나지 않겠다고 그렇게 지금까지 죽자 살자 뛰어다니면서 했던 일이 무엇인가 하고 생각을 하니 참으로 쓸데없는 허송세월만 보내면서 돌아다닌 것이 아닌가 하고 후회스러울 뿐이며 현실이 안타깝기만 하다.

차라리 날짜가 하루하루 빨리 가서 3월말이 지나고 나면 과연 소청인의 처지(處地)가 어떻게 될까 하는 그러한 궁금한 생각이 들기도 한다.

저녁 기도시간에는 소청인이 생각하는 그대로 즉 솔직히 말해서 강남을 떠날 생각이 없는 마음이 바꿔지지 않았음을 그대로 고백을 하면서 기도를 드리니 집사람이 마음을 그렇게도 바꾸기가 어려우냐면서 사고(思考)를 빨리 바꿔야만이 이 시대에 적응하여 살아갈 수 있다고 화를 내면서 불만을 토로(吐露)한다.

그러나 마음 한구석에 뭔가 허전한 느낌 공허한 마음을 떨쳐버릴 수가 없음을 어찌하랴. 이것이 나의 진실된 마음인 것을 오늘도 이리 뒤척 저리 뒤척하면서 잠 못 이루다가 억지로 잠을 청하는 처지가 한스럽고 몰골이 말이 아님을 어떻게 하겠는가. 이것이 솔직한 심정(心情)인 것을?

교회 새벽기도 모임에 계속 참여하다

오늘 새벽 6시 30분부터 기도를 했다. 나는 작년 9월 25일자로 강남구에서 서울시로 전보 명령이 되었으나 동일자 발령이 취소된 전자문서가 접수된 지난 1월 8일 이후 다음날인 9일부터 새벽기도에 계속 참여를 하고 있는 것이다.

기도 중 강남을 떠나기가 싫은 나의 솔직한 심정(心情)을 표현하자 집사람이 그렇게도 계속 마음을 비우기가 어렵냐고 큰소리로 화를 내면서 당신이 그러한 마음을 가지고 있는 한 당신은 물론 우리 집 아이들에게까지도 당신의 영향을 받아 발전이 없을 것이라고 화를 내면서 좀 더 마음을 넓게 가지고 다른 사람도 용서할 줄 알아야 한다는 말을 하는 바 내 자신이 그 말이 옳다고 인정을 하면서도 미련을 버리지 못하고 있으니 누구를 탓하랴 자신을 탓할 수밖에 없음이다.

오늘은 시간대에 맞춰 한강시민공원사업소 전 사무실로 출근을 한 것이다. 그것은 임시로나마 근무할 수 있는 사무실이 마련된데 따른 자리를 완전히 정리하고 사물(私物)을 옮기기 위함이다.

사물을 이미 어느 정도 정리를 해 놓은 상태인지라 마지막 정리를 하고 차에 짐을 실어 놓은 다음 각 사무실을 다니면서 직원들과 일일이 마지막 작별의 인사를 했다. 그리고 소장실로 올라가 소장님을 포함한 부장 3명과 관리지원과장 등 핵심간부 등과 이제 여기를 아주 떠나는 것이라고 작별 인사를 했다.

맨 나중에 내가 근무했던 공원이용과 직원들을 모아 놓고 그들과의 작별 인사를 할 때에는 자신도 모르게 눈물이 나오기 시작했다. 내가 지난해 9월 25일 타의에 의해서 한강시민공원사업소로 전보 명령을 받은 후 금년 1월 8일자로 지난해 있었던 발령이 위법함을 이유로 동일자 즉 작년 9월 25일자로 발령이 취소되고 원대복귀 명령이 되었으니 제대로 일한 기간은 불과 3개월이다.

어찌됐든 지난 3개월 동안 고통스러운 근무를 하면서도 직원들과는 미운 정 고운 정이 다 들어서 아쉬움이 있는 것만은 어찌할 수 없는 인지상정(人之常情)인 것이다.

나는 그들과 작별인사를 하면서 같이 근무하는 동안 여러분들과 그래도 정이 많이 들었다면서 근무를 하고 있는 동안 여러분들에게 또 여러분들이 느끼기에 때로는 혹 가혹(苛酷)한 점이 있었다고 느꼈을지 모르겠지만 이것은 다 일을 잘 하자고 한 것이지 다른 뜻은 없었으니까 이해를 해 달라고 부탁을 했다.

B모 팀장 외 직원 2명이 짐을 싣고 강남 사무실까지 와서 짐 정리를 해 주고 갔다. 나는 그들에게 짧은 기간이나마 같이 근무한 것을 좋은 인연으로 생각하고 한강시민공원사업소를 떠난 것이다.

11시에 한시적으로 발령을 받은 즉 강남구립국제유치원 추진 T/F팀으로 배치된 직원들과 상견례(相見禮)를 겸한 회의를 가졌다. 6급 팀장 2명과 직원 3명 등 본인까지 6명 전원이 다 모여 상견례를 겸한 회의를 가진 것이다.

강남에서 오랫동안 근무했던 관계로 직원 모두를 다 잘 아는 사이여서 서먹서먹한 기분은 조금도 없고 친밀한 관계이다. 나는 무조건 직원들에게 여러분들이 나를 도와줘서 이번 일을 잘 추진해 나가야 한다는 부탁의 말을 했다.

　T/F팀 직원 외에도 별관 상황실에서 별관 청사를 책임지고 관리하고 담당하는 L모 직원 등 모두가 다 친절하게 열심히 잘 도와주고 있다.

　G구 B모 과장에게 강남에 있는 동안이나마 사무실이 정해져 오늘부터 근무에 임하고 있다고 전화를 하니까 나의 문제에 대해 G구 전직원들은 자기들이 속해 있는 구청의 어느 과장 한 사람과 1:1 맞교환하는 것으로 잘못 알고 있었다면서 아마도 G구에서는 전출을 희망하는 사무관이 없을 것 같으니 참고하라고 한다.

　어찌하든 나는 이제 S구와 G구 등 2개 구청의 전출에 동의를 했으니 일단은 3월말까지 추이를 기다려 보고 상황에 따른 대처를 할 수밖에 없을 것 같다.

　자유연맹 구지부 B모 사무국장을 만나 저녁을 함께하면서 이제 내가 강남을 떠날 수밖에 없을 것 같다고 하니까 그는 S구와 G구를 거명하면서 그래도 위 2개 구청이 가장 가까운 곳이니 그곳으로 갔으면 좋겠다고 하는 바 나도 이미 그곳을 지정하여 동의서를 제출했다고 동감을 표시했다.

　집사람이 담당구역 S모 목사님과 저녁 약속이 되어 있다고 하는 바 30분 전 퇴근하여 야탑역에서 집사람과 만나 약속 장소인 새마을연수원 입구에 있는 중국집으로 갔다.

　저녁을 먹기 전 B모 수행비서로부터 전화가 걸려왔다. 구립국제유치원 계획을 청장님께 보고를 드린 바 아주 계획이 잘 되었다고 청장님께서 흡족해하신다고 한다. 그러면서 직원들을 격려를 해 주라고 하셨다고 하는 바 나는 B모 수행비서에게 나는 괜찮으니 나보다 다른 직원들이 더 많은 격려를 받을 수 있게 해 달라고 부탁을 했다.

　사탕발림인지 무엇인지 모르겠으나 나를 이미 방출하기로 방침을 정해 놓고서 기다리고 있는 대기상태에 있는 시한부 인생이 여기서 무슨 일을 할 수가 있으며 또 일을 한들 무슨 일을 얼마나 할 수 있다는 말이며 또 격려(激勵)는 받아서 무얼 하겠다는 건가 하는 생각이 든다.

나는 이미 방출을 하기로 결정되어 있는 사람으로서 흡족해한다는 구청장이 나에게 무슨 의미가 있을까 하고 생각하니 허탈하기 그지없고 제발 이제는 구청에서 쇼(Show)나 좀 하지 않았으면 하는 것이 나의 마음인 것이다. 그러나 나의 결심은 얼마 동안을 근무하든 있는 그날까지 최선의 노력을 하고 떠나고자 하는 마음만은 변하지 않고 있는 것이다.

집사람이 적지 않은 비용을 부담하면서 S모 담당구역 목사님, L모 집사 내외, S모 집사 등과 같이 중국집에서 코스 요리로 같이 식사를 했다.

집사람은 될 수 있는 한 많은 교회의 성도들과 대화를 할 수 있도록 하는 그러한 자리를 만들어 가면서 최대한 교회 쪽으로 관심을 가지고 마음을 향하도록 하는 노력을 하고 있으나 현재 나의 생각은 과연 강남을 떠나게 될 것인가 아니면 이대로 강남에 머물러 있을 수가 있는 것일까 하는 그러한 생각 외에는 다른 관심이 있을 수가 없는 것이 솔직한 심정인 것이다.

이와 같이 내 문제에 대해 언제나 노심초사(勞心焦思)하고 있는 집사람이 고맙긴 하지만 너무나 전면에 나서지 않았으면 하는 것이 나의 바램인 것이다. 그리고 내 문제를 가지고 목사님을 비롯하여 여러 성도들이 계속하여 기도를 하고 있다고 하기는 하나 나의 입장에서 과연 내가 얻은 것이 무엇인가 하고 회의(懷疑)를 가질 수밖에 없는 것이다.

그리고 요즈음 같아선 날짜가 어서 빨리 지나가서 3월초 아니면 3월이 다 지나가서 결과가 어떻게 되는지를 보았으면 좋으련만 요즈음 날짜 가는 것이 그렇게 지루할 수가 없음을 스스로 느끼고 있음을 어찌하랴.

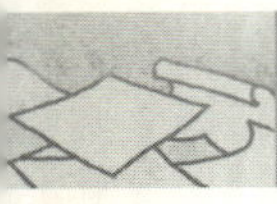

잠시 있는 동안이나마 T/F팀장으로 발령을 받다

오늘은 9시에 출근을 하여 행정관리국장으로부터 강남구립국제유치원 설립추진 T/F팀장으로 임용장을 받았다.

임용장을 받기 전 내심으로 이제는 강남을 정말 아주 떠나 타 구로 전출 갈 날짜까지 정해 놓고 마지막으로 주는 발령장이니 그리고 구청의 요구도 다 들어주었으니 최소한 부구청장이 임용장을 주겠지 하고 생각을 했으나 참으로 그들은 매몰차기 그지없게도 행정관리국장이 발령장을 전수한 것이다.

이러한 행위에 대해 보기에 좀 거북스러웠는지 사정이 있어서 국장이 임용장을 수여하게 되었다고 새로 부임한 K모 총무과장이 부연 설명을 한다. 그래도 전임 총무과장에 비하여 그러한 말이라도 하니 고마운 마음이 들었다.

소청인은 임용장을 받은 후 총무과장과 행정관리국장에게 어차피 타 구로 가기로 결정이 됐으면 하루빨리 새로운 곳에 가서 자리를 잡는 것이 좋지 않겠느냐면서 가능한한 빨리 가는 것도 한 방법이라고 하니까 그들도 긍정적인 반응을 보였다. 이는 또 당연한 것이다.

내가 지난 5일자로 타 구 전출에 동의를 함으로써 소청인을 궁지(窮地)로 몰아넣었던 K모 전 총무과장은 서기관으로 그리고 L모 자치행정팀장은 사무관으로 구청장의 최종 승진 결재가 동시에 이루어져 딴사람들에겐 좋은 결과가 되었으나 내 자신은 죽도록 이리저리 뛰어만 다녔지 아무것도 얻은 게 없으니 이게 뭐란 말인가 하고 생각을 하니 착잡한 마음밖에 없고 돌아오는 소득은 그야말로 아무것도 없지를 않은가 하는 생각밖에 없어 울화(鬱火)가 치밀었다.

K모 전 총무과장은 승진이 되어 세종연구소로 L모 자치행정팀장은 사무관으로 승진이 되고 행정자치부 연수원으로 각각 교육을 들어가고 부수되는 인사이동으로 이제 모든 상황은 다 끝이 난 것이다.

나의 입장에서는 아는 사람이건 모르는 사람이건 누구도 승진이나 영전을 해서 이동을 하는데 대해 축하를 해 줘야 하는 것이 당연한 도리이고 반대할 이유까지는 없는 것이다.

그러나 그 후의 나의 몰골이 무엇이란 말인가. 법에 위배된 행정업무를 추진한 어떤 사람은 승진과 영전을 하고 아무런 잘못도 없는 나의 정당한 요구는 묵살이 되고 쓰라린 눈물을 흘리면서 바라만 보고 있어야 하니 참으로 어느 것이 정도(正道)인지 알 수가 없으며 이를 다시 한번 냉정하게 그리고 곰곰이 생각을 해 보니 나의 처지가 참으로 비참한 생각밖에 아무것도 없는 것이다. 내가 지난해 9월 강남을 떠난 이후 또다시 강남으로 찾아왔건만 누구 하나 찾아오는 사람이나 전화를 해 주는 사람도 많지를 않으니 옛말에 정승집 개가 죽으면 문상객이 성시(盛市)를 이룬다지만 정작 정승이 죽으면 문상객이 없고 썰렁하다는 말이 어찌 그리도 꼭 들어맞는지……

사무실에 들어오니 그래도 잠시나마 한강시민공원사업소에서 알고 지내던 S모 사장이 최고품인 고급 난 화분을 보내주었다.

참으로 고마워서 즉시 전화를 하여 고맙다는 인사를 했다. 그리고 한강시민공원사업소 B모 팀장에게도 화분을 보내줄 수 있도록 역할을 해 줘서 고맙다는 인사를 했다.

　지난번에 전출을 희망한 S구의 J모 행정관리국장에게 전화가 걸려왔다. 그의 말에 의하면 아마도 S구에서는 시청으로 갈 사람이 없을 것 같다면서 어쩌면 발령이 나지 않고 그대로 강남에 주저앉을 수도 있을지 모르니 결과가 나올 때까지 마음 편하게 지내라고 한다.

　나의 마음도 실제로 그렇게 되기를 원하고 정말 희망하고 있으나 결과는 알 길이 없는 것이다. 그렇게만 된다면야 나는 구청에서 요구한 사항을 모두 다 들어주었으니 내 자신도 할 말이 있는 것이고 또 구청에서도 나에 대해 더 이상 뭐라고 할 말이 없을 테니까. 나의 책임은 없어질 것이고 여기에 그대로 눌러앉을 수도 있기 때문이다. 그러나 그러한 결과가 현실로 나타날지는 3월말이 지나 보아야 알 것 같다.

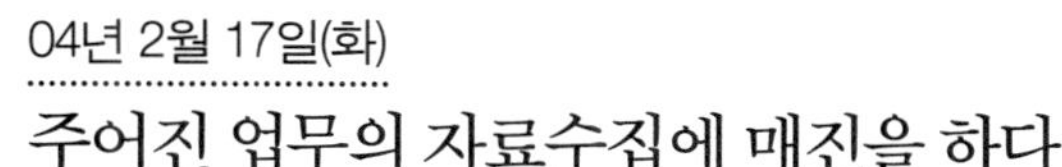

주어진 업무의 자료수집에 매진을 하다

　잠시 동안이나마 사무실을 배정받아 자리를 잡고 있어 어쩌다가 한 사람씩 찾아오기는 하나 쓸쓸하기가 그지없다. 하긴 힘없는 나에게 더구나 쫓겨가는 처지에 있는 나에게 찾아올 것을 기대하는 내 자신이 잘못인 것 같다.

　오늘은 외국인 유치원을 개설하여 운영하는 해당 유치원 담당자들과 직접 통화를 하고 위치를 확인하는 등 자료를 수집하는 정도의 일을 했다.

　나는 아래에서 받쳐주는 직원이 없는 관계로 자료를 찾거나 수집하는 것부터가 쉽지를 않아 필요한 사항은 직접 몸으로 부딪쳐서 자료를 수집하는 일과 수집된 자료를 가지고 직원들과 같이 토론을 하여 결과를 도출하는 일 이상은 더 할 수가 없을 것 같다.

　강남에서 가까운 곳에 운영되고 있는 외국인 유치원과 학교 등을 수소문해 본 결과 한남동(漢南洞)과 대치동(大峙洞)에서 운영되고 있는 곳을 확인하고 우선 기초 자료에 대한 자문을 얻고자 전화로 간단한 대화를 나누고 시간이 나는 대로 방문을 하겠다는 의사를 전달하는 그 이상의 방법이 없는 것 같아 우선은 통화를 하는 정도에 그쳤다.

　가장 문제점은 우선 일하는데 신명이 나지를 않는 것이다. 그것은 내가 여기 강남을 떠나기로 이미 예약을 한 것이니 윗선에 있는 사람들과 만날

이유도 접촉할 기회도 없고 또 구청의 간부들이 나를 일부러 배척하고 있는 상황에 있으니 그렇게 신이 나서 일할 수 있는 그러한 입장이 아닌 것이다.

그런 줄도 모르고 집사람은 아침이나 저녁 예배를 드리면서 남의 속도 모르고 마치 이번 일에 대해 자기가 전면에 나서서 역할을 잘 하고 기도를 잘해 준 덕분에 일이 잘 해결되었다면서 이는 곧 하나님께 열심히 기도를 드려서 좋은 결과가 나왔다고 하는 등 신바람이 나서 더욱더 열심히 기도하는 모양을 보면서 참으로 이해가 되지를 않는 면도 있기는 하나 그러나 집사람의 입장에선 그렇게 할 수밖에 없을 것이고 평소 모든 일을 긍정적으로 봐야 한다고 주장하는 그의 말을 수긍하고 인정하지 않을 수 없다.

그러나 요즘 나의 입장은 어찌 보면 하고 싶은 일도 없고 무기력증에 빠진 것 같은 그러한 느낌마저 드는 것이다.

그러나 나는 이런 때일수록 더욱더 각오를 단단히 하고 열과 성을 다해 열심히 일하고 공사(公私)를 엄격히 하고 임무에 더 충실해야 할 것이라고 결심을 하고 마음을 가다듬을 수밖에 없다.

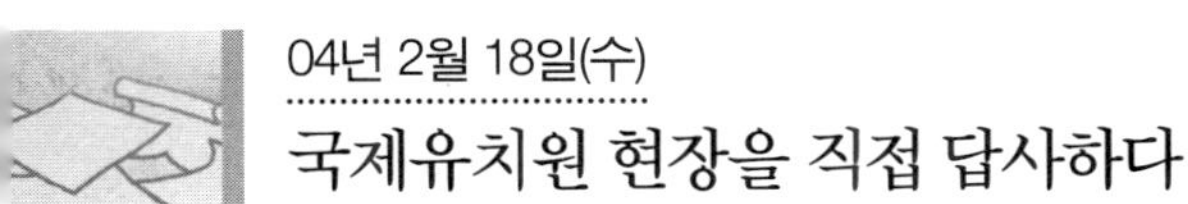

국제유치원 현장을 직접 답사하다

오늘도 어제와 같이 구립국제유치원 설립을 위한 자료 수집을 하는데 오전을 다 넘겼다. 12시가 되기 바로 직전에 B모 구청장 수행비서가 점심식사를 같이하자고 전화가 와서 그와 만나 점심을 같이했다.

그의 말에 의하면 구립국제유치원의 초기 계획서가 아주 잘 되었다고 구청장이 칭찬을 했다면서 지난번에 한 소리를 재차 또 하고 있는 바 그것은 아마도 나의 마음을 달래려고 하는 그러한 제스처(gesture) 정도로 보아야 할 것 같다.

나는 그에게 고맙다고 하면서도 그러나 그게 나에게 무슨 의미가 있을까 하는 생각을 해 보면서 어떻게 보면 나는 이제 강남구에서 시한부 인생이 아니겠는가 하고 생각을 해 본다. 또한 사실이 그렇다고 보아야 할 것이다.

오후에 한남동(漢南洞)과 이태원동(梨泰院洞) 그리고 마지막에는 관내 대치동(大峙洞)에 있는 외국인을 상대로 하는 유치원 현장을 직접 답사를 하고 그곳의 서무 파트(part) 쪽에서 일하는 직원들을 면담하고 국제유치원에 대한 대화를 가졌다.

그들은 자기들이 하는 업무와 같은 영역의 일을 하려고 해서 그러는지 몰라도 뭔가 모르게 숨기고 제대로 알려주거나 보여주지 않으려고 하는 그러한 인상이 들었다.

소청인도 아마 그들과 같은 입장이 되었으면 그렇게 할 수밖에 없지 않을까 하는 생각이 들었으며 똑같은 행동이 나올 수밖에 없지 않을까 하면서 그들의 마음을 어느 정도 이해는 할 수가 있을 것 같은 느낌이 든다.

한남동과 이태원동, 대치동 등 각각의 현장을 답사한 결과 시설관계는 그렇게 큰 문제가 되지 않을 수도 있겠으나 현재의 관련법이 초등교육법으로 인가를 하는 관계로 시교육청과 상당한 접촉을 해서 문제를 풀어야 할 것 같다는 생각이 들었다.

나는 내 자신이 강남을 떠나기로 날을 받아 놓고 있는 사람이니까 일하지 않으려고 한다는 그러한 인상을 받기는 싫은 바 어떻게 해서든지 무슨 수를 써서라도 열심히 하여 기초를 닦을 수 있는 정도의 일을 하나쯤은 하고 떠나야 하겠다는 그러한 마음을 가지고 열심히 일을 추진해야 되지 않을까 하는 생각이 들었다.

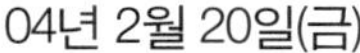

국제유치원 업무추진 설립을 위해 서울시교육청을 방문하다

오늘은 국제유치원 T/F팀 전원이 모여서 그동안 추진한 내용에 대해 서로 간 의견을 교환하는 날이다. 오전 10시에 과장인 나를 포함 J모, K모 양 팀장과 재무과 K모, 총무과 8급 건축직 등 5명이 모두 한자리에 모여서 의견을 교환하는 시간을 가졌다.

5명이 한자리에 모여서 서로 의견을 교환한다고 하지만 T/F팀이 구성된 지 일주일 정도밖에 되지 않은 짧은 기간이라 어떤 특별한 묘안(妙案)이 나올 수 있는 그러한 느낌이 들지 않는 바 같이 한자리에 모여 앞으로의 구상(構想)과 방향에 대해 서로 간 의견을 대충 교환하고 K모 팀장과 같이 서울시교육청을 방문하여 관계자들을 만나 구립국제유치원 설립추진의 업무에 대해 의견을 듣고자 그들과 점심을 같이하면서 의견을 교환했다.

그들의 말은 교육청이 있는데도 불구하고 구청에서 유치원을 설립한다는 자체가 현행법상 맞지를 않는다면서 직접적으로 표현을 하지는 않지만 유치원 업무를 추진하지 않았으면 하는 그러한 느낌을 받았다.

점심식사를 하면서 그들과 같이 의견을 주고받았기 때문에 굳이 또다시 교육청 사무실을 들를 필요도 없이 그들과 헤어졌다.

퇴근 후 저녁에 집에 와서 지난 2월 5일 내가 직접 작성 교부한 타 구 전출동의서에 대해 다시 한번 생각을 해 본다. 내 자신이 동의서를 쓴 것이 옳았는지 쓰지 않은 것이 옳았는지 아무리 생각을 해 보아도 쓰지 않는 것이 옳았을 것으로 판단이 된다.

그것은 내가 타 구로 갈 바에는 왜 이렇게 소청을 제기했고 소청 결과 마음고생을 했으며 결과에 아무런 실익이 없지를 않은가 하고 생각을 해 볼 때 동의서를 쓰지 않은 것이 더 옳지 않았는가 하는 그러한 판단이 내려지고 지금 후회를 하고 있는 것이다.

어서 빨리 2월이 지나가고 3월초 아니면 3월이 다 지나가서 결과가 어떻게 나타나는지를 보았으면 좋으련만 요즈음 같으면 날짜 가는 것이 그렇게 지루할 수가 없음을 스스로 느끼고 있음을 어찌하랴.

새로운 양식의 인사교류동의서를 재작성 요청하다

오늘도 별 특별한 일 없이 하루를 보냈으나 마음 한구석을 짓누르는 응어리진 가슴을 어떻게 할 수는 없는 것 같다. 그것은 내가 근무할 위치가 아직 확실히 정해지지를 않으니 그러한 상태가 나타나는 것 같은 느낌이다.

찾아오는 사람도 별로 없고 해서 오늘은 가까이 있는 별관청사 다른 과 직원들과 같이 식사를 하기로 하고 과·팀장 및 직원들 10여 명 이상을 스스로 식사비를 부담하면서 그들과 함께 식사를 하게 되었다.

내 자신은 평소 아래 직원들에게 잘 대하려고 마음속으로 나름대로 노력을 한다고 하고 있으나 상대방에서 어떻게 생각을 하고 있는지는 잘 모르겠다.

하루 종일 앉아서 구립국제유치원의 개설을 위한 자료 수집을 검토하고 또 검토를 했으나 어디에 어떠한 관련 자료가 있는 것도 아니고 처음 구상하는 업무라서 뭐가 확 잡히는 것도 아니고 같이 상근하는 직원이 있는 것도 아니어서 이래저래 답답하기만 하다.

오후 4시경에 갑자기 J모 인사주임이 찾아와서 내가 지난 5일에 작성 제출한 타 구 전출 인사교류동의서를 새로운 양식의 서식에 의해 다시 작성 제출해 달라면서 서식용지를 내놓는다.

나는 서식용지를 받으면서도 기분이 대단히 언짢은 것이다. 그것은 지난번에 이미 작성 제출한 동의서도 얼떨결에 써주고 계속 마음이 편치 않은 마당에 있는데 새로운 양식을 주면서 또다시 써 달라고 하니 비위가 뒤틀릴 수밖에 없는 것이다.

그는 양식이 바뀌었다고 새로운 양식의 서식을 디밀면서 내일이나 아니면 늦어도 모레까지는 꼭 작성해서 제출을 해 줘야 된다면서 서식을 책상에 놓고 가는 것이다. 그렇지 않아도 나는 타 구로 가지 않을 방법이 없을까 하고 궁리를 하고 있던 차에 그들은 또다시 나의 비위를 건드리고 있는 것이다.

나는 G구 B모 국장에게 전화를 걸어서 조언을 들으니 여기서 기왕 찍혔는데 굳이 타 구로까지 갈 이유가 뭐가 있느냐면서 동의서를 써주지 말라면서 지난번에 써줬던 동의서도 취소를 하라고 한다.

나는 이를 어떻게 해야 할지 또다시 갈등(葛藤)이 올 수밖에 없다. 차라리 지난번에 동의서를 써주지 않았다면 간단했으련만 동의서를 써준 관계로 더욱더 일이 복잡하게 꼬이고 있는 것 같다.

오늘 특별하게 할일이 있는 것은 아니나 다시 써 달라는 동의서 때문에 저녁 늦게 9시 이후까지 사무실에 있으면서 고심(苦心)에 고심을 하지 않을 수 없는 것이다.

퇴근을 하면서 ○○동사무소에서 H모 주임을 만나서 그와 낮에 있었던 인사주임의 새로운 타 구 전출 인사교류동의서 작성 요청 건에 대해 이야기를 한 것이다.

나는 그렇지 않아도 비위가 뒤틀려 있는 판에 또다시 타 구 전출 인사교류동의서를 써 달라고 하니 지난번 인사교류동의서를 작성해 줄 때도 여러 사람이 달라붙어서 이것저것 판단을 제대로 하지 못하고 얼떨결에 써주었는데 어떻게 하면 좋겠느냐 하고 의견을 물은 바 차라리 이번 기회에 명분을 찾아서 거절하는 것이 어떨까 하는 의견을 내놓는다.

나는 지난번 써준 동의서를 언제고 취소 또는 철회를 하는데 있어서 법

260

적으로 문제가 될 수는 없겠지만 그렇다고 취소를 할 수 있는 명분이 무엇인가 하는 것이 문제라고 하자 꼭 명분을 찾으려면 심정의 변화가 일어나서 갈 수가 없다고 하면 될 것이라고 한다.

다만 지난 5일에 S구나 G구로 가겠다고 써준 타 구 전출 인사교류동의서가 문제가 될 수도 있겠으나 그것은 구청이 나를 이용하려는 목적과 수단에 비하면 그렇게 큰 문제가 될 수 없을 것으로 두 사람 다 동일하게 결론을 내렸다.

그리고 지금까지 인사팀장의 직책을 맡아 나와 구청 사이에 끼어서 곤욕을 치른 고향 후배인 K모 인사팀장도 금번 소청인의 인사문제로 인해 책임을 지고 인사팀장 직을 떠나 타 과로 갔으니 이 점에 대해서도 아무런 부담이 없어진 것이다.

또 만약에 내가 지난번에 써주었던 타 구 전출동의서의 제출을 취소하고 여기에 잔류하겠다고 한다면 이번만큼은 집사람이 전면에 나서는 그러한 일을 없어야 된다는데 의견일치를 본 것이다.

H모 주임과 장시간 이야기를 하고서 12시가 넘어서야 집에 도착했다.

그는 지금까지 있었던 나의 일련의 사태에 대해 훌륭하게 책사(策士) 노릇을 잘하고 있는 바 나는 이를 항상 고맙게 생각하고 있는 것이다.

전출에 동의한 타 구의 동향을 알아보다

오늘은 지난 2월 5일 타 구 전출에 동의를 하고 혹시라도 가게 될지 모를 G구를 출근길에 들러 보려고 야탑(野塔)역에서 지하철을 타고 복정(福井)역에서 환승하여 G구청을 찾아가 B모 과장을 만나 직접 이야기를 듣고 그리고 의견을 나누고자 마음을 단단히 먹고 G구청을 방문했으나 가던 날이 장날이라고 9시부터 간부회의를 시작하는 관계로 만날 수가 없었다.

야탑역에서 지하철을 이용 G구청을 처음 가 보았는데 의외로 빠르고 가까웠다. 회의시간이 얼마나 진행될지 시간을 몰라 메모(memo)만 남겨 놓고 사무실로 되돌아올 수밖에 없었다.

섭섭한 마음으로 사무실에 도착하여 잠시 쉬고 있는 11시경에 B모 과장에게서 전화가 걸려왔다. 아침에 출근시간대에 맞춰 방문했으나 간부회의 관계로 만나지를 못하고 왔음을 알리고 퇴근시간 무렵에 야탑역 부근에서 다시 만나 이야기하기로 약속을 했다.

오후 5시경에는 S구 S모 동장에게 전화를 하여 소청인의 근황을 알리고 소청인이 S구와 G구 2개 구를 지정하여 전출하겠다는 동의서를 제출했음을 알리자 그는 자기 경험을 이야기한다면서 타 구로 새로 부임을 해 보니 초임 발령받은 9급 시보와 같은 심정(心情)이라면서 새로운 구청에 와서 적응을 하려고 하니 너무나 낯이 설어 가능하면 있었던 곳에 그대로 있는 것이 좋을 것 같다는 자기의 경험담을 이야기해 주는 바 나는 S구에서 시청으로 가려고 하는 의회의 B모 사무관을 혹 알고 있느냐고 물으니 그는 타 구청에서 과장으로 같이 근무를 한 바 있어 잘 알고 있다고 하는 바 나는 그럼 잘됐다면서 그렇다면 그 B모 사무관에게 금번 3월 인사교류 시 서울시로 전출을 희망하는 인사교류동의서를 제출했는지 안 했는지 또는 갈 의향이 있는지 없는지 알아볼 수 있겠느냐고 하니까 본인에게 직접 확인을 한 다음 즉시 알려주겠노라고 한 후 약 20여 분 후에 전화가 왔는데 그는 서울시로 갈 의사가 전혀 없다고 확답을 받았노라고 하는 전화가 걸려 왔다.

나는 그렇다면 S구에서만 서울시로 갈 희망자만 없다면 G구에서는 희망자가 없는 것 같다고 그간의 사정을 설명하고 협조를 해 달라고 하여 쾌히 승낙을 받고 이 문제를 가지고 계속 연락을 취하기로 하고 전화를 마쳤다.

퇴근시간 무렵에 G구청의 B모 과장에게 퇴근시간 6시 반경에 야탑역 부근에서 만나 저녁을 같이하기로 약속을 한 바 그와 만나서 식사를 하면서 그동안 만나지 못하고 전화로 오간 여러 가지 얘기로 회포(懷抱)를 풀면서 현재 자기가 근무하고 있는 G구에서는 서울시로 갈 희망자가 전혀 없는 것으로 파악이 되고 있다는 말을 들었다.

B모 과장에게 G구의 상황을 살펴 달라고 이야기를 하고 교류시점이 3월 중순이니 그때만 지나면 강남에 그대로 자동으로 잔류하게 되는 것이 아니냐고 가능한 G구의 사정을 계속 연락을 하여 여기서 상황 대처를 할 수 있도록 하겠다는 약속을 하고 헤어졌다.

타 구 전출동의서 재작성에 대해 숙의를 하다

오늘은 시청 국제협력과에 들러 담당자를 만나 시에서 추진하고 있는 외국인학교 유치와 관련하여 관계법 등 추진상황과 관련 업무를 알아보기로 J모 팀장과 어제 합의한 관계로 10시경에 시청으로 같이 출장을 갔다.

시청에 가서 담당직원과 만나 그들의 추진상황을 청취한 바 시청에서 추진하는 외국인 학교는 한남동(漢南洞)에 이미 부지를 확보하고 외국인이 투자를 할 수 있는 방안을 강구하기 위해 산업자원부와 공동으로 출자를 하고 현행법의 테두리 내에서 별도 법인을 설립하여 업무를 추진하는 관계로 법상 아무런 문제점이 없는 것 같았다.

그러나 강남구에서 추진하려고 하는 외국인을 위한 유치원은 본인이 과거 초기 단계 처음부터 업무를 시작하여 마무리 단계에서 인계한 미국 UCR(University of California Riverside)과 협약을 맺어 현재 구청에서 개설 운영 중에 있는 강남구립국제교육원 내에 외국인을 위한 또 하나의 별도 법인을 설립 유치원을 운영하려고 하는 구상으로 현행법상 맞지 않는 여러 가지 상충(相衝)되는 문제점이 많이 있는 것 같다.

그들과 장시간 의견을 교환하고 사무실로 들어오니 J모 인사주임이 엊그제 갖다준 타 구 전출 인사교류동의서를 빨리 작성 제출해 달라고 하는 전화를 받고 내일 오전 중으로 제출을 하겠다고 답변을 해 주었다.

　오후에 사무실에 들러 S구 S모 동장에게 전화를 걸어 여기에서 전개되는 상황을 이야기를 하고 여하튼 S구에서만 서울시로 갈 교류 대상자가 없다면 어쩌면 본인이 여기 강남에 그대로 눌러 앉게 될 수도 있음을 알려주고 잘 부탁한다는 말을 하고 근간에 한번 직접 만나서 이야기하기로 약속을 하고 전화를 끊었다.

　퇴근 무렵에 H모 주임과 통화를 하여 시에 제출할 타 구 전출 인사교류 동의서를 어떠한 방법으로 작성하여 제출해야 본인에게 유리할 것인가를 서로 구두 협의한 바 같이 도출해낸 의견이 일단 제출은 하되 지난 2월 5일 제출한 범위를 벗어나지 않게 즉 타 구 전출동의서를 작성함에 있어 S구와 G구 2개 구에 한정한다는 부기를 명기(明記)하고 기타 타 구청은 불가함을 내용으로 작성 제출키로 의견의 일치를 보았다.

타 구 전출 인사교류동의서를 재작성하여 제출하다

아침에 출근을 하여 J모 인사주임에게 연락을 하여 어제 써주기로 약속한 타 구 전출 인사교류동의서를 다시 작성하여 제출했다.

작성 내용의 일반적인 상황은 그들이 보내온 서식에 의해 특이한 내용이 없겠으나 본인이 부기해야 할 단서조항을 명확히 하여 제출한 것이다.

부기한 주요 핵심 내용의 단서조항은

① 본 신청서는 지난 2월 5일 제출한 타 구 전출동의서와 대체하는 것임

② 근무 희망지 ①지망(S구) ②지망(G구)청 외는 불가함

③ 단 교류기간은 2004년 3월 중에 한함

이라는 단서조항을 명기하여 다시 작성 제출했다.

타 구 전출 인사교류동의서를 제출하고 난 얼마 후 B모 비서실장으로부터 점심을 같이하자는 연락이 왔다.

새로 부임한 L모 인사팀장과 같이 3인이 구청 앞 일식집에서 같이 식사를 하면서 B모 비서실장은 후배들을 위해 과장님이 타 구 전출 인사교류동의서를 제출해 줘서 고맙다면서 집사람에 대해 사모님의 인품을 보니 아주 훌륭한 분이라고 칭찬까지 해 주었다.

＊아래 인사교류 신청서 사본 참고요.

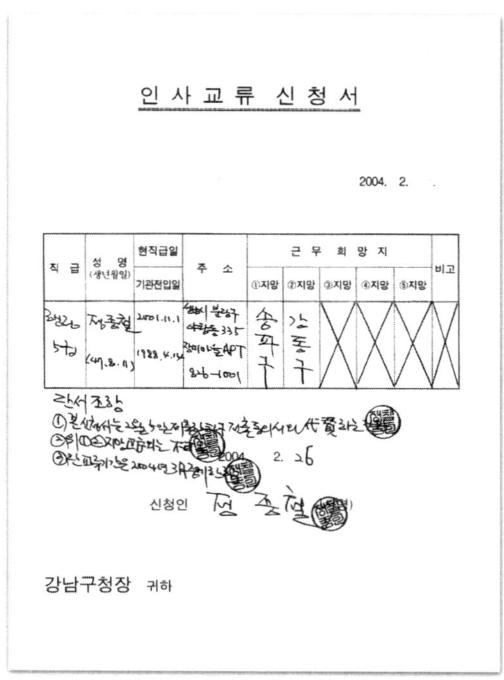

그것은 오늘 본인이 타 구 전출 인사교류동의서를 재차 작성 제출함으로
서 그들로서는 이제 앓던 이가 빠지는 그러한 결과가 나왔으니 기분이 좋
을 수밖에 없을 것이고 본 교류동의서를 제출하게 된 직접적인 동기는 집
사람 때문에 도출이 되었으니 집사람을 칭찬할 수밖에 없을 것이며 이는
또 하나 본인을 달래고 환심을 사려는 그러한 수단으로 볼 수도 있겠으나
그러나 나는 강남구를 떠나는 날이 확정될 때까지 쓸 수 있는 최대한의 최
종적인 카드(card)는 다 쓰고 가려는 것이 본인의 심사(心事)이고 결심인
것이다.

비서실장의 하는 말이 하루라도 빨리 자리를 잡아서 안정적으로 근무를 해야 되지 않겠느냐면서 또 인재가 놀고 있으면 되겠느냐 하고 만약 희망하는 구청의 자리가 나지 않을 경우에는 구청장이 직접 나서서 해결을 해 줄 수도 있을 것이라는 듣기 좋은 말까지 했다.

그러나 구청장이 나를 쫓아내는 그러한 판국에 그러한 말을 했을 리가 만무하니 그러한 말을 믿지도 않을뿐더러 그렇게 해 줄 사람도 아니고 또 더더구나 그렇게 부탁하고 싶은 마음은 추호도 없으며 또 그렇게 되지도 않을 사항이니 그의 말에 대해서는 가타부타 아무 말도 대꾸하지 않았다.

그러나 지금까지 누구에게서도 그러한 빈말이라도 위로의 말 한마디 없었든 터에 비서실장의 하는 말에 대해서는 고마운 마음이 들었다.

그러면서도 그것은 당연히 자기들을 위해서 해야 할 일이라고 생각하면서 또 내가 타 구 전출동의서의 제출을 계속 거부한다면 옆에서 보기에 자기들의 입장이 거북스럽다거나 곤란해지니까 하는 말로 들렸다.

나는 엊그제 새로 발령받은 L모 인사팀장에게 내가 이제 줄 수 있는 카드(card)는 아무것도 없으니 잘 알아서 처리하라고 이야기를 하면서도 마음속으로 그들은 자신들을 위해서 그렇게 하는 것이지 나를 위해서 하는 일은 아니지 않는가 하고 생각을 하니 한편으로는 섭섭한 마음까지 들기도 한다.

오늘 최종적인 타 구 전출 인사교류신청 동의서를 작성 제출해 주고 나니 이제 허탈한 마음밖에 아무것도 남는 게 없으며 그들은 수단과 방법을 가리지 않고 나를 강남구에서 쫓아내려고 총동원령(動員令)을 내렸으며 이제 나에게 있어선 마지막 쓸 수 있는 카드(card)까지도 거둬들여졌으니 어떠한 결과가 나올지 두고 볼 수밖에 없으며 걱정도 되고 결과가 궁금할 수밖에 없으나 기다리는 방법 외에 별 도리가 없는 것이다.

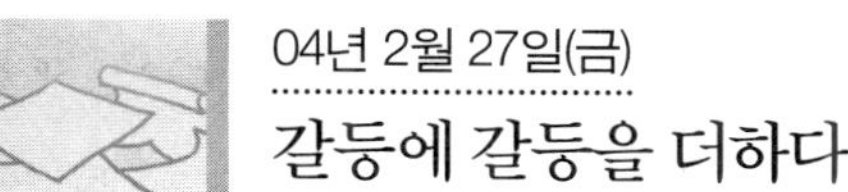

갈등에 갈등을 더하다

아침에 출근을 하면서 S구 G동을 방문 S모 동장을 만나서 장시간 이야기를 했다.

S모 동장이 그 자리에서 구의회 전문위원으로 있는 B모 사무관에게 직접 전화를 걸어 서울시로 갈 의향이 있느냐고 문의를 한 바 밤사이에 그의 마음이 어떻게 변했는지 갈 의사가 있음을 내비친 것이다.

S모 동장 하는 말이 어제까지도 분명히 나에게 갈 의사가 없다고 했는데 아마 밤사이에 모종의 협상이 이루어졌는지 모르겠다고 한다.

본인의 생각엔 잘은 모르지만 그것은 아마도 시청에서 B모 사무관에게 그가 원하는 자리를 보장할 테니 시(市)로 교류신청 동의서를 제출하라는 그러한 언질이 있었을 수도 있는 것이고 한편으로는 강남구에서 본인을 기어이 방출시키기 위해 그를 상대로 로비(lobby)를 할 수도 있는 것이며 그러한 결과의 산물인지도 모른다는 생각이 들었다.

그것은 어제까지만 해도 분명히 가지 않겠다고 했던 사람이 하룻밤 사이에 마음이 변한 것을 보면 구청의 로비가 없이는 그렇게 될 수가 없지 않는가 하는 생각이 들기도 하고 그러한 설이 들리기도 하나 워낙 내밀하게 이루어질 수밖에 없는 상황이니 정황(情況)만 있는 것이지 근거가 없으니 사실은 알 길이 없는 것이다.

나는 그런대로 S구의 B모 사무관만이 서울시로 가겠다는 교류신청서만 제출하지 않는다면 자연스럽게 강남에 남을 수도 있게 되겠구나 하고 기대를 하고 있었는데 이렇게 되고 보니 정말 실망스럽고 난감하기 그지없는 것이다.

나는 지난 2월 5일 타 구로 가겠다는 인사교류동의서의 제출은 물론이고 또다시 어제 제출한 동의서를 어떻게 할 수가 없음을 후회하고 실망스러운 마음으로 사무실로 돌아왔다.

이제는 강남구청의 막후 공작에 어떻게 손을 써 볼 겨를조차도 없을 것 같다. 그러나 나는 아직까지도 그들에게 완전히 주도권이 넘어가지는 않았다는 마음으로 이 문제를 가지고 다시 한번 심사숙고(深思熟考)해 보기로 마음을 먹었다.

오후에 여러 가지로 생각을 해 보았다. 그리고 내가 알고 있는 여러 사람들에게 채널(channel)을 가동하여 더 많은 의견을 듣고 참고하기로 하고 시청의 B모 팀장 Y모 주임 등에게 소청인의 입장을 설명하고 거취를 어떻게 하는 것이 좋겠느냐고 의견을 타진한 바 강남에 있으면 윗사람과 계속 갈등관계(葛藤關係)가 있을 것인 바 강남을 떠나는 것이 좋지 않겠느냐 하는 의견이다.

그러나 내 입장에선 강남구 관내에서 20년 이상을 계속 거주했고 강남구청에서만 16년여 동안 연속 근무를 하고 있었으니 강남을 떠나고 싶은 마음은 추호도 없는 것이다.

나는 인사주임에게 전화를 걸었다. 그것은 내가 어제 제출한 타 구 전출 교류동의서에 대해 다른 구청을 더 추가할 테니 동의서를 되돌려 달라고 하고 동의서를 되돌려 받은 후 구청에 심정(心情)이 변하여 가지 않겠다고 통고를 해야 되는지 다시 한번 더 생각을 해 보기로 마음을 굳힌 다음 최종 결정을 하기 위함이다.

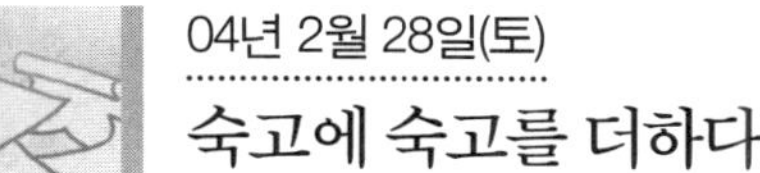

숙고에 숙고를 더하다

오늘은 출근을 하여 지난 26일에 인사주임에게 작성 제출한 S구와 G구의 타 구 전출 인사교류동의서를 가져오라고 전화를 하니 오늘 출근을 하지 않았다고 한다.

어제 인사주임과 이야기를 해 놓은 관계로 엊그제 써준 동의서를 옆 직원이 받아서 가지고 있다고 하는 바 내가 동의서를 보내 달라고 부탁을 하니까 옆 사람을 시켜서 사무실로 보내온 것이다.

나는 우선 H모 주임에게 전화를 걸어 점심을 같이하기로 약속한 바 점심시간 2시간 전에 사무실로 달려왔다.

그와 점심을 하기 전 먼저 어떻게 하면 좋을까 하고 이야기를 한 바 먼저 타 구로 가지 못하겠다는 명분을 찾아야 한다고 한다. 그것은 강남을 떠날 의사가 전혀 없다는 사실을 밝히고 우선 2월 5일에 써준 전출동의서에 대해 그때와 지금의 심정(心情)이 변해 가지 않겠다는 의사를 먼저 인사팀장을 통하여 전달을 해야 할 것이라고 했다.

그와 점심을 같이하면서 내가 강남에 남아 있을 경우와 떠날 경우를 비교해 보기로 했다. 남아 있을 경우 2년 이상을 구청장과 갈등을 빚으면서 계속 근무를 해야 하는 경우의 문제점 즉 계속 보직을 주지 않고 무보직(無補職)으로 방치할 때의 스트레스(stress)를 감당할 경우 이는 상상만 해도 끔찍한 일인 것이다.

　다음은 강남을 떠날 경우 새로운 곳에서 새롭게 적응을 해야 하고 직원들과 잘 알지 못하여 빚어질 여러 가지 낯설은 문제점 및 새로운 곳에서 적응을 해야 되는 문제점 등 그러나 무엇보다도 더 문제가 되는 것은 떠나기 싫은 강남을 억지로 떠나서 새로운 곳에서 어떻게 적응을 하면서 근무를 해야 할 것인가 하는 점이 가장 큰 문제이고 두려움인 것이다.

　위 두 가지 문제점 등을 비교할 때 장단점이 다 있는 것이나 후자가 비중이 훨씬 더 크다고 느껴져 강남을 떠나고 싶은 마음이 추호도 없는 것이다.

　소청인은 H모 주임에게 내 나름대로 아는 사람들에게 더 물어보아야 하겠다고 하고 그를 돌아가게 한 후 Y구 B모 부구청장에게 전화를 걸어 의견을 구한 바 그는 향후 여러 가지 정황을 판단해 볼 적에 가는 것이 더 좋을 것 같다는 의견을 말한다.

　내가 지금까지 여러 사람들의 의견을 들어 본 결과 강남을 떠나라는 사람의 의견이 월등히 많음을 알 수가 있었다.

　나는 오후 4시경에 새로 부임한 L모 인사팀장을 소청인의 사무실로 불러 입장을 이야기하면서 이해해 달라고 부탁하고 지금이라도 지난번 제출한 타 구 전출 인사교류동의서를 취소하면은 그만이라고 하니까 그는 입장을 충분히 이해하겠다고 한다.

　저녁에 집에 와서 가족문제로 또다시 집사람과 언쟁을 했다. 집사람은 아들과 딸의 장래문제를 가지고서 갈등이 일어난 것이다.

　나는 아이들이 대학을 졸업하고 직장을 들어가면 문제가 다 해결이 되는 줄 알았는데 집사람 말대로 참으로 갈수록 어려운 문제가 점점 더 많아지는 것만 같다.

　이제 정년도 3년밖에 남지 않았는데 두 아이의 결혼문제는 보이지 않고 참으로 답답하기만 하다.

　나는 금번 인사문제에 대해 집사람이 개입을 하지 않았다면 자동적으로 해결이 되었을 텐데 하고 생각을 하지만 집사람은 자기가 적극 나서서 즉 개입을 해서 문제가 더 잘 해결이 되었다고 주장하고 있으니 이에 대해 갑론을박(甲論乙駁)하면서 시비를 가릴 수도 뭐라 이야기할 수도 없고 답답하기만 하다.

제4부

있는 그날까지 열심히 일하겠다는 마음 다짐을 하다

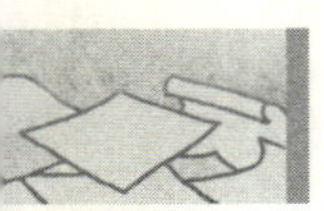

있는 그날까지 열심히 일하겠다는 마음 다짐을 하다

오늘은 출근을 하여 먼저 H모 주임에게 여기 남아 있을 경우와 떠날 경우의 장단점을 이야기하고 S구로 가겠다는 의사를 최종적으로 전달했다. 그래도 그동안 나에게 가장 많은 조언과 내밀한 이야기를 해 준 사람이 H모 주임인 것이다.

J모 인사주임에게 지난 28일에 회수한 전출동의서를 가져가라고 연락하니 즉시 사람을 보내온 바 전출동의서를 다시 넘겨줬다.

이제 강남에서 모든 상황이 끝난 것으로 생각을 하고 강남을 완전히 떠날 준비를 하고 그날만을 기다리고 있을 수밖에 없다.

J모 국제유치원설립 추진팀장 K모 법무팀장과 같이 모여 이야기를 했다. 본 사업이 현행법을 적용하여 추진하기엔 여러 가지로 문제점이 있으나 이를 돌파해야 하며 내가 이제 여기에 남아 있으면 얼마나 있겠느냐면서 그러니 강남을 떠나기 전에 최선을 다해 다음 주 중에는 지금까지 추진한 상황에 대해 보고서 하나쯤은 더 만들어 올릴 수 있도록 준비를 하여 나에 대한 체면을 세워 달라고 부탁을 하여 그렇게 하기로 합의를 보았다.

나는 비록 강남에서 떠밀려서 떠난다 해도 마지막 있는 그날까지 할 일은 다하고 떠나는 게 도리라고 생각을 했기 때문에 있는 그날까지 열심히 하려는 그러한 마음의 자세만큼은 가져야겠다는 게 소신이고 심정(心情)

이기 때문이다.

 그래서 비록 시한부 인생으로 보내고 있는 몸이지만 방침서 하나라도 더 만들어 본 업무를 추진하는데 있어서 조금이라도 도움이 되었으면 하는 그러한 마음인 것이다.

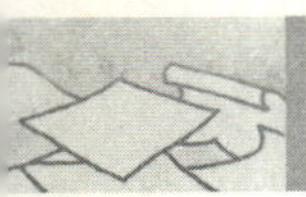

막상 떠나려고 하니 착잡한 마음이 금할 길이 없다

오후 늦게 사무실에 도착하여 이제는 막상 S구나 G구로 간다는 생각을 하니 무척 마음이 착잡하다. 내가 왜 지난번 2월 5일 아무런 조건도 없이 타 구 전출 교류동의서를 써주었는지 내 자신 그 당시의 심정(心情)을 알 수가 없고 후회가 될 뿐이다.

그러나 이제 날아간 화살이니 어떻게 할 수도 없고 모든 것을 숙명으로 받아들이고 순순히 강남을 떠날 준비를 해야만 할 것 같다.

전에 D동에서 같이 근무했던 H모 팀장이 암으로 사망했다는 소식이 게시되었다. 빈소인 삼성의료원에 들러 조문을 하고 다시 사무실을 들러 집에 오면서 그의 나이 이제 만 50세로 한창 일할 나이에 죽었으니 참으로 인생이 덧없고 허무하다는 생각이 들었다.

그리고 이러한 인생의 살아가는 자체가 얼마나 허무한 것임에도 불구하고 짧은 인생의 삶의 기간을 서로 화합하지 못하고 아웅다웅하고 다투면서 살아가고 있는지 소청인 자신부터 마음을 비우지 못하고 억울함을 되찾고자 몸부림을 치고 있는 자체가 정말 옳은 일인지 판단이 서지를 않는다.

퇴근시간 무렵 동장 직위공모 문건이 게시되다

오늘도 특별하게 무엇 하나 하는 일 없이 오전 반나절을 넘기고 있다. 오후에 K모 직협 회장과 I모 사무국장이 사무실로 오겠다는 전화가 왔다.

그들이 사무실을 찾아와서 만나 보니 별 다른 얘기는 없고 격려문제의 위법성을 가지고 구청장을 상대로 격려에 대한 위법무효소송을 제기할 시 법적으로 예상되는 문제점에 대한 조언을 구하는 바 나는 그들에게 격려는 내부 행위인 관계로 소송대상이 되지를 않을 뿐만 아니라 소송을 해도 이기기가 어려울 것이라는 의견을 제시하면서 아마도 소송을 제기할 시 이는 괜히 변호사 수임료 등 소송비용만 낭비하고 결과는 소송요건이 될 수 없어 100% 각하결정이 날 가능성이 많은 바 실익도 없이 헛고생만 할 것 같다는 이야기를 해 주었다.

그들이 돌아간 후 궁금하여 S구 J모 행정관리국장에게 전화를 걸어 지난번 시청으로 갈 의사가 있는 B모 사무관이 서울시로 가겠다는 인사교류 전출동의서를 제출했는지 문의한 바 제출을 하지 않았다는 답변을 들었다.

나는 B모 사무관이 처음에는 안 가겠다고 하다가 다시 가는 쪽으로 마음을 굳힌 것으로 파악이 되었는데 또다시 가지 않는 방향으로 마음을 굳히고 있음을 확인할 수가 있었다.

정말 일이 어떻게 전개되어 가려고 그러는지 궁금하기 그지없으며 3월이 지나기 전까지는 결과를 알 수가 없을 것 같으니 답답하기만 하다. 어떻게든 결말이 나기 위해 하루 빨리 3월이 지나갔으면 하는 조급한 마음이 들 수밖에 없다.

그런데 퇴근시간 무렵에 수서동장 직위공모 시민심사제를 시행한다는 문건이 게시(揭示)되었다. 나는 왜 갑자기 수서동장 직위공모를 하는지 직감적으로 이상한 느낌이 들었으며 뭔가 상황이 바뀌어 가고 있구나 하는 예감이 들기 시작했다.

곧이어 L모 인사팀장에게서 전화가 걸려왔다. 나에게 수서동장 직위공모에 필히 응해야 하는 필수 대상자라면서 그것도 내일 오후 5시까지 신청서를 제출해야 된다고 하는 바 나는 일이 어떻게 되어가고 있는 상황이냐 왜 강남을 떠나기로 결정이 되어 있는 사람에게 직위공모를 신청하라고 하느냐 하고 되묻자 시원한 답변을 하지 못하고 얼버무린다.

나는 직감으로 감이 잡히는 것을 느낄 수가 있었다.

오전에 S구 J모 행정관리국장으로부터 서울시로 갈 것으로 예상을 했던 B모 사무관이 인사교류 신청서를 제출치 않았다는 이야기를 들은 바 있었기 때문이며 그리고 또 G구에서는 아예 시청으로 가겠다고 희망하는 사람이 없음을 이미 알고 있는 터인지라 어쩌면 내가 지난번에 제출한 타 구 전출 인사교류 신청동의서가 그대로 사장(死藏)이 되고 그리고 강남을 떠나지 않고 그대로 남을 수도 있겠구나 하고 어렴풋이나마 짐작을 할 수 있었다.

이는 나에게 얼마나 반가운 소식이며 또 그렇게 되기를 얼마나 간절히 바라고 희망하고 있었던 일이 아니었든가 잘하면 내가 원하는 방향으로 이루어질 수도 있겠구나 하는 느낌이 들기 시작했다. 그러나 아직 낙관은 금물이며 내심으로 그렇게 되기만을 기대하면서 마음을 졸이고 있을 수밖에 없다.

L모 인사팀장은 나에게 전화를 다시 걸어 수서동장 직위공모에 필히 응해야 하는 필수 대상자이니 그렇게 알고 준비를 해야 한다면서 나 외에 지

난 2월에 사무관으로 승진이 결정되어 지난주까지 행정자치부 연수원에서 1개월간 교육을 마치고 온 L모 전 자치행정팀장과 그 외에 희망하는 사람이라고 전했다.

그러나 내 생각으론 아마도 수서동장을 하고자 직위공모에 희망하는 사람은 없을 것이라는 생각이 들었다. 그것은 수서동이 관내에서 가장 여건이 어려운 동이며 지금까지 동장이 6개월 이상 공석 중에 있었고 또 많은 사람들이 현재 보직이 없이 대기 중에 있는 본인을 발령을 내줘야 한다는 것이 중론(衆論)임에도 불구하고 타 구로 방출시키기 위해 갖은 방법으로 공작을 계속하다가 이것이 실패로 돌아가자 이제는 편법을 동원하여 마지막 수단으로 시민이 직접 동장을 선출하는 직위공모 심사제를 실시한다고 하는 그러한 상황에서 수서동장을 하겠다고 직위공모에 희망하는 사람은 없지 않을까 하는 확신을 가지고 있는 것이다.

또 동장을 발령 내야 할 결원이 발생되었다면 소청인이 보직을 받지 못하고 대기 중에 있으니 발령을 내줘야 하는 것이 당연한 이치이고 발령을 내야 할 사람이 없으면 상식적으로 승진을 시켜서 발령을 내면 되는 것이지 무슨 뚱딴지 같은 동장 직위공모제를 실시한다고 주민대표들을 모아 놓고 투표를 하여 직접 선출을 하겠다는 것은 참으로 지나가는 소도 웃을 노릇이 아니고 뭐란 말인가.

동장이 무슨 선거나 투표에 의해 선출하는 정무직 공무원이라는 말인가. 구청장은 그렇다 치고 거기에 보좌하는 부구청장 이하 참모진은 얼마나 엉터리 행정을 하는 사람들이며 그야말로 예스 맨(yes man)들로만 득실거리고 있음을 여실히 보여주고도 남음이 있는 것이다.

그것은 행정을 조금이라도 아는 사람이라면 강남구청이 얼마나 엉터리 행정을 하고 있다는 사실을 알 수가 있는 것이며 이러한 동장을 투표로 뽑는다는 자체는 정말 세상 사람들의 조소(嘲笑)거리밖에 될 수가 없음에도 불구하고 이러한 행정을 버젓이 하려고 하는 것이다.

그리고 수서동장 직위공모에 대한 게시내용을 자세히 보니 대상은 행정 5급 전원이라고 해 놓고 그 다음 괄호 안에 '필수공모대상 : 국제유치원 설립추진 T/F팀장, 그리고 승진예정자' 라고 되어 있는 바 여기서 국제유치원 설립추진 T/F팀장은 본 소청인을 지칭한 것이고 승진 예정자란 엊그제 사무관 승진 대상자 교육을 마치고 온 L모 전 자치행정팀장을 지칭한 것이다.

* 수서동장 직위공모 시민심사제 공고문 사본 참고요.

동장을 시민이 직접 뽑는 "수서동장 직위공모 시민심사제"를 아래와 같이 시행합니다.

* 공모직위 : 수서동장
* 대   상 : 행정 5급 전원 (필수 공모대상 : 국제유치원설립추진 T/F팀장, 승진예정자)
* 접수기한 : 2004년 3월 9일 17:00한
* 제출서류 : 담당직원에게 유선 통보 후 "서면양식(별도송부)" 작성 제출
* 평가방법 : 서면 제출자료를 시민심사위원이 심사 후 최다 득표자 선정
.... 담당자 : 총무과 인사팀 신동명(2104-1214) ....

제목 : 공모신청서
보낸사람 : 신동명/딸딸/총무과/강남구
받는사람 : 정종혈
첨부 : 업무추진계획.hwp (6.5K)

크기 : 12.8K
보낸일시 : 2004/03/09 14:45

업 무 추 진 계 획

□ **인적사항**

공모직위	현소속	직급	성명	생년월일	현직급일	현보직일

<자기소개> .... 주요경력 및 특기사항

□ **수서동장 보임시 본인의 각오**

작 성 자   (인)

5급으로 보직을 해야 할 동장자리가 났으면 그래도 사무관으로 임용이 되어 몇 년간 근무를 한 본인을 먼저 당연히 발령을 내줘야만 하는 것이 합당한 절차나 순서임에도 불구하고 어찌 엊그제 갓 교육을 마치고 아직 사

무관 임관도 채 되지 않은 상태에 있는 그러한 사람에게 직위공모에 응하라고 하여 경합을 시키려고 할 수 있다는 말인가.

이것은 소청인을 기어이 배제(排除)하고자 하기 위한 하나의 술수로 직위공모제라는 세상 어디에도 없는 편법을 써가지고 주민대표들을 모아 놓고 본인을 탈락시키기 위한 수단과 방법을 있는 그대로 다 동원한 것이다.

이와 같이 법과 도리에 맞지 않은 이러한 교활(狡猾)한 행정을 하는 구청장 이하 관련 해당 간부들의 횡포에 참으로 어이가 없고 분노(忿怒)가 치밀었으나 결재권자의 횡포이니 이를 막을 사람은 아무도 없고 제동 장치가 없음을 어찌하랴.

기분이 썩 좋지를 않고 내키지 않지만 만약에 직위공모에 응하지 않으면 응모를 하지 않았기 때문에 발령을 내줄 수 없다고 할 것이고 또 직위공모에 응모한 다음에는 주민대표를 모아 놓고 형식적인 투표를 하여 자치행정팀장보다 득표수가 모자라면 주민투표에 패했으니 발령을 내줄 수가 없다고 할 것이고 이렇게 해도 발령을 내주지 않고 저렇게 해도 발령을 내주지 않기 위한 비열(卑劣)한 저의가 아니고 무엇이란 말인가.

이렇게 본인을 나무 위에 올라가라고 해 놓고 흔들어 대서 떨어뜨리려는 소위 짜고 치는 고스톱(go stop)처럼 그러한 빤히 들여다보이는 작전과 술수를 쓰고 있는 것이다.

이것은 궁극적으로 본인을 기어이 발령을 내주지 않기 위한 사술(詐術)이며 작전의 일환임을 알면서도 직위공모에 응하지 않을 수 없는 참으로 진퇴양난(進退兩難)의 어려운 처지에 놓이게 되었으며 이러한 구청의 횡포가 얼마나 심하고 지나치고 도를 넘는 처사에 다시 한번 분노를 느끼지 않을 수가 없었다.

그러나 나는 지금까지 갖가지 어려움을 극복하고 여기까지 왔으니 어떠한 공작을 하든 어떠한 난관이 있든 이를 돌파하리라는 굳은 신념을 가지고 직위공모에 응하여 기필코 승리하기로 마음을 굳힌 것이다.

직위공모에 응하기로 하고 자료를 준비하다

나는 출근 후 직위공모에 응해야 하는지 즉 직위공모 신청서를 작성 제출을 해야 하는지 아니면 포기를 해야 하는지를 최종적으로 결정을 해야 하는 그러한 기로(岐路)에 서 있는 것이다.

잠시 후 H모 주임에게 직위공모를 신청해야 하는지 포기를 해야 하는지 의견을 묻자 그는 그래도 신청을 해야 한다고 이야기를 하는 바 공모(公募)를 하기로 최종 결심을 굳힌 것이다.

어제 확인된 바에 의하면 S구에서 시청으로 갈 대상자인 B모 사무관이 교류신청 동의서를 제출치 않았다고 하는 바 출근을 한 즉시 이곳저곳 선을 대서 상황을 알아보니 아마도 소청인이 그대로 강남에 남을 것 같다는 정황(情況)이 여기저기서 포착(捕捉)이 되었으며 어쩌면 내 자신이 원하는 바 그대로 될 것 같은 기분이 들었고 제발 그렇게 되기를 다시 한번 더 기대를 할 수밖에 없다.

나는 며칠 전부터 새벽에 일찍 잠이 깨고 속이 쓰리고 가슴의 명치가 아프고 얼마나 답답한지 이러다가 혹 무슨 병이라도 들어 자리에 눕게 되는 것은 아닐까 하는 일말의 불안한 마음이 엄습(掩襲)해 오기도 했다.

그것은 강남을 영 떠나기가 싫은데 억지로 떠밀려 타 구로 가려니 아마 그러한 영향을 받아서 속이 답답하고 숨이 콱콱 막히는 그러한 느낌이 들

284

어 이러다가 혹 몸에 이상이라도 생겨 무슨 병에 걸리는 큰일이라도 나지 않을까 하고 은근히 조바심까지 들기도 했다.

그러나 어제부터는 일말의 희망이 보이는 소식을 접하고 여러 가지 자료 준비 관계로 어제저녁 늦게 잠자리에 들었음에도 오늘 새벽 일찍 잠이 깨어 일어났으나 얼마나 몸이 상쾌하고 가뿐한지 모른다.

그것은 이제 일이 잘만 되면 강남을 떠나지 않아도 될 것 같은 그러한 기분에 따라 몸도 마음도 상태가 좋아진 것 같은 기분이 들었기 때문이다.

소청인은 요 며칠 사이 집사람을 따라 매일 아침 새벽기도를 하고 있지만 오늘 아침 새벽에는 스스로 교회로 달려가 제발 타 구로 가지 않게 해 달라고 기도를 했으며 제발 내 자신이 원하는 바 그대로 일이 풀렸으면 하는 게 나의 바람이고 또 소망인 것이다.

전 동장인 J모 ○○○○과장을 찾아가 수서동에 대한 전반적인 문제점이 무엇인지 필요한 사항에 대해 먼저 설명을 듣고 나름대로 수서동 현장을 살펴보기 위해 동사무소에 도착을 하니 입구에서 전에 총무과와 자치행정과에 같이 근무를 했던 K모 주임을 만났다.

사무실로 들어가려고 하니까 총무과 인사팀장 및 직원들과 감사팀 주임과 직원들이 나와서 지금 직위공모(職位公募)를 실시하기 위한 준비와 심사위원들의 선정문제 심사방법 등에 대한 현안을 가지고 협의 중에 있다고 알려주는 바 그 말을 들은 나는 그렇잖아도 수뇌부로부터 주시를 받고 있는 터에 괜히 사무실로 들어갔다가 잘못하면 불공정(不公正) 시비에 휘말리게 될 수도 있지 않을까 하는 우려(憂慮) 때문에 사무실로 들어가는 것을 포기하고 급히 관내를 한 바퀴 삥 돌아본 후 관내 현황의 문제점이 무엇인가를 직접 확인한 다음 사무실로 들어올 수밖에 없었다.

그리고 귀청한 다음 총무과에서 보내준 소정의 양식을 자세히 살펴보고 수서동 Y모 행정팀장에게 부탁 팩스(fax)로 수신한 자료와 현장을 답사한 내용을 토대로 총무과에 제출할 자료를 대충 구상한 다음 워드(word) 작업을 하기 위한 큰 타이틀(title)의 작업을 시작하여 쓰고 또 쓰고 검토하기를 몇 번이고 반복하여 저녁 11시까지 가까스로 개략적인 자료를 정리하여 준비를 한 것이다.

제출 양식은 1P 업무추진계획의 내용에 인적사항과 주요경력 특기사항 등을 포함한 자기소개서와 2P 수서동장으로 보직 시 본인의 각오라는 사항을 기재하여 총무과에서 보내준 양식에 맞춰서 직위공모 신청서를 먼저 작성 제출을 하기 위한 준비를 한 것이다.

작성 내용은 68년 서울시에 들어와 근무를 했던 약력을 간단히 소개하고 88년도에 강남구로 전입하여 지금까지 추진한 업무 실적 등을 기본으로 하여 작성한 것으로 오전 J모 과장으로부터 설명 들은 내용과 수서동에서 받은 자료와 비록 짧은 시간이나마 직접 현장을 답사하여 살펴보고 느낀 점 등을 토대로 하여 작성을 하는데 큰 어려움은 없는 것 같았다.

그것은 내가 강남에 오랫동안 거주했고 또 근무를 했던 관계로 강남 사정을 너무나 잘 알고 있었으며 또 강남을 떠나기 전까지 의회 전문위원으로 있었기 때문에 각 동의 사정이나 정서를 한눈에 파악하고 있었으며 또 지금까지 나를 계속 도와주고 있는 H모 주임 등 여러 직원들이 내밀(內密)하게 한결같이 내가 필요로 하는 자료나 정보를 즉시 즉시 알려왔고 제공한 덕분이 아닌가 하는 생각이 든다.

나는 수서동 주민대표들 앞에서 발표할 자료를 다음과 같은 내용으로 작성하기 시작했다.

만약에 본인이 수서동장으로 선출이 된다면 어떠한 일을 어떻게 하겠다는 것과 분기별로 이를 이행 점검하는 가칭 심사분석제도를 실시하겠다는 내용으로 초고(草稿)를 잡은 것이다.

초고를 잡고 쓰는데 동사무소에서 받은 자료와 J모 과장으로부터 들은 내용과 문제점 등 그리고 직접 현장을 살펴보고 확인한 상황을 종합적으로 검토한 바 작성을 하는데 있어 별로 큰 어려운 점은 없었으나 시간이 문제였다.

오늘 저녁도 텅 빈 사무실에서 혼자 저녁 11시 반 넘게까지 나름대로의 심혈을 기울여 초고를 작성하고 집에 도착하니 새벽 1시가 다 되었다. 너무나도 몸이 피곤하고 아프고 지쳐서 그대로 푹 쓰러져 잠을 청했다.

* 총무과에 사전 제출한 직위공모서 자료(업무추진계획 및 수서동장 보임 시 본인의 각오) 등 내용.

업 무 추 진 계 획

□ 인적사항

공모직위	현소속	직급	성명	생년월일	현직급일	현보직일
수서동장	행정관리국	행정5급	정종철	47.08.11	2001.11.01	2004.02.06

<자기소개> ········ 주요경력 및 특기사항

○ 68.11.11 　9급 공채(마포구 대흥동 구청 민방위과 민방위. 병사)
○ 72.10.01 　8급(용산구 수도사업소 세입. 현계)
○ 74.04.01 　7급(마포구 합정동 사무장 직무대리)
○ 78.02.25 　7급(서울시 새마을지도과 서무, 회계)
○ 84.04.14 　6급(서울시 새마을지도과)
○ 84.07.16 　6급(성동구 자양1동·능동 사무장 및 산업과 물가계장)
○ 88.05.14 　6급(강남구 개포 1·4동 사무장)
○ 90.04.12 　6급(강남구 문화공보과 문화계장)
○ 93.07~98.07 　6급(대치2동, 삼성1동 사무장)
○ 98.07 　6급(세무관리과 과장 직무대리)
○ 98.10~01.10 　6급(조사업무·동정업무·자치행정업무 팀장)
○ 01.11~03.09.24 　5급(강남구의회 전문위원)
○ 03.09.25~04.01.07 　5급(한강시민공원사업소 공원이용과장)
○ 04.01.08~ 　5급(행정관리국. 현 국제유치원 설립 추진 T/F팀장 근무)

□ 수서동장 보임시 본인의 각오

□ 수서동은 소형임대아파트 단지와 저소득층 주민의 집단거주지로 주민의 구성에 맞게 행정을 펼치고자 함
　○ 현재 진행중에 있는 사업을 더욱 내실있게 펼치고자 함
　　· 경회 한방의료진의 협조하여 현재 주1회 실시하고 있는 진료출장을 주2회로 확대 실시코자 함
　　· 강남 이·미용 선교회 지원으로 실시하는 이·미용 선교회 봉사를 첫째와 셋째 주로 확대 실시코자 함
　　· 도우미 2명 협조하에 독거노인에 대한 주 2회 방문을 계속 실시하며 특히 독거노안을 위하여 사회복지직 9명의 직원과 필요시 동 담당 직원을 활용 Morning Call 제도를 매일 출근과 동시에 실천하여 갑작스런 사고에 대비하고자 함

□ 주민자치센터 운영
　○ 주민자치 센타의 운영에 대하여 운영위원회의 의사를 최대한 존중하여 자율적, 민주적으로 운영하여 되도록 많은 주민이 참여토록 보다 많은 프로그램을 확대 개발하고 주민의 많은 참여로 활성화에 기여하고자 함

□ 주민숙원사업 추진
　○ 수서 사회체육센타의 조기 완공을 위하여 관계기관 시공자와 협조체제를 강화하여 조기에 완공토록 하여 보다 빨리 주민의 이용에 편의를 제공하는데 앞장서겠음
　○ 동 청사 방문 민원인의 편의를 위하여 관계과와 협조하여 청사주변에 주차면을 증설할 수 있는 방안을 강구하겠음

□ 직원의 소양교육을 계속 실시하여 무엇보다도 내방 민원인에게 친절히 대하도록 하여 전화민원도 친절히 응대할 수 있도록 주1회 반복교육을 계속 실시함

작 성 자 　정 종 철

287

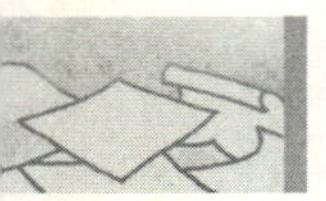

직위공모 자료 준비에 계속 매진을 하다

오늘도 어제 작성한 초고(草稿)를 중심으로 또다시 검토에 검토를 계속 하면서 나름대로 열심히 쓰고 또 쓰고 하는데 많은 시간이 걸렸다. 원고를 쓰면서 필요 시는 수시로 동사무소에 전화를 하여 의문이 난 사항에 대해 질문을 하고 참고를 했다.

그래도 질문을 할 때마다 Y모 팀장과 J모 주임 L모 서무담당 등 몇몇 직원들이 끝까지 친절하게 답변을 잘해 주어 고마운 마음이 들었으며 그것은 평소 본인이 그래도 직원들에게 인심을 잃지 않고 좋은 관계를 유지하려고 노력한 결과가 아닌가 하는 느낌이 든다.

나와 같이 직위공모에 응모를 한 L모 전 자치행정팀장은 법적으로 따진 다면 자신이 자격이 될 수 없음을 스스로 알고 응모를 하지 않겠다고 표명을 했다는 소문이 들렸다.

그럼에도 불구하고 총무과에서 반드시 응모를 해야 한다고 강력히 주문을 하여 그도 어쩔 수 없이 응모를 했다는 이야기가 들렸으며 또 항간에는 이미 동장을 내정해 놓고 형식적으로 동장 선출을 위한 투표를 하는 것이니 그렇게 알고 덤벼야 된다면서 그러한 소문이 파다하니 이러한 내막을 알고 임해야 한다는 이야기를 몇몇 사람이 들려주기도 한 바 내가 생각해도 그럴 개연성(蓋然性)은 충분히 있을 수 있다고 생각을 하면서도 정황은 있으나 증거가 없으니 뭐라고 말할 수도 없으며 설령 증거가 있다 손 치더라도 현재의 내 입장에선 어떻게 할 수도 없고 그렇다고 직위공모에 응하지 않을 수 없는 입장이며 다만 분명한 것은 이러한 사실에 있어서 본 인을 먼저 당연히 발령을 내줘야 하는 것이 정도(正道)임에도 불구하고 동장을 주민투표로 선출하겠다고 하는 이러한 편법의 술수를 쓰는 것은 본인을 기어이 배제(排除)하기 위한 즉 어떻게 하든지 강남구에서 쫓아내 기 위한 수뇌부의 작전으로 위의 증거가 명약관화(明若觀火)한 사실인 것 이다.

나는 이미 S구와 G구로 가겠다고 전출동의서를 제출했음에도 불구하고 해당 구에서 서울시로 가겠다고 희망하는 교류지원 대상자가 없는 바 내 가 그대로 강남에 남을 수밖에 없고 또 무보직 상태로 대기하고 있기 때문 에 당연히 발령을 내줘야 함에도 불구하고 이를 무시하면서 아직 사무관 으로 채 임관도 되지 않은 L모 팀장을 곧바로 발령을 할 수가 없기 때문에 이러한 편법과 갖은 꼼수를 다 쓰는 것을 빤히 아는 사실임에도 누구 하나 이를 건의 또는 제지(制止)를 하지 못하고 있는 것이다.

이와 같이 사무관 자리가 났으면 먼저 나에게 당연히 보직을 줘야 함에 도 불구하고 이러한 행정 처리를 하는 결재권자를 포함한 수뇌부를 원망 하면서 딴사람들은 사무관이 되자마자 잘도 풀려 가는데 나는 왜 이렇게 어려운 시련(試鍊)이 따르는가 하고 생각을 하면서도 강남에 남을 수 있는 기회는 이제 마지막 찬스(chance)이다 하는 마음으로 각오를 하면서 그러 나 나는 아무리 짓밟아도 쓰러지지 않고 오뚝이처럼 일어난다는 그러한 결심을 가지고 여하튼 이번 기회에 반드시 명예를 회복해야만 된다는 굳 은 결심을 가지고 발표할 원고를 몇 번이고 보고 또 확인을 하고 수정을 하 고 또 수정을 하여 A4 용지 13P 분량의 발표 자료를 만들어 만반의 준비를 한 것이다.

요즈음 수서동장 직위공모에 따른 발표문 자료 작성 등 이러한 일로 인해 피곤의 연속이 계속된다고 하지만 즐거운 마음으로 글을 쓰고 있는 것이다.

나는 또 글을 쓰는 데 있어서는 자신이 있다고 스스로 생각하고 참으로 이러한 기회가 주어진 것을 다행스럽고 감사한 마음으로 집 사람이 매일매일 하나님께 정성껏 기도를 드린 결과에 은혜를 받은 것으로 생각을 하고 있는 것이다.

오늘도 역시 집에 도착하니 12시가 넘은 피곤한 나날이 연속적으로 계속되고 있다.

발표문 자료 내용

안녕하십니까? 수서동장 직위공모에 응모한 정종철입니다.

오늘 심사위원 여러분을 모시고 만약 본인이 수서동장에 선출이 된다면 앞으로 어떻게 어떠한 행정을 펴나가겠다는 발표를 하게 됨을 한편으로는 떨리고 두렵게 생각을 하면서도 또 한편으로는 이러한 좋은 기회에 본인의 소신을 직접 발표를 할 수 있는 계기가 된 것을 참으로 영광스럽게 생각하고 감히 응모를 했습니다.

또 이러한 제도는 향후 확산이 되어서 해당 동 주민이나 심사위원들 앞에서 동장으로 부임할 대상자가 어떠한 인물인지 사전에 검증절차를 밟는 데 큰 의의가 있다고 할 수 있겠습니다.

이는 지금까지 서울시나 전국 어디에서도 이러한 사례가 없었습니다만 하지만 주민을 상대로 직접 민주주의 실천을 위한 시험의 장이 되지 않을까 하는 것이 본인의 견해입니다.

그러면 본인이 수서동장에 공모를 함에 있어 소신을 말씀드리고자 합니다. 여러 위원님들께서는 이미 제출받은 본인의 이력사항과 만약 본인이 수서동장으로 선출이 된다면 향후 수서동에서 어떠한 일을 어떻게 어떠한 방향으로 동 행정을 펼쳐 나가겠다는 각오를 유인물을 통하여 이미 보셨으리라 믿습니다.

그리고 오늘 여기서 본인의 말씀을 들으신 후 추가로 알고 싶으신 사항을 질문을 하여 주신다면 알고 있는 사항은 알고 있는 그대로 모르는 사항에 대해서는 모르는 대로 추후에 개별적으로 답변을 드릴 것이며 모든 질문사항은 성실하고 그리고 진솔(眞率)하게 답변해 드리겠습니다.

그럼 먼저 본인에 대한 간략한 소개를 하겠습니다.

본인은 36년 전인 1968년 11월에 서울시 9급 공개채용시험에 합격 서울시에 입문, 마포구에서 공무원생활을 시작하여 서울시 새마을지도과, 성동구를 거쳐 1988년 강남구에 전입 개포1, 4동 사무장, 문화공보실 문화계장과 대치2동, 삼성1동을 거친 후 세무관리과장 직무대리를 역임하고 감사실 조사팀장, 총무과 동정팀장, 자치행정과 자치행정팀장을 거쳐 2001년 11월 1일자로 사무관에 임용이 되어 우리 구의회에서 2년간 재무건설위원회 전문위원으로 근무를 하다가 2003년 9월 25일 서울시로 전보가 되어 한강시민공원사업소 공원이용과장으로 3개월간 근무 후 금년 1월 8일자로 다시 강남구로 복귀가 되어 현재 행정관리국 국제유치원 설립추진 T/F팀장으로 근무 중에 있습니다.

참고로 88년도에 강남구로 전입하여 추진한 업무는 개포1동에 발령을 받아 3개월 동안 분동 작업을 하여 현재의 개포4동을 발족시키고 개포4동 청사를 신축 11개월 동안 근무를 하던 중 당시 문화공보실장의 강력한 권유에 의해 초대 문화계장으로 발령 후 현재 우리 구에서 사용하고 있는 ㄱ과 ㄴ을 형상화하여 다이나믹(dynamic)하고 역동적인 타원(楕圓)형을 결합시켜 상승 발전하는 강남구의 미래상이 표현되도록 하는 마름모 꼴을 형상화하여 우리 구를 대외적으로 상징 표시하는 강남구 월드 심볼 마크(word symbol mark)를 제정했으며 우리 구의 구목인 은행나무, 구조에 까치, 구화에 목련을 지정하고 구가를 제정했습니다.

그 외 청담동 미술전람회, 압구정동 문화축제를 민자(民資)를 유치 비예산사업으로 개최하여 우리 구 문화축제의 기반을 조성하게 되었고 KBS 노래자랑 등을 유치했으며 현재 우리 구에서 활동하고 있는 구립합창단을 90년도에 발족시킨 후 합창단원 50명을 인솔하고 91년 6월 5일부터 8일까지 세계 굴지(屈指)의 도요타(Toyota)자동차회사 본거지인 일본의 Toyohashi시(豊橋市)를 방문 구청장을 대리하여 시장 의회의장 등을 방문 접견 강남구를 소개한 바 있으며 그 이튿날 저녁 도요하시시(市) 홀리데이 인 호텔 컨벤션센터(Holiday inn hotel convention center)에서 시장, 의회의장, 시의원 기타 각 기관장과 시민 약 500명을 초청 합창공연을 하여 참석자들의 열렬한 박수갈채를 받은 바 있으며 그 이듬해인 92년 1월 22일부터 8일 동안 한·불가리아(Bulgaria) 민간 친선협회 초청으로 합창단원 25명을 인솔 수도인 소피아(Sofia) 문화궁전에서 불가리아 주재 한국대사와 젤레프 대통령 및 각 부처(部處) 장관과 국회의원 등 800여 명을 초청 합창공연을 실시하여 열렬한 박수갈채를 받는 등 국위를 선양하여 당시 동아일보 등 여러 신문에 크게 보도된 바 있습니다.

다음은 여러 위원님들께서 이미 알고 계시는 바와 같이 현재 우리 구에서는 기초자치단체 중 전국 어디에도 없는 구립국제교육원을 운영하고 있습니다.

본 구립국제교육원은 94년 10월경 본인이 책임자로 임명되어 본 교육원 개설을 위해 관계법을 연구 검토하고 교육인적자원부, 서울대 어학연구소, 육사 어학원과 국내 유명한 각 외국어학원 등을 방문 자료를 수집 연구 검토하고 1995년 1월 7일부터 2주 동안 직원 1명을 대동하고 미국을 방문 UCR(University of California Riverside) 즉 캘리포니아주립대학을 사전 답사 대학교 부총장 등 관계자와 협의해 교육원의 개설과 운영에 따른 모든 사항을 구상하는 등 기초를 마련하고 그해 5월 10일부터 8일간 현 청장님이 리버사이드(Riverside)시를 방문하는데 수행 우리 구와 자매결연 협약을 체결하는데 수행을 했으며 이어서 리버사이드(Riverside)대학과 운영에 따른 제반 협약을 체결할 수 있도록 모든 사전 준비를 다해 오늘의 구립국제교육원을 탄생시키는데 산파 역할을 한 장본인입니다.

그 외에 여러 가지 추진한 주요 업무가 있겠으나 시간관계상 생략을 하겠습니다. 다음은 수서동장에 보임이 된다면 본인의 각오에 대해 말씀을 드리고자 합니다.

본인은 동 행정에 대해 충분한 경험을 쌓은 바 있어 내용을 너무나 잘 알고 있습니다. 그것은 본인이 서울시에 36년 근무하는 동안 서울시 본청과 사업소, 구청 등 기획부서에서도 많은 기간을 근무한 바 있지만 동사무소에서 공무원생활을 시작 동사무소에서 통상 16년을 근무하여 동사무소에서 잔뼈가 굵은 사람입니다.

그러한 관계로 주민을 상대로 한 동 행정에 대해 자신 있게 업무를 추진할 수 있고 열심히 근무를 하겠다는 각오를 먼저 밝히는 바입니다.

동행정은 기획행정이 아닌 최일선에서 직접 주민을 접하고 주민을 상대로 한 집행행정이 대부분이라고 생각을 합니다. 그러한 관계로 동행정은 무엇보다도 주민과 가까이 하면서 주민의 주민을 위한 주민을 위해서 행정을 펼쳐 나가야 된다고 생각합니다.

어떻게 하면 주민을 내 가족같이 편안하게 대해 주고 상대적 친절이 아닌 절대적인 친절을 해 주느냐가 관건이라고 생각합니다. 이에 대한 실천 방향으로 주민에 대해 친절히 봉사할 수 있도록 전 직원에 대해 주 1회 반복적인 정신 교육을 실시하여 업무에 조금이라도 소홀함이 없도록 친절교육을 계속적으로 실시할 것입니다.

더구나 수서동은 소형임대 아파트 단지와 기초생활 수급대상자의 집단 거주지로 강남구에서 저소득층 및 소외계층이 가장 많이 살고 있는 특수한 지역으로 이에 걸맞는 행정을 펼쳐 나가야 된다고 생각을 하며 그에 대한 실천사항으로 먼저 전임 동장이 펼치고 진행 중에 있는 좋은 사업은 그대로 이어받고 더욱 발전을 시켜 내실 있게 추진을 할 것입니다.

먼저 국가에서 법적으로 혜택을 받고 있는 기초생활 수급대상자 1,900 여 세대 4,200여 명의 생계보호에 추호도 소홀함이 없도록 할 것이며 그다음 사실상 생활이 어려우면서도 직접적인 혜택을 받지 못하고 있는 차상위 계층 200여 세대 500여 명에 대해서도 실질적인 수혜가 될 수 있도록 노력을 하겠습니다.

그에 대한 방법으로는 지역에 관계없이 도움을 줄 수 있는 사회단체와 재력이 있거나 소외계층을 도와주려고 동참을 희망하는 유 능력자, 종교단체, 기업체 등과 협조하여 이들과 자매결연 등을 통한 실질적인 도움이 될 수 있는 방안을 연구 검토하겠습니다.

또 현재 경희한방병원의 협조 하에 주 1회 실시하고 있는 진료출장을 주 2회로 확대 실시하는 방안도 검토하겠습니다. 물론 한방병원의 의료진 투입관계로 어려움이 있을 것으로 예상이 됩니다 만은 본인이 직접 병원을 방문 원장을 설득 실현이 가능하도록 노력을 하겠습니다.

이는 저 개인을 위한 것이 아닌 주민을 위한 사업으로 설득을 못할 이유가 없다고 생각이 됩니다.

또 본인은 경희한방병원 건립 당시 대치2동에서 근무하면서 당시 은마아파트 주민들의 격렬한 반대시위가 있었으나 처음 계획을 했던 교통사고자 치료를 위한 병원이 아닌 한방병원으로 계획이 변경되어 한방병원 유치 시 지역 주민들에게 많은 도움이 된다는 점을 설득하고 이해를 시키는데 앞장을 서서 한방병원의 신축에 따른 많은 민원을 잠재우고 지원을 하여 병원 건립에 일조를 한 사람입니다. 그러한 관계로 병원 수뇌부를 설득할 자신이 있는 것입니다.

다음은 이 · 미용 선교회에서 현재 월 1회 실시하는 봉사를 첫째와 셋째 주로 확대 실시하고자 합니다. 이에 대한 사항도 위와 같은 방법으로 협회 간부들의 설득이 가능하리라고 봅니다.

다음은 도우미 2명과 사회복지 직원이 함께 참여하여 주 2회 가정방문을 실시하여 노인의 애로 및 건의사항을 직접 듣고 동사무소에서 가능한 사항을 즉시 처리를 할 것이며 처리가 곤란한 불가피한 사항에 대해서는 구청에 진달(進達)을 하여 최대한 빠른 시일 내에 처리를 하여 외로움을 달래주고 어루만져 주는 행정을 펼치고자 합니다.

또한 수서동에는 현재 483명의 독거노인이 있습니다. 이 독거노인에 대해 9명의 사회복지 직원과 필요시 통 담당직원을 투입 활용하여 출근과 동시에 매일 모닝 콜(morning call)제도를 실시토록 하여 갑작스러운 사고에 대비를 하고자 합니다.

본인이 이러한 생각을 하게 된 것은 여러 위원님들께서 아마 신문 보도나 TV 등 뉴스(news)를 통하여 보고 들으셨으리라 믿습니다.

몇 개월 전 한 초등학생이 자기 엄마가 죽었는데도 어떻게 하지를 못하고 라면을 끓여 먹으면서 약 20여 일을 방치하여 이를 주민들이 발견 장례를 치렀다는 기사를 본 적이 있습니다.

아무도 돌보아 줄 가족이 없는 독거노인들이 어느 날 갑자기 쓰러져 죽었는데도 가족이 없는 관계로 이를 발견치 못하여 몇 주 또는 심지어 몇 개월이 지나서야 이상한 냄새가 나고 경찰에 신고를 하거나 이웃 주민들이 문을 뜯고 들어가서야 발견을 했다는 기사를 종종 본 적이 있습니다.

본인은 그러한 기사를 볼 때마다 이 사회가 너무나 비정하구나 너무나도 개인주의에 흐르고 있구나 하고 생각을 하면서 과연 이러한 현실을 막을 방법이 무엇일까 궁리를 하고 언젠가는 이러한 행정을 한번 해 보아야 하겠다는 생각을 해 보게 된 것입니다.

또한 이러한 제도는 전국적으로 확산이 되어야 하지 않을까 하는 생각을 가지고 있으며 이러한 실천은 아주 간단합니다. 퇴근 전과 아침 출근 후 1일 2회 정도 지정된 직원이 대상자에게 전화를 걸어 할아버지 할머니 별고 없으셨지요. 어려우신 일은 없으십니까? 안녕히 계십시오. 내일 또 뵙겠습니다. 하는 인사를 하고 아침에 출근 밤새 안녕하셨습니까? 잘 주무셨지요

하고 인사 한마디 하는 안부 전화 한번이면 끝이라고 봅니다.

　이를 실천하는데 있어서 현행 제도나 법규상 아무런 문제점이나 제약이 없으며 예산의 뒷받침 없이도 즉시 실천이 가능하다고 봅니다. 다만 이에 따른 몇 회선의 전화 증설과 통화료만 추가로 부담을 하면 되는 것으로 봅니다.

　다음은 수서동은 강남구에서 변두리 지역으로 강남구의 타 지역에 비하여 솔직히 낙후된 지역으로 알고 있습니다. 이러한 점을 감안하여 우선적으로 주변 환경이 개선되어야 한다고 봅니다.

　먼저 간선도로(幹線道路)와 지선도로(支線道路)의 수종을 개량하고자 하는 것입니다. 현재 심어져 있는 대부분의 가로수가 몇 년이나 되었는지 정확히는 모르겠으나 현 수서동의 여건에 맞지 않는다는 것이 본인의 견해입니다.

　좁은 인도에 대부분의 플라타너스(platanus)나무가 무성하게 자라 시야를 가리고 보행을 하는데 많은 지장을 초래하며 무엇보다도 미관상 좋지 않다고 보는 것입니다.

　봄에는 많은 꽃가루가 날리고 이에 따라 이름도 모르는 하얀 털이 달린 송충이 비슷한 벌레가 많이 날아다녀 불쾌감을 느꼈으리라 생각합니다. 본인은 이러한 문제점을 해결하기 위해 공원녹지과와 협조를 하고 강력히 건의를 하여 수종을 은행나무와 꽃이 만발하는 벚나무로 교체하여 주변을 깨끗하고 산뜻하고 쾌적한 거리로 만들고자 하는 것입니다.

　다음은 동사무소 동측 뒷골목 고속화도로변 방음벽 옆에 심어져 있는 메타세쿼이아(Metasequoia) 지주목에 관한 사항입니다. 본인이 목격한 바에 의하면 현재 있는 지주목을 가능한 빠른 시일 내에 전부 제거를 해야 된다고 생각합니다.

　심어져 있는 메타세쿼이아(Metasequoia)나무에 지주목이 있는 곳과 없는 곳, 썩어져 방치되는 곳 등 각양각색으로 무질서하게 널려 있어 보기에 아주 흉하고 지저분합니다.

또한 거기에 있는 모든 나무는 오래되어 지주목이 없어도 성장하는데 아무런 지장이 없고 뽑혀져 나갈 열려가 없다고 보며 본 사항에 대해 공원녹지과 담당 팀장의 의견을 들은 바 지주목 없이도 생육에 아무런 지장이 없다는 확답을 들었기 때문에 빠른 시일 내 지주목을 제거하고 주변을 깨끗이 정비토록 하겠습니다.

다음은 주차질서에 관한 문제입니다. 이는 비단 수서동만의 문제는 아니라고 보는 바이나 수서동의 주차난을 조금이라도 해소하기 위해서는 탄천 공원 보도주변에 주차장의 설치가 가능한지 건의하고 가능하다면 광평대교 아래 또는 도시개발 아파트 단지 동측 적당한 곳에 차량 통로를 설치하도록 하여 아파트 주민과 인근 상가를 방문하는 고객들이 이용할 수 있도록 건의하고 실천이 되도록 노력하겠으며 현재 포이초등학교나 논현초등학교에 주차장을 설치하는 것과 같은 방향으로 수서초등학교나 수서중학교 교정을 이용 일정한 복지시설 건물을 신축하여 학교에서 이용할 수 있도록 하고 지하에 주차장을 설치할 수 있는지 타당성 여부를 검토하여 인근 주민들에게 제공했으면 합니다.

다음은 불법 주정차 단속에 대해 말씀드리겠습니다. 동사무소 뒷길 고속화도로변 방음벽 아래 2차선 즉 수서초등학교와 수서중학교 후문 앞길에서 샬롬(Shalom)교회 입구까지 주정차금지선이 그어져 있기는 하나 현장에 승용차는 물론이고 중기, 이삿짐 센터, 택배 등 수많은 차량이 무단주차를 하고 있는 것이 현실입니다.

이의 방지를 위해 학교 측이나 주민들이 동의를 해 준다면 1차선의 차로를 거주자 우선주차를 허용하여 일방통행을 시키고 세입을 증대하거나 아니면 철저히 단속을 실시하여 주차질서를 바로잡도록 인근 주민들과 협의를 하여 결과에 따라 처리토록 하겠습니다.

그 외 동사무소 앞 드럼 플라자(drum plaza) 상가 공사장 외 1개소의 공지가 있는 바 이 공지가 언제 건축을 하려고 하는지 빠른 시일 내 지주(地主)를 만나 착공 여부와 시기를 확인하고 착공이 어려울 시 담장을 축조하여 안전을 도모함은 물론 주변을 정리 정돈 미관에 힘쓰도록 하여 동사무소를 방문하는 많은 주민들에게 깨끗한 환경을 제공하겠습니다.

우리 강남구는 작년부터 CC-TV를 설치하여 주민의 방범활동에 많은 기여를 하고 있는 게 사실입니다. 작년 본예산과 추경에 약 38억을 편성하여 양재천 북쪽에 소재한 동은 이제 거의 사업이 완료 단계에 있거나 추진 중에 있습니다.

그리고 이를 운영할 관제 센터(center)도 역삼동에 건축 중에 있으므로 멀지 않아 강남구 전역의 방범활동을 CC-TV로 통제를 할 것으로 봅니다만 현재 수서동은 본 활동구역의 범주(範疇)에서 완전히 벗어나 있습니다. 그것은 누구의 책임이라고 하기 전에 이쪽 지역 대부분이 아파트 지역이라는 특수성 때문인 것 같습니다.

그러나 수서동에도 자연부락인 궁 마을과 신동아 아파트 뒤쪽 대진고등학교 입구의 후미진 곳 요소요소에 CC-TV를 설치하여 주민이 안심하고 안전하게 활동을 할 수 있도록 해야 된다고 봅니다.

더구나 금년 예산에 약 16억 원이 편성되어 현재 설치할 수 있는 장소를 물색 중에 있는 바 빠른 시일 내에 실현이 되도록 노력을 하겠으며 기타 주민자치센터(center)의 운영에 대해 말씀을 드리면 현재 5개의 프로그램(program)을 운영하고 있으나 주민의 여가선용을 위해 추가할 수 있는 프로그램이 더 있는지 운영위원들의 의견을 듣고 가능한 방법으로 검토를 하겠습니다.

이상 저의 여러 가지 약속이랄까 공약을 너무 많이 했음을 양해하여 주시고 앞으로 주요업무와 지역 현안에 대해 반드시 주민의 의견을 들은 다음 관계 과와 긴밀히 협조를 하여 주민이 원하는 방향으로 결정을 할 것이며 이에 따른 예산이 필요할 시 각 직능단체 대표와 주민의 대표인 구의원과 긴밀히 협의 또는 협조를 하고 관계 과장에게 건의를 하여 주민이 원하는 방향으로 예산이 반영이 되도록 주민과 구청 간의 중간 역할을 성실히 수행할 것을 굳게 약속을 합니다.

　본인은 구의회 재무건설위원회 전문위원을 역임한 관계로 지역 현안사업이 있을시 어떻게 어떠한 방법으로 해결할 수 있는 방법을 잘 알고 있어 약속한 사항을 반드시 이루어지도록 하겠으며 이에 대한 추진사항의 진도를 주민협의체를 구성 분기별로 실적을 심사 분석하여 주민들에게 공표토록 하고 만약 이행사항이 부진할 시 책임을 지는 책임행정을 할 것임을 심사위원 여러분께 약속을 하겠습니다.

　심사위원 여러분, 본인을 믿어주시고 지원을 해 주시기를 부탁을 드리면서 장시간 경청을 하여 주신데 대해 경의를 표합니다. 감사합니다.

2004년 3월 11일

발표자 정 종 철

동장 선출을 위한 정견발표와 투표를 실시하고 본인이 투표에서 승리하다

드디어 오늘이 수서동장 직위공모에 응하고 동장 선출을 위한 정견발표를 하는 날이다. 나는 평소보다 일찍 집을 나서 출근길에 수서동 관내를 한 번 더 들러서 주위를 살펴보기로 했다.

어제 현장답사를 미처 하지 못했던 지하철 수서역 4거리 주변 현대 벤처빌(venturevill) 및 로즈데일 빌딩(rosedale building) 주변과 도시개발아파트 수서 6단지와 광평교 주위를 다시 한번 살펴보고 사무실로 돌아와 오늘 주민대표들 앞에서 발표를 할 원고를 마지막 점검을 하고 발표문을 완전히 손질을 마쳤다.

나는 백수의 왕인 사자나 호랑이가 토끼를 잡을 때도 혼신(渾身)의 힘을 다한다는 말처럼 비록 그와 비교를 할 때 그는 아직 승진이 되지 않은 6급 직원으로 이번 수서동장 직위공모에 법적으로 응할 자격이 없는 직급에 속한다 할지라도 또 대부분의 직원들 여론이 주민대표들 앞에서 발표를 하고 투표를 할 시 캐리어(career) 면에서 본인과는 게임(game)이 안 될 것이라고 여러 사람에게서 이야기를 들었지만 본인의 입장에선 최선을 다하기 위해 혼신의 힘을 기울여 준비를 해야 만이 좋은 결과가 나오리라 생각을 하고 이에 대비한 준비를 하고 여기에 임하고 있는 것이다.

그리고 상대방은 구청에서 적극 지원을 하고 밀어주고 있는 현직 팀장으로 암암리에 사전에 어떤 무슨 묵계(默契)가 있었는지 알 수 없는 처지에 있으므로 여건상 내가 절대 불리한 입장에 있는 것이 사실이며 또 확인된 근거는 없지만 나를 탈락(脫落)시키기 위해 이미 사전(事前)에 각본이 다 짜여져 있다는 그러한 풍문이 들리기도 하지만 이는 객관적인 증거가 없으니 뭐라 말할 수도 없는 일이고 또 증거가 있다 해도 현재 처해 있는 내 능력으로는 어떻게 할 수도 없는 상황이다.

다만 문제는 정식 사무관인 본인이 엄연히 대기 중에 있음에도 불구하고 현 시점에서 자격 미달에 해당하는 6급 직원인 그를 필히 직위공모에 응해야 하는 필수대상자로 지정을 하고 투표를 하여 경쟁을 시키도록 하는 것을 보면 표면상 나타나지는 않지만 구청에서 L모 팀장을 동장으로 발령 내기 위한 사전 내정을 하고 적극 지원을 하여 내가 탈락이 되도록 하기 위한 공작을 한 증거라고 볼 수밖에 없는 것이다.

이러한 상황은 만약에 아무런 이유 없이 현직 사무관인 본인을 제쳐 놓고 6급인 주사를 동장으로 임용할 시 본인이 이를 문제 삼을 것은 불을 보듯 빤한 이치이고 그리고 또 이에 따른 부정적인 여론 때문에 편법과 술수를 동원하여 동장 직위공모라는 미명하에 편법을 동원하여 주민대표를 선정 투표를 실시하게끔 하고 동장을 투표로 선출했다는 대외적인 명분을 쌓으려고 하는 현행법에 완전히 배치(背馳)되는 그러한 술수를 쓰고 있는 배경을 너무나도 잘 알고 있는 본인으로서는 금번 기회를 반드시 이겨서 보란 듯이 구청의 예봉(銳鋒)을 꺾고 대외적인 명분이나 입지를 확고히 해야 할 필요가 있고 또 절호(絶好)의 기회이고 찬스(chance)인 것이다.

나는 주민대표들 앞에서 소신을 밝힐 발표 예정시간 오후 2시보다 약 30분 전에 수서동사무소에 도착을 했다. 인사팀장을 비롯한 약 5명의 인사팀 직원들이 오전부터 출장을 하여 동사무소의 담당팀장 및 직원들과 협조하에 발표에 따른 모든 준비를 이미 완료된 상태에 있었다.

상대 후보인 L모 전 자치행정팀장도 먼저 도착하여 발표에 대비를 하고 있었으며 L모 팀장은 나에게 자기는 여기 동장공모에 응하지 않으려고 했으나 마지못해 응하게 되었다면서 형님에게 양보를 하겠다는 그러한 말을 했다.

나에게 그렇게 말을 하고 있고 또 익히 들어서 알고 있는 바 새로운 뉴스 (news)가 되는 것은 아니나 그가 하는 말이 진심인지 아닌지는 본인 이외는 아무도 알 수 없는 노릇이며 그러한 말을 액면(額面) 그대로 믿을 수 없는 것이 현실인 것이다.

나는 이미 그러한 말을 들어서 잘 알고 있다고 전제(前提)하고 그에게 고맙다는 인사를 했다. 어떻게 보면 그의 말이 사실일 수도 있으며 또 그게 예의일 수도 있는 바 나도 그에게 최소한의 예의로 대한 것이다. 그러나 내막은 그렇지 않을 수도 있음을 계속 염두(念頭)에 두고 임해야 하는 것이 또 현실인 것이다.

드디어 발표시간이 되었다. 내가 먼저 발표를 하기로 본인, L모 자치행정 팀장, L모 인사팀장 간에 이미 합의를 본 것이다.

발표를 하기 전 L모 인사팀장이 발표에 따른 시간제한을 하면은 어떻겠느냐 하는 의견을 제시하는 바 나는 그에 대해 반대 입장을 분명히 밝혔다. 반대 이유는 발표할 사람이 많은 것도 아니고 단 두 사람밖에 없어 많은 시간이 소요되지 않을 텐데 굳이 시간제한을 둘 필요가 없지 않느냐면서 그러한 사항은 발표할 당사자가 스스로 알아서 자유롭게 발표를 할 수 있도록 제한을 두지 않고 충분한 시간을 주고 발표케 한 후 그 다음 일문일답식으로 질문을 주고받고 하는 형식으로 진행을 하자고 제안을 하여 3자 간에 합의를 본 것이다.

내가 먼저 준비한 원고를 가지고 약 30분 정도 발표를 한 다음 4~5명으로부터 여러 가지 질문을 받고 답변을 했다. 나는 어제저녁 늦게까지 준비를 하고 오늘 오전까지 마무리한 원고를 가지고 발표를 하기 시작했다.

먼저 경력을 소개하고 다음 88년도에 강남구로 전입 발령을 받은 후 추진한 주요업무 그리고 향후 수서동장으로 선출이 되고 보임 시 어떠한 일을 어떻게 하겠다는 등 사전에 준비해 간 자료를 중심으로 발표를 하고 포부(抱負)를 밝혔다.

그리고 발표가 끝난 후 주민대표들이 발표 내용 이외의 질문까지 하여 답변을 하는 과정에서 알고 있는 사항은 알고 있는 그대로 모르는 사항에 대해서는 모르는 그대로 진솔한 답변을 하겠으며 모르는 사항에 대해서는 추후에 개별적으로 답변을 하겠다는 말로 부연 설명을 했으나 특별히 답변을 하지 못할 정도의 질문은 나오지 않았다.

약 30분 정도 약간 넘게 발표를 하고 10분 정도 질문을 받고 또 답변을 하고 하는 순서를 반복하면서 40분 이상의 발표와 질문과 답변으로 끝을 맺었다.

나는 나름대로 사전 준비를 한 관계로 발표를 하고 질문을 받는 과정에 있어서 아무런 어려움이나 두려움이 없이 잘 했다고 스스로 자평을 할 수 있었고 또 그만큼 자신도 있었다.

그다음 상대방인 자치행정팀장은 발표장에 들어간 후 약 10여 분도 채 되지 않았는데도 발표를 다 마치고 나오는 바 이는 내가 보기에도 너무나 빨리 끝나는 것 같은 그러한 느낌이 들었다.

그리고 곧바로 투표에 들어갔고 투표 방식은 기명투표로 했으며 개표를 한 결과 내가 예상했던 것과는 정반대의 결과가 나왔다.

선거인단 대표로 선발된 30명의 주민 및 직능단체 대표 가운데 28명이 참석을 했으며 투표 결과 14:14 동점이 나온 것이다.

나는 내심 자신을 했었는데 의외의 결과에 너무나도 놀라고 실망을 하고 당황(唐慌)을 한 것이다. 당황하기는 인사팀장도 마찬가지인 것 같았다.

그는 1차 투표에서 그들이 원하는 사람이 동장으로 선출이 될 줄로 알았는데 동점이 나왔으니 어떻게 해야 할지 당황할 수밖에 없는 것이 당연한 것이다.

그들은 윗선에 보고를 하고 동점이 나왔으니 어떻게 했으면 좋을 것인가 하는 의견을 아마도 상급자들에게 구하는 것 같았으나 구체적으로 어디 누구에게 어떠한 의견을 구하는지 정확히는 모르겠지만 아마도 총무과장이 아닌가 하는 생각이 들었으며 상급자들은 뭘 어떻게 하긴 하느냐면서 즉시 2차 투표를 하여서 빨리 결론을 가지고 오라는 지시가 내려졌다고 하는 말을 오후 늦게 다른 채널(channel)을 통해서 들을 수가 있었다.

이어서 인사팀장은 2차 투표를 하겠다면서 2차 투표를 하기 전 다시 한 번 정견발표(政見發表)를 했으면 어떻겠느냐고 묻는 바 나는 발표를 해도 좋고 안 해도 좋으니 빨리 결정을 하라고 했다.

한참을 생각한 인사팀장이 정견발표 없이 곧바로 2차 투표로 들어가겠다고 했다. 곧바로 2차 투표에 들어가고 투표를 한 후 투표용지를 취합 10여 분간 2차 투표 결과를 화이트 보드(white board)에 正자로 표시해 가면서 집계를 했다.

집계를 한 결과 16:12로 내가 극적인 승리를 한 것이다. 나는 정말로 말할 수 없이 기뻤다. 그러면서도 상대방에게 수고했다는 위로의 말을 했다.

나는 이번 투표에 임하기 전 이런 투표는 있을 수도 없고 있어서도 안 된다는 것이 지론(持論)이고 또 투표에 있어서는 내가 이겨야 하는 것이 당연(當然)한 이치(理致)이고 내가 이기고 그가 지면 나에게는 본전이라고 생각을 하고 있었던 것이다.

그것은 그는 아직 사무관 임관이 되지 않았기 때문에 내가 먼저 발령을 받아야 하는 것이 법리상, 도리상 당연하기 때문이며 이는 또 당위(當爲)라고 생각했기 때문이다.

그러나 투표를 하고 승패가 판가름이 났으니 그에게 조금은 미안한 마음이 들었다. 그러나 내 입장에서 보면 결코 그에게 진 빚이 없음은 자명(自明)한 것이다.

그것은 내가 지난 2월 5일에 타 구 전출 인사교류동의서를 제출함으로써 구청장은 인사위원회에서 승진 의결된 서류에 최종 승진 결재 사인(sign)을 했고 그 결과 승진이 되었다는 사실을 전 직원 모두가 다 알고 있는 사실로써 바보가 아닌 이상 그도 이를 잘 알고 있으리라 믿기 때문이다.

나는 그와 같은 승용차에 동승을 하고 귀청을 하면서 그에게 급할 게 뭐가 있느냐 하고 마음 편하게 지내면서 잠자코 기다리고만 있으라고 하니까 그는 나에게 형님은 우리 구 6급 주사들에게 욕을 많이 먹고 있다는 사실을 알아야 한다는 말을 하기에 그가 스스로 꾸며낸 말이라고 생각이 들었지만 꾹 참으면서 누가 어떤 이유에서 그렇게 말을 하느냐 말도 되지 않는 소리는 하지도 말라면서 자세한 내막을 알지도 못하면서 하는 소리라고 반박을 하고 반발을 하니까 그는 아무 말도 하지를 못했다.

나는 사무실에 귀청하여 이 기쁜 소식을 가장 먼저 집사람에게 알렸으며 그 다음 평소 나를 가장 잘 따르면서 구청의 내밀한 사정을 계속 알려주면서 조언을 해 준 H모 주임, G구청의 B모 과장, 직전 상관인 C모 한강시민공원사업소장님, 그리고 전 수서동장인 J모 과장, G구 B모 국장, S구 J모 국장, 또 다른 S구 G모 동장, J구 K모 팀장 G구 J모 과장 등에게 알려줬으며 특히 구의회에서도 많은 관심을 가지고 지켜보고 있는 터라 의원들이 금방 투표 결과에 대한 소식을 듣고 가장 먼저 관할 동인 수서동 Y모 의원, D동 K모 의원, S동 Y모 의원, C동 B모 의원 등이 먼저 알고 축하한다는 전화가 걸려왔고 또 많은 직원들에게서도 계속 축하 전화가 걸려오기 시작했다.

그러나 기뻐해야 할 이러한 기쁨을 정작 앞으로 내가 어떻게 대처를 해야 할까 하는 문제가 남아 있다.

구청에서는 주민투표에 의한 동장의 직접 선출은 선출이고 교류는 교류대로 별도로 계속 추진을 하겠다는 것이 윗사람들의 방침이라고 인사팀장이 나에게 전화를 걸어 알려오는 바 나는 이제 더 이상 타 구로 갈 수 없는 것이 아니냐고 강력하게 반발을 하고 또 반대 의견을 피력하면서 구청 마음대로 처리하라고 했다.

나는 이러한 구청의 분위기와 상황을 어떻게든지 돌파를 해야 하는 그러한 중차대(重且大)한 문제가 남아 있는 것이다.

그것은 내가 지난 2월 5일과 2월 26일 2회에 걸쳐 S구와 G구를 지정하여 전출에 동의한다는 인사교류동의서를 제출했기 때문이며 다행히 그때 나는 교류동의서를 제출하면서 교류기간은 3월 중에 한(限)한다는 단서조항을 부기(附記)하는 조건을 붙여 제출한 것이다. 그러므로 3월 말이 지나면 모든 상황이 끝날 수 있겠으나 3월말까지가 문제인 것이다.

나는 여러 사람의 의견을 종합하고 우선적으로 내용증명을 발송하기로 마음먹었다. 오후에 만사를 제쳐 놓고 최고(催告)장 형식의 내용증명(內容證明)을 작성하기 시작했다.

내용은 지난 2월 5일과 2월 26일 자필로 작성하여 총무과에 제출한 타 구 전출 인사교류 신청동의서의 파기를 선언해야 할지 아닌지를 가까운 사람에게서 의견을 들어 참고하기로 하고 몇몇 사람들에게 전화를 걸어 그에 대한 의견을 듣기 시작한 바 많은 의견이 나왔으나 그중에서도 특히 G구 B모 과장과 H모 주임이 3월 중에 교류가 추진이 되어 타 구로 발령이 난다면 할 말이 없지를 않느냐면서 그렇기 때문에 구청장 앞으로 내용증명을 신속히 발송해야 된다는 그러한 의견이었다.

내 생각에도 3월말 시한이 가장 문제이고 신경이 쓰이는 것이며 구청에서도 이러한 사실을 잘 알고 있는 터이므로 즉 3월말이 지나면 나를 타 구로 보낼 수 있는 법적인 근거가 소멸되는 상황이 벌어지기 때문에 속전속결(速戰速決)로 문제를 돌파(突破)하려 할 것으로 예상이 되는 것이다.

나는 그러한 문제점에 중점을 두고 내용증명을 작성하기 시작했다. 그것은 지난 2월 5일과 2월 26에 작성 제출한 타 구 전출동의서를 철회 또는 취소하겠다는 내용과 이를 어길 시 법적인 대응을 하겠다는 내용으로 이를 긴급히 작성하여 내일 출근과 동시에 우체국에 가서 등기 속달 우편으로 발송을 하려고 만반의 준비를 한 것이다.

그것은 구청에서 이제는 더 이상 술수를 쓰지 못하게 하기 위함인 것이다. 이것으로서 구청에 대해 할 수 있는 모든 일은 다 끝이 난 것이며 사법적인 대응태세의 준비도 이제 완전하게 준비를 하고 대응할 만반의 태세를 마친 것이다.

그리고 이후부터 구청에서 어떻게 움직이고 대응을 하고 있는지 동향만을 주시할 수밖에 없는 처지이며 이에 대처할 준비를 할 따름이다.

타 구 전출동의서를 취소해 달라는 내용증명 우편물을 발송하고 이를 다시 회수하다

오전 11시경 Y모 의원으로부터 전화가 걸려왔다. 궁금해서 전화를 했노라면서 발령상황이 어떻게 되어가고 있느냐고 묻는 바 나는 아무런 진전이 없으며 이상한 소문까지 들린다고 했다.

즉 고의적으로 발령을 내주지 않으려고 술수를 쓰고 있으며 본인을 기어코 타 구로 보내려는 그러한 낌새까지 보이고 있는 바 이를 저지하려고 이미 제출한 타 구 전출 인사교류동의서 내용에 대해 이를 취소한다는 내용증명 우편물을 발송했다는 이야기를 했다.

나는 아침 출근과 동시에 어제저녁까지 작업을 마친 내용증명 우편물을 영동우체국으로 달려가 이미 구청장에게 발송을 끝마친 상태에 있었기 때문이다.

Y모 의원은 나에게 크게 잘못한 것 같다면서 주민대표들까지 모아 놓고 동장을 직접 선출했는데 이제는 발령은 내주지 않고는 배겨나지 못할 것이라면서 너무 성급하게 서둘러 큰 잘못을 한 것 같다는 지적을 한다.

Y모 의원의 이야기를 듣고 보니 그의 말이 옳은 것 같았다. 그렇지 않아도 내용증명 우편물을 발송하면서 과연 발송을 하는 것이 유리한지 불리한지를 깊이 고심을 하면서 발령을 내준다면야 굳이 내용증명까지 발송하여 구청을 자극할 이유가 없다고 생각을 하고 있는 터에 Y모 의원의 전화

를 받고 보니 내용증명 우편물을 발송한 것이 잘못됐다는 느낌이 들었다.

나는 즉시 발송된 등기 속달우편물을 회수하기 위해 영동우체국에 급하게 연락을 취했으나 우편배달을 위해 집배원이 이미 우편물을 가지고 출발했음을 확인하고 민원여권과에 가서 우편물을 회수하기로 했다.

민원여권과로 빨리 달려가서 문서수발을 담당하는 J모 직원에게 사정 이야기를 하고 우편물을 전부 뒤져서 총무과로 보내기 직전에 접수증을 보여주면서 가까스로 우편물을 회수했다.

Y모 의원에게 우편물을 회수했다는 이야기를 전하니 그는 웃으면서 고생이 많았다는 소리를 한다. 어제는 내용증명 우편물을 발송하기 위한 문안을 작성하느라고 오늘은 또 작성된 내용증명을 속달우편물로 접수 발송하고 곧이어 발송한 우편물을 회수하느라고 바쁜 하루를 보냈다.

* 구청장에게 발송한 내용증명 우편물.

수신 : 강남 구청장

참조 : 총 무 과 장

제목 : 인사교류 동의서 및 교류신청서 제출 철회
       및 취소 통지 최고

    1. 2004년 2월 5일 및 2월 26일 본인이 제출한 타 기관 전출 인사교류 동의서 및 신청서 제출과 관련입니다

    2. 위 대호에 의하여 타 기관에 전출하기로 본인이 작성 서명 날인하여 제출한 인사교류 동의서 및 교류신청서는 금일부로 이를 철회 및 취소함을 최고하오니 착오 없으시기 바라며

    3. 아울러 이러한 본인의 철회 및 취소 통지가 있었음에도 불구하고 이를 강행하거나 시행할 시는 이에 불복하는 대응조치를 할 것임을 최고하오니 참고 하시기 바랍니다

    4. 이유

    가. 2004년 3월 11일 (목) 14 : 00 수서동사무소에서 실시한 수서동장 직위공모 시민 심사제에 응모를 한 후 주민대표들이 모여 직위공모 응모 희망자들의 설명

을 듣고 현장에서 투표를 실시한 결과 본인이 당선 되었으므로 본인이 제출한 타구 인사교류 동의서 및 교류신청서를 모두 철회 또는 취소하는 것임

        2004년   3월   12일

    경기도 성남시 분당구 야탑동 335

    장미마을 아파트 ○○○동 ○○○호

        정   종   철 (인)
           (현 행정관리국 근무)

일단은 우편물을 회수했으니 이제 구청의 동향만을 주시할 것이며 그때
그때 상황에 따라 대처할 것을 마음먹고 있는 것이다. 상황이 이렇게 된 이
상 이제 주도권이 다시 나에게 넘어왔다고 생각하고 이것을 반전의 계기
로 삼아 적극 대처하고자 한다.

3차 인사교류 전출동의서를 작성 제출 후 이를 다시 회수하다

구청에서는 지난 11일 주민대표들을 모아 놓고 직접 비밀 투표를 실시하고 즉석에서 개표를 하고 현장에서 본인이 동장으로 선출되었음을 공식적으로 또 공개적으로 발표를 했으면 이제 모든 절차가 다 끝이 난 사항으로 이제는 당연히 본인을 동장으로 보직 발령을 내줘야 함에도 불구하고 1주일이 다 된 오늘 현재까지 어떻게 하겠다는 말 한마디 없이 꿀 먹은 벙어리가 되어 있는 것이다. 그런데 갑자기 11시경 J모 인사주임이 본인을 만나러 오겠다는 전화가 걸려왔다.

잠시 후 사무실을 방문한 그는 새로운 문안의 타 구 전출 인사교류동의서를 작성해 가지고 와서 디밀면서 여기에 다시 한번 더 서명날인을 해 주십시오. 하는 말을 한다.

내용인 즉 '앞으로 있을 타 기관과의 인사교류 시 본인의 자유의사로 S구, G구 전출에 동의할 것을 확약합니다' 라는 내용과 그러면서 본인이 지난 2월 26일 2차로 작성 제출한 인사교류동의서를 함께 내놓는다. 지난 2월 26일 본인이 2차로 작성 제출한 동의서의 단서조항의 핵심내용은

① 2월 5일 제출한 타 구 전출동의서와 대체(代替)하는 것임.

② 근무 희망지는 ①지망 S구 ②지망 G구 외는 불가함.

③ 단 교류기간은 2004년 3월 중에 한함.

　　이라고 이미 제출한 타 구 전출 인사교류동의서를 내놓으면서 다시 한 장을 더 새롭게 써 달라고 한다.

　　그러면서 하는 말이 여기 전출동의서를 다시 써주신다고 해도 이제는 타 구로 갈 수가 없게 되어 있으니 마음 놓고 써 달라면서 빨리 써주시고 발령을 받으시는 게 좋습니다. 라는 그러한 말까지 하는 것이다.

　　나는 내 자신이 타 구로 가겠다고 두 번이나 전출동의서를 써주었으면 되는 것이지 또다시 써 달라고 하는 이유가 무엇이냐면서 좋다, 그럼 마음대로 한번 해 보거라. 하고 가지고 온 내용 그대로 이것저것 가리지 않고 그들의 요구대로 그들이 작성 출력해 온 인사교류동의서를 자구(字句) 수정 없이 일자와 성명을 쓰고 서명날인을 해서 1부 복사를 하고 교부를 해 주었다.

인 사 교 류 동 의 서

❏ 소　속 : 강남구 행정관리국
❏ 직　급 : 지방행정사무관
❏ 성　명 : 정 종 철 (鄭 宗 澈)　470811-1047211

　　상기 본인은 2004년 2월 6일자부터 강남구 행정관리국에 근무 중인 자로,

　　앞으로 있을 타 기관과의 인사교류 시 본인의 자유의사로 송파, 강동구 전출에 동의할 것을 확약합니다.

(※ 2004년 2월 26일 제출한 인사교류 동의서는 2004년 3월 15일자 시·구간, 구·구간 인사교류에 한하여 유효함)

2004 년　3 월 6 일

위 동의자　지방행정사무관　정 종 철 (서명)

강남구청장　귀하

312

총무과에서 그들이 작성해 가지고 본인에게 다시 서명날인을 받아간 즉
3차 인사교류동의서의 내용 원본을 그대로 옮긴다면

인 사 교 류 동 의 서

  • 소 속 : 강남구 행정관리국
  • 직 급 : 지방행정사무관
  • 성 명 : 정 종 철(鄭 宗 澈) 470811-1047211
  상기 본인은 2004년 2월 6일자부터 강남구 행정관리국에 근무 중인 자
로 앞으로 있을 타 기관과의 인사교류 시 본인의 자유의사로 송파, 강동구
전출에 동의할 것을 확약합니다.

(* 2004년 2월 26일 제출한 인사교류동의서는 2004년 3월 15일자 시 · 구 간, 구 · 구 간 인
사교류에 한하여 유효함)

2004년 3월 16일
위 동의자 : 지방행정사무관   정 종 철 (서명)
강남구청장 귀하

  위 내용을 다시 한번 부연 설명한다면 '앞으로 있을 타 기관과의 인사교
류 시 본인의 자유의사로 S구와 G구 전출에 동의할 것을 확약합니다' 라는
문구로 언뜻 보아서는 지난 2월 26일 2차로 제출한 인사교류동의서와 내
용상 별 차이가 없는 것 같으나 이를 면밀(綿密)히 뜯어 살펴본다면 '앞으
로 있을' 이라는 문구는 3월 16일 이후 향후에는 위 S구와 G구 2개 구에 소
청인의 자유의사로 전출에 동의할 것을 확약했기 때문에 3월 16일 즉 오늘
이후에 강남구에서 본인을 위 2개 구에 언제든지 언제까지라도 전출을 시
켜도 이의(異意)가 없다는 내용으로 해석이 가능한 바 3월 16일 이후에는

강남구에서 위 2개 구에 한하여 본인을 전출시킬 수 있는 권한을 항상 계속 유보(留保)하고 있다고 할 수 있는 큰 함정이 내포(內包)되어 있는 것이다.

그다음 '○○구 전출에 동의할 것을 확약합니다' 다음 괄호를 하고 괄호 안에 추기한 내용을 그대로 옮기면 (*2004년 2월 26일 제출한 인사교류동의서는 2004년 3월 15일자 시·구 간, 구·구 간 인사교류에 한하여 유효함)이라고 명문화(明文化)되어 있는 바 이러한 괄호 안의 문구 내용을 좀 더 면밀히 살펴본다면 지난 2월 26일 2차로 제출한 교류동의서는 '2004년 3월 15일자 시·구 간, 구·구 간에 한하여 유효함' 이라고 표현을 했기 때문에 이는 3월 15일까지만 유효한 기간임으로 3월 15일이 경과함으로써 이미 이의 효력은 종료가 되었고 오늘 새로이 3차로 인사교류동의서를 작성 제출하게 됨으로써 3월 16일 즉 오늘 제출한 동의서는 '앞으로 있을' 이라고 표현을 한 바 이의 표현은 '앞으로의 즉 장래에 향하여 효력이 발생된다' 라고 해석될 수밖에 없어 3월 16일 이후에는 위 2개 구청에 대해 장래(將來)에 향하여 즉 앞으로는 언제든지 언제까지고 향후 방출시킬 수 있는 권한을 계속 무제한으로 유보하고 있다는 문서의 근거가 되는 것이다.

위와 같이 본인이 타 기관 전출에 동의할 것을 확약했고 2월 26일 2차로 제출한 인사교류동의서는 3월 15일자 인사교류에 한하여 유효함이라고 표현된 바 3월 15일은 이미 종료가 되었고 3월 16일부터는 새롭게 언제든지 하시라도 방출을 시킬 수 있는 근거가 되어 있는 새로운 내용의 인사교류동의서 내용을 자세히 살펴보지도 않고 어물쩍 넘기면서 서명날인을 받아 간 것이다.

이렇게 여러 명이 한자리에 모여 잔머리를 굴려가면서 작성된 무서운 함정(陷穽)이 도사리고 있는 세 번째 인사교류동의서 내용을 아무런 확인도 의심도 없이 믿고 서명날인을 해 주고 인사주임을 보내고 난 다음 복사해 놓은 사본을 다시 한번 면밀히 검토해 본 바 내용에 이렇게 큰 엄청난 함정이 도사리고 있는 것이다.

이를 다시 한번 더 살펴본다면 본인이 지난 2월 26일 2차로 제출한 인사교류동의서는 3월 중에 한함이라고 부기를 했기 때문에 이는 법적으로 3월 31일까지만 유효하고 그 이후에는 효력이 발생하지 않게 되어 있다고 유권해석이 가능하겠으나 오늘 총무과에서 3차로 작성하여 서명날인을 받아간 인사교류동의서는 '앞으로 있을 인사교류 시' 라고 명기되어 있는 바 즉 오늘 이후부터 즉 장래에 향하여 효력이 발생되는 그러한 근본적으로 큰 차이가 있는 무서운 내용의 함정이 내포되어 있는 것이다.

이러한 내용을 확인한 나는 즉시 H모 주임에게 전화를 걸어 사실을 이야기하고 여러 가지 대안을 가지고 의논하면서 이의 대책으로 지난번에 발송하려다 중지한 내용증명을 다시 발송하면 되지를 않을까 하는 의견을 구하니 그는 전출교류동의서를 써주고 또다시 내용증명을 발송한다면 사람이 좀 우습게 되지 않겠느냐면서 써주지 않은 것이 더 좋았을 텐데 하는 의견을 말한다.

나는 알았다고 하고 그 즉시 인사팀장에게 전화를 걸어 지금 곧 총무과로 갈 테니 기다려 달라고 하고 곧장 달려가서 방금 전에 써준 인사교류동의서를 다시 한번 더 살펴보고 결정을 하겠노라면서 조금 전 가져간 타 구전출 인사교류동의서를 달라고 하니 책상 위에 내놓는 바 회수한 동의서를 호주머니에 넣어가지고 사무실로 와서 내 자신이 별도 보관을 하기로 마음을 먹었다.

그리고 앞으로 누가 뭐라고 해도 이제는 절대로 인사교류동의서는 물론이고 비슷한 어떤 종류의 문건도 써주지 않을 것이며 회수한 동의서도 그들에게 내주지 않기로 결심을 한 것이다. 그리고 이번 일로 더 이상 신경을 쓰고 싶지 않으며 하루빨리 여기서 해방이 되고 싶은 그러한 심정(心情)뿐인 것이다.

나는 어제 저녁과 오늘도 이 문제를 가지고 곰곰이 생각을 해 보았다. 내가 지금까지 얼마나 많은 고통(苦痛)을 감수(甘受)해 가면서 주민투표에 임하여 동장으로 선출이 되었으며 지금까지 타 구로 가지 않겠다고 절치부심(切齒腐心) 별별 수모(受侮)를 다 겪으면서 7개월을 참고 견디어 왔는데 이제는 어떻게든 강남을 떠나지 않겠다는 결심을 굳히고 그에 대한 철저한 대비를 할 것이며 일단 금주 중반까지 어떻게 상황이 전개되어 가고 있는지 동향을 살펴보면서 모든 상황에 대비를 할 것이다.

먼저 이제는 여하한 일이 있어도 절대로 타 구로 전출을 하지 않겠다는 결심을 굳히고 필요시는 내용증명을 다시 작성해 놓고 하시라도 즉시 발송할 수 있도록 만반의 준비를 할 것이며 본인을 제쳐 놓고 상대방에 대해 동장 발령을 낸다면 이에 따른 가처분(假處分) 신청까지도 검토하고 이에 대비하여 신청서와 증거자료 등을 사전에 준비하고 대비를 하는 등 필요시 언제고 일전태세(一戰態勢)를 할 각오와 준비를 해야 할 것이다.

이를 위해 오후에는 이의 자료 준비를 위한 필요한 서식을 준비하기 위해 서울지방법원 동부지원 민사과에 가서 아는 사람을 면담하고 필요한 서식을 복사해 달라고 부탁하고 왔는데 퇴근시간 무렵 서식을 준비해 가지고 개포동 모처에 맡겨 놓았다는 연락이 왔다.

내일 아침 출근길에 본 서식과 관련된 서류를 가져오려고 마음을 먹고 있는 것이다.

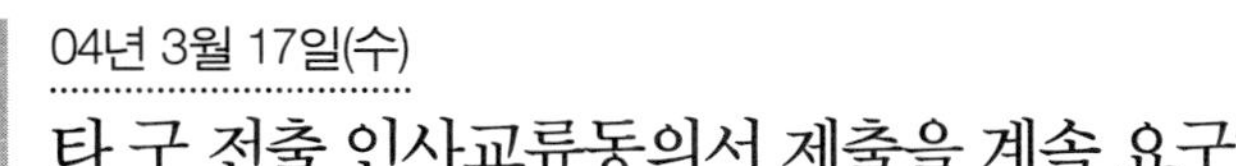

타 구 전출 인사교류동의서 제출을 계속 요구하다

오늘 아침 출근길에 어제 동부지원 민사과에 근무하고 있는 모 씨에게 부탁해 놓은 가처분 신청에 대한 서식 및 사례 등을 개포동 모 처를 들러 찾아왔다.

그러나 나는 제발 그러한 사태까지 발생하지 않기를 바라고 기원하고 있는 것이며 이는 어디까지나 극단적인 최악의 경우를 가정한 것이지 어느 누가 이러한 상황까지 발생하기를 원한단 말인가. 이러한 점은 본인이 아닌 어느 누구라도 이러한 극단적인 상황의 발생을 원하는 사람은 아마도 이 세상 어디에 아무도 없으리라고 생각을 한다.

오전 11시경에 B모 구청장 수행비서로부터 전화가 걸려왔다. 점심을 좀 사 달라고 한다. 나는 기꺼이 승낙을 하고 그리고 꼭 시간 맞춰서 나와 달라는 말까지 했다.

12시 15분 전에 그가 사무실로 왔기에 차를 마시고 식당으로 같이 나갔다. 식당에는 L모 인사팀장이 먼저 도착하여 기다리고 있었다. 아마도 수행비서와 사전 약속이 되어 있는 것 같았다.

세 사람이 식사를 마치고 본인의 사무실로 다시 들어가서 커피(coffee)를 하자고 하여 다시 사무실로 되돌아왔다. 나는 두 사람이 왔으니 또 무슨 말을 하려고 할까 하고 내심(內心) 긴장(緊張)을 하고 마음의 준비를 단단히 했다. 그리고 이제 무슨 말을 하든지 모든 언행에 신중을 기하여 답변하겠다는 각오와 결심을 하고 그들의 말이 나오기를 기다렸다.

인사팀장은 지난 11일 소청인에게 수서동장 직위공모에 따른 주민대표들의 투표 실시 후 귀청하여 동장 선출을 위한 주민투표는 투표이고 교류는 교류대로 별도로 계속 추진을 하겠다는 것이 구청의 확고한 방침이라고 하는 말을 들은 바 있어 그에 대한 대상자가 내 자신임을 알고 있던 터라 그러한 말을 인사팀장이 윗선에서 무슨 오더(order)를 받았거나 분명히 얘기를 들었기 때문에 하는 말이지 결코 팀장 혼자서 마음대로 할 수 있는 말은 아니라고 생각을 하고 단단히 각오를 하고 있는 상태이다.

B모 수행비서가 한참 있다가 과장님 이렇게 하시죠. 하고 말을 시작했다. 나는 말해 봐라 하고 대답을 했다. 그에게서 예상치 못한 의외의 말이 나왔다.

먼저 행정관리국장님과 그다음 부구청장님께 사과(謝過)를 하시죠. 라고 말하는 바 나는 그의 말에 즉각 답변을 한 것이다.

내가 사과 못할 이유가 뭐가 있느냐 기꺼이 사과를 하겠다. 그리고 한 발 더 나가 그들의 체면을 세워주기 위해 필요하다면 사과보다 더한 것도 하겠으니 그에 대해서는 걱정을 하지 말라고까지 했다.

나는 아랫사람이 윗사람에게 사과하는 것은 그들의 체면(體面)을 세워주기 위함이니까 아무런 흉이나 허물이 될 수가 없는 것 아니냐고 한 발 더 앞서 나갔다. 아마도 그들은 내가 아무런 잘못이 없는데 왜 또 무슨 사과(謝過)를 해야 되느냐면서 사과를 할 하등의 이유가 없다고 항변(抗辯)을 할 것으로 예상을 했던 것 같았다.

내가 흔쾌(欣快)히 사과를 하겠다고 하니까 그들의 얼굴빛이 금세 달라지는 것 같은 그러한 표정이 역력(歷歷)했다. 아마도 이제 그들은 나에 대해 발령을 할 수밖에 없으니 사과라도 받는 그러한 최소한의 명분이 필요한 것 같았다.

오후에 즉시 사과를 하겠다고 했으며 청장님에게도 사과를 해야 되는 것 아니냐고 하니까 청장님은 좀 더 두고 보자고 하면서 적당한 때에 타이밍(timing)을 맞춰 연락을 주겠다고 했다. 나도 좋다, 거기서 하라는 대로 하겠다고 대답을 했다.

2시 반경에 구청 본관으로 갔다. 먼저 인사팀장을 만난 후 행정관리국장실로 들어가 N모 국장을 만났다.

나는 지난 일에 대해 잘못했노라고 먼저 사과를 하고 앞으로 열심히 일을 할 테니 잘 좀 봐 주십시오. 라고 했다.

N모 행정관리국장은 알았다면서 그렇지 않아도 정 과장 문제 때문에 고심(苦心)을 많이 하고 있었다면서 나도 내 마음대로 할 수가 없는 것 아니냐는 말을 했다. 나도 행정관리국장의 고충을 충분히 이해하고 남음이 있을 것 같았다.

나는 다시 한번 잘 좀 봐 주십시오. 라고 인사를 한 후 국장실을 나왔다. 그리고 곧이어서 부구청장실로 들어갔다.

부구청장에게도 국장실에서와 같이 동일(同一)한 사과(謝過)를 했다. 그러나 K모 부구청장은 나에게 사과를 받을 이유도 없고 사과를 받아줄 위치에 있지도 않다고 했다.

나는 재차 지난 일에 대해 이해를 해 주시라면서 잘 봐 달라는 말을 했다. 그러나 그는 이번 문제가 개인의 문제가 아닌 조직의 문제라면서 그러면서 또 지난번에 써준(1차 및 2차 인사교류동의서를 염두(念頭)에 둔 것 같음) 타 구 전출 인사교류동의서는 계속 유효하다는 말까지 했다.

나는 그 대목에 있어서는 그의 얼굴만 쳐다보고 아무런 대꾸도 하지 않고 그대로 얼버무리고 넘겨버렸다.

그는 끝내 사과를 받아들이지 않는 그러한 모습이었다. 그래도 나는 다시 한번 죄송하다는 말을 했다. 나의 처지가 비참(悲慘)하고 서글펐지만 내가 약자이고 아랫사람인 관계로 더 이상 죄송하다는 말밖에 할 말이 없었다.

내가 그들에게 사과를 해야 할 아무런 이유도 잘못도 없지만 상관에 대한 예우를 한다는 차원에서 형식(形式)상 사과(謝過)를 한 것이고 다만 아랫사람인 관계로 조직의 구성원인 관계로 내가 사과를 하는 것이 도리라고 생각을 했기 때문에 그들의 체면을 세워주기 위해 사과를 한 것이지 내 자신이 무슨 잘못을 했다거나 잘못을 저지른 일이 절대로 없으며 모든 잘못이 다 그들에게 있다는 사실을 세상 사람 모두가 다 알고 있으며 그도 그러한 사실을 빤히 다 알고 있으면서도 계속 억지(抑止)를 부리는 것이나 내 입장에선 참고 견디는 방법 이외(以外) 별 도리가 없는 것이었다.

또한 그들은 구청의 고위 간부인 관계로 그렇게밖에 할 수 없음을 이해하고 남음이 있었고 그렇게 생각을 하기도 했지만 해도 너무하고 정도가 심한 것 같지 않나 하는 그러한 생각이 다시 들었다.

어떻든 그들에게 내가 먼저 사과를 하고 나니 속이 후련하고 마음도 가벼운 것 같았다. 다만 구청장에게 언제 어떻게 어떠한 방법으로 사과를 해야 하는가 하는 점이 숙제로 남아 있으나 이는 또다시 B모 수행비서가 적당한 시기에 타임(time)을 맞춰 연락을 주겠다고 했으니 기다릴 수밖에 없었다.

이제 남은 것은 수서동장 보직 발령문제이며 그다음은 나를 대상으로 계속 교류를 추진하려고 하는 문제를 어떻게 중단시키면서 이러한 위기를 슬기롭게 넘길 것인가 하는 문제가 남아 있는 것이다.

나는 지금까지 계속 피해를 보면서 또 이번 일을 일방적으로 당하면서도 어떻게든 여기에 남는 것이 그들을 상대로 한 최후의 승리자가 되는 것인바 이를 어떻게 슬기롭게 잘 넘겨서 위기(危機)를 벗어나야 할까 하고 고심(苦心)에 고심을 할 수밖에 없는 것이다.

결과론이지만 이번 일의 지금까지 진행과정을 볼 때 본인이 지난 2월초에 기자회견 준비를 하고 시청 기자실까지 갔다가 기자회견을 취소한 것과 지난 금요일에 발송한 내용증명 우편물을 회수한 것이 정말 잘한 일로 생각이 들었으며 그리고 지난 금요일 발송을 했다가 다시 회수를 한 내용증명 우편물을 또다시 어제부터 문구를 가다듬어 작성하기 시작하여 문안 작성에 추호도 하자(瑕疵)가 없도록 오늘 완전 마무리를 짓고 하시라도 발송할 준비를 하고 있는 것이다.

문제는 2월 5일에 1차로 써준 타 구 전출동의서에 기한을 정해서 써준 것이 아닌 관계로 그것을 가지고 악용할 소지가 있다고 할 수도 있겠으나 다만 2월 26일에 나중에 재차 써준 교류 신청서 여백에 상세하게 조건을 부기(附記)하고 기재(記載)하여 교부한 관계로 문제가 없을 것으로 보고 있는 것이다.

문제는 2월 5일 써준 동의서를 언제 어떠한 방법으로 취하를 하거나 회수를 어떻게 할 것인가 하는 문제가 관건(關鍵)이다.

어제 오늘 양일(兩日)간에 걸쳐 준비한 내용증명은 지난번 발송했다가 회수한 내용증명을 중심으로 법리상 완벽하게 한 치의 오차가 없도록 작성을 하여 보관을 하기로 마음을 굳혔다.

다만 이에 대해 보관(保管)을 하면서 언제 어떻게 제출할 것인가 하는 문제의 제출할 시기와 이를 과연 제출해야 할 것인가 말 것인가 하는 문제로 이에 대해서도 이를 계속 검토를 할 수밖에 없을 것이다.

6시 퇴근시간이 다 되어 가는데 L모 인사팀장으로부터 또다시 타 구 전출 인사교류동의서를 빨리 작성을 해서 반드시 제출해야 된다는 전화가 걸려왔다.

나는 그러한 타 구 전출 인사교류동의서는 이제 더 이상 받을 생각일랑 아예 하지를 말라고 거부(拒否) 의사(意思)를 밝히고 제출할 수가 없다고 분명히 말했는데도 불구하고 그는 타 구 전출 인사교류동의서를 빨리 작성해서 제출해야 된다는 말을 계속하고 있는 것으로 보아 아마도 윗선에서 어떠한 방법을 취해서라도 동의서를 빨리 받아내라고 압력(壓力)을 받는 것 같은 그러한 느낌이 들었다.

　나는 인사팀장에게 이 문제를 가지고 더 이상 말하고 싶지 않다면서 인사팀장이 마음 내키는 대로 알아서 처리하라고 하고 전화를 끊었다.

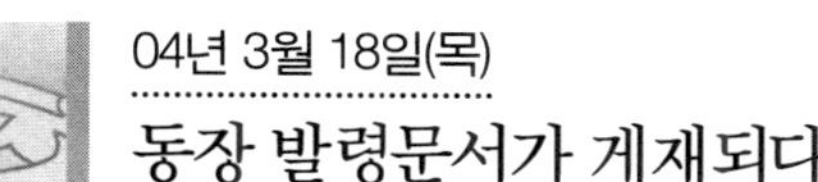

동장 발령문서가 게재되다

　오늘 수서동 출신 행정보사위원장인 Y모 의원에게서 전화가 걸려왔다.

　지역신문인 강남신문 Y모 사장이 동장 발령문제를 가지고 MBC 방송국 카메라출동팀에 연락을 하여 구청의 이러한 사실(事實)과 비리(非理)를 각 언론사 등 만천하(滿天下)에 공개를 하여 강남구청을 정신을 차리게 해야 한다면서 방송국 연락 및 취재 요청은 강남신문 Y모 사장이 그리고 방송국 인터뷰(interview)는 주민의 대표인 자기가 맡기로 했다는 이야기를 한다.

　그러면서 Y모 의원은 N모 행정관리국장에게 구청이 전국에서 최초로 주민대표들을 모아 놓고 동장을 직접 선출케 하고 발표까지 해 놓고서 이제는 발령을 내주지 않으려고 별별 수단을 다 쓰고 있는 바 이러한 문제를 강남신문에서 대대적으로 보도를 하고 MBC 방송국 카메라출동팀이 먼저 수서동사무소를 방문 취재를 한 다음 주민대표로 자기가 인터뷰를 하기로 했고 인터뷰가 끝난 후 구청을 방문하여 이 문제를 취재하기로 되어 있으니 이에 대해 국장님이 직접 답변할 준비를 해 두라고 전화를 했다고 한다.

　그러나 나는 만약 그러한 사태가 발생할 경우 나에게 더욱 불리한 상황이 전개가 될 것이니 제발 그러한 일을 하지 말아 달라고 부탁을 하면서 Y모 의원에게 나는 이제 잠자코 가만히만 있으면 되는 것이고 구청에서는 발령을 내줄 수밖에 없을 테니 크게 걱정은 하지 않고 있으며 이는 다 시간이 해결해 줄 것으로 믿는다고 말했다.

나는 이제 이러한 문제를 가지고 여기저기 들쑤실 이유도 없고 그대로 가만히 있기만 할 것이며 글자 그대로 무저항주의(無抵抗主義)로 나가기로 결심을 하고 무대응(無對應)할 것임을 마음속으로 굳게 결심을 하고 있는 터였다.

그런데 오후 5시경에 Y모 수서동 주무 팀장에게서 전화가 걸려왔다.

동장님 이제 됐어요, 발령이 났어요. 하면서 발령을 축하한다고 하는 말을 한다. 나는 그게 무슨 소리냐 타 구 전출 인사교류동의서를 써주기 전까지는 발령을 내주지 않겠다고 하고 있지 않느냐 하는 말을 하니까? 아니에요. 이제 됐어요, 걱정을 하지 마세요. 하면서 동장 발령 문서가 시달이 됐다고 하는 것이다.

나는 어리둥절할 수밖에 없었다. 어제 퇴근시간 무렵까지만 해도 타 구 전출 인사교류동의서를 쓰기 전까지는 발령장을 주지 않겠다고 분명히 말하지 않았던가 하는 생각이 들면서 그리고 책상 위에 놓여 있는 컴퓨터 (computer)를 열어 보았으나 어디에도 발령이 났다는 그러한 문서는 볼 수가 없었다.

나는 그렇다면 왜 문서로 게시(揭示)가 되지 않느냐 하고 또 내가 보고 있는 컴퓨터에는 문서가 띄지 않느냐면서 발령이 났다는 문서를 출력해서 지금 곧 옆 사무실에 있는 팩스(Fax)로 보내 달라고 부탁을 하니까 Y모 팀장의 답변인 즉 해당 과와 해당 동에만 문서를 시행했다고 한다.

그리고 곧 시행된 문서를 팩스로 받아 본 결과 3월 15일자로 인사 명령 문서를 소급(遡及)하여 시행했으며 수신자 란에는 수신자 참조라고만 되어 있으니 수신자가 어디인지 누구인지 문서를 어디로 발송이 되었는지 도대체 알 수가 없는 그러한 상태인 것이다.

그리고 이러한 문서가 각 국, 실, 과, 동에 시행이 되지를 않았으니 어디에서도 이러한 문서를 볼 수도 알 수도 없는 것이다.

＊수서동장 발령문서 내용.

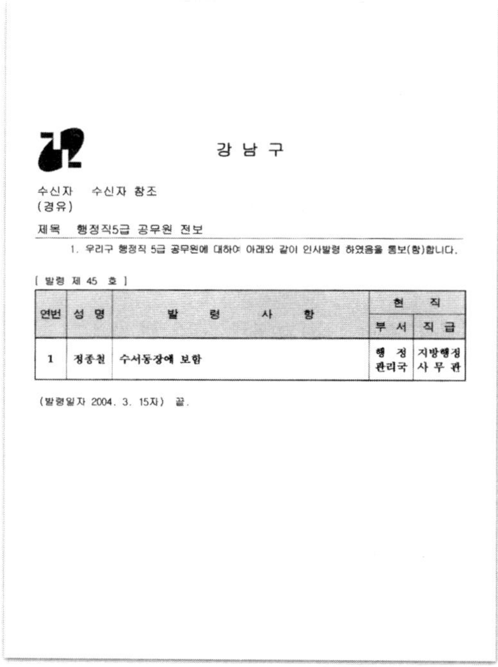

강 남 구

수신자　수신자 참조
(경유)

제목　행정직5급 공무원 전보
　　1. 우리구 행정직 5급 공무원에 대하여 아래와 같이 인사발령 하였음을 통보(함)합니다.

[발령 제 45 호]

연번	성 명	발　령　사　항	현　직	
			부 서	직 급
1	정종철	수서동장에 보함	행 정 관리국	지방행정 사 무 관

(발령일자 2004. 3. 15지)　끝.

그러니 구청 내 어디에서도 이러한 내용의 문서를 볼 수가 없는 바 이를 알 수 없는 것이 당연한 결과인 것이다. 나중에 확인된 바에 의하면 본 문서는 시행을 한 총무과와 해당 동인 수서동 2개 부서에만 시행을 한 것이며 그 결과로 즉각 나타난 부작용이 전산정보과에 문서가 시달되지를 않은 바 결재를 할 수 있도록 전자결재시스템(system) 조치가 되지를 않았으니 이제는 수서동에서 시행하는 모든 문서의 결재가 되지를 않고 전자문서 수발이 올 스톱(all stop)되는 그러한 상황이 발생하여 Y모 팀장이 문서 결재와 수발이 되지를 않아 행정이 마비되고 업무를 처리할 수가 없다고 총무과에 항의를 한 바 항의를 받은 총무과에서 전산정보과에 문서의 발신 및 수신과 결재를 할 수 있도록 조치하라는 그러한 웃지 못할 난센스(nonsense)가 발생한 후에야 정상적인 시스템으로 조치가 된 것이다.

나는 내심 기쁘면서도 무슨 조치가 있을 때까지 참고 견디고 그리고 바라볼 수밖에 다른 도리가 없었다. 그리고 머지않아서 반드시 발령장을 줄 것으로 확신을 하고 아무 소리도 하지 않고 가만히 기다리기로 마음먹고 있는데 잠시 후 Y모 의원에게서도 발령이 났다고 문서가 시행이 되었다는 사실이 확인되었다면서 축하한다는 전화가 걸려왔다.

소청인은 전화를 받고 웃으면서 나를 위해 그렇게 애를 써주시니 정말 고맙다는 인사를 했다. 그리고 이러한 기쁜 소식과 마음을 집사람에게 가장 먼저 전화로 알린 것이다.

나는 신문을 뒤척이면서도 행여나 무슨 소식이 오지 않을까 하고 귀를 기울이고 있었으나 퇴근시간까지 종일 아무런 연락도 오지 않았다.

그러나 소문은 청 내에 삽시간에 전파(傳播)가 됐으며 이러한 내용을 이미 알고 있는 여러 직원들로부터 축하한다고 여기저기서 전화가 걸려오기 시작하면서 왜 발령장을 주지 않느냐고 여러 사람이 계속 전화를 하는 바 나도 잘모르겠다고 내 자신도 궁금하다는 답변을 할 수밖에 없었다.

그럴 수밖에 없는 것이 지난 11일에 직위공모를 위한 주민대표들을 모아 놓고 투표를 실시하여 소청인이 동장으로 선출이 됐음에도 불구하고 발령을 내주지 않고 일언반구 언급이 없으니 모든 직원들이 다 궁금하게 생각을 하고 있는 것은 당연한 결과인 것이다.

오후 들어서 나는 G구 B모 과장과 또 다른 G구 B모 국장 등 외부에 즉 타 구나 시에 있는 지금까지 소청인을 격려해 주고 관심을 가지고 있는 여러 친구들과 요 며칠 사이에 벌어지고 있는 소청인에 대한 동향을 주고받으면서 15일자로 수서동장 발령에 대한 문서가 시행이 됐음에도 불구하고 발령장을 주지 않는다고 하니까 이제는 발령장을 안 주고는 못 배길 테니까 줄 때까지 그대로 가만히 기다리고만 있으라고 했다.

소청인도 내가 뭐라고 할 수 있느냐면서도 그대로 가만히 보고만 있으니 답답하기 이를 데 없어 나름대로의 채널(channel)을 가지고 알아보지 않을 수가 없다는 말을 했다.

오후에 시청 재무과에 있는 Y모 팀장에게 이러한 내용을 이야기하자 그는 이제 됐다면서 발령장을 교부하는 것은 형식상(形式上)의 절차이고 문서가 시행이 됐으면 법상 모든 절차가 끝난 것이라면서 무조건(無條件) 부임(赴任)만 하면 되는 것이니 그 자리로 가서 자리에 앉아버리면 된다고 한다.

그러면서 그는 문서가 시행이 됐음에도 불구하고 부임(赴任)을 하지 않는다면 그것은 미귀(未歸)로 징계사유가 될 수도 있다고 하는 것이다.

나는 일리가 있는 말이라면서도 구청에서 아무리 나를 미워하고 방출시키기 위해 별별 수단을 다 쓰고 있다고 하지만 설마 그렇게까지야 할 수는 없는 것 아니냐고 하니까 설령 그렇게까지야 못하겠지만 법상으로는 그렇게 할 수도 있다는 하나의 예를 말한 것이라고 한다.

나는 잘 됐다 생각하고 L모 인사팀장에게 전화를 걸어 발령문서가 시행이 됐음에도 불구하고 아무런 연락이 없고 법상 문서가 시행이 됐으면 발령장을 받지 않아도 임지(任地)로 가야 하고 만약 가지 않을 경우 미귀(未歸)로 인한 징계사유가 된다고 하는데 어떻게 할 것이냐 하고 빨리 확실(確實)한 답변(答辯)을 하라고 다그치면서 재차 답변을 요구하자 그는 그렇잖아도 연락을 드리려고 하던 중이었다면서 발령장을 주려고 했으나 타임(time)을 잡지 못했다면서 지금이라도 먼저 부임을 하시라고 변명(辨明) 아닌 변명을 한다.

나는 그렇다면 그러한 상황을 빨리 연락을 취해 줘야 되는 것이지 전화를 할 때까지 그렇게 가만히 있으면 되는 것이냐고 크게 나무라는 소리를 하자 그는 아무런 대답을 하지 못하고 우물쭈물 말도 되지 않는 변명을 하고 있는 것이다.

일단 수서동 Y모 팀장에게 지금 사무실로 갈 테니 그렇게 알라면서 택시를 잡아타고 수서동사무소로 향했다. 동사무소에 도착을 하니 퇴근시간인 6시가 다 된 것이다.

직원들을 모아 놓고 인사를 겸한 상견례(相見禮)를 마치고 직원들을 먼저 퇴근을 하도록 했다. 나는 참으로 감개(感慨)가 무량(無量)하다고 하는 표현(表現)이 적절(適切)할 것 같다. 공무원생활 37년 동안 이러한 일은 처음이요 또 이렇게 악전고투(惡戰苦鬪)해 본 일도 처음이려니와 아마 어떤 공무원도 이런 일을 겪어 보지는 않았을 거라는 생각이 들었다.

작년 9월 서울시로 발령이 난 후부터 일어난 심적(心的) 고통(苦痛)이 이제 서서히 마무리 단계에 접어들고 있지 않나 하고 생각을 하니 뭐라 형언(形言)할 수가 없었다.

나는 동사무소에서 두 사람의 팀장 및 몇몇 직원과 저녁을 같이하고 짐을 풀고 저녁 늦게까지 정리를 하고 밤 11시가 넘어서야 또 Y모 팀장이 같은 동네 같은 아파트단지에 거주하고 있는 관계로 그의 차량을 이용하여 같이 퇴근을 했다.

집에 들어서자 집사람은 물론 아들딸 모두가 밝은 얼굴로 맞아주었다. 내가 지난해 9월 강남을 떠나 보직을 명하는 문서가 공식으로 시달이 되었으니 오늘을 위해 지난 7개월 동안 얼마나 많은 심적 고통과 그리고 번민(煩悶), 갈등(葛藤) 또 집안 식구들 모두가 다 얼마나 많은 숨을 죽이면서 지냈던 일을 다시 한번 생각하지 않을 수가 없다.

나는 이제 절대로 그들의 속임수에 넘어가지 않고 넘어가서도 아니 되고 넘어갈 수가 없도록 이제는 저들이 무슨 술수를 쓴다 해도 사전에 먼저 철저한 대비를 할 것임을 굳게 결심을 한 것이다.

정식으로 동장 임용장을 전수받고 사무실을 완전히 이전하다

아침에 잠시 동안 임시로 있었던 별관 사무실로 출근을 하여 사물(私物)을 챙겨 짐을 싸고 옮길 준비를 완전히 마쳤다.

별관에 근무하고 있는 타 과 여러 직원들의 태도가 확연(確然)히 달라졌으며 짐을 싸는데 몇몇 사람의 직원들이 스스로 달려와서 짐을 싸주겠노라고 하는 바 나는 내 사물은 내가 직접 챙겨야 정리하기가 쉬운 관계로 사양을 하고 혼자서 짐 보따리를 꾸렸다.

짐을 싸놓고 언제쯤 발령장을 줄 것인가 인사팀장에게 전화를 하니 아직 시간이 정해지지를 않았으니 먼저 부임을 하시는 게 좋겠다고 우선 부임을 하시라고 한다. 그러면서 인사팀장은 또다시 나에게 타 구 전출 인사교류동의서를 빨리 작성해서 제출해야 된다고 하는 바 나는 또다시 타 구 전출 인사교류동의서를 작성해서 제출하라고! 그게 말이 되는 소리냐면서 나에게 그렇게까지 할 필요가 뭐가 있느냐 이제 제발 그러한 말은 하지도 말고 그러한 동의서를 받을 생각일랑 아예 하지를 말라면서 인사팀장의 입장을 알고 있기 때문에 더 이상 긴 이야기를 하지 않겠다고 전화를 끊었다.

수서동 Y모 주무팀장에게 짐을 실을 수 있는 차량을 보내 달라고 연락을 취한 바 주무팀장과 사회복지팀장 및 서무주임 등 몇 사람의 직원들이 짐을 운반할 수 있는 차를 가지고 온 것이다. 그들과 같이 점심식사를 마치고 짐을 싣고 수서동으로 와서 우선 짐을 풀고 책상 등을 정리했다.

참으로 감개가 무량하다. 나는 오늘 이 자리를 오기까지 그동안 얼마나 많은 고통(苦痛)과 수모(受侮)를 당하고 견디며 울분(鬱憤)을 참고 인고(忍苦)의 나날을 보냈었단 말인가.

지금껏 있었던 이러한 일을 어떻게 다 글로 표현을 할 수가 있다는 말인가 하고 스스로 감격에 겨워하고 있었다.

그 사이 오후 5시 반경에 발령장을 주겠다는 연락이 왔다. 시간에 맞춰 구청에 도착하여 먼저 총무과장과 인사팀장을 만났으나 어제 퇴근시간 무렵과 오늘 아침까지도 타 구 전출 인사교류동의서를 제출하라고 하더니 직접 만나자 이에 대해서는 아예 일언반구(一言半句)조차 없다.

발령장은 N모 행정관리국장이 전수(傳授)를 하고 난 후 나에게 정 동장(鄭 洞長) 그동안 고생 많이 했어. 하면서 이해를 해 달라고 했다. 나는 이 한마디에 지금까지 있었던 그에 대한 섭섭한 감정이 모두가 다 싹 가셔졌다. 나는 이어서 열심히 잘 하겠다며 감사하다는 인사를 했다.

곧바로 부구청장실로 인사를 하러 갔다. 그러나 K모 부구청장은 여전히 싸늘한 눈길을 주면서 아니꼽다는 태도와 표정으로 대하면서 당신이 제출한 인사교류동의서는 계속 유효한 줄 알아야 할 것이다. 그리고 이어서 우리는 언제고 당신을 타 구로 보낼 수 있는 권리를 계속 유보(留保)하고 있으니 그리 알고 있으라는 말을 했다.

앉아서 같이 차라도 한 잔 하고 고생했다는 말은 고사하고 힐끗힐끗 쳐다보면서 아주 못 마땅해하는 그러한 표정을 지으면서 말을 했다.

나는 부구청장에게 예 잘 알겠습니다. 모든 것은 청장님께서 알아서 하십시요. 라고 말한 후 그러나 열심히 잘 하겠다는 간단한 인사를 마치고 그리고 그 이상 아무런 말도 하지 않고 사무실을 나왔다. 그에게 더 이상의 말이 필요 없고 아무 할 말도 없었다.

그는 여전히 아직도 나에게 많은 감정을 가지고 있는 것 같은 그러한 느낌이었다. 나는 생각하기를 그가 꼭 그렇게까지 할 필요가 없지를 않은가 하고 생각을 하면서 그가 하는 태도에 도저히 이해를 할 수가 없었다.

나는 마음속으로 남의 태도를 탓할 이유는 없을 것으로 생각을 하면서 그들이 계속 이렇게 대하니 앞으로 모든 업무를 처리하는데 있어서 절대로 아무런 하자(瑕疵)가 없도록 더욱더 신경을 쓰고 최선의 노력을 해야 하겠다는 결심을 했다.

그 뒤 각 국장실과 총무과 감사실을 들러 인사를 하고 곧장 사무실로 들어오니 전 직원들이 박수로 환영을 해 준다. 벌써 나의 부임 소식을 듣고 전 구의원인 주민자치센터 K모 위원장이 소청인을 기다리고 있다가 환영을 해 주었다.

K모 위원장에게 앞으로 열심히 일 잘하겠다는 인사를 하고 사무실 좌우에 인접해 있는 파출소와 우체국을 들러 부임인사를 했다.

짐을 풀고 대충 정리하는데 또 저녁 11시가 넘었다. 그래도 힘든 줄을 모르고 근무할 사무실을 내 취향에 맞게 열심히 정리 정돈을 했다.

동장실이 너무나 넓고 좋았다. J모 전 동장이 사무실을 너무나 깨끗하게 잘 관리를 해 놓은 바 어디 하나 흠 잡을 곳 없이 좋은 사무실로 흡족하여 마음에 들고 만족했다.

집에 도착을 하니 집안 식구들 모두가 반갑게 맞아주면서 오래간만에 모처럼 집안에 활기가 넘쳐흐르는 것 같다.

그리고 2일 전에 있었던 강남신문사 Y모 사장이 MBC 방송국 카메라출동팀에 연락을 하겠다는 사항은 어떻게 되었는지 모르지만 방송국에서 출동을 하지는 않았다.

내 자신도 그러한 상황까지 발생하지 않기를 바랐기에 잘된 일이고 자세한 내막은 알 수가 없으나 물어볼 필요도 없었다. 내 짐작으로는 19일자로 시행 발송한 문서를 15일자로 소급 시행한 것은 방송국에 이미 동장 발령이 나서 근무를 하고 있다는 사실을 사전에 알려주어 방송국에서 출동을 하지 않도록 원천봉쇄(源泉封鎖)를 하기 위함이 아니었나 하는 생각이 들며 만일 방송국에서 출동 취재를 하려고 할 시 며칠 전에 이미 발령을 냈노라고 문서를 보여주어 방송국의 취재를 막기 위한 작전이 아니었나 하는 생각이 들며 여하튼 이 문제는 이것으로 일단락이 된 것이다.

동장 부임 후 처음으로 외부행사에 참여하다

오늘 부임 후 처음으로 오후에 H모 시의원 아들 결혼식에 참석할 겸 사무실 잔무도 정리할 겸 느긋하게 사무실로 출근을 했다. 별로 하는 일 없이 사무실에서 신문을 좀 훑어보다가 오후 4시가 되어 삼성역 부근 코스모타워(cosmotower) 예식장에 들렀다.

선거철이 가까워져 그러는지 많은 사람들이 북적거렸다. 강남 갑·을구 H모 당 국회의원 및 국회의원을 출마하려는 후보 등 그리고 시의원과 여러 사람의 구의원들과 비공식적이긴 하지만 축하한다면서 오랜만에 반갑게 만나 서로 인사를 나누었다. 본격적인 선거철이 다가온 것 같다.

예식장에서 구청장을 만났다. 구청장 앞으로 다가가서 공손히 인사를 하자 그는 약간 웃으면서 나에게 악수를 청하고 검지(가르치기)손가락을 내민다.

옆에 있던 K모 S동장이 현장에 같이 있었던 바 그에게 검지손가락을 내미는 의미가 무엇이냐고 물었으나 그도 모르겠다는 답변을 했다.

예식이 끝난 후 다시 사무실에 들러 정리를 좀 한다고 하나 일이 손에 잘 잡히지를 않는다. 벌써 여러 곳에서 난 등 여러 가지 화분이 들어오기 시작하고 여기저기서 많은 축하전보가 답지하고 축하전화가 걸려오기 시작하여 대단히 기분이 좋았다.

소청에 이겼기 때문에 이러한 결과가 온 것이다. 사람은 여하튼 이기고 볼 일이다. 옛날부터 이기면 충신이요 지면 역적이라는 말이 새삼스럽게 떠올려진다.

내가 만약 지난번 투표에서 패했더라면 이러한 대접을 받을 리 만무하다고 생각을 하니 요즘 며칠 동안은 이래저래 기분이 대단히 그리고 더 더욱 좋은 것 같다.

나는 그동안 오늘 이 결과를 보기 위해 얼마나 많은 피눈물을 흘리는 고생을 하면서 학수고대(鶴首苦待)하고 있었던 일이 아니었든가. 그러나 한편으로는 은근히 걱정이 되기도 한다. 그것은 내가 2차로 써준 전출동의서의 시한 만료일이 3월 말까지이기 때문이다.

그러나 지난 3월 15일자로 이미 서울시와 각 구(區) 그리고 구와 구 간의 인사교류가 끝이 났으며 앞으로 1년간은 교류가 없을 것이라는 소식이 들려왔다. 그래서 교류라는 미명하(美名下)에 전출시킬 수 있는 길은 이미 봉쇄(封鎖)되어 버렸으니 걱정을 하지 말라고 여기저기서 아는 사람들이 연락을 해 온 것이다.

그래서 이제는 마음속으로 문제가 없을 것으로 생각을 하고 있기는 하지만 그래도 마음 한구석에 어서 빨리 3월말이 지나기를 바라고 있다.

관내 여러 직능단체장들이 계속 방문하다

동장으로 부임하여 근무한 지 3일째 되는 날이다. 나는 참으로 즐거운 마음으로 근무를 하고 있으면서도 어서 빨리 3월이 지나가기를 고대(苦待)하고 있는 것이다. 그것은 3월이 지나가야만이 내가 2차로 제출한 교류시한의 만료일이 경과하기 때문이다.

그때가 지나면 구청에서 또 어떠한 술수를 써가지고 나를 다시 타 구로 보내려고 하는 공작(工作)을 할까 하고 은근히 겁이 나기도 하며 만약 그러한 상황이 발생할 때 이에 따른 후속조치는 어떻게 해야 하는지 그대로 묵살(默殺)을 하고 계속 묵묵(默默)히 근무만을 해야 하는지 그때 닥쳐서 상황에 따라 생각을 해 보아야 할 것 같다.

동장으로 새로 부임을 하자 관내 각 직능단체장 등 모두가 동사무소를 방문한 것이다. 특히 금번 본인의 동장 발령에 대해 많은 관심과 지원을 아끼지 않았던 관내 Y모 의원 및 D동 K모 의원, 그리고 직능단체장인 K모 주민자치위원장, B모 방위협의회 회장, L모 부녀회장, J모 지역발전협의회장, J모 바르게살기협의회 회장, J모 통장친목회장 외 M모 회장, Y모 사장 등 그리고 관내 각 직능단체장이나 유지들이 줄줄이 축하 화분 등을 보내주고 사무실을 방문하여 명함을 교환하고 서로를 소개하면서 인사를 나누니 참으로 기분이 좋은 것이다.

이럴 때일수록 주민들에게 더욱더 친절히 대하고 직원들과 화합하고 열심히 근무해야겠다고 마음속으로 다짐을 하고 있다.

그리고 많은 주민들을 상대하고 25명 정도의 직원들을 거느리고 있으니 더욱더 큰 책임감을 느끼지 않을 수가 없는 것이다.

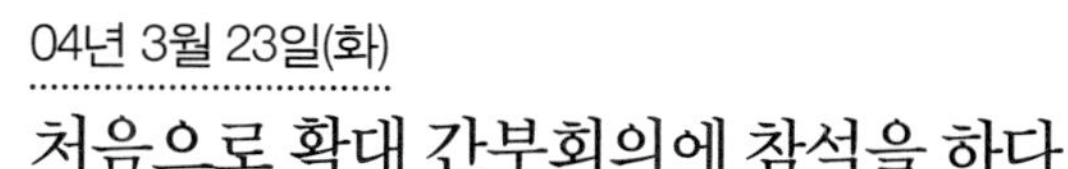

처음으로 확대 간부회의에 참석을 하다

어제에 이어 오늘도 기관장이라고 동네의 많은 인사들이 찾아와서 상당히 바쁜 시간을 보내고 있다. 오늘은 부임 후 처음으로 확대간부회의에 참석을 하는 날이다.

간부회의에 참석을 하여 몇몇 간부들과 인사를 나누고 지정좌석에 앉았다. 이 자리를 오기 위해 그동안 얼마나 많은 갖은 수모(受侮)를 겪으면서 참았던 여러 가지 지나간 일들이 주마등(走馬燈)처럼 떠올랐다. 참으로 감개가 무량하다고나 할까 여러 간부들이 여기저기서 축하한다고 인사를 하여 참으로 기분이 좋았다.

그러나 한 가지 찜찜한 것은 며칠 전 부구청장의 발령장 전수는 고사하고 국장에게 위임을 한 바 발령장을 받은 후 그의 사무실로 인사를 하러 찾아가자 나를 빤히 쳐다보면서 첫마디에 하는 말이 교류동의서는 계속 유효(有效)하다는 말과 타 구로 보낼 수 있는 권한을 항상 유보(留保)하고 있다는 헛소리를 한 것이 편한 마음이 아니며 괴롭고 거북스럽게 들린 것이다.

또 내가 거기에 대해 예, 잘 알았습니다. 모든 것은 청장님께서 알아서 하십시오. 라고 말한 것이 마음속에 꺼림칙하고 또 한편으로는 내 입장에선 불쾌(不快)하기 그지없는 것이다.

동장 발령을 받고 오늘 처음으로 간부회의에 참석함으로 인해 회의에서 서로 맞부딪치지나 않을까 마음속으로 부담을 느끼고 있었으나 다행히 부딪치는 일은 없었다. 이제 내가 써준 교류동의서 시한은 앞으로 8일밖에 남지를 않았으니 일단은 그때까지 눈 딱 감고 참고 기다릴 수밖에 없을 것 같다.

회의가 끝나고 자치행정과를 들러 내가 전에 팀장으로 있을 때 같이 근무하던 여러 직원들을 만나 잠시 이야기를 주고받았다.

선거준비 상황실이 있는 1층 임시사무실에 들러 금번 동장 경선을 한 L 모 전 자치행정팀장을 만났다. 그는 나에게 자기가 양보를 해서 형님이 동장이 됐으니 언제 술을 사겠느냐면서 1개월분 판공비 전액을 자기에게 술 사는데 써야 한다고 농담(弄談) 비슷하게 강조를 한다.

나는 분명히 그에게 아무런 빚을 진 게 없는데도 불구하고 그가 그러한 주장을 하는 것을 볼 때 농담하는 것으로 생각을 하면서도 농담이 진담(眞談)이라고 그가 뭔가 생각을 잘못하고 있지 않은가 하는 그러한 느낌이 들기도 했다.

정확히 표현을 한다면 내가 타 구 전출 인사교류동의서를 제출한 관계로 그가 승진을 할 수 있었으며 동의서를 써준 그 다음날 바로 구청장의 승진 OK 사인(sign) 결재가 난 것이다.

그러함에도 불구하고 그는 투표에 응하면서 그리고 자기가 선출될 것으로 믿고 경선에 임했음을 다 아는 사실임에도 나에게 표면적으로 자기는 동장을 나중에 하겠다고 제스처(gesture)만 쓰고 있었으면서도 그러한 말을 한 것은 내게 있어선 썩 기분이 좋지 않은 일이다.

다만 그와 단둘이 경선을 한 관계로 예의상 또 그의 체면을 세워주기 위해 그에게 식사 대접을 하려고 마음을 먹고 있으나 그가 흔쾌히 응하지를 않는 관계로 지금까지 그와 제대로 식사 한번 하지 못하고 지나가고 있는 중이다.

338

그러나 내 자신은 그에게 나름대로 예우를 했기 때문에 굳이 그에게 특별하게 대접할 이유는 없으나 적당한 기회가 오기를 기다리고 있는 중에 있으며 나도 이제는 여기서 서서히 자리가 굳혀져 가고 있는 관계로 내 페이스(pace)대로 가려고 하는 것이다.

그래도 아직까지 불안한 마음이 완전히 가시지 않았다

수서동에 부임을 하여 최일선 기관장이라고 요 며칠 동안 바쁜 나날을 보내게 된 것이다. 그동안 관내 구의원 직능단체장들을 비롯하여 동료 과장들과 절친한 직원들로부터 많은 화분이 답지했다.

내가 잠시 몸담았던 한강시민공원사업소 C모 소장님과 G구 B모 국장, 그리고 Y모, K모 구의원과 관내 직능단체장들 그리고 또 내가 어려움에 처해 있을 때 가장 많은 조언을 해 주고 적극적으로 지지를 해 준 H모 주임 등 같이 근무를 했거나 절친한 동료직원들과 지인 등 40여 명이 각종 축하 화분을 보내왔고 서울시 37여 년 동안 공직생활을 한 관계로 많은 동료직원들과 강남에서 오랫동안 근무를 하고 거주를 한 관계로 동료직원 그리고 지인들로부터도 약 70여 통의 축하 전문을 받았으며 축하전화가 걸려온 것은 이루 다 헤아릴 수가 없는 것이다.

이것은 그동안 평소 내가 그들과 가까이 하려고 노력하면서 유대(紐帶) 관계를 잘 맺은 결과이긴 하지만 나는 참으로 그들에게 고마운 마음을 가질 수밖에 없다고 생각을 하면서 이제 정년도 얼마 남지를 않았으니 가능한 여기서 정년을 맞이했으면 하는 마음속으로 생각을 하고 있으나 주변 상황이 수시로 변하기 때문에 미래를 예측할 수 없는 것이며 또 내가 지난 2월 6일 그들에게 써준 타 구 전출 인사교류동의서의 만료일이 아직 5일

340

정도 남아 있기 때문에 마음 한편으로는 계속 꺼림칙하기도 한 것이다.

물론 그사이에 교류가 있을 것으로 보이지는 않으나 일말(一抹)의 불안감이 없지도 않은 것이 솔직한 심정(心情)이기도 하다. 나는 내 자신이 직접 써준 타 구 전출 인사교류동의서 때문에 하루 빨리 3월말이 지나가기를 고대(苦待)하고 있는 것이다.

오후 퇴근시간 무렵 잠시 3개월 동안이나마 한강시민공원사업소에서 같이 근무한 H모, B모 팀장이 찾아와서 그들과 같이 이야기를 하면서 그들은 사무실을 둘러보고 사무실 규모를 보면서 또 각처에서 들어온 많은 난 화분 등 각종 화분을 보면서 동장실이 시청 국장실보다도 더 크고 훌륭하다면서 또 각지에서 보내준 많은 화분을 보고 과연 강남다운 부자 동네라 뭔가 다르다고 감탄을 한다.

나는 지난 7개월 동안 인고의 나날을 참고 견디고 보내면서 그래도 내 자신이 계획한대로 원하는 방향으로 일이 풀려가고 내가 원하고 의도했던 대로 일이 잘 맞아떨어져 가고 있는 바 그동안 내 자신이 취한 행동이 옳았고 적절하지 않았나 하고 스스로 자부(自負)를 하고 있는 것이다.

그것은 그들이 요구한 그대로 타 구 전출동의서를 3회씩이나 써주었으며(물론 3회째는 회수를 했지만) 그러한 결과로 총무과장과 자치행정팀장이 무리 없이 승진을 할 수 있었고 이로 인해 그들과 특히 총무과장과 갈등(葛藤)이 있었다고 하지만 이는 어쩔 수 없는 불가피한 상황이었고 이러한 상황은 구청이나 집사람의 의견이나 요구를 그대로 수용한 결과를 가져왔고 이로 인해 최악(最惡)의 대결상태로까지 가지 않았으며 최소한의 대결상태에서 마무리가 될 수 있었고 잠재워질 수 있었으며 이러한 결과로 구청에서도 나에게 더 이상 요구할 수 있는 상황이 있을 수 없었으며 결과적으로는 내 자신도 구청의 요구를 모두 다 수용했는데 무슨 할 말이 있느냐고 떳떳이 말할 수 있는 그러한 입장이 되었기 때문이다.

그리고 특히 지난 설날 명절에 그들이 고의적으로 1월분 봉급은 물론 설날 보너스(bonus)까지 급여명세표에서 이유 없이 삭제(削除)를 하고 20일여 일을 넘기면서까지 지급을 하지 않는 상태에서 그때 그들을 근로기준법과 노동법 등의 위반으로 즉시 고발을 하고 기자회견을 하여 만천하에 공개를 하여 여론을 크게 악화 또는 확대시키려고까지 생각을 하고 보도자료까지 만들어 시청 출입기자실을 방문 기자회견까지 검토하고 있는 찰나에 K모 전 인사팀장이 전화로 사정(事情)을 하면서 기자회견을 할 때 하더라도 저를 한번만 만나 보고 난 다음에 하십시오. 라고 하는 절박(切迫)한 부탁의 전화를 받고 그를 만나자 그는 제발 기자회견만은 하지 말아줄 것을 간곡히 부탁하여 그의 말을 듣고 중단한 일이 있었는 바 지나고 보니 모든 상황이 그때 참은 것이 정말로 참 잘한 것 같은 그러한 느낌이 들기도 하다.

그러나 구청장과 부구청장 등 몇몇 간부들이 나를 계속 못 마땅하게 생각을 하고 있는 것 같고 또 사실 그러한 대접을 받고 있는 것이 사실이기는 하나 내가 취한 조치가 너무나도 떳떳하고 당연(當然)하고 당위성(當爲性)이 있기 때문에 지금까지 그들과 정정당당(正正堂堂)히 맞서 싸울 수 있었으며 버티었던 것이었지 무슨 개인적인 감정이 있는 것이 아닌 관계로 그들도 세월이 가면은 잊어주리라 생각을 하고 주민을 위해 성심껏 노력하고 열심히 일하고 봉사하면 좋은 결과가 있을 것으로 확신(確信)을 하고 있는 것이다.

저녁에는 한강사업소 팀장 2명과 사업소 근무 당시 가까이 지내던 S모 사장의 사무실을 방문하여 저녁을 같이하면서 많은 이야기를 나누고 노래방에 들러 즐겁게 지내다가 늦게 집에 도착했다. 이래저래 요즘은 하루 하루가 기분이 썩 좋은 것 같다.

자신을 위해 또 주민을 위해 열심히 근무할 마음의 자세를 갖다

내가 그렇게도 고대(苦待)하고 고대하던 강남에서 보직 발령을 받았고 또한 2차로 작성 제출한 타 구 전출 인사교류동의서 단서조항(但書條項)으로 써준 교류시한 3월말 시한이 완전히 지나간 지 1주일이 경과되었다.

그동안 간부회의에 3회 정도 참석을 했고 국장 이하 전 간부들도 거의 다 한번 이상 만나 보았고 이제 어느 정도 근무에 적응을 해 나가고 있는 중에 있다.

본인이 작성 제출한 타 구 전출동의서의 교류시한 때문에 3월 말이 빨리 지나가기를 마음고생을 하면서 계속 기다렸으나 지나고 보니 언제 어떻게 지나갔는지 싱겁게 지나가고 끝나버린 것 같다.

지나고 보니 싱겁게 끝난 것 같기도 하지만 참으로 그동안 마음 졸인 지난 일을 생각한다면 어떻게 표현을 해야 할지 이루 말할 수가 없는 것이다. 그리고 이러한 마음은 본인이 아니고서야 그 누가 알 수 있다는 말인가.

작년 9월 25일에 서울시로 전보 명령을 받았고 10월 20일에 소청을 제기했고 12월 22일에 소청에서 이겼고 12월 24일과 25일에 본 소청 결과가 신문에 크게 보도가 되었고 금년 1월 8일에 소청 결과가 소청인 본인과 해당 각 기관에 통지가 되었고 2월 5일과 26일 1차와 2차로 타 구 전출 교류동의서를 제출했고 3월 7일에 동장 직위공도가 게시(揭示)되었고 곧이어 동장 직위공모에 응모를 했고 11일에 동장경선 투표에 선출이 되었으며 17일에 3차로 타 구 전출 인사교류동의서를 제출한 후 곧바로 회수를 했고 19일에 동장임용 발령장을 받았고 교류만료 시한인 3월 말이 지났고 4월이 되었으니 지난 7개월 동안의 어둡고 괴로운 나날의 심정(心情)을 그 누가 알 수 있을까.

그러나 이제는 모든 것을 영광으로 돌리고 앞으로 더욱더 열심히 근무할 마음과 자세를 가지고 충실히 임한다면 모든 것이 보상(補償)되리라는 그러한 마음으로 근무에 열심히 충실히 하면 되는 것이다.

그동안 정말로 온갖 마음고생을 다 하면서 참아온 그 어려웠던 쓰라린 고통을 내 자신이 아니고서야 그 누가 알 수 있다는 말인가.

나는 오늘을 위해 지난 7개월 동안 얼마나 많은 역경(逆境)과 인고(忍苦)의 나날을 참고 견디어 왔던가.

이제는 우선 첫째로 주어진 임무에 충실히 또 충실히 열중하고 그 다음 내 자신 앞으로의 진로에 대해 어떻게 어떤 대책을 세워야 할 것인가를 나름대로 연구와 검토를 해 보아야 할 것이다.

신문사 기자들로부터 계속 시달림을 당하다

수서동장으로 보직 발령을 받고 부임한 지 이제 1개월 22일째 되는 날이다.

그동안 수서동에 부임 많은 주민과 접촉을 하여 주민들과 사귀고 나름대로 근무에 충실히 임하고 있으며 지난날 인사문제의 소용돌이 여파(餘波)에서 이제 서서히 벗어나고 있는 상황에 있는 것이다.

그런데 최근 들어 또다시 이를 떠올리게 하는 사건들이 연속 터지고 있다. 그것은 며칠 전부터 몇몇 중앙 일간지 기자들이 전화를 걸어와 나의 인사문제와 관련 내가 서울시로 가면서 G구에서 전입한 S모 과장이 나와 맞교환이 됐기 때문에 내가 소청(訴請)에서 이겨 다시 강남으로 복귀한 이상 그는 당연히 G구로 다시 되돌아가야 하는 것이 옳지 않느냐면서 계속 나에게 그러한 의견을 묻고 당시 상황을 좀 더 상세히 설명해 달라고 하고 인터뷰에 직접 응해 줄 것을 요청하는 전화가 걸려온 것이다.

그에 대해 나는 이미 다 결론이 난 상황을 가지고 이러쿵저러쿵 재론(再論)하고 왈가왈부(曰可曰否)하고 싶지를 않으니 할 말이 없다. 그리고 당사자인 내 자신이 이의 위법성을 주장하고 강남구청장과 서울시장을 상대로 소청을 제기해 나의 권리를 회복했그 또 강남구로 복귀를 했고 보직을 받았으면 그것으로 일이 다 끝난 상황이 아니냐면서 이제 더 이상 나를 입장 곤란하지 않게 해 줬으면 좋겠다고 말하고 본 건은 이미 다 종결이 되었고 세월이 흘러 시의(時宜)성이 없기 때문에 더 이상 기사(記事)화할 가치가 없어 거론할 필요가 없다는 의견을 제시한 바 어느 기자는 시의성의 판단 여부는 자신들이 알아서 할 테니 제발 인터뷰에만 응해 달라고 하는 몇몇 기자들의 집요한 요청을 요 며칠 사이에 계속 거절한 바 있다.

나는 또 이러한 사실을 새로 부임한 L모 인사팀장에게도 전화로 제보한 바도 있는 것이다. 그런데 오늘 10시경 강남, 송파경찰서를 출입하는 CBS K모 기자라면서 전화가 걸려온 것이다.

그것은 내가 지난번 서울시로 가면서 강남으로 전입한 S모 사무관에 대해 내가 다시 복귀를 했으니 그는 당연히 원래 있었던 구청으로 원대복귀를 해야 되는 것이 아니냐면서 당사자인 내 의견은 어떠하냐고 이 문제를 어떻게 생각하느냐고 묻는 바 나는 내가 직접 당사자인 관계로 또 그러한 민감한 부분에 대해서는 말하고 싶지도 않고 또 할 말도 없다고 답변을 하자 그의 말이 어제 오늘 양일간 보도된 시민일보 기사를 보았느냐고 한다.

나는 사실 무슨 기사가 났는지 기사 내용을 보지 못한 관계로 내용을 문의하자 시민일보의 기사를 한번 읽어 보라고 한다.

부랴부랴 시민일보사에 연락을 취하여 관련 기사를 문의하고 신문을 구하여 기사를 확인한 바 강남구 특혜인사 말썽이라는 제하에 요지는 본인이 지난번 서울시로 가고 S모 사무관이 G구에서 강남구로 전입을 한 1:1 맞교환 상태에서 본인 동의 없는 전출은 위법 무효라는 이유로 소청을 제기해 소청이유가 받아들여지고 인용결정이 되어 다시 강남구로 복귀가 되었는 바 S모 과장은 당연히 G구로 되돌아가야 함에도 불구하고 4개월이 지난 지금 이 시점까지도 강남구에서 계속 근무를 하고 있으니 이는 잘못된 인사라고 하는 ○○고위직 친형 봐주기 의혹 제기 강남구 특혜인사 말썽이라는 제목의 기사 내용이다.

* 5월 10일, 11일 시민일보 기사 내용.

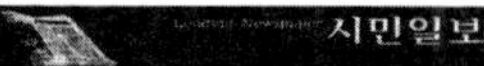

시민일보

강남구 특혜인사 말썽
위례시민연대 검찰 고위직 '친형 봐주기' 의혹 제기

서울시와 강남구가 인사고충을 해소하기 위해 시행한 시구간 전출입 인사과정에서 검찰 고위직의 '친형 봐주기'식 인사를 단행했다는 의혹이 제기돼 파문이 예상된다.

위례시민연대 관계자는 10일 본사와의 통화에서 "강남구는 강북구청에서 근무하고 있는 검찰총장의 친형으로 알려진 송모 과장을 전입받기 위해 정모 사무관을 본인의 동의 없이 서울시로 불법전출 시켰다가 서울시인사소청심사위원회에서 패소, 정모 사무관을 다시 받아들인 만큼 송모 과장은 당연히 강북구로 되돌아가야 한다"고 말했다.

이 관계자는 또 "공무원노조와 시민단체들이 문제가 된 송씨의 강북구 원상복귀를 요구하고 있으니, 4개월이 지난 지금까지도 강남구에 그대로 재직시키고 있는 것은 검찰 고위직의 친형이기 때문에 봐주려는 것 아니겠느냐"며 의혹을 제기했다.

대법원 판례와 행정자치부 해석 등에 따르면 타 지자체로 인사이동할 경우에는 반드시 본인의 동의를 얻도록 하고 있다. 그러나 강남구는 정모 사무관을 서울시로 전출시키면서 본인의 동의를 구하지 않았고, 이에 따라 정씨는 지난 1월 "본인의 동의 없는 강남구청장의 전출명령은 불법"이라며 서울시인사소청심사위원회에 소청을 제기했었다.

시 인사소청심사위는 결국 정씨의 손을 들어줬고, 승소한 정씨는 강남구로 되돌아갈 수 있었다. 하지만 당시 정씨와 일대일 교류대상자로 지목돼 강남구로 전입한 송씨는 여전히 강북구로 전출되지 않은 채 강남구에 근무하고 있다.

위례시민연대 관계자는 "강남구청장의 위법부당한 인사 행정 덕택에 본인이 원했던 강남구에 근무하게 되었다는 비판을 받고있는 송 과장은 당연히 강북구로 돌아가는 것이 옳다"고 지적했다.

이 관계자는 또 "작년 8월 서울시자치구 인사담당자 회의에서 서울시 관계자가 인사교류시 반드시 본인의 동의를 얻도록 하라고 구두로 권고하고도 본인 동의 없는 정모 사무관을 인사조치한 것은 서울시가 강남구의 불법을 인지하고도 특정인을 봐주기 위해 의도적으로 불법을 방조한 것으로 보인다"고 주장했다.

이에 대해 서울시 인사담당 서일준씨는 "지방공무원 임용관련 법에 따르면 시에서 본인 동의를 구하는 것이 아니고 구청장의 동의사안만 확인하면 되는 것이다. 정씨 인사 당시 대법원 판례 관련규정은 몰랐고 알았다면 업무에 참조했을 것"이라면서도 "대법원 판례는 하급심에 구속력 있는 것이지 행정기관을 구속하는 것은 행정법이 우선"이라고 반박했다.

서씨는 또 송 과장 인사와 관련, "지난 2002년 8월 송씨는 송파구에서 '견책' 징계를 받고 강북구로 전출된 이후 시에 '근무지가 멀다'며 고충처리를 요청하고 있던 차 사여사무관 1명이 마침 강북구 전출을 희망해 인사가 이뤄지게 됐다"고 해명했다.

강남구 관계자도 "당초 정씨가 시 전출에 구두로 동의했다가 심경의 변화로 이를 번복하는 바람에 빚어진 업무상 미스로 발생된 사안"이라며 "당시 담당자가 아니어서 정확히는 알 수 없지만 송씨 인사는 아무 문제가 없다"고 주장했다.

한편 강남구는 지난 해 고용직이었던 구청장 수행비서를 7급 기능직으로 특별임용한 특혜성 인사로 노조측의 반발을 산 바 있다.

/이영란기자 joy@siminnews.net

2004-05-10 22:11:15

시민일보

강남구 왜 이러나
편집국장 고 하 승

누군가 술자리에 이런 말을 한 적이 있다.

"강남구 사람들 두뇌를 한번 해부해 봤으면 좋겠다. 도대체 무슨 생각을 하고 사는 사람들인지 모르겠다"

아마도 강남구청장이 본인의 동의도 구하지 않은채 일방적으로 모 사무관을 전출시키고 대신 검찰총장의 친형을 받아들이는 등 말 같지도 않은 인사로 말썽을 빚었는가 하면, 강남구의회마저 극단적인 지역 이기심으로 재산세 표준세율을 50% 감면하는 내용의 조례 개정안을 가결했기 때문일 것이다.

물론 대다수의 선량한 지역주민들은 단지 강남에 산다는 이유안으로 그런 부류의 사람들과 '도매금'으로 같이 취급되는 것이 못마땅할 수도 있을 것이다. 실제로 "구청장과 구의회의 잘못이 왜 우리 주민들에게 화살이 되어 돌아오느냐"고 하소연 할 법도 하다.

하지만 그들을 구청장과 구의원으로 선택한 사람들이 과연 누구인가.

바로 강남지역의 유권자들이다. 따라서 지금 강남지역주민들이라면 그 누구라도 이런 비난에서 자유로울 수 없다는 게 필자의 판단이다.

강남구의회의 개정안 가결 조치는 부동산 투기근절과 서민주거 안정이라는 정부의 정책 목표나 부동산 보유세 정상화 방침과 정면으로 배치되는 것이다. 그런데도 구의회는 끝내 이를 가결시키고 말았다. 지역주민들의 표만 의식해 국민적 갈등을 촉발시키는 결과를 초래한 것이다.

부동산 보유세 개편으로 재산세가 몇 배 인상된다는 점보다는 세제 개편이 납부능력 이상의 세금을 요구하는지를 근거로 적정성을 판단하는 것이 옳다.

따라서 강남구의회는 지역 이기주의적 행태에서 벗어나 정부 정책에 적극 협조해 조례 개정안을 국민이 납득할 수 있는 수준으로 재의결해야 할 것이다.

또 권문용 강남구청장도 마음 내키는 대로 인사권을 휘두를 것이 아니라 필요하다면 공무원노조의 소리도 들어보고, 본인의 의사도 확인하는 등 순리적인 인사를 실시해야 할 것이다.

정 모 사무관이 얼마나 억울했으면, 서울시인사소청심사위원회에 소청을 제기했었겠는가.

또 고용직이었던 구청장 수행비서를 7급 기능직으로 특별임용한 특혜성 인사로 공무원노조가 지금 반발하고 있지 않은가.

물론 이처럼 억지로 끼워 넣는 인사가 법률적으로는 가능할지도 모르겠다. 그러나 법보다 앞서는 게 순리다. 공무원노조의 반발에는 상당한 이유가 있을 것 아니겠는가.

권 구청장은 작년에도 부인과 함께 외국에 나가면서 그 비용을 주민혈세로 사용한 일로 말썽을 빚은 일이 있다.

당시 강남구는 그것이 법률적으로 가능하다고 말했었다. 물론 그렇게 우긴다면 그것이 가능할지는 모르겠다.

하지만 그것은 법 이전에 양심의 문제가 아니었겠는가.

양심이 '아니'라고 하면 법적으로 가능하더라도 하지 않아야 한다는 게 필자의 생각이다.

이제부터라도 강남구와 구의회가 정신을 차리고 제대로 된 행정과 의정을 전개해 주기 바란다.

2004-05-11 20:44:48

나는 본 기사를 읽고 나와 직접적인 관련이 있는 기사이기는 하지만 나의 입장에선 이미 다 끝난 상항을 가지고 대꾸할 가치가 없는 것으로 치부(置簿)하고 무대응으로 나가기로 결심을 굳히고 있는 터이다.

나의 입장에선 이러한 문제가 거론이 되지를 않고 이제는 이를 완전히 잊혀지기를 바라고 있지만 이 문제가 자꾸 거론이 되고 이러한 문제로 인해 또다시 구청 수뇌부를 자극하지 않을까 하는 그러한 심정(心情)에서 내가 또 현재 강남구에서 근무하고 있는 관계로 결코 득이 될 게 없음은 물론이고 싫든 좋든 또다시 본의 아니게 말려들게 되지나 않을까 하고 각별히 신경을 쓰면서 이러한 기사에 대해 이제 종결을 될 때도 되지 않았느냐 하고 활자화되지 않도록 부탁을 하고 있는 입장이지만 송고를 하고 기사화하는 자체는 나의 입장에서 어떻게 할 수가 없는 바 요즘 이래저래 속을 끓이고 있으나 어떻게 할 도리가 없는 것이다.

그러나 이러한 나의 노력의 결과인지 아니면 기사가 시의성이 없다고 판단이 되어서 그랬는지 몰라도 CBS의 K모 기자와 이야기한 사항은 기사화되지 않고 그대로 넘겨져 다행으로 생각을 하고 있는 것이다.

* 5월 16일 시민일보 기사 내용 참고요.

강남구의 말장난

지난 2003년 8월14일자 시민일보 보도(구청장과 부인의 해외경비를 주민혈세로 지급한 사건)에 대해 강남구가 언론중재위원회(중재위)에 정정보도를 요청했으나 기사내용에 문제가 없었으므로 뜻을 이룰 수 없었다. 단, 중재위에 의해 강남구는 반론을 보강할 기회를 받았을 뿐이다.

반론이라는 게 도대체 무엇인가.

언론보도의 경우 설령 피의자라 할지라도 범죄사실 여부와 상관없이 자신의 입장을 변명할 수 있는 기회를 부여해야 한다는 것이 '반론'의 근본 취지다.

가령 성추문 사건 등으로 현재 해외를 떠돌고 있는 정 모 교주사건에서도 이를 보도한 모 방송국은 이후 당사자의 반론을 방영한 적이 있다.

파렴치범에게도 주어지는 반론의 기회를 부여 받았다고 해서 승소했다고 주장하는 것은 명백한 거짓이다.

강남구는 최근 배포한 '반론보도자료'를 통해 이렇게 말하고 있다.

-시민일보는 언론중재위원회에 우리구가 승소하여 반론보도를 게재한데 대하여, 이에 대한 반감으로 또 다시 악의적이고 왜곡적인 허위사실을 유포한 것으로 추정됩니다.-

그러나 오히려 악의를 가지고 본질을 왜곡하는 것은 우리가 아니라 강남구 측이다.

언론사는 각종보도와 관련 숱하게 언론중재위원회의 중재를 받기 마련이다.

당사자의 이해충돌 때문에 있을 수 있는 일이고 반론보도 정도는 신문사 측이 악의를 품을 만한 사안이 될 수 없다.

강남구는 '보도자료'를 통해 주장한 사안에 대해 명확한 근거를 제시해야 한다.

그렇지 못하면 강남구야말로 악의적인 수법으로 진실을 왜곡한 것은 물론 허위사실을 유포한 당사자가 되기 때문이다.

강남구청장 부인 해외경비 사건은 시민일보(2003년 8월14일자) 보도 이후에 세계일보(8월19일자)와 경향신문(8월19일자)이 잇따라 보도 한 바 있다.

그런데 당시 강남구는 유독 우리 시민일보에게만 언론중재를 요청했었다.

이번 사건도 마찬가지다.

지난 11일 시민일보 보도가 나간 시간을 전후하여 CBS 방송의 '노컷뉴스' 역시 '강남구청장의 검찰총장 친형 모셔오기'라는 제목의 기사를 올렸다.

제목부터가 우리보다 더 노골적인 그 기사에는 -강북구청의 한 관계자는 어제 "당시 강남구청의 인사담당자가 먼저 전화를 걸어와 송씨의 전보발령문제를 요청했다"고 주장해. 평소 정치적 야망이 있던 권문용 강남구청장이 검찰 고위층과의 연결고리를 마련하기 위해 검찰총장의 친형을 모셔간 것(?) 아니냐는 목소리가 끊어지지 않고 있다.- 는 문구가 들어있다.

그런데도 강남구는 이번에도 본보 기사만 가지고 '허위'니 '왜곡'이니 해가며 떠들어대고 있다.
이야말로 우리에게 '재갈'을 물리겠다는 의도아닌가.

그렇다면 누가 악의적인가.

엉뚱한 데 인력 낭비하지 말고 구정이나 올바로 챙기길 바란다.

정말 제대로만 해 준다면 우리가 왜 강남구를 질타하겠는가.

2004-05-16 19:47:55

또 다른 기사로 오해를 받고 본인과 교류한 S모 과장이 수서동을 방문하다

이제는 정말 모든 것을 다 잊고 마음 편하게 근무에 임하고 있고 또 주민들과도 화합이 되어 손발을 잘 맞춰가면서 열심히 나름대로 근무를 하고 있는 중이다. 참으로 지난날은 기억에도 되살리고 싶지 않은 악몽 같은 그 얼마나 지루하고 답답하고 고달프고 생각하기도 싫은 나날이었다.

수서동장으로 부임한 지 이제 3개월이 되어 가고 있는 요즈음에 또다시 본인의 소청(訴請)문제가 크게 보도되었으나 소청인은 그러한 보도내용 사실에 대해 전혀 알지를 못하고 있었다.

내일 저녁에 동 주민자치위원회 회의가 있는 바 사무실에서 위원장 및 위원 2명과 회의 안건에 대한 사전 의견 조율도 하고 바람도 쐴 겸 시 외곽으로 나가 점심식사 도중 금번 내 소청 건과 직접 관련 당사자인 S모 과장이 동사무소에서 기다리고 있다는 연락을 받고 식사가 끝난 즉시 사무실로 돌아왔다.

금번 본인의 서울시 전출 명령 인사에 대해 내 자신이 가장 큰 제1의 피해자라고 한다면 S모 과장 역시 본인이 강남으로 왔기 때문에 본의든 본의가 아니든 제2의 피해자가 될 수밖에 없는 것이다.

나는 그와 처음으로 직접 만나 인사를 나누었다. 그것은 내가 매주 한 번씩 간부회의에 참석한다고 하지만 회의에 참석한 횟수가 아직 일천하고 좌석 배치상 그와 마주 볼 수가 있는 위치가 아니어서 멀리서 바라보고만 있었지 아직까지 직접 정식으로 만나서 인사를 나눌 기회가 없었든 것이다.

나는 사무실로 급하게 들어와서 그와 처음으로 얼굴을 대면하고 직접 인사를 하고 악수를 나누었다. 나는 그동안 내가 겪었던 고충(苦衷)을 대충 이야기하면서 S모 과장에게는 아무런 유감(遺憾)이 없는 사람이라고 이야기한 바 그도 역시 나와 같은 생각을 가지고 있었다고 동감(同感)을 표시한 것이다.

나는 그에게 그렇지 않아도 한번 만나서 이야기를 하고 싶었으나 소청이 끝나자마자 곧바로 S과장을 만나게 된다면 이번 사건으로 내가 무슨 큰 대결에서 이겨 마치 큰 전리품(戰利品)을 차지한 승리자나 되는 것처럼 의기양양(意氣揚揚)해하는 것 같은 그러한 오해를 받을 소지가 있어 피차 입장이 곤란할 것 같아 시일이 약간 지난 다음 적당한 시기에 만나려고 생각 중에 있었노라고 한 바 그도 역시 비슷한 생각을 가지고 있었다고 답변을 했다.

그러면서 그는 자기는 다만 1년에 잘해야 한두 번 만날까 말까 하는 동생에게 볼 면목도 없고 동생은 이번 일에 대해 아무런 관련도 없는데 지금까지 동생의 이름이 계속 신문지상에 오르내리고 또 오늘 관련 기사가 대서특필(大書特筆)되었는 바 동생에게 누(累)가 될까 봐 걱정이 된다는 이야기를 하는 바 그러한 말에 충분히 이해를 할 수가 있었다.

그는 나에게 지금 누가 나를 모함(謀陷)을 하기 위해 기사 내용을 이메일(E-mail)로 계속 보내는 것 같다면서 혹 내가 기사를 제공하는 게 아닌가 하고 넌지시 의심하는 그러한 말을 했다.

나는 그에 대해 내가 제1의 피해자라면 S과장 역시 제2의 피해자인데 내가 그렇게까지 해서 돌아올 실익(實益)이 무엇이 있겠느냐면서 내가 소청을 제기해 이겨서 강남으로 복귀함으로써 모든 상황은 이미 끝이 난 것 아니냐 하니까, 그도 이해를 하겠다면서 오해를 풀겠다고 하고 돌아갔다.

조금 있으니까 호주로 이민 가 있는 L모 친구에게서 신문에 난 기사 내용에 대해 전화가 걸려온 것이다. 나는 아직 그 기사 내용을 보지도 못했는데 어떻게 그렇게 외국에서 빨리 보고서 전화를 할 수가 있었느냐고 하니까, 여기서 별로 바쁜 일도 없고 하여 신문기사를 자세히 읽어 보니 틀림없이 자네인 것 같아서 전화를 했노라면서 빨리 신문을 구해서 읽어 보라고 알려준 바 즉시 수서역 지하철 가판대에 가서 6월 6일자 일요신문을 구입하여 기사를 읽고 보도된 내용의 사실을 알 수 있었다.

＊6월 6일자 일요신문 보도내용 자료 참고요.

　　그리고 신문을 읽고 잠깐 다른 일을 하고 있는데 한국일보 서울시 B모 출입기자라면서 나에게 또 전화가 걸려온 것이다.

　　그는 일요신문 기사 내용을 보았느냐면서 우리 신문사에서도 이 사실을 좀 더 정확히 확인해 좀 더 구체적으로 좀 더 자세하고 세밀하게 기사를 쓰려고 하는데 신문기사 내용이 맞느냐고 사실이냐면서 나에게 기사 내용에 대한 평을 요구하고 좀 더 상세하게 보도를 하기 위해 피해자인 나를 직접 만나 인터뷰(interview)를 하고 구체적인 이야기를 듣겠다고 하는 바 나는 이미 다 끝난 이야기를 가지고 언급을 해서 뭘 하겠느냐면서 지난 옛날이야기를 할 이유가 뭐하며 기사화할 필요가 뭐가 있느냐 하고 간곡히 부탁을 하여 기사화되지 않도록 일면 부탁을 하고 일면 설득을 하여 기사화되지는 않았다.

　　어쨌든 나는 오늘 본 기사가 또 다른 신문에 게재된다고 하여 나에게 직접적으로 무슨 피해가 없을 것으로 확신을 가지고 있으나 완전히 다 잊혀져가고 있는 시점에 본인과 관련된 사항이 기사화되는 것은 결코 나에게 득이 될 게 없다고 판단이 되어 가능한한 이를 말리는 편에 있는 것이다. 그러면서 앞으로도 계속 이를 주시할 것이다.

　본인은 강남구 관내 개포동에서 22년 이상을 계속 거주했고 또 강남구청에서 20여 년 가까이 계속 근무를 하여 강남이 제2의 고향이고 연고지(緣故地)가 당연히 강남인데도 불구하고 아무런 잘못도 이유도 없이 하루아침에 갑자기 더구나 본인이 이를 사전에 강력히 반대했음에도 불구하고 특정한 목적을 가지고 그 당시 ○○최고위층 인사의 친형을 영입하기 위한 목적 하에 내가 마치 무슨 큰 비리(非理)나 잘못이 있는 것처럼 네거티브(negative) 작전을 구사(驅使)하면서 서울시로 방출을 한 것이다.

　그렇다고 ○○최고위층이 이에 개입(介入)되었다는 것은 절대 아니며 어떻게 보면 강남구로 전입한 당사자도 본의 아니게 제2의 피해자가 되었음은 주지(周知)의 사실로써 이에 나는 너무나도 억울하여 절치부심 강남구청 최고 수뇌부 및 서울시의 이러한 잘못된 인사(人事) 관행(慣行)을 바로잡기 위해 많은 고통(苦痛)과 인고(忍苦)를 무릅쓰고 강남구청장과 서울시장을 상대로 소청을 제기해 끝까지 본인의 의지(意志)를 관철(貫徹)시킨 것이다.

　이러한 과정에서 본인은 너무나도 많은 어려운 나날을 보내면서 그들과 투쟁(鬪爭)한 그동안의 과정을 어떻게 글로 다 표현할 수 있을까 마는 그래도 이를 잊지 않기 위해 그날그날 있었던 내용을 메모(memo)를 하고 기록한 내용을 상기(想起)시켜 여기에 옮긴 것이다.

그 당시 본인이 당했던 억울했던 일을 생각한다면 이의 잘못된 책임을 추궁하고 손해배상이라도 청구하고 싶은 마음이 보통인으로서의 평범한 생각일 수도 있겠으나 강남으로 복귀함을 끝으로 모든 것을 접고 강남에서 새로운 출발의 계기로 삼고 더욱더 정진(正眞)하기로 결심을 한 것이다.

모든 것을 다 잊고 참고 근무할 즈음 2004년 연말부터 감사원에서 전국 지방자치단체에 대한 대대적인 감사를 실시하면서 2005년 3월 초 감사원 자치행정 2과 L모 감사관이 강남구를 방문, 본인을 면담하고 본인에 대한 잘못 처리된 인사비리(人事非理)를 철저히 감사해서 파헤치고 책임(責任)을 추궁(追窮)해야 된다는 지시(指示)를 받았다면서 그 당시 비리인사(非理人事)에 대한 감사를 실시하여 관련자들을 문책(問責)하겠다고 구청 지하상황실에서 문답서를 준비해 놓고 단둘이 마주앉아 문답에 필히 응해 줘야 한다고 강력(强力)하게 요구한 바 있으며 이로 인해 당시(2004년 1월) 설날 보너스(bonus)와 급여명세표에 의해 지급해야 할 봉급을 삭제하여 봉급 지급을 중단한 라인(line)에 있었던 Y모 담당직원과 K모 팀장이 전전긍긍(戰戰兢兢)하면서 본인에게 답변을 잘해 달라고 통사정을 하면서 부탁을 하는 바 그들에게 그 일로 인해 절대로 문제가 되지 않도록 답변을 할 테니 걱정하지 말라고 안심을 시키고 감사관에게는 그때 당시 심정(心情)을 생각하면 모든 상황을 재론(再論)하여 위법된 행정을 전면적으로 파헤쳐 책임 소재를 가려서 처벌을 해야 한다는 그러한 마음이 일시 들기도 했으나 그것을 새롭게 재론할 필요가 뭐가 있느냐면서 문답서 작성을 하지 않겠다고 끝까지 거부하여 더 이상 확대가 되지 않도록 한 바 있다.

그리고 감사관을 보내고 난 후 당시 급여를 담당한 직원에게는 업무를 처리하면서 위법(違法) 부당(不當)한 지시를 받고 이를 집행(執行)하면 지시를 한 당사자는 물론이지만 위법한 지시를 받고 집행한 담당자가 먼저 책임을 면할 수 없다고 알려주면서 공무원 내부사회의 이러한 위법(違法) 부당(不當)한 지시에는 반드시 거부(拒否)할 줄도 알아야 하는 용기와 양심도 필요하다는 충고(忠告)를 해 준 바 있다.

아무튼 본인은 본인에 대한 잘못된 인사 발령으로 많은 상처와 피해를 입었으면서도 이를 인내(忍耐)로 극복(克服)하여 오늘에 이르렀다. 그리고 '책머리에' 에서 언급한 바와 같이 전국의 각 지방자치단체장들이 선거로 인해 당선이 되었다는 정무직(政務職)임을 기화(奇貨)로 아무런 잘못도 없는 직업 공무원들을 코드(code)에 맞지 않는다는 이유로 객관적인 자료나 선별작업(選別作業) 없이 본인의 의사에 반하여 강제(强制)로 추방(追放)을 하는 그러한 사례가 앞으로는 절대 있어서는 안 되겠다는 그러한 소신(所信)이 저자(著者)로서 소청인(訴請人)으로서의 마지막 바람이고 희망(希望)인 것이다.

끝까지 읽어주신 독자(讀者) 여러분들에게 감사(感謝)를 드립니다.

2009년 1월
저자(소청인) 정종철 씀

소청심사청구서

청구인 : 정 종 철

소 청 심 사 청 구 서

사 건 : 서울특별시 전임명령 인사에 대한 무효확인 및 취소

소청인 : 정 종 철(鄭 宗 澈)
ㅇ 현 소 속 및 직위 : 서울특별시 한강시민공원사업소
                       공원 이용과장
ㅇ 전 소 속 및 직위 : 강남구 의회 사무국 전문위원
ㅇ 직 급 : 지방행정 사무관
ㅇ 연락처 : 011 - 1711 - 5665

피 소청인 : 서울특별시장 이 명 박

소 청 취 지

피소청인의 2003년 9월 25일자로 단행한 소청인의 서울특별시 전임인사명령 처분은 헌법재판소 전원재판부의 결정(98헌바 101, 99헌바8(병합) 지방공무원법 제29조의3 위헌소원) 및 대법원 판결(2001.12.11 선고 99두1823 인사발령취소 등)에 명백히 위배되는 위법한 행정처분으로 주위적으로 무효확인, 예비적으로 이의 취소를 구함.

소 청 이 유

1. 먼저 이러한 소청을 제기하게 된 경위는 소청인 자신뿐만 아니라 전국 지방공무원 전체에 대한 명예회복 등 신상문제와 관련이 있습니다, 공무원은 국민전체에 대한 봉사자인 직업공무원제도의 올바른 정립에 그 주안점을 두고 있는바 강남구청장과 서울특별시장을 비롯한 향후 타 민선자치단체장의 이러한 잘못된 인식을 타파하고 왜곡된 인사행정의 단맥상을 바로잡아 참여정부의 개혁의지에 동참하고 나아가서는 지방공무원 전체의 사기진작과 열심히 일하는 공직풍토조성 및 올바른 지방자치제도의 조기 정착을 위함입니다.

2. 지방공무원법 제29조의3 (전임)은 "지방자치단체의 장은 다른 지방자치단체장의 동의를 얻어 그 소속 공무원을 전임할 수 있다" 라고 규정이 되어 있는바, 이는 임명권자를 달리하는 자치단체로의 이동은 헌법 제7조 및 제15조에서 보장하는 직업선택의 자유의 의미와 효력에 비춰 반드시 당해 공무원의 동의를 전제로 함을 위 헌법재판소 결정 및 대법원의 판결에서 나타나고 있음에도 불구하고 평온 공연하게 주민을 위해 봉사하고 있는 소청인에게 일언반구 한마디 상의나 전출에 대한 하등의 동의절차 없이 강남구청장은 서울시에 마치 소청인 자신이 전출을 동의하고 희망하는 것처럼 허위와 거짓으로 구두 통보하고 문서를 제출하여 전출 명령 처분을 위한 이러한 강남구청장의 행정행위가 위법함에도 피소청인은 이를 수용하여 소청인을 서울시로 전임 조치한 행정행위의 명령처분은 인사권의 남용이요 전횡이며 위법으로 이는 누가 보아도 적법하고도 정당한 행정처분으로 볼 수 없는바 당연 무효로써 취소되어야 합니다.

3. 강남구청장은 소청인을 강남구에서 실질적으로 영원히 배제할 목적으로 면직에 버금가는 이러한 전출명령 조치를 취한 위법한 행정행위임이 분명함에도 피소청인은 강남구청장의 이러한 행위에 동의를 하고 수용하여 소청인을 서울시로 전입케 한바 소청인 자신이 이러한 행위를 묵과할 시 강남구청장과 피소청인은 이러한 행위를 어느 때고 누구에게나 어떠한 부하직원에게도 행사할 수 있다는 결론으로 귀착이 되는바 금번 본 소청인에 대한 전. 출입 명령은 위법한 행정행위로 당연 무효이고 취소되어야 합니다.

4. 헌법 제7조 제2항 "공무원의 신분과 정치성 중립성은 법률이 정하는 바에 의하여 보장된다" 라고 규정함으로써 공무원의 의사에 반한 불리한 신분상의 처분을 받지 않을 권리가 있다 할 것이고, 이러한 법리는 공무원으로 하여금 그 직분과 책무를 성실히 수행하여 행정의 일관성 및 전문성을 유지하고 정치에 좌우되지 않는 합법적인 업무수행을 보장하여 국가와 국민에게 봉사하기 위한 것인바 금번 강남구청장의 전출인사 명령과 피소청인의 전입명령에 대한 행정처분은 신분보장이 전제되는 직업공무원 제도의 근간을 뒤흔들고 근본을 뿌리 채 뒤흔들어 놓는 위법하고도 당연 무효인 행정행위인 것입니다.

5. 서울시 지방공무원 인사교류규칙 제1조는 지방공무원법 제30조의2의 규정에 의하여 필요한 사항을 규정함을 목적으로 제2조 및 제4조에 의하면 서울시와 자치구의 인사교류를 위함이며 동 규칙 제7조에 의하며 위원장은 협의회심의를 위하여 필요한 경우 관계 공무원을 출석시켜 의견 청취 등을 발언하게 하거나 자료의 제출을 요구할 수 있게 할 수 있다 하였고 동 규칙 제10조의 인사교류계획수립의 근거가 되는 지방 공무원 임용령 제27조 5의 규정은 시. 구상호간 인사교류를 할 수 있고 교류는 지방자치단체간 균형 있는 배치와 발전 및 연고지 배치를 위하여 필요한 경우 교류한다 라고 규정이 되어있는바 본 소청인의 전. 출입은 본 교류

규칙이나 동 시행령 어디에도 적용을 받지 않고 해당도 되지 않는 위법한 행정처분이며

6. 또한 서울시는 지금까지 수년동안 공무원 개개인의 의사를 최대한 존중하고 여론수렴을 통한 행정을 위하여 4급부터 9급까지의 전보명령을 서울시 e마당에 사전 게시하여 의견을 충분히 개진함은 물론이고 (2001년 11월부터 2003년 8월까지의 e마당 공개 내역 사본참고) 최근 8월의 시. 자치구 공무원 인사교류 및 전보 계획 내용에도 교류에 따른 전출대상자 공무원 자신이 스스로 5개 회망 근무지까지 기재하여 선택하는 회망 부서를 서면으로 사전 제출케 하여 시행하는 등 대다수 공무원이 불만이 없는 인사명령을 실시하고 있었습니다.

7. 그림에도 불구하고 본 소청인에 대하여 이러한 절차를 완전히 무시하고 배제한 의견수렴 절 차 없이 철저한 보안조치를 취하고 비밀리에 마치 군사작전을 방불하듯이 전격적으로 취한 강남구청장의 전출명령 조치에 피소청인은 소청인의 서울시 전입에 대한 행위를 수용하고 합의를 하여준 행위는 어느 누가 보아도 떳떳하고도 정당한 행정행위 또는 행정처분의 집행이라고 볼 수가 없을 것입니다.

8. 그렇다면 강남구청장이 전출을 시키는 사유로 훈계를 받지 않았느냐고 소청인에게 반문을 할 수 있겠으나 훈계는 징계가 아닌 어디까지나 내부의 주의사항으로 소청이나 행정소송의 대상이 아님을 피소청인 자신이 잘 알고 있음에도 불구하고 소청인을 강남구에서 영구히 배제시킬 목적으로 서울시로 강제로 전출을 시키는 이러한 강남구청장의 행위를 수용한 피소청인의 행위는 재량의 한계를 일탈한 위법한 행정행위 또는 행정처분으로 볼 수밖에 없습니다.

9. 훈계는 어디가지나 훈계로 끝나야 하는 것이지 훈계를 이유로 강제 전출을 시키는 것은 2중 처벌 금지의 원칙에도 위배되는 사항이며 지금까지 강남구에서 일어난 비리사건으로 징계를 받은 수많은 공무원에 대하여 전출시킨 사례가 없는데도 훈계와 징계에 관계없이 원칙도 없이 마음대로 보내고싶은 직원만을 선별해 전. 출입을 시킨다면 이 또한 정당한 행정행위라고 어느 누가 인정을 하겠습니까 ?

10. 또한 최근 본 소청인의 9월 25일자 강남구 전출과 서울시 전입인사명령이 인사 교류계획에 이루어 졌다고 하고 있으나 지금까지 강남구청은 타 구청과는 인사교류를 하지 않는다는 방침에 따라 타 구청과 교류가 없었으며 인사교류에 동의하지도 않은 소청인을 강제로 서울시로 전출시키고 서울시 사회과 '金 모' 사무관은 강북구로 전출이 됐으며 강북구 '宋 모' 사무관을 서울시로 전입을 시킨 후 즉시 강남구로 전출시키는 이러한 편법 인사가 정당한 인사교류라고 볼 수 있는지를 묻고 싶습니다 즉 서울시와 강북구간의 두 사람이 동의를 하여 교류를 하였으면 되는 것이지 왜 강남구의 전출을 원하지도 않는 소청인에게 교류라는 허울좋은 명분을 가지고 특정인을 강남구에 전입을 시키기 위한 수단으로 본 소청인을 강제로 서울시로 전출시키고 왜 특정인을 강북구에서 서울시로 전입케 하고 그 즉시 강남구로 또 다시 전출을 시키는 그러한 인사가 교류를 빙자한 음모이지 어디 정당한 인사로 어떻게 볼 수 있는지를 묻고. 싶습니다

11. 본 교류라는 허울을 쓴 인사가 정당하였다면 무엇 때문에 무슨 사유로 서울시 e마당에 게재된 9월 25일자 서울시 인사발령에 본 소청인과 강북구로 전출된 사회과 '金 모' 사무관 만이 게재가 되었고 발령장 수여에 있어도 두(2인) 사람만이 발령장을 받았으며 강남구로 전입케 된 '宋 모' 사무관은 게재가 되지도 않았고 서울시의 발령장 수여에 불참하였는지 또한 서울시 e마당이나 전입구인 강남구에 명단이 게재가 되지를 않았는지를 해명하여 주시기 바랍니다.

12. 또한 최근(9월 18일) 국가인권위원회에서 본인의 동의 없는 공무원 전출인사는 인권침해라고 결정하고 이는 통상의 인사절차라고 볼 수 없다고 하고 이의 재발방지를 권고하였으며 국가 최상위법인 헌법 제7조 2항의 법률도 임용관할 구역 내에서 근무함을 근무관계의 본질로 하며, 따라서 타 자치단체 소속으로 옮기는 것은 공무원 지위의 근본적인 변동을 초래하므로 본인의 동의가 없는 기관장의 임의대로의 전출을 허용치 아니하며 만일 당해 공무원의 의사와 전혀 관계없이 전 출입이 가능하다면 임용권을 달리하는 자치단체장간의 합의로 전국 어느 곳이나 어떠한 지역으로도 전. 출입이 가능하다는 결론으로 귀착이 될 수 있는바 이는 공무원의 임용관계가 동의를 전제로 하는 쌍방적 행정행위(통설 및 대법원 판례)임에 비추어보아도 이는 위법한 행정행위임이 명백하여 당연 무효라 할 것입니다.

13. 한편 동 법률조항은 지방공무원의 귀책사유를 요건으로 하지 않으며 자치단체장의 자의적 판단과 의사에 의하여 전. 출입이 빈번할 경우 엽관주의 만연에 따른 지방공무원의 역할 위축은 물론 공무수행이 정치적 세력의 교체에 따라 임의대로 좌우되게 될 개연성이 있는바 이는 헌법상의 직업선택의 자유권과 공무원의 신분보장 제도에 심대한 침해가 되는 것이 명약관화한 사실일 것입니다.

14. 본 소청인이 이러한 위법한 인사명령임에도 부임을 한 것은 행정행위의 공정력은 일단 인정되어야 하고 권한 있는 기관에 의하여 취소될 때까지는 유효한 것으로 보아야 한다는 취지와 출근을 거부함에 따른 행정의 공백과 주민불편 등을 미연에 방지하고자 하는 것이지 피소청인의 일방적인 전입명령에 결코 동의한 것

이 아님을 분명히 밝히는 바입니다.

15. 본 소청인이 강남구로부터 이러한 전출사실을 맨 처음 알게된 것은 2003년 9월 25일 소청인에 대한 전출명령이 있기 2일전 9월 23일 11:00 총무과장과 인사팀장이 소청인의 근무지인 강남구 의회를 방문 별도의 사무실에서 3인이 회동 총무과장이 소청인에게 이번에 좋은 타 기관으로 추천을 해주겠다고 하면서 갈 의향(전출 의사)이 없느냐고 묻기에 본 소청인은 타 기관으로 전출할 의사가 전혀 없다고 답변을 하였습니다.

16. 이에 총무과장은 구청이 아닌 서울시 본청 좋은 곳으로 추천을 할 테니 전출을 해달라고 계속 종용을 하는바 본 소청인은 강남을 절대로 떠날 의사가 없음을 강력히 피력하자 떠나기 싫어도 떠나게 되어 있다고 하면서 이미 10일전에 결정이 된 사항이라고 하는바 왜 무엇 때문에 본 소청인이 떠나야 되는지 이유를 묻자 지난 8월 26일 감사실로부터 받은 훈계처분 때문에 강남을 떠나야 한다고 하였습니다.

17. 소청인은 징계도 아닌 훈계를 이유로 강남을 떠나라고 하는 것은 결코 있을 수 없는 일이라고 하면서 절대로 강남을 떠날 수 없다고 하고 만약 강남구 전출을 명할 시 이에 승복할 수 없으며 그대로 묵과하지 않겠다는 불복 의사표시를 분명히 하고 그 자리를 떠났습니다.

※ 본 건 훈계장을 받게된 경위 및 훈계장 사본 첨부내용 참고요

18. 소청인은 즉시 서울시 인사행정과에 전화를 걸어 소청인에 대한 인사명령 진행상황 여부를 확인한 바 구청 총무과장이 소청인 자신이 꼭 시청근무만을 희망한다고 허위로 구두 통보하고 문서를 제출하여 서울시 전입이 결정된 상태라고 답변하는바 본 소청인은 즉시 강남구 전출과 서울시청 근무를 절대 희망하지 않는다는 의사를 전하고 즉시 「인사 교류에 대한 본인 의견제출」이라는 제목으로 Fax(11:45. 11:48. 2회) 송신 후 즉시 시청을 방문(14:00~16:00) 의견 제출서를 정식문서로 접수하고 인사과 담당주사. 담당팀장. 인사과장 등 을 면담 강남구의 허위와 거짓된 구두 및 문서제출을 근거로 소청인에 대한 인사명령 추진사항의 위법성을 주장한바 시청에서는 지금이라도 강남구청에서 철회를 하면 발령계획을 취소하겠다고 강남구청에 가서 철회문서를 발송하도록 해달라고 하는바 소청인은 금번 계획된 인사발령은 절대로 수용할 수 없으며 소청인의 의사를 분명히 밝혔는데도 이를 강행할 시 이에 대한 강력한 대응을 하겠노라고 소청인의 의사를 확실하게 밝힌바 있습니다.

※ 소청인의 인사교류 반대의견 Fax 발송 송신문(2회)과 시청방문 문서접수증 사본 내용 참고

19. 이후 소청인은 강남구청을 2회(23일과 24일 각 17:30) 방문하여 구청장을 면담하려고 하였으나 면담치 못하고 총무과장과 행정관리국장 부구청장을 차례로 면담 왜 본 소청인 자신의 의사에 반하여 소청인을 속이고 시청에 거짓말을 하고 허위로 문서를 제출하여 소청인을 전출시키려고 하는 이유를 따지자 위 17항의 소청인의 훈계를 근거로 전출시키도록 결정이 되었다고 하는바 그러한 사유가 어떻게 소청인의 의사를 무시한 전출사유까지 될 수 있느냐고 항의를 하면서 과거 강남구에서 비리로 인한 징계 건이 있었지만 징계를 받은 수많은 직원중 징계를 이유로 타 기관으로 전출시킨 예가 있느냐고 따지면서 시청에서는 강남구청이 지금이라도 본 인사명령 계획에 대한 철회 문서만 발송하여주면 본 계

획을 취소할 수 있다고 하는바 이를 철회하여 달라고 하였으나 이를 거부하였습니다.

20. 본 소청인은 소청인 자신이 어디로 가고 오는 것이 중요한 것이 아니고 어떻게 어떠한 방법으로 가고 오는 것이 중요하다고 하면서 정 뜻이 맞지 않아 같이 근무하기가 싫다고 하여 타 기관으로 떠나라고 한다면 떠날 용의가 있는데 이런 졸렬한 방법으로 마치 소청인 자신이 큰 잘못이나 저지르고 쫓겨나는 식으로 전출을 시키는 것은 정도가 아니라고 하면서 귀하들이 입장을 바꿔놓고 생각할 때 어떻게 생각하느냐고 묻자 3인 모두가 그러한 점에서는 동일하게 충분히 입장을 이해하겠다고 하면서 그렇지만 이미 결정이 된 사항이니 조용히 수용을 하여 달라고 하였습니다 이에 본 소청인은 절대로 수용할 수 도 없고 승복할 수 도 없으니 원상대로 회복을 하여주면 본인이 알아서 하겠노라고 하였으나 말도 안 되는 소리라고 거절을 하였던 것입니다.

21. 한편 소청인은 35년전인 1968년도에 9급 행정직 공채시험에 합격하여 오늘에 이르게 됐으며 그 동안 정부모범 공무원 표창과 서울시 모범공무원 표창 각 1회 장관표창 1회 서울시장 표창 5회 등 수많은 표창을 수상하였고 15회의 제안제도 및 개선 안을 제출하여 1995년도에 서울시로부터 시정연구논문 심사결과 우수한 논문으로 채택이 되어 은상과 이에 상응한 상금을 수상하는 등 창의적이고 능동적 개혁적인 자세로 타의 모범이 되게 근무를 하였으며 1982년도 강남구로 이전하여 개포동에서만 22년간 거주하였고 1988년도에 강남구청으로 전보되어 16년 동안 강남구청에 계속 근무한 사람으로 강남을 제2의 고향으로 알고 강남에 정이 들고 누구보다도 강남을 사랑하고 강남에 연고가 있는 사람인 것입니다.

22. 본 소청인은 지금까지 공무원으로 근무하면서 큰 과오도 없이 근무한 그간의 치적은 차차 하고라도 특별히 강남구에 손해를 끼쳤다거나 위신을 실추시킨 특별한 사실도 아닌 사항을 가지고 특정인의 전입을 위한 수단과 방법으로 특정인을 전입시키기 위하여 훈계장을 받았다는 구실을 이유로 본 소청인에게는 단 한마디 일언반구 언질도 없이 연고권도 없는 생소한 곳으로 갑작스럽게 전출명령 조치를 취한 것은 하루아침에 생존권은 물론 생활권을 박탈한 처사로 소청인의 주위로부터 받는 불명예와 시선의 자책감은 물론 가족 친지들을 욕되게 하는 이 모든 사태 발단의 원인이 전적으로 강남구청장과 피소청인의 합의에 이뤄진 사항으로 이는 강남구청장의 제왕적인 군림자세와 인사전횡에서 비롯된 위법한 행정처분인 강남구청장의 전출 명령에 피소청인은 동의를 하여 소청인을 서울시로 전입명령 조치한 피소청인의 행정처분은 당연 무효인 행정행위로 취소되어야 함을 주장하며 따라서 상기 위법한 전입에 대한 인사 명령처분을 무효 내지 취소시켜 다시는 이러한 위법한 행정처분이 재발하지 않도록 하여 지방공무원 전체의 신분보장과 안정된 분위기 속에서 국민전체에 대한 봉사자로서의 책무를 수행함과 아울러 소청인의 손상된 명예가 회복될 수 있도록 하여 주시기를 바라마지 않습니다.

소청 심사 청구서

사　건 : 서울특별시 전출명령 인사에 대한 무효확인 및 취소

소청인 : 정 종 철(鄭 宗 澈)
　　　　o 현 소 속 및 직위 : 서울특별시 한강시민공원사업소
　　　　　　공원 이용과장
　　　　o 전 소 속 및 직위 : 강남구 의회 사무국 전문위원
　　　　o 직 급 : 지방행정 사무관
　　　　o 연락처 :　011 - 1711 - 5665

피 소청인 : 강남구청장 권 문 용

소 청 취 지

피소청인의 2003년 9월 25일자로 단행한 소청인의 서울특별시 전출 인사명령 처분은 헌법재판소 전원재판부의 결정(98헌바 101, 99헌바8(병합) 지방공무원법 제29조의3 위헌소원) 및 대법원 판결(2001.12.11 선고 99두1823 인사발령취소 등)에 명백히 위배되는 위법한 행정처분으로 주위적으로 무효확인, 예비적으로 이의 취소를 구함.

소 청 이 유

1. 먼저 이러한 소청을 제기하게 된 경위는 소청인 자신뿐만 아니라 전국 지방공무원 전체에 대한 명예회복 등 신상문제와 관련이 있습니다, 공무원은 국민전체에 대한 봉사자인 직업공무원제도의 올바른 정립에 그 주안점을 두고 있는바 강남구청장을 비롯한 향후 타 민선자치단체장의 이러한 잘못된 인식을 타파하고 왜곡된 인사행정의 난맥상을 바로잡아 참여정부의 개혁의지에 동참하고 나아가서는 지방공무원 전체의 사기진작과 열심히 일하는 공직풍토조성 및 올바른 지방자치제도의 조기 정착을 위함입니다.

2. 지방공무원법 제29조의3(전입)은 "지방자치단체의 장은 다른 지방자치단체장의 동의를 얻어 그 소속 공무원을 전입할 수 있다"라고 규정이 되어 있는바, 이는 임명권자를 달리하는 자치단체로의 이동은 헌법 제7조 및 제15조에서 보장하는 직업선택의 자유의 의미와 효력에 비춰 반드시 당해 공무원의 동의를 전제로 함을 위 헌법재판소 결정 및 대법원의 판결에서 나타나고 있음에도 불구하고 평온 공연하게 주민을 위해 봉사하고 있는 소청인에게 일언반구 한마디 상의나 전출에 대한 하등의 동의절차도 없이 서울시에 마치 소청인 자신이 전출을 동의하고 희망하는 것처럼 허위와 거짓으로 구두 통보하고 문서를 제출하여 자의적이고도 일방적인 전출 명령처분을 취한 행정행위는 온갖 거짓과 사술을 통한 행정처분으로 이는 정당하고도 적법한 행정처분으로 볼 수 없으며 이는 마치 피소청인이 상기 헌법재판소 결정 등을 인지하지 못하였거나 법리오해에 기인한 것으로 사료되는바 당연 무효내지는 취소되어야 함은 당연한 이치요 상식인 것입니다.

3. 또한 헌법재판소의 결정은 법원을 비롯한 모든 국가기관과 지방자치단체에 기속력이 있음에도 불구하고 이를 무시한 동 행정

처분은 인사권의 남용이요 전횡이며 위법함의 극치로서 이 또한 당연 무효로써 마땅히 취소되어야 함이 당연한 이치요 도리인 것입니다.

4. 서울시 지방공무원 인사교류규칙 제1조는 지방공무원법 제30조의2의 규정에 의하여 필요한 사항을 규정함을 목적으로 제2조 및 제4조에 의하면 서울시와 자치구의 인사교류를 위함이며 동 규칙 제7조에 의하며 위원장은 협의회심의를 위하여 필요한 경우 관계 공무원을 출석시켜 의견 청취 등을 발언하게 하거나 자료의 제출을 요구할 수 있게 할 수 있다 하였고 동 규칙 제10조의 인사교류계획수립의 근거가 되는 지방 공무원 임용령 제27조 5의 규정은 시. 구상호간 인사교류를 할 수 있고 교류는 지방자치단체간 균형 있는 배치와 발전 및 연고지 배치를 위하여 필요한 경우 교류한다 라고 규정이 되어있는바 본 소청인의 전. 출입은 본 교류규칙이나 동 시행령 어디에도 적용을 받지 않고 해당도 되지 않는 위법한 행정처분이며

5. 피소청인에 대한 이러한 위법한 행정행위와 행정처분은 소청인을 강남구에서 실질적으로 영원히 배제할 목적으로 이뤄진 행정처분으로 이는 피소청인의 자의적 판단에 의하여 실질적으로는 면직에 버금가는 불리한 인사조치로 이를 그대로 묵과할 시 피소청인은 이를 기화로 향후 이러한 행위를 언제 어느 때고 누구에게나 어떠한 부하직원에게도 행사할 수 있다는 결론으로 귀착이 되는바, 이는 헌법 제7조 제2항 "공무원의 신분과 정치성 중립성은 법률이 정하는 바에 의하여 보장된다" 라고 규정함으로써 공무원의 의사에 반한 불리한 신분상의 처분을 받지 않을 권리가 있다 할 것이고, 이러한 법리는 공무원으로 하여금 그 직분과 책무를 성실히 수행하여 행정의 일관성 및 전문성을 유지하고 정치에 좌우되지 않는 합법적인 업무수행을 보장하여 국가와 국민에

게 봉사하기 위한 것인바 따라서 금번 전출명령에 대한 행정처분은 신분보장이 전제되는 직업공무원 제도의 근간을 뒤흔들고 근본을 뿌리 채 뒤흔들어 놓는 위법하고도 당연 무효인 행정행위인 것입니다.

6. 강남구청은 지금까지 수년동안 공무원 개개인의 의사를 최대한 존중하고 여론수렴을 통한 행정을 위하여 7급부터 9급 및 기능직까지 전보 시 구청 홈페이지에 사전에 공무원 전보 인사(안)을 게시하여 이의가 있는 직원은 재차 의견을 묻는 인사방법을 시행하고 있으며 5급에서 6급까지의 공무원도 본인자신 스스로 희망하는 부서를 서면으로 사전 제출케 하는 전보 명령을 실시하고 있으며 심지어 2년마다 실시하는 행정직 외 기술직의 타 기관 전출에 있어서도 전출을 시키지 않고 잔류시킬 때에는 왜 잔류를 시키게 되었다는 인사교류 내용을 공개하여 전직원이 볼 수 있도록 하는 방법을 계속하고 있으며 행정직 공무원이 강남구를 떠나고자 할 때에는 사전에 본인의 동의 절차를 취하여 전출시키고 있는데 반하여 왜 유독 본 소청인 에게는 이러한 의견수렴 절차 없이 철저한 보안조치를 취하고 비밀리에 마치 군사작전을 방불하듯이 전격적으로 전출명령 조치를 취한 것은 어느 누가 보아도 정당하고 떳떳한 행정행위 또는 행정처분이라고 볼 수 없는 것입니다.

7. 그렇다면 전출을 시키는 사유로 훈계를 받지 않았느냐고 피소청인은 소청인에게 반문을 할 수 있겠으나 훈계는 징계가 아닌 어디까지나 내부의 주의사항으로 소청이나 행정소송의 대상이 아님을 피소청인 자신도 잘 알고 있으면서 이러한 사유를 가지고 소청인을 강남구에서 영구히 배제시키기 위하여 서울시로 강제로 전출을 시키는 것은 재량의 한계를 일탈한 위법한 행정행위로 볼 수밖에 없으며 훈계는 어디가지나 훈계로 끝나야 하는 것이지 훈

계를 이유로 강제 전출을 시키는 것은 2중 처벌 금지의 원칙에도 위배되는 사항이며 그렇다면 지금까지 강남구에서 비리사건으로 징계를 받은 수많은 공무원에 대하여 전출시킨 사례가 있는지 묻고 싶으며 훈계와 징계에 관계없이 원칙도 없이 마음대로 보내고 싶은 직원만을 선별해 보낸다면 이 또한 정당한 행정행위라고 볼 수는 없을 것입니다.

8. 또한 최근 2003년 8월 각 구에 시달한 서울시 회의자료의 시. 자치구 공무원 인사교류 및 전보계획에 의하여도 교류계획에 동의하는 자치구 상호간 직렬. 직급별 1 : 1교류를 원칙으로 하고 더구나 교류대상자는 공무원 자신 스스로 원하는 5개 희망지까지 기재하여 사전 제출토록 하는 방법으로 시행하였으나 강남구청은 서울시나 타 자치구간 인사교류를 하지 않는다는 방침에 따라 타 구청과 교류가 없었음에도 인사교류에 동의하지도 않은 소청인을 강제로 서울시로 전출시키고 서울시 사회과에서 '金 모' 사무과이 강북구로 전출이 됐으며 강북구 '宋 모' 사무관을 서울시로 전입을 시킨 후 즉시 강남구로 전입토록 조치하는 이러한 편법인사가 정당한 인사교류라고 볼 수 있는지를 묻고 싶습니다, 즉 두 사람이 동의를 하여 서울시와 강북구간의 교류를 하였으면 되는 것이지 왜 강남구의 전출을 원하지도 않는 소청인에게 교류라는 허울좋은 명분을 가지고 특정인을 강남구에 전입을 시키기 위한 수단으로 본 소청인을 강제로 서울시로 전출시키고 그 특정인을 강북구에서 서울시로 전입케 한 후 그 즉시 강남구로 다시 전입을 시키는 그러한 편법인사가 교류를 빙자한 음모이지 어디 정당한 인사로 어떻게 볼 수 있는지를 묻고 싶습니다

9. 본 교류라는 허울을 쓴 인사가 정당하였다면 무엇 때문에 무슨 사유로 서울시 e마당에 게재된 9월 25일자 서울시 인사발령에 본 소청인과 강북구로 전출된 사회과 '金 모' 사무관 만이 게재가

되었고 인사발령장 수여에 있어도 두(2인) 사람만이 발령장을 받았으며 강남구로 전입케 된 '宋 모' 사무관은 서울시 e마당이나 강남구 홈페이지에 게재가 되지 않았고 발령장도 받지 않았는지 답변하여 주시기 바랍니다.

10. 또한 최근(9월 18일) 국가인권위원회에서 본인의 동의 없는 공무원 전출인사는 인권침해라고 결정하고 이는 통상의 인사절차라고 볼 수 없다고 하고 이의 재발방지를 권고하였으며 국가 최상위법인 헌법 제7조 2항의 법률도 임용관할 구역 내에서 근무함을 근무관계의 본질로 하며, 따라서 타 자치단체 소속으로 옮기는 것은 공무원 지위의 근본적인 변동을 초래하므로 본인의 동의가 없는 기관장의 임의대로 전출을 허용치 아니하며 만일 당해 공무원의 의사와 전혀 관계없이 전 출입이 가능하다면 임용권을 달리하는 자치단체장간의 합의로 전국 어느 곳이나 어떠한 지역으로도 전. 출입이 가능하다는 결론으로 귀착이 될 수 있는바 이는 공무원의 임용관계가 동의를 전제로 하는 쌍방적 행정행위(통설 및 대법원 판례)임에 비추어보아도 이는 위법한 행정행위임이 명백하여 당연 무효라 할 것입니다.

11. 한편 동 법률조항은 지방공무원의 귀책사유를 요건으로 하지 않으며 자치단체장의 자의적 판단과 의사에 의하여 마음에 들지 않는 공무원의 전. 출입이 가능할 경우 엽관주의 만연에 따라 지방공무원의 역할 위축은 물론 공무수행이 정치적 세력의 교체에 따라 임의대로 좌우되게 될 개연성이 있는바 이는 헌법상 직업선택의 자유권과 공무원의 신분보장 제도에 심대한 침해가 되는 것이 명약관화한 사실일 것입니다.

12. 본 소청인이 이러한 위법한 인사명령임에도 부임을 한 것은 행정행위의 공정력은 일단 인정되어야 하고 권한 있는 기관에 의

하여 취소될 때까지는 유효한 것으로 보아야 한다는 취지와 출근을 거부함에 따른 행정의 공백과 주민불편 등을 미연에 방지하고자 하는 것이지 피소청인의 일방적인 전출명령에 대하여 결코 동의한 것이 아님을 분명히 밝히는 바입니다.

13. 소청인이 이러한 전출사실을 맨 처음 알게된 것은 2003년 9월 25일 소청인에 대한 전출명령이 있기 2일전 9월 23일 11:00 총무과장과 인사팀장이 소청인의 근무지인 의회를 방문 별도의 사무실에서 3인이 회동 총무과장이 소청인에게 이번에 좋은 타 기관으로 추천을 해주겠다고 하면서 갈 의향(전출 의사)이 없느냐고 묻기에 본 소청인은 타 기관으로 전출할 의사가 전혀 없다고 답변을 하였습니다.

14. 이에 총무과장은 구청이 아닌 서울시 본청 좋은 곳으로 추천을 할 테니 전출을 해달라고 계속 종용을 하는바 본 소청인은 강남을 절대로 떠날 의사가 없음을 강력히 피력하자 떠나기 싫어도 떠나게 되어 있다고 하면서 이미 10일전에 결정이 된 사항이라고 하는바 왜 무엇 때문에 본 소청인이 떠나야 되는지 이유를 묻자 지난 8월 26일 감사실로부터 받은 훈계처분 때문에 강남을 떠나야 한다고 하였습니다.

15. 소청인은 징계처분도 아닌 훈계를 이유로 강남을 떠나라고 하는 것은 결코 있을 수 없는 일이라고 하면서 절대로 강남을 떠날 수 없다고 하고 만약 강남구 전출을 명할 시 이에 승복할 수 없으며 그대로 묵과하지 않겠다는 불복 의사표시를 분명히 하고 그 자리를 떠났습니다.

※ 본 건 훈계장을 받게된 경위 및 훈계장 사본 첨부내용 참고요

16. 소청인은 즉시 서울시 인사행정과에 전화를 걸어 소청인에 대한 인사명령 진행상황 여부를 확인한 바 구청 총무과장이 소청인 자신이 꼭 시청근무만을 희망한다고 허위로 구두 및 문서를 제출하여 서울시 전입이 결정된 상태라고 답변하는바 본 소청 인은 즉시 강남구 전출과 서울시청 근무를 절대 희망하지 않는다는 의사를 전하고 즉시 『인사 교류에 대한 본인 의견제출』이라는 제목으로 Fax(11:45. 11:48. 2회) 송신 후 즉시 시청을 방문(14:00~16:00) 의견 제출서를 정식문서로 접수하고 인사과 담당주사. 담당팀장. 인사과장 등을 면담 강남구의 허위와 거짓된 구두 및 문서보고를 근거로 소청인에 대한 인사명령 추진사항의 위법성을 주장한바 시청에서는 지금이라도 강남구청에서 철회를 하면 발령계획을 취소하겠다고 강남구청에 가서 철회문서를 발송하도록 해달라고 하는바 소청인은 금번 계획된 인사발령은 절대로 수용할 수 없으며 소청인의 의사를 분명히 밝혔는데도 이를 강행할 시 이에 대한 강력한 대응을 하겠노라고 소청인의 의사를 확실하게 밝힌바 있습니다.

※ 소청인의 인사교류 반대의견 Fax 발송 송신문(2회)과 시청방문 문서접수증 사본 내용 참고

17. 이후 소청인은 강남구청을 2회(23일과 24일 각 17:30) 방문하여 구청장을 면담하려고 하였으나 면담치 못하고 총무과장과 행정관리국장 부구청장을 차례로 면담 왜 본 소청인 자신의 의사에 반하여 소청인을 속이고 시청에 거짓말을 하고 허위로 문서를 제출하여 소청인을 전출시키려고 하는 이유를 따지자 위 15항에서 언급한 소청인의 훈계를 근거로 전출시키도록 결정이 되었다고 하는바 그러한 사유가 어떻게 소청인의 의사를 무시한 전출사유까지 될 수 있느냐고 항의를 하면서 과거 강남구에서 비리로 인한 수많은 징계 건이 있었지만 징계를 받은 직원중 징계를 이유

로 타 기관으로 전출시킨 예가 있느냐고 따지면서 시청에서는 강남구청이 지금이라도 본 인사명령 계획에 대한 철회 문서만 발송하여주면 본 계획을 취소할 수 있다고 하는바 이를 철회하여 달라고 하였으나 이를 거부하였습니다.

18. 본 소청인은 소청인 자신이 어디로 가고 오는 것이 중요한 것이 아니고 어떻게 어떠한 방법으로 가고 오는 것이 중요하다고 하면서 정 뜻이 맞지 않아 같이 근무하기가 싫어 타 기관으로 떠나라고 한다면 떠날 용의가 있는데 이런 졸렬한 방법으로 마치 소청인 자신이 큰 잘못이나 저지르고 쫓겨나는 식으로 전출을 시키는 것은 정도가 아니라고 하면서 귀하들이 입장을 바꿔놓고 생각할 때 어떻게 생각하느냐고 묻자 3인 모두가 그러한 점에서는 동일하게 충분히 입장을 이해하겠다고 하면서 그렇지만 이미 결정이 된 사항이니 조용히 수용을 하여 달라고 하였습니다 이에 본 소청인은 절대로 수용할 수 도 없고 승복할 수 도 없으니 원상대도 회복을 하여수면 본인이 알아서 하겠노라고 하였으나 말도 안 되는 소리라고 거절을 하였던 것입니다.

19. 한편 소청인은 35년전인 1968년도에 9급 행정직 공채시험에 합격하여 오늘에 이르게 됐으며 그 동안 정부모범 공무원 표창과 서울시 모범공무원 표창 각 1회 장관표창 1회 서울시장 표창 5회 등 수많은 표창을 수상하였고 15회의 제안제도 및 개선 안을 제출하여 1995년도에 서울시로부터 시정연구논문 심사결과 우수한 논문으로 채택이 되어 은상과 이에 상응한 상금을 수상하는 등 창의적이고 능동적 개혁적인 자세로 타의 모범이 되게 근무를 하였으며 1982년도에 강남구로 전입하여 개포동에서만 22년간 거주하였고 1988년도에 강남구청으로 전보되어 16년 동안 강남구청에 계속 근무한 사람으로 강남을 제2의 고향으로 알고 강남에 정이 들고 누구보다도 강남을 사랑하고 강남에 연고가 있는 사람인 것

입니다.

20. 본 소청인은 지금까지 공무원으로 근무하면서 큰 과오도 없이 근무한 그간의 치적은 차치 하고라도 특별히 강남구에 손해를 끼쳤거나 위신을 실추시킨 특별한 사실도 아닌 사항을 가지고 특정인의 전입을 위한 수단과 방법으로 특정인을 전입시키기 위하여 훈계장을 받았다는 구실을 이유로 본 소청인에게 단 한마디 일언반구 언질도 없이 연고권도 없는 생소한 곳으로 갑작스럽게 전출명령 조치를 취한 것은 하루아침에 생존권은 물론 생활권을 박탈한 처사로 소청인의 주위로부터 받는 불명예와 시선의 자책감은 물론 가족 친지들을 욕되게 하는 이 모든 사태의 발단과 원인이 전적으로 피소청인의 제왕적인 군림자세와 인사전횡에서 비롯된 위법한 행정처분으로 인한 것인바 금번 본 소청인에 대한 전출 명령은 당연 무효인 행정행위로 취소되어야 함을 주장하며 따라서 상기 위법한 전출인사 명령처분을 무효 내지 취소시켜 다시는 이러한 위법한 행정처분이 재발하지 않도록 하여 지방공무원 전체의 신분보장과 안정된 분위기 속에서 국민전체에 대한 봉사자로서의 책무를 수행함과 아울러 소청인의 손상된 명예가 회복될 수 있도록 하여 주시기를 바라마지 않습니다.

※이하 첨부자료 피소청인 서울특별시장과 동일

《첨부 증거 자료》

갑 제 1호증 : 헌법재판소 전원재판부 결정문(98헌바101, 99헌바 8
　　　　　　 병합) 지방공무원법 제29조의3 위헌소원) 사본 1부
갑 제 2호증 : 대법원 판결문 (2001. 12. 11선고99두 1823
　　　　　　 인사발령 취소 등) 사본 1부
갑 제 3호증 : 본인 동의 없는 지방공무원 전출의 국가인권위원회
　　　　　　 권고 결정 통지 사본 1부
갑 제 4호증 : 서울특별시 지방공무원 인사교류규칙 사본 1부

갑 제 5호증 : 지방공무원법 및 지방공무원 임용령 사본 1부
갑 제 6호증 : 훈계장을 받게된 소청인의 경위서 사본 1부
갑 제 7호증 : 구청장 수명사항 통보 및 훈계장 사본 1부
갑 제 8호증 : 인사교류에 대한 소청인 의견서의 서울시
　　　　　　 Fax(2회)송부 및 문서 접수증 사본 1부
갑 제 9호증 : 강남구청장 의 서울시 전출 임용장 사본 1부

갑 제 10호증 : 서울특별시장 의 전입 임용장 사본 1부
갑 제 11호증 : 서울특별시의 시. 자치구간 공무원 인사교류
　　　　　　　(2003년 8월 시행) 및 전보계획 사본 1부
갑 제 12호증 : 강남구의 공무원 전보(안) 예정 인터넷 사전
　　　　　　　공개내용 사본(3부) 및 타구교류 공개내용 사본 1부
갑 제 13호증 : 서울시 구청교류 및 자체 전보 희망자 e 인사마당
　　　　　　　(2001년 ~2003년 8월까지)게재내용 사본 18부
갑 제 14호증 : 소청인의 정부모범공무원(국무총리) 표창 및 서울시
　　　　　　　모범 공무원 표창장 외 각종 표창장 사본 6 부

위와 같이 소청심사청구 합니다.

2003년　10월　일

위　소청인 : 정　　종　　철 (인)

서울특별시 소청심사위원회 위원장　귀하

갑 제1호 증

헌법재판소 전원 재판부 결정문(98헌바101, 99헌바
8병합)지방공무원법 제29조의3위헌 소원) 사본 1부

헌법재판소 2002. 11. 28. 98헌바101, 99헌바8(병합) 전원재판부 【지방공무원법제29조의3위
헌소원】

[헌공제75호]

【판시사항】
지방공무원의 전입에 관한지방공무원법 제29조의3의 위헌 여부(소극)

【결정요지】
지방공무원법 제29조의3은 "지방자치단체의 장은 다른 지방자치단체의 장의 동의를 얻어 그 소속 공무원
을 전입할 수 있다"라고만 규정하고 있어, 이러한 전입에 있어 지방공무원 본인의 동의가 필요한지에 관하
여 다툼의 여지없이 명백한 것은 아니나, 위 법률조항을, 해당 지방공무원의 동의없이도 지방자치단체의
장 사이의 동의만으로 지방공무원에 대한 전출 및 전입명령이 가능하다고 풀이하는 것은 헌법적으로 용인
되지 아니하며,헌법 제7조에 규정된 공무원의 신분보장 및헌법 제15조에서 보장하는 직업선택의 자유의
의미와 효력에 비추어 볼 때 위 법률조항은 해당 지방공무원의 동의가 있을 것을 당연한 전제로 하여 그 공
무원이 소속된 지방자치단체의 장의 동의를 얻어서만 그 공무원을 전입할 수 있음을 규정하고 있는 것으로
해석하는 것이 타당하고, 이렇게 본다면 인사교류를 통한 행정의 능률성이라는 입법목적도 적절히 달성할
수 있을 뿐만 아니라 지방공무원의 신분보장이라는 헌법적 요청도 충족할 수 있게 된다. 따라서 위 법률조
항은 헌법에 위반되지 아니한다.

재판관 김효종, 재판관 김경일, 재판관 송인준의 한정위헌 의견

법률의 위헌선언권을 유일하게 갖고 있는 헌법재판소로서는 어떤 법률조항에 대하여 위헌적인 법적용 영
역과 그에 상응하는 해석가능성이 존재할 경우 그러한 위헌적인 부분을 종국적으로 배제하는 결정을 선고
함으로써 그 결정에 따른 기속력을 법원을 비롯한 모든 국가기관 및 지방자치단체에게 미치도록 하는 것을
원칙으로 삼아야 하고, 그 기속력의 수범자중의 하나인 법원이 그 법률조항에 대하여 헌법재판소와 동일한
합헌적인 해석을 하고 있다고 하여 그 법률조항에 여전히 존재하고 있는 위헌적인 부분을 제거하지 않은
채 방치할 수는 없으므로, 위 지방공무원법 조항에 존재하는 위헌적 부분을 결정주문에 명시적으로 밝혀
'지방공무원법 제29조의3은 지방공무원 본인의 동의를 요하지 않는다고 해석하는 한 헌법에 위반된다'는
내용의 한정위헌결정을 선고하여야 한다.

재판관 김영일의 헌법불합치 의견

위 지방공무원법 조항의 문언이나 입법목적을 아무리 넓게 파악한다고 하더라도 전입대상이 되는 공무원
본인의 동의라는 요건이 내재되어 있다거나 전제되어 있는 것으로 해석하거나 적용할 수는 없는 것이고,
또한 그와 같은 해석을 도출할 만한 어떤 다른 관련규정도 찾아볼 수 없으므로 위 법률조항에 대하여는 위
헌선언을 하여야 할 것이나, 지방자치단체 공무원 인사관리의 혼란 등 위헌선언으로 야기될 혼란을 방지하
기 위하여, 위 조항이 헌법에 합치되도록 개정될 때까지 잠정적으로 적용할 것을 명하는 헌법불합치결정을
함이 타당하다.

【심판대상조문】
지방공무원법 제29조의3

【참조조문】
헌법 제7조,제15조

【참조판례】
헌재 1989. 7. 21. 89헌마38, 판례집 1, 131, 145.대법원 2001. 12. 11. 선고 99두1823

갑 제2호 증

대법원 판결문 (2001. 12.11 선고99두 1823
인사발령 취소 등) 사본 1부

대법원 2001. 12. 11. 선고 99두1823 판결 【인사발령취소등】

[공2002.2.1.(147),292]

【판시사항】

[1] 지방공무원법 제29조의3의 규정에 의한 전출명령에 당해 공무원의 동의가 필요한지 여부(적극) 및 같은 규정이 위헌·무효인지 여부(소극)

[2] 당해 공무원의 동의 없는 지방공무원법 제29조의3의 규정에 의한 전출명령은 위법하여 취소되어야 하므로, 그 전출명령이 적법함을 전제로 내린 징계처분은 징계양정에 있어 재량권을 일탈하여 위법하다고 한 사례

【판결요지】

[1] 지방공무원법 제29조의3은 지방자치단체의 장은 다른 지방자치단체의 장의 동의를 얻어 그 소속공무원을 전입할 수 있다고 규정하고 있는바, 위 규정에 의하여 동의를 한 지방자치단체의 장이 소속 공무원을 전출하는 것은 임명권자를 달리하는 지방자치단체로의 이동인 점에 비추어 반드시 당해 공무원 본인의 동의를 전제로 하는 것이고, 위 법규정도 본인의 동의를 배제하는 취지의 규정은 아니어서 위헌·무효의 규정은 아니다.

[2] 당해 공무원의 동의 없는 지방공무원법 제29조의3의 규정에 의한 전출명령은 위법하여 취소되어야 하므로, 그 전출명령이 적법함을 전제로 내린 징계처분은 그 전출명령이 공정력에 의하여 취소되기 전까지는 유효하다고 하더라도 징계양정에 있어 재량권을 일탈하여 위법하다고 한 사례.

【참조조문】

[1]지방공무원법 제29조의3,헌법 제7조 제2항/ [2]지방공무원법 제29조의3,행정소송법 제1조[행정처분일반],제19조,제27조

【전 문】

【원고,상고인】 원고
【피고,피상고인】 피고 1
【원심판결】 서울고법 1998. 12. 17. 선고 97구48939 판결

【주문】

주위적 청구에 관한 상고를 기각한다. 예비적 청구에 관한 원심판결을 파기하고 그 부분 사건을 서울고등법원에 환송한다.

【이유】

1. 원심판결의 요지

원심은 그 채택한 증거들을 종합하여, 피고 1가 지방공무원법(이하 '법'이라 한다) 제29조의3의 규정에 의하여 피고 제1시소속 지방공무원인 원고를 제1군으로 전입하기 위하여, 1997. 4. 22. 2에게 전입동의를 요청하자, 피고 2는같은 해 5월 1일 이에 동의한 다음, 같은 달 3일 원고를 제1군지방공무원으로 전출하는 명령(이하 '이 사건 전출명령'이라 한다)을 하였고, 피고 1는 같은 달 2일 원고에 대하여 1군지방공무원으로의 전입과 동시에 제1면근무를 명한 사실, 그러나 원고가 이 사건 전출명령이 원고의 동의 없이 이루어진 것으로서 위법하다고 주장하면서 제1면에 출근하지 아니하자, 피고 1는 같은 해 7월 23일 원고에게 정직 3월의 징계에 처하였고, 원고가 소청한 결과 경기도지방공무원소청심사위원회에서 1997. 9. 19. 감봉 3월로 감경하는 결정(이하 감봉 3월로 감경된 처분을 '이 사건 징계처분'이라 한다)을

한 사실을 인정한 다음, 법 제29조의3의 규정은 당해 공무원의 동의 없이 다른 지방자치단체로 전출할
수 있게 함으로써 헌법 제7조 제2항 등에 위배되는 위헌·무효의 법률조항이므로 그에 터잡은 이 사건 전
출명령 및 그 유효를 전제로 한 이 사건 징계처분은 모두 무효임이 확인되어야 한다는 원고의 주위적 청
구 및 위 법규정은 당해 공무원의 동의를 전제로 한 것인데 이 사건 전출명령은 원고의 동의 없이 이루
어진 것으로 위법하고 이 사건 징계처분 역시 위 전출명령이 적법함을 전제로 하는 것일 뿐만 아니라 재
량권 일탈·남용의 위법이 있어 모두 취소되어야 한다는 예비적 청구에 대하여, 법 제29조의3의 규정이
당해 공무원의 동의를 전제로 하지 않았다 하여 헌법에 위반된다고 할 수 없고, 그런 이상 원고가 전출
명령에 동의한 바 없다 하더라도 이 사건 전출명령이 위법하다고 할 수 없으며, 이 사건 징계처분에 재
량권 일탈·남용의 위법도 없다는 등의 이유로 원고의 주위적 및 예비적 청구를 모두 배척하였다.

2. 대법원의 판단

가. 법 제29조의3은 지방자치단체의 장은 다른 지방자치단체의 장의 동의를 얻어 그 소속공무원을 전입
할 수 있다고 규정하고 있는바, 위 규정에 의하여 동의를 한 지방자치단체의 장이 소속 공무원을 전출하
는 것은 임명권자를 달리하는 지방자치단체로의 이동인 점에 비추어 반드시 당해 공무원 본인의 동의를
전제로 하는 것이고, 위 법규정도 본인의 동의를 배제하는 취지의 규정은 아니어서 위헌·무효의 규정은
아니므로, 원심의 이유설시는 적절하지 아니하나 위 법규정이 위헌·무효임을 전제로 한 원고의 주위적
청구를 배척한 결론은 정당하고, 거기에 법리오해 등 상고이유의 주장과 같은 위법이 없다.

나. 그러나 위와 같이 법 제29조의3 규정에 의한 전입은 반드시 당해 공무원의 동의를 전제로 하는 것인
데도 피고 2의 이 사건 전출명령에는 원고의 동의가 없었음을 그 피고가 자인하고 있으므로, 이 사건 전
출명령은 더 볼 것도 없이 위법하여 취소되어야 할 것이고, 이를 주장하는 원고의 상고이유 주장은 이유
있다.

그리고 위와 같이 이 사건 전출명령이 위법한 것으로서 취소되어야 할 것인 이상 이를 이유로 들어 출근
을 거부하는 원고에게 이 사건 전출명령이 적법함을 전제로 하여 내려진 이 사건 징계처분은 비록 이 사
건 전출명령이 공정력에 의하여 취소되기 전까지는 유효한 것으로 취급되어야 한다고 하더라도 징계양
정에 있어서는 결과적으로 재량권을 일탈한 위법이 있다고 할 것이고 이를 다투는 원고의 상고이유의
주장 또한 이유 있다.

3. 그러므로 주위적 청구에 관한 원고의 상고는 이유 없으므로 이 부분 상고는 이를 기각하기로 하고, 예
비적 청구에 관한 원고의 상고는 이유 있으므로 원심판결 중 이 부분을 파기하여 원심법원에 환송하기
로 하여 관여 대법관의 일치된 의견으로 주문과 같이 판결한다.

대법관 박재윤(재판장) 서성 이용우(주심) 배기원

갑 제 3호 증

본인 동의 없는 지방공무원 전출의 국가위원회
권고 결정 통지 사본 1부

국가인권위원회

서울특별시 중구 을지로1가 16 금세기빌딩 10층
전화 02-2125-9777 / 전송 02-2125-9779 / 언론홍보담당자 : 육성철(sixman@humanrights.go.kr)

<보도자료>
2003년 9월 18일(실무담당자 : 조사기획담당관실 박동혁 2125-9864)

"본인 동의없는 공무원 전출인사는 인권침해"

행자부장관에 관련규정 개정 및 대구광역시 중구청장에 재발방지 권고

다른 지역으로 전출된 공무원 변모씨(46 · 지방5급)가 "동의 없는 전출은 위법하고 헌법 제10조(행복추구권) 및 제15조(직업선택의 자유)를 침해하는 행위"라며 2003년 5월 대구광역시 중구청장을 상대로 진정한 사건에 대해, 국가인권위원회(위원장 김창국)는 2003년 9월 "피진정인의 행위가 헌법 제10조(행복추구권) 및 제15조(직업선택의 자유)를 침해한 행위로 판단, △지방공무원법의 소관부처인 행정자치부장관에게 지방공무원법 제29조의3, 제30조의2 및 지방공무원임용령 제27조의 5를 해석상 다툼의 여지가 없도록 개정하거나, 행정자치부의 명확한 기준을 각 지방자치단체에 공문으로 시달해, 동일 또는 유사한 인권침해 행위의 재발 방지를 위한 조치를 취하도록 권고하고 △동시에 대구광역시 중구청장에게 동일 또는 유사한 인권침해 행위가 일어나지 않도록 조치할 것을 권고했습니다.

이 사건은 임용권자인 대구광역시 중구청장이 2003년 5월 12일 자로 진정인 변모씨를 본인의 동의 없이 대구광역시 서구로 전출시키고, 동시에 대구광역시 서구 지방행정사무관을 상호교류 목적으로 중구에 전입시키는 인사발령을 하자, 변모씨가 "본인의 동의가 없는 공무원 전출인사는 위법한 행위이고, 직권남용에 의한 인권침해 행위"라며 국가인권위에 진정을 제기하면서 비롯됐습니다.

한편 변모씨의 인사에 대해 대구광역시 중구청은 지방공무원법 제29조의3에 의한 전출이 아닌, 동법 제30조의2에 의한 지방자치단체간 인사교류이므로 본인의 동의가 반드시 필요한 것은 아니라고 주장했습니다.

국 가 인 권 위 원 회

권고결정 통지

수　　신 : 변재국 귀하
문서번호 : 조사기획담당관-2344

사건번호	03진인1106	사건명	본인 동의없는 지방공무원 전출
진정인	성명	변재국	주소	대구시 중구 동인1가 1번지
				(대구광역시 청소년과
붙　임	결정문 정본 1부.			

1. 우리 위원회에 진정을 제기해 주신 데 대하여 감사드립니다.

2. 우리 위원회가 조사 및 심의한 결과 귀하께서 제기하신 진정은 국가인권위원회법 제44조 제1항 및 제39조 제1항 제3호에 의하여 붙임 의결서와 같이 결정되었으므로 그 사실을 통지해 드립니다.

2003. 9. 17.

국 가 인 권 위 원 회 위 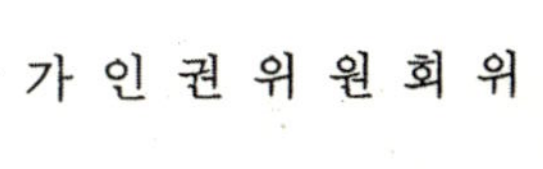

※ 이 통지에 대하여 궁금한 사항이 있으신 분은 아래 담당자에게 전화나 우편으로 연락하시면 친절히 답변해 드리겠습니다.

담당자	박동혁	연락처	서울시 중구 을지로1가 16번지 금세기빌딩 9층 조사기획담당관실 Tel: (02) 2125-9864 Fax: (02) 2125-9851

국 가 인 권 위 원 회

제2소위원회

의 결

사　　건　　03진인1106 본인동의없는지방공무원전출

진 정 인　　변재국(대구광역시 서구 보건행정과장)

피진정인　　대구광역시 중구청장

피진정인 감독기관의 장　　행정자치부장관

주 문

1. 피진정인의 감독기관의 장인 행정자치부장관에게 지방공무원법 제29조의 3, 제30조의2 및 지방공무원임용령 제27조의5를 해석상 다툼의 여지가 없도록 개정하거나 행정자치부의 명확한 기준을 각 지방자치단체에 공문으로 시달하는 등, 지방공무원의 전출입이나 인사교류가 공무원 본인의 동의 없이 이루어짐으로써 행복추구권 및 직업선택의 자유를 침해하는 행위의 재발을 방지하기 위하여 필요한 조치를 취할 것을 권고한다.

2. 피진정인의 인사발령행위의 취소를 구하는 진정부분은 이를 기각한다.

이 유

1. 진정요지

진정인은 대구광역시 중구 대봉1동장으로 근무하던 지방5급 공무원으로서 2003. 5. 12. 피진정인에 의해 대구광역시 서구로 전출된 바, 이는 진정인의 동의없는 위법한 행위로서 보복인사에 해당하므로 취소되어야 한다.

2. 당사자의·주장

가. 진정인

진정요지와 같다.

나. 피진정인

지방공무원법 제29조의3에 의한 지방자치단체간 공무원의 전출·입에는 공무원 본인의 동의가 필요하나, 본 진정사건의 경우는 전출·입이 아니라 같은·법 제30조의2에 의한 인사교류로 행하여진 것이므로 본인의 동의가 반드시 요구되는 것은 아니며, 또한 인사교류시에는 공무원 본인의 동의가 전제되지 않더라도 가능하다는 행정자치부의 유권해석이 있었다.

3. 인정사실·및 판단

가. 인정사실

(1) 피진정인은 2003. 5. 12.자로 진정인(대구광역시 중구 대봉1동장 지방행정사무관)을 대구광역시 서구로 전출시키고, 동시에 진정 의 장흥동(대구광역시 서구 지방행정사무관)을 전입시켜 대신동장에 보하는 인사발령을 하였다.

(2) 인사발령 관련 서류에는 피진정인이 2003. 5. 1. 대구광역시장을 경유

하여 서구청장의 동의를 요구하였고, 2003. 5. 9. '인사조정계획'을 수립하여 진정인과 진정외 장홍동을 1:1 상호교류하기로 한 다음, 같은 날 대구시 중구 인사위원회에 전보임용기준 사전의결을 거쳐 2003. 5. 10. 인사발령안에 결재한 것으로 기재되어 있다.

(3) 지방공무원법상 지방공무원의 임용권은 각 지방자치단체에 부여되어 있고(동법 제6조), 소속 공무원을 전입·전출할 경우에는 상대 지방자치단체장의 동의를 받도록 규정되어 있으나(동법 제29조의3), 공무원 본인의 동의 필요성 여부에 관하여는 규정되어 있지 않다.

(4) 지방자치단체 상호간 인사교류는 당해 지방자치단체장의 의견을 들어 하도록 규정되어 있으며(지방공무원법 제30조의2 및 지방공무원임용령 제27조의5), 공무원 본인의 동의 필요성 여부에 관하여는 규정되어 있지 않다.

(5) 대구광역시지방공무원인사교류규칙 제12조(인사교류절차)는 '구청장은 소속공무원의 구간 인사교류가 필요하다고 인정될 때에는 시장에게 인사교류를 요청할 수 있다'고 규정하고 있다.

(6) 행정자치부는 전출·입이 아닌 인사교류에는 원칙적으로 당해 공무원의 동의를 얻는 것이 타당하나, 불가피한 경우 당해 공무원의 동의가 전제되지 않더라도 인사교류가 가능하다는 해석을 내린 바 있다(행정자치부 운영12100-745, 2002. 9. 12. 및 자치운영과-407, 2003. 7. 7.).

나. 판 단

(1) 지방공무원법 제29조의3에 의한 공무원의 전·출입 및 동법 제30조의

2에 의한 인사교류의 경우 공무원 본인의 동의가 필요한 지에 대하여는 명시적인 규정이 없어 다툼의 여지가 있다.

그러나 공무원의 임용행위는 쌍방적 행정행위로서 공무원의 임용에는 기본적으로 공무원 본인의 동의가 필요함은 명백하고, 대법원은 "지방공무원법 제29조의3에 의하여 동의를 한 지방자치단체의 장이 소속 공무원을 전출하는 것은 임명권자를 달리하는 지방자치단체로의 이동인 점에 비추어 반드시 당해 공무원 본인의 동의를 전제로 하는 것이고, 본인의 동의 없이 자치단체장의 동의만으로 이루어진 전출·입은 위법하다고 판시한 바 있다(대법원2001. 12. 11. 선고 99두1823판결).

(2) 또한 헌법재판소는 위 법 제29조의3을 "해당 지방공무원의 동의없이도 지방자치단체의 장 사이의 동의만으로 지방공무원에 대한 전출 및 전입이 가능하다고 풀이하는 것은 헌법적으로 용인되지 아니하며, 헌법 제7조에 규정된 공무원의 신분보장 및 헌법 제15조에서 보장하는 직업선택의 자유의 의미와 효력에 비추어 볼 때 위 법률조항은 해당 지방공무원의 동의가 있을 것을 당연한 전제로 한 컷 이라고 설시한 바 있다(헌재 2002. 11. 28. 98헌바101, 99헌바8).

(3) 지방공무원법 제29조의3에 의한 공무원의 전·출입과 동법 제30조의2에 의한 인사교류는 실제로 공무원 본인에 대해 동일한 결과를 가져오는 것이라 할 것이므로, 위와 같은 지방자치단체 상호간 인사교류 또한, 공무원 본인의 동의를 전제로 하는 것으로 해석하는 것이 타당하다고 판단된다.

(4) 한편 인사발령 관련 서류의 기재된 기록에 의하면, 피진정인의 위 인사발령은 대구광역시인사교류규칙 제12조가 정한 절차를 준수하지 않은 점에 비추어, 지방공무원법 제30조의2에 의한 인사교류라는 피진정인의 주장

과 달리 오히려 동법 제29조의3에 의한 전·출입으로 보는 것이 타당하다
고 판단된다.

4. 결 론

가. 이상의 사실을 종합하여 볼 때, 피진정인의 진정인에 대한 위 인사발
령행위는 공무원 본인의 동의가 없는 전출명령으로서, 헌법 제10조 및 제15
조가 보장하고 있는 진정인의 행복추구권 및 직업선택의 자유를 침해하는
것으로 판단되고, 지방공무원법 제29조의 3, 제30조의2 및 지방공무원임용
령 제27조의5에 대하여는 여전히 해석상 다툼의 여지가 있으므로 관련 규
정을 개정하는 등 동일 또는 유사한 인권침해행위의 재발을 방지할 조치가
필요하다고 판단되므로, 지방공무원법의 적용에 대한 피진정인의 감독기관
인 행정자치부장관에게 국가인권위원회법 제44조제1항의 규정에 따라 위
조항의 개정 등을 권고하기로 한다.

나. 피진정인의 위 인사발령행위의 취소를 구하는 진정부분에 대하여는,
진정인이 본인의 동의하에 2003. 7. 4.자로 대구광역시 서구 보건행정과장에
서 다시 대구광역시 청소년과로 전출하였으므로, 이미 피해회복이 이루어지
는 등 별도의 구제조치가 필요하지 아니한 경우에 해당한다고 판단되므로,
이 부분에 대한 진정은 국가인권위원회법 제39조제1항제3호의 규정에 따라
기각하기로 한다.

다. 이상과 같은 이유로 주문과 같이 의결한다.

2003. 9. 8.

국가인권위원회 제2소위원회

위 원 장 유   현 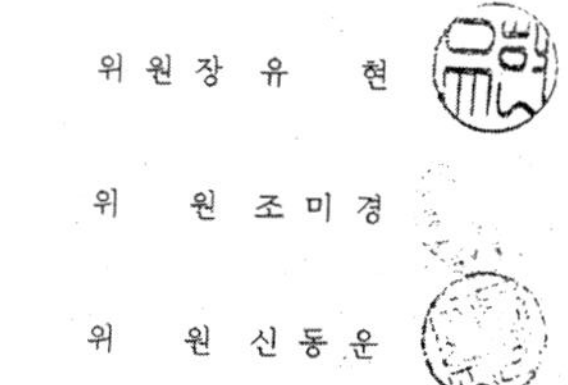

위   원 조 미 경

위   원 신 동 운

서울특별시지방공무원인사교류규칙

1994.02.15 규칙 제2599호 (제정)
1998.12.05 규칙 제2965호 (서울특별시인사규칙 부칙)
2003.03.15 규칙 제3299호 (개정)
2003.06.25 규칙 제3330호 (개정)

제1장 총칙
제1조(목적)
　　이 규칙은 지방공무원법(이하 "법"이라 한다) 제30조의2의 규정에 의한 협의회의 구성·운영 및 인사교류절차 등에 관하여 필요한 사항을 규정함을 목적으로 한다.
제2조(적용범위)
　　이 규칙은 서울특별시(이하 "시"라 한다) 및 자치구(이하 "구"라 한다) 소속의 지방공무원(이하 "공무원"이라 한다)에게 적용한다.
제2장 인사교류협의회
제3조(인사교류협의회의 설치 및 구성)
① 법 제30조의2 제2항의 규정에 의하여 서울특별시장(이하 "시장"이라 한다) 소속하에 인사교류협의회(이하 "협의회"라 한다)를 둔다.
② 협의회는 위원장 및 부위원장 각각 1인을 포함한 30인 이내의 위원으로 구성한다.
③ 위원장은 행정1부시장이, 부위원장은 행정국장이, 위원은 시장 소속 국장급공무원과 구의 인사위원회의 위원장이 된다. (개정 1998.12.05, 2003.03.15)
제4조(기능)
① 협의회는 다음 각호의 사항을 심의·의결한다. (개정 2003.06.25)
　　1. 시 및 구와 구 상호간 인사교류의 기본방침
　　2. 시 및 구와 구 상호간 인사교류계획
　　3. 기타 인사교류에 관하여 위원이 협의회에 부의하는 사항
제5조(위원장의 직무)
① 위원장은 협의회를 대표하며, 그 회무를 통할한다.
② 위원장이 사고가 있을 때에는 부위원장이 그 직무를 대행한다.

갑 제4호 증

서울특별시 지방공무원 인사교류규칙 사본 1부

제6조(회의)

① 협의회의 회의는 위원장이 소집한다.

② 협의회의 회의는 매년 1회 이상 소집하되, 특정자치구의 인사교류계획에 관한 회의인 경우에는 해당자치구의 인사위원회위원장과 시장소속의 위원만을 대상으로 소집할 수 있다. (개정 1998.12.05)

③ 제10조의 규정에 의한 인사교류계획의 교류대상자에 포함된 위원은 심의에 참가할 수 없다. (개정 1998.12.05)

제7조(의견청취 등)

위원장은 협의회의 심의를 위하여 필요한 경우에는 관계공무원 또는 관계전문가를 출석·발언하게 하거나 자료의 제출을 요구할 수 있다. 이 경우 관계 공무원 등에게는 예산의 범위 안에서 수당 및 여비를 지급할 수 있다. 다만, 공무원이 그 소관업무와 직접적으로 관련되어 출석하는 경우에는 그러하지 아니하다.

제8조(간사)

협의회의 사무를 처리하기 위하여 간사 1인을 두되, 간사는 시 인사과장이 된다. (개정 1998.12.05, 2003.03.15)

제9조(운영세칙)

이 규칙에 규정한 것 이외에 협의회의 운영에 관하여 필요한 사항은 협의회의 심의를 거쳐 위원장이 정한다.

제3장 인사교류의 절차

제10조(인사교류계획의 수립)

① 시장은 법 제30조의2 제2항 및 지방공무원임용령(이하 "영"이라 한다) 제27조의4의 규정에 의하여 시와 구 및 구 상호간 인사교류가 필요한 경우에는 인사교류계획을 수립하여 협의회에 심의를 요청하여야 한다.

제11조(인사교류수요조사)

시장은 제10조의 규정에 의한 인사교류계획을 수립하기 위하여 매년 1회 이상 인사교류의 수요를 조사하여야 한다.

제12조(인사교류요청절차)

구청장은 소속 공무원의 인사교류가 필요하다고 인정될 때에는 시장에게 인사교류를 요청할 수 있다. (개정 1998.12.05)

제13조(인사교류계획의 확정·통보)

시장은 협의회의 심의를 거쳐 확정된 인사교류계획을 지체없이 구청장에게 통보하여 그 실시를 권고한다. (개정 1998.12.05, 2003.06.25)

제14조(인사교류 결과 통보)

하고 구청장은 그 결과를 3일 이내에 시장에게 통보하여야 한다.

제15조 중 교류 공무원이 소속한 구청장은 당해 공무원의를 시장 및 구청장은 인사교류된 공무원의로 근무 회망부서를 고려하여 그 적절한 을 근무회망 부서 등을 고려하여 적절한으로 한다.

부 칙 (2003.03.15)

이 규칙은 공포한 날부터 시행한다.

부 칙 (2003.06.25)

이 규칙은 공포한 날부터 시행한다.

갑 제5호 증

지방공무원법 및 지방공무원 임용령 사본 1부

지방공무원법

제30조의2 (인사교류)

①교육인적자원부장관 또는 행정자치부장관은 인력의 균형있는 배치와 지방자치단체의 행정발전을 위하여 교육인적자원부 또는 행정자치부와 지방자치단체 상호간에 인사교류의 필요가 있다고 인정할 때에는 교육인적자원부 또는 행정자치부에 두는 인사교류협의회가 정한 인사교류기준에 따라 인사교류안을 작성하여 당해 지방자치단체의 장에게 인사교류를 권고할 수 있다. 이 경우 당해 지방자치단체의 장은 정당한 사유가 없는 한 이에 응하여야 한다.〈개정 1998.9.19, 2001.1.29〉

②시﹒도지사는 당해 지방자치단체 및 관할구역안의 지방자치단체 상호간에 인사교류의 필요가 있다고 인정할 때에는 당해 시﹒도에 두는 인사교류협의회에서 정한 인사교류기준에 따라 인사교류안을 작성하여 관할구역안의 지방자치단체의 장에게 인사교류를 권고할 수 있다. 이 경우 당해 지방자치단체의 장은 정당한 사유가 없는 한 이에 응하여야 한다.

③제1항 및 제2항의 규정에 의한 인사교류의 대상에 관하여는 대통령령으로 정하고, 인사교류협의회의 구성 및 운영, 인사교류절차 기타 인사교류에 관하여 필요한 사항은 교육인적자원부령﹒행정자치부령 또는 시﹒도 규칙으로 정한다.

지방공무원임용령

제27조의4 (민간전문가의 파견근무)　①지방자치단체의 장은 법 제30조의4 제1항의 규정에 의하여 지방자치단체외의 기관﹒단체(이하 이 조에서 "민간기관"이라 한다)의 임직원을 파견받아 근무하게 하는 경우에는 미리 파견되는 자가 소속된 민간기관의 장과 협의를 거쳐야 한다.

②파견되는 자가 수행할 업무와 직접 이해관계가 있는 민간기관의 임직원은 지방자치단체에 파견될 수 없다.

③민간기관의 임직원의 파견기간은 2년이내로 하되, 필요한 경우 1년의 범위안에서 연장할 수 있다.

④지방자치단체의 장은 제1항 및 제3항의 규정에 의하여 민간기관의 임직원을 파견받아 근무하게 하거나 파견기간을 연장하는 경우에는 미리 당해 인사위원회의 의결을 거쳐야 한다.

⑤민간기관의 임직원을 파견받은 지방자치단체의 장은 파견사유가 소멸하거나 파견목적이 달성될 가망이 없는 경우 또는 파견된 자가 파견목적에 현저히 위배되는 행위를 한 경우에는 파견된 자를 원소속기관에 복귀시킬 수 있다. 이 경우 파견된 자가 소속된 민간기관의 장에게 그 사유를 통보하여야 한다.

⑥지방자치단체에 파견된 자는 복무에 관하여 파견받은 기관의 장의 지휘﹒감독을 받는다.

경 위 서

 본인은 2003년 8월 5일 14:00~15:00 사이 무역협회 재무회계

李震鎬 팀장을 면담하고 당시간 대에 있었던 대화내용을 사실이 있는 그대로 밝히고 이에 대한 경위서를 제출합니다.

1. 李震鎬팀장을 알게된 연유

 작년과 금년(일자미상) 무역협회에서 구 의회 재무건설 위 소속 의원 전원을 무역협회로 초청 오찬을 제공하면서 趙健鎬(常勤副會長) 李勝(管理本部長) 韓相烈(財務課長)등과 상호 인사소개를 하면서 알게 됐으며 李 팀장은 실무자로 더욱 가까이 알게됨

2. 본 건으로 8월 5일 李팀장을 면담한 경위

 재무건설 위 金明炫 의원과 의회에서 매일 만나는 관계로 이야기 도중 금번 추경에 C C TV 예산이 일부삭감 어렵게 통과가 되었다고 하면서 그렇지만 아셈길 C C TV예산은 통과가 되지 않았다고 하는 말을 주고받은 바 있음

 ※ 그 후 본 건 즉 아셈길 예산이 통과된 사실을 김명현 의원이나 본인은 정확히 파악을 못하고 있는 사실을 나중(오늘)에야 알게 되었음

3. 金明炫 의원이 무역협회는 지역주민에게 봉사할 수 있는 일정 분의 예산이 항시 편성되어 있노라고 하면서 자기가 무

갑 제6호 증

훈계장을 받게된 소청인의 경위서 사본 1부

역협회 높은 사람에게 이야기해 보겠노라고 말을 하는바 본인은 구 예산도 절감하고 구민에게 봉사하는 기회도 되고 하니 좋은 생각이라고 하자 金 의원이 본인에게 기회가 있을 때 실무자에게 먼저 의견을 들어보라고 하는 말을 하였음

4. 그 후 본인은 영동대로를 지나다가 李震鎬팀장을 방문 이러한 내용을 이야기 하니까 그러한 정도의 예산이 있다고 하면서 많은 예산은 몰라도 6~7천만원 정도는 가능할지도 모르겠다고 함

5. 본인은 이것은 실무자끼리 하는 이야기로 가볍게 한번 이야기해보는 것뿐이라고 하고 돌아온 약 2시간 후 李震鎬 팀장으로부터 어렵겠다고 하는 전화를 받은바 있음

6. 본인은 괜찮다고 아무렇지도 않으니 없었던 일로 하고 절대 신경 쓰지 말라고 하면서 내가 오히려 괜한 말을 꺼내 가지고 정말로 미안하게 됐노라고 사과하고 앞으로 다른 일이 있을 때 서로 열심히 돕자고 하면서 일단락 된 것으로 보았음

※ 본 건에 대한 본인의 心境
　　본인은 순수한 마음으로 위 건에 대하여 거론을 하였으나 여하튼 사려 깊지 본인의 불찰로 인하여 청장님을 위시하여 조직내의 여러분들에게 물의를 일으킨 점을 진심으로 사죄하고 향후 이러한 사례가 절대로 발생하지 않도록 각별 유의하겠사오니 금번의 일을 너그럽게 관용을 베풀어주시길 부탁드립니다.　　감 사 합니다

2003년　8월　13일

위　경위서　제출자

강남구 의회　전문위원　　정　종　철 (인)

갑 제7호 증

구청장 수명사항 통보 및 훈계장 사본 1부

강 남 구

정보통신망　(http://www.gangnam.go.kr)

우 135-705 서울특별시 강남구 16-1(새주소 : 강남구 학동로 426호)　/전화: 2104-1066　/전송: 2104-2411
처리부서: 민원감사담당관 담당: 전철휴　업무담당주사: 서장원　담당자: 이광우　kwlee61@mail.kangnam.seoul.k

문서번호 민감16070-1369
시행일자 2003.08.26　　　　(5년)
(경 유)

수 신　강남구의회의장
참 조　정종철 전문위원

선람	국장			지시		
접수	일자	2003.08.28		결재·공람		
	시간	14:33				
	번호	1057				
처리과	구의회사무국					
담당자					의정업무담당주사	
심사자			심사일자			

제목 구청장 수명사항 조사결과 통보

　　1. 민감16070-11358('03.8.21)호와 관련임.

　　2. 2003.8.5일 구 의회 전문위원이 무역협회를 방문한 경위에 대하여 조사
한 바, 구정의 신뢰를 실추시킨 행위가 있어 아래와 같이 조치하니 향후 이와 유
사한 사례가 발생하지 않도록 유념하기 바람.

　　　가. 관련공무원 조치내역

소속	직급	성명	비위내용	처분
구의회	전문위원 (행정5급)	정종철	-'03.8.5일 14:00경 무역협회를 방문 지원본부 재무회계팀장을 만나, 아셈길 주변의 CCTV 설치와 관련 '03년 추경예산이 구의회 통과되었음에도 불구하고 위 사업예산을 무역협회의 자체예산으로 투자하도록 업무 협의한 행위는 달리 오해를 사게하여 성실의무와 청렴성을 의심케 한 행위임	훈계

별첨 : 훈계장 1 부 끝.

강 남 구 청

대결 감사업무담당주사 조용수

훈 계 장

소   속 : 강남구 의회
직급(위) : 행정5급(전문위원)
성   명 : 정 종 철(470811-1047211)

　위 사람은 2001.11.1 ~ 2003.8월 현재까지 강남구 의회 전문위원으로서 제반 법규를 준수하고 맡은 바 업무를 성실히 수행하여야 함에도

　2003.8.5일 14:00경 무역협회를 방문, 지원본부 재무회계팀장을 만나, 아셈길 · 현대백화점 주변의 CCTV 설치에 따른 소요예산이 이미 2003년 추경예산에 확보('03.7.11일) 되었음에도 불구하고 위 사업예산을 무역협회 측 자체예산으로 투자하도록 업무협의를 한 행위는 구정의 신뢰를 실추시키고 달리 오해를 사게하여 성실의무 및 청렴성을 의심케 한 행위로서 엄중 문책하여야 하나 본인도 깊이 반성하고 있는 점을 감안하여 금회에 한하여 "훈계"조치하니 향후 이와 유사한 사례가 재발되지 않도록 유념하기 바람.

갑 제8호 증

　　인사교류에 대한 소청인 의견서의 서울시 Fax
　　　2회 송부 및 문서 접수증 사본

2003. 8.

강남구청장

수신 : 서울특별시장

참조 : 인사과장

제목 : 인사교류에 대한 본인 의견제출

　　　1. 금번 본인은 시 본 청과 구간 인사 교류에 대하여 금일 (23일 11:00경) 본인의 인사에 대한 통지를 받고 시청 담당자에게 통화한바 이미 10일전에 본 방침이 결정되었다는 사실을 확인 한 바

　　　2. 이에 대하여 지금까지 본인과는 한마디 협의도 없었으며 본인의 의사에도 반하는 바 이를 절대로 수용할 수 없다는 의견을 제시하오니 이를 필히 반영하여 주시기 바라며

　　　3. 만약 본인의 반대에도 불구하고 금번 본인에 대한 전보 시 이에 상응한 대응을 할 예정임을 알려 드리오니 참고하여 주시기 바랍니다.

　　　　　2003년　　9월　　23일

강남구 의회 전문위원 : 정　　종　　철

서울시에 대한 소청인 인사교류 반대 Fax(9월 23일) 송신문

접 수 증	
	접수일 : 200 2003. 9. 2 3.
① 민 원 명	인사 교류와 관련 의견제출
② 민 원 인 (대표자 또는 대리인)	정종철
③ 처리예정기한	2003. 9. 30.
④ 처리주무부서 (담당(처리)과)	인사과
⑤ 기 타 사 항 (담당과전화번호)	731- 6621

민원접수일부인 :

서 울 특 별 시

갑 제9호 증

강남구청장의 서울시 전출 임용장 사본 1부

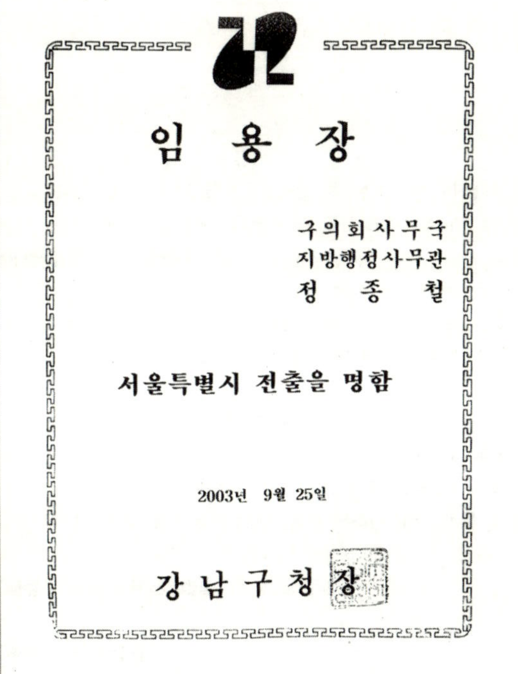

갑 제10호 증

서울특별시장의 전입 임용장 사본 1부

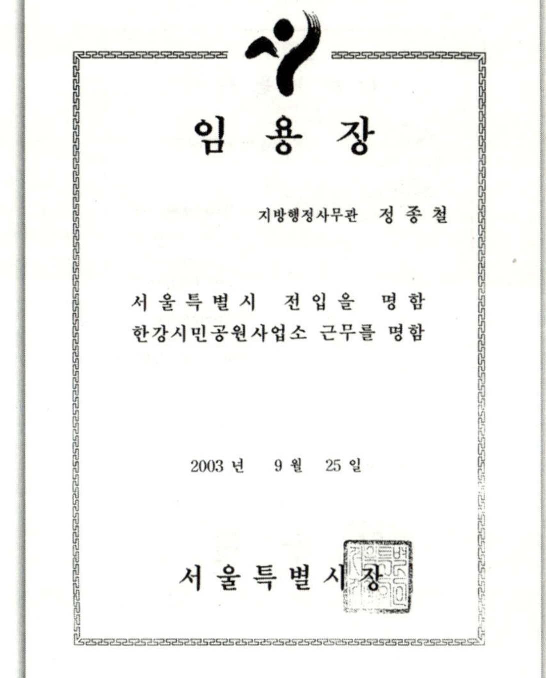

갑 제11호 증

서울특별시의 시. 자치구간 공무원 인사교류
(2003년 8월 시행) 및 전보계획 사본 1부

◎ 일 시 : 2003. 8. 29(금) 15:00
◎ 장 소 : 태평홀 (본관 3층)
◎ 참석대상 : 실·국 및 자치구 인사담당

會 議 資 料

2003. 8

서 울 특 별 시
(人 事 課)

市·自治區 公務員 人事交流 및 轉補計劃

交流 및 轉補 背景

○ 구청장협의회에서 4급이하 공무원 인사교류 건의

○ 우리시 연간 인사운용계획에 따른 정기 보완인사

※ 2003년도 서울시인사운용계획(시장방침 제1128호, '02.12.31)

人事交流

□ 관련근거

○ 지방공무원법 제30조의2(인사교류)

○ 지방공무원임용령 제27조의5(지방자치단체간의 인사교류)

○ 서울특별시지방공무원인사교류규칙

□ 교류원칙

○ 교류계획에 동의하는 자치구 상호간 직렬·직급별 1:1교류를
  원칙으로 하되 필요시 시와 교류

※ 교류계획에 조건을 부여하거나 이의를 제기하는 자치구는 인사교류에서 제외

□ 교류대상

○ 구청장이 전출내신한 직원 — 잔류자 없이 전원 교류

- 4급   : 자치구별 1~2명 범위내
- 5급   : 자치구별 2~3명 범위내
- 6급이하 : 자치구별 직급별 현원의 3% 범위내

※ 교류대상은 구청장협의회에서 요청('03.6.27)한 범위이며, 인사고충자 및
  교류희망자를 포함하되, 교류인원은 자치구별 인력여건에 따라 탄력적으로 조정

○ 시 4급이하 공무원중 자치구 전출 희망자

□ 교류 제외자

○ 인력풀 발령자, 휴직자, 정직처분중인 자, 대외기관 파견자, 2004. 12월말 정년 도래자, 명예·조기퇴직 결정자, 구속기소된 자, 비위와 관련 수사 및 소송계류중인 자, 징계의결 요구중인 자, 기타 법령상 교류 제외자 등

○ 서울전문인 지정자, 공무원직장협의회 현 임원(대표 및 협의위원)

  ※ 직장협의회 임원은 원칙적으로 교류대상에서 제외하되, 본인 희망시 교류 가능

□ 교류방법

○ 자치구별 전출대상자 명단을 시에서 수합, 교류안 작성

  - 자치구에서는 전출대상자 명단 일괄 제출
  - 전출대상자는 희망근무지를 5희망지까지 기재

○ 교류대상자의 희망근무지, 현직급 재직기간, 연령, 주소지 및 교통편 등을 고려하여 배치하되

  - 배치할 자치구와 사전 협의 및 전입내신 없이 배치기준에 따라 시에서 교류(안)를 작성, 자치구에 교류 권고

□ 교류절차

○ 지방자치단체별로 전출·입 인사발령 (전·출입 동의절차 생략)

○ 인사기록카드 정리 및 교환

市 自體轉補(交流)

□ 행정직군

【 전보대상 】

① '03. 4. 1字 정기인사시 필수요원으로 잔류한 자

② 사업소 연 근무기간 7년 이상자(휴직 및 타기관 파견기간 포함)

③ 아동·은평·서대문·동부병원, 아동복지·여성보호센터 3년이상 근무자

推進日程

○ 교류·전보계획 통보 2003. 8.29

○ 교류·전보대상자 명단 제출 2003. 9. 6

○ 교류실시 권고 및 인사발령

  - 4·5급 2003. 9.20
  - 6급이하 2003. 9.25

行政事項

○ 자치구는 교류대상자 명단(별첨1)을 기한내(9. 6일) 전산입력 완료후 인사과로 직접 제출

  ※ 고충자는 전산입력시 사유(원거리, 신병, 가사, 적성 및 전공, 장기근속, 개인신상 등)를 입력하고, 교류대상자중 근속승진자는 비고란에 "근속승진"으로 반드시 표기

○ 각 실·국 및 본부, 사업소에서는 소속직원중 자치구 교류희망자와 고충(상기사유 명기)으로 인한 전보희망자 및 전보기준에 의한 대상자를 "별첨 2"서식에 의거 기한내(9. 6일) 인사과로 제출

□ 따로붙임

1. 인사교류대상자 명부 서식 1부(자치구)

2. 인사교류희망자·전보대상자 명부 서식 1부(본 청)

3. 전보대상자(본청에 한함) 1부

〈별첨 1〉

자치구 공무원 인사교류 대상자 명부

수신 : 서울특별시장   2003. 9. .

참조 : 인사과장   발신 : ○○구청장   (서명)

직급	성 명 (생년월일)	현직급일 / 기관전입일	주 소	근무희망자					비고
				①지망	②지망	③지망	④지망	⑤지망	
6급	홍 인 사 (55.12.2)	'99.6.24 / '92.5.18	강동구 성내동	서초구	강남구	강북구	송파구	강동구	근속승진
7급	김 교 류 (59.6.25)	'99.3.15 / '90.2.4	노원구 상계동	시	노원구	성북구	도봉구	중랑구	고 충 자

주)① 4급, 5급 및 6급이하를 행정직군과 기술직군으로 각각 별지, 구분하여 작성

   ② 희망지는 반드시 5지망까지 작성하되, 5회망지를 모두 기재하지 않을 경우는 市 에서 임의 배치

〈별첨 2〉

인사교류희망자 및 전보대상자 명부

수신 : 서울특별시장   2003. 9. .

참조 : 인사과장   발신 : ○○실·국장   (서명)

직급	성 명 (생년월일)	현직급일 / 기관전입일	주 소	근무희망자					비고
				①지망	②지망	③지망	④지망	⑤지망	
6급	홍 인 사 (55.12.2)	'99.6.24 / '92.5.18	강동구 성내동	산업국	문환국	건선안 전본부	시립대	시의회	고 충 자
7급	김 교 류 (59.6.25)	'99.3.15 / '90.2.4	노원구 상계동	시	노원구	성북구	도봉구	중랑구	전보대상

주)① 4급, 5급 및 6급이하를 행정직군과 기술직군으로 각각 별지, 구분하여 작성

   ② 희망지는 반드시 5지망까지 작성하되, 5회망지를 모두 기재하지 않을 경우는 임의 배치

갑 제12호 증

강남구의 공무원 전보(안) 예정 인터넷 사전
공개내용 사본(3부) 및 타구교류 공개내용사본 1부

작성	지석으로등록	답변 출력 개인맵에추

위치   정보광장 > 공지사항 > 인사정보
용도   일반   조회   17
제목   6급이하 세무 및 기술직 공무원 전보(안) 공개

2003. 4. 1일자 서울시 6급이하 세무 및 기술직 공무원 인사교류에 따른

우리구 전보(안)을 별첨과 같이 공개합니다.

등록자   ● 원홍연 ⑩ ⌒
등록일   2003-04-11 14:33:00.0
첨부파일   ▶ 6급이하 인사교류 전보안(공개).hwp (41K)

이전글   ⑪ 2003.05.06 직위표
현재글   ⑪ 6급이하 세무 및 기술직 공무원 전보(안) 공개
다음글   ⑪ 5급 승진시험 문항수 변경 안내

6급이하 세무 및 기술직 공무원 전보(안) 공개

2003. 4. 1일자 서울시 6급이하 세무 및 기술직 공무원 정기 인사교류시 우리 구로 전입된 직원 52명에 대하여 "강남사람"으로 거듭 태어나도록 하기 위하여 그 동안 격려 등 후생복지제도, 주요시책사업 소개, 현장방문 등 전입자 교육을 실시하고 4. 15일자 전보(안) 내용을 아래와 같이 공개합니다

□ 전보기준

○ 2003. 4. 1 인사교류에 따른 결원부서 우선 충원

○ 부서장이 추천한 우수한 공무원의 발탁

○ 전산정보과 인력 보강

○ 인사상담자 고충 해소

□ 전보현황

총계	전 · 입				전 · 보			
	소계	구	보건소	동	소계	보직변경	구→동	동→구
70	51	43	3	5	19	14	0	5

□ 발령사항 : 별첨

| 작성 | 지식으로등록 | 답변 | 출력 | 개인맵에추 |

위치	정보광장 > 공지사항 > 인사정보		
용도	일반	조회	3
제목	2003. 4. 1자 기술직 등 인사교류 대상자 명단		

등록자 ○ 장훈

등록일 2003-03-29 15:53:00.0

첨부파일 ▶ 인사교류자(03.04.01).hwp (30K)

이전글 5급 승진시험 문항수 변경 안내

현재글 2003. 4. 1자 기술직 등 인사교류 대상자 명단

다음글 2003. 4. 1자 인사교류 잔류자 선정 내역

인쇄

| 출력 | 닫기 |

경로	정보광장 > 공지사항 > 인사정보		
인쇄자	정명훈	인쇄일	2003-10-06 13:33:24
용도	일반	조회	1
제목	2003. 4. 1자 인사교류 잔류자 선정 내역		

등록자 장훈

등록일 2003-03-29 15:52:00.0

첨부파일 ▶ 잔류내역.hwp (28K)

'03. 4. 1. 예정 기술직 등 인사교류 내용 공개

2003년 4월1일자 서울시 6급이하 기술직 등 정기인사교류와 관련, 대상자 및 필수요원으로 우리 구 잔류자 선정 결과를 아래와 같이 공개합니다.

□ 교류대상

o 6급이하 세무, 전산직 등 기술직 장기 근무자(14개 직종)
o 민생분야 해당직렬 장기 근무자 전원(6명)
o 장기 근무자(2003. 3.31기준) - 서울시 지침

□ 잔류자 선정 기준

o 승진자 제외(7명)
o 본인이 전출 희망
o 현재 추진하고 있는 업무의 연속성 등을 감안하여 격려 선순위자
o 출퇴근 교통편의를 감안, 장애인(1명) 배려

□ 잔류자 선정결과

o 전보대상자 총 59명(고충자 8명 포함)
o 잔류 희망자 28명중 상기 기준에 의해 14명 선정

※ 명단 별첨

위치　　정보광장 > 공지사항 > 인사정보
용도　　일반　　　　　　　　　　조회　　43
제목　　사회복지7급 교류 희망자를 찾습니다.

송파구에서 근무중인 사회복지7급 직원이 출, 퇴근 문제로 서초 또는 강남구와 1:1 인사교류를 희망하고 있습니다.
사회복지7급 직원 중 교류 희망자는 총무과 인사팀(담당 장훈, 행정 1212)으로 연락하여 주시기 바랍니다.

등록자　　●장훈
등록일　　2003-10-01 14:00:33.0
첨부파일

현재글　　사회복지7급 교류 희망자를 찾습니다.
다음글　　2003년 7월 접수 격려심사결과

갑 제13호 증

서울시 구청교류 및 자체 전보 희망지 e 인사마당
(2001 ~ 2003년까지) 게재내용 사본 19부

갑 제14호 증

소청인의 정부모범공무원(국무총리) 표창 및
서울시 모범공무원 표창장 외 각종 표창장 사본 6부

열린광장 > 공지사항

| | 운영자 | 인사행정과 | 2001/11/17 11:30:21 |
| | 구분 : 기타 | 그룹부서 : 서울시 | 조회건수 : 171 |

[No.공-33] 기능직 전산원 파견희망자 신청

우리시 직원중 파견근무를 희망하는 직원께서는 신청하시기 바랍니다

- 파견대상 : 기능직 전산원 1명(남,녀)

- 파견기관 : 서울지방경찰청(교통관리과)

- 파견기간 : 1년(3년까지 가능)

* 희망직원께서는 연락주시기 바랍니다.(731-6222, 최대봉)

첨부파일

[이전글] [다음글]　　　　목 록　삭 제　수 정

제 25395 호

모범공무원증

서울특별시 강남구

지방행정주사 정 종 철

키하는 공무원으로서 맡은바 직무에
정려하여 타의 귀감이되어 1996년도
모범공무원으로 선발되었기 모범공무원
규정에 의하여 이 증서를 수여함

1996 년 6 월 29 일

국무총리 이 수 성

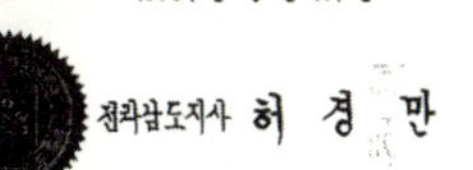

* 기타 표창장 사본 생략.
* '갑 13호증' 서울시와 구청 간 교류 희망 e 인사마당
(2001~2003년까지) 게재내용의 사본 19매는 생략.